안중근과 데이트하러 떠난 길 위에서

김연정 장편소설

안중근과 데이트하러
떠난 길 위에서

초판 1쇄 인쇄 2018년 6월 20일
초판 1쇄 발행 2018년 6월 27일

지 은 이 김연정
디 자 인 박애리
펴 낸 이 백승대
펴 낸 곳 매직하우스

출판등록 2007년 9월 27일 제313-2007-000193
주   소 서울시 마포구 월드컵북로38가길 14(중동)
전   화 02) 323-8921
팩   스 02) 323-8920
이 메 일 magicsina@naver.com
I S B N 978-89-93342-76-5

*책값은 표지 뒤쪽에 있습니다.
*파본은 본사와 구입하신 서점에서 교환해드립니다.

***일러두기
본문에 등장하는 중국어 문장 중 일부는 실제로는 간체자이나 번체자로 모두 변환하였음을 알려드립니다.

안중근과 데이트하러 떠난 길 위에서

김연정 장편소설

#PROLOG
조 마리아

불도 켜지 않은 작은 방이었다. 생각에 잠겨있던 그녀가, 아니 이미 오래 전부터 생각을 마치고 고요히 앉아만 있던 그녀가 마치 결심한 듯 자리에서 일어난다. 어쩐지 그녀는 말이 없다. 치맛단 부딪히는 소리만 귓가를 울릴 뿐, 그녀는 아무 말도 하지 않는다. 방 저 구석에 얌전히 모셔두었던 그것을 손에 들고 그녀가 제 자리로 돌아왔다. 두 아들은 어머니가 하는 양을 그저 지켜보고만 있다. 하얀 보자기로 싸맨 보따리의 내용물을 두 아들은 잘 안다. 그래서 그것이 무엇이냐고 묻지 않았고, 그녀도 말하지 않았다. 불 켜지 않은 방에는 침묵만 흐를 따름이다.

"이거면 되었다."

적막을 깨고 그녀가 말했다. 마치 천둥 같은 울림이었다. 큰 형님의 가슴 속 울분이 바로 저럴 것이라고 남은 두 형제는 생각했다. 그리고 두 아들은 어머니의 얼굴을 물끄러미 올려다본다. 눈물이 고였으나 울지 않는, 차라리 무표정한 얼굴이었다. 대단하신 분이다. 두 아들은 문득 그렇게 생각했을지 몰랐다. 강직한 큰 형님처럼 곧고 강한 어머니였다. 그 어머니에 그 아들, 그 올곧은 심성을 멀리 있지만 가까운 적들은 결코 모를 것이다.

"어서 가거라."

그녀가 또 말했다. 이제 그녀는 더 이상 아무 말도 하지 않겠다는 듯 두 입술을 꾹 다물었다. 다시 침묵이 찾아오고, 두 아들은 그녀처럼 말없이 자리에서 일어난다. 정적 속에서 두 아들은 그 큰 덩치를 숙여 큰절을 올렸다. 그녀는 고개만 잠시 숙였을 뿐 더 이상 두 아들을 보지 않는다. 두 아들이 사라졌을 때, 방에는 이제 그녀뿐이다. 눈가에 그렁그렁하던 눈물이 주르륵, 그제야 볼을 타고 흘렀다. 슬픔으로 가슴 한 구석이 무너져 내릴 듯 아팠지만 그녀는 소리 내어 울지 않는다. 불도 켜지 않은 작은 방에서 그녀는, 그렇게 홀로 슬픔을 이겨내고 있었다. 당당하게 일어선 큰 아들처럼 강인한 어머니였다.

1. 그해, 겨울의 촛불

　다시 토요일이다. 씻고 나와 보니 방에서는 아까부터 켜놓은 텔레비전이 저 홀로 떠들고 있다. 속보를 알리는 뉴스를 진행하며 제법 잘생긴 아나운서는 오늘 다시 광화문에서 촛불집회가 있을 예정이라고 말했다. 스마트폰을 뒤져보니 오늘도 실시간 생중계를 진행할 예정인지 언론사들의 SNS 계정에선 테스트 방송이 이어지고, 아직 '준비 중'이라는 문구만 보일 뿐인 해당 게시물에는 벌써부터 누리꾼들의 댓글이 잔뜩 매달려 어수선하다. 무능력한 대통령과 그런 대통령을 조종하는 누군가의 정체를 알게 된 국민들은 황당해했다. 유신 공주라는 그녀, 매 순간마다 수첩을 손에 쥐고 다니며 그저 읽기만 하는 그녀, 무슨 말인지 모를 문장을 그나마도 제대로 이어 붙이지 못하는 그녀, 그런 그녀의 눈과 귀와 입이 되어준 또 다른 그녀의 존재를 두고서 사람들은 우리나라에 대통령이 두 명이나 있었다며 분노하고 또 분노했다. 대통령을 비호하는 세력이 국민의 촛불을 까 내리고, 촛불은 타올라 횃불이 되어간다. 촛불은 바람이 불면 꺼지게 되어 있다고 했던가? 그 당당하신 정치인의 호언(豪言)에 국민들은 도리어 콧방귀를 뀌었다. 촛불 사이에 등장한 저것은 과연 무엇인가. 건전지를 넣어 사용하는 LED 촛불이라니, 코미디가 따로 없다. 형광등 백 개를 켠 듯 한 아우라가 느껴진다며 아첨하는 이들의 눈에 촛불은 시시하기 짝이 없어 보이겠지만 그래도 사람들은 끈질기게 집회를 이어갈 태세였다.

"후우…!"

가방에서 화장품 파우치를 꺼내던 나는 조용히 한숨을 쏟아냈다. 언젠가 이런 이야기를 들은 것 같다. 민주주의를 망가뜨리는 건 한 순간이지만 그 민주주의를 이룩하는 데엔 아주 오랜 시간이 걸린다고. 그래서 촛불들도 언제 끝날지 알 수 없는 싸움을 벌이는 모양이다. 대통령이 시작이고, 대기업들이 엮였으며, 이제는 죽고 없는 예전의 그 대통령도 함부로 건드리지 못해 애태웠던 굵직한 국가 기관까지 어우러져 보통 사건으로 치부할 수 없게 되었으니 결코 쉽게 끝내지는 못할 거였다. 이 정부에 무한한 신뢰를 드러냈던 내 아버지조차 속았다며 분개할 정도였으니 이제 더 이상 아무렇지 않은 듯이 웃고 넘어갈 문제가 아니게 되어버렸다. 애초에 선덕여왕이 되겠다던 그녀였다. 팍팍하게 살아가는 국민들의 가슴을 어루만져 주는 어머니가 되겠다고 했었다. 하지만 아무리 봐도 그녀는 절대 선덕여왕이 될 수 없다. 사람들은 그녀가 어머니란 단어를 입에 올리기엔 미혼인지 아닌지 알 수 없어 부적절하다며 비웃었고, 그래서 어머니의 노릇이 무엇인지 제대로 이해할 수 있을지 의문을 품었으며, 또한 선덕여왕은 그녀처럼 이런 식으로 저평가 되어선 안 될 인물이었다. 그 아름다웠던 선덕여왕은 언젠가 중국의 황제로부터 모란을 그린 그림을 선물 받고서 향기가 나지 않는 여자라고, 자신을 하잘 것 없는 여자라고 무시했다며 분노했다. 그리고 사찰 하나를 지어 향기가 피어난다는 뜻의 '분황사(芬皇寺)'라고 이름 붙였다. 센스 있는 왕이었다. 하지만 뉴스 속의 그녀는 그저 수첩만 들여다볼 뿐 그런 센스를 갖추지 못한 것 같다. 모란을 그린 족자를 선물 받으면 아마 '어머, 참 예쁜 꽃이네요. 홍홍홍!' 하고 웃을지도 몰랐다. 오래 전 선거 유세를 나섰다가 누군가 휘두른 문구용 칼에 베여 수술한 후 얼굴 근육이 반쯤 비뚤어진 그녀, 인터넷 어느 게시판에서 며칠 전 이런 댓글을 보았다. 그녀는 선덕여왕이 아니라 진성여왕이라 해야 옳다고. 진성여왕은 남편이자 숙부인 김위홍이 죽자 예쁘장한 화랑들과 밤마다 놀아났다. 누군가는 진성여왕의 바르지 못한 행실이 신라를 망하게 만들었다고 했다. 아니, 아니다. 이미 신라는 진성여왕 즉위 이전부터 망조(亡兆)를 보였다. 하필 진성여왕이 왕좌에 올라 모든 책임을 떠맡게 되었을 뿐이다. 하지만 진성여왕은 그래도 남자 보는 눈이 있어 화랑이라는 꽃처럼 예쁜 사내들하고만 어울렸다. 그런데 저 여자는 뭐란 말일까.

"말도 안 돼…!"

인터넷에서 읽었던, 옛날 같으면 야사(野史)에나 나올 법한, 사실인지 아닌지 모를 이야기가 떠올라 나는 픽 웃음을 터뜨렸다. 2016년 여름, 티베트의 불교가 궁금하여 그들의 땅으로 가기 위해 중국행 비행기에 오른 적이 있다. 고도가 높은 곳이라 나무가 자랄 수 없는 땅, 운동으로 단련되어 건강한 사람도 적응하지 못하고 쓰러지는 경우가 다반사라는 그곳에 가기 위해 나는 한동안 고산병 치료제를 알아보러 다닌 적이 있다. 국내에는 아무리 산이 많아도 고산병에 걸릴 만큼 높은 산이 없어 고산병 치료제를 구하기가 하늘의 별따기보다 어렵다고 했다. 비아그라, 폐동맥에서 심장으로 가는 혈관을 확장시킨다 하여 애초에 고산병 치료제로 개발된 약. 귀로만 듣고는 무슨 말인지 모를 의학적 상식을 수첩에 따로 적어놓았는데, 아무리 읽어도 내 짧은 가방 끈으로는 도무지 이해하기 어려운 문장이다. 그것이 애초에 그런 용도로 쓰이는 약이 아니라고 아무리 전문가가 떠들어도 자극적인 것에만 관심 갖는 인터넷 게시판의 특성 때문일까? SNS엔 대통령의 야한 동영상이 있다는 소문이 돌았다. 하지만 인터넷을 뒤져봤자 비슷한 것조차 나오지 않고, 그래서 내 눈으로 본 적이 없으니 사실과 거짓이 난무하는 뉴스에 나도 사람들도 차츰 스트레스를 느끼고 있었다. 아니, 분위기로 보아 이제부터가 시작인데, 벌써부터 이러면 곤란하다. 제멋대로 국정을 농단해온 정치인의 비행을 그냥 두고만 볼 수 없기 때문이다. 촛불집회는 그간 쌓여있던 분노를 표출하고, 민주주의가 무엇인지 온 몸으로 설명한다. 아, 나도 저기에 가서 이 나라 국민임을 밝히고 싶다. 잘못이 무엇인지 지적하고 싶고, 제발 그렇게 하지 말라며 외치고 싶다. 아니, 그게 아니다. 말주변 부족한 내 능력으론 사람들 앞에 나서봤자 비웃음이나 당할 게 분명하니 그저 저들의 이야기를 듣고, 호응하며, 다시 글로써 하고픈 말들을 옮겨 적으면 그만일 거였다. 내 부족한 능력으로는 그거면 충분하다. 하지만 나는 오늘 광화문에 갈 수 없다. 낮에 동생의 결혼식이 있어서다. 오후에는 대만에서 날아온 친구들과 만날 예정이기까지 하다. 나의 외출은 공공의 질서를 바로잡으려는 목적이 아닌 개인의 사생활을 채우기 위한 목적에 있다. 잃어버린 민주주의를 되찾으려는 시민들의 피켓을 보고도 나는 그래서 고개를 돌려야 한다. 부끄럽지만 어쩔 수 없다. 화장을 마친 나는 대통령의 퇴진을 요구하는 TV를 끄고 밖으로 나섰다. 집에서 그리 멀지 않은 곳에 위치한 결혼식장에 도착해서 그간 만나지 못했던 친인척과 반갑게 인사한 뒤 자리에 앉았다. 누나보다 먼저 가정을 꾸리게 된 동생의 뒤태를 보니 기분이 묘하다. 가족이 결혼하면 이런 기분이 드느냐는 질문에 작은 아버지는 웃으며 원래 그렇다고 대꾸한다. 왜 이렇게 마음이 허한지 모르겠다. 그저 동생을 먼저 보내는 누나의 마음이었을까? 그건 아닐 텐데, 이상하다. 신부를 품에 안고 세 번이나 앉았다 일어나며 사랑한다고 외치는 동생의 반쯤 일그러진 표정에 키들거리고, 모여 앉아 식사를 마친 뒤, 폐백을 올리는 신랑과 신부가 기특한 양가 부모님의 표정을 물끄러미 지켜보다가 밖으로 나왔다. 가까이에 지하철 4호선이 있다. 목적지인 압구정에 가려면 한 번은 갈아타야 한다. 개찰구를 통과하는데, 마침 전화벨이 울렸다. 대만 친구들과 함께 만날 내국인 친구다.

「야, 너 어디야? 결혼식 아직 안 끝났어?」

"끝났어. 지금 출발해."

「그래? 몇 시까지 올 수 있어? 빨리 와서 나랑 먼저 놀자」

타야 할 전동차가 들어오는 바람에 목소리가 제대로 들리지 않는다. 할 말이 있으면 카톡으로 하라고 소리친 뒤 전화를 끊었다. 전동차 안에 사람이 많다. 결혼하기에 좋은 계절이고, 그래서 나들이하러 가는 사람들도 꽤 있어 보였다. 중간 목적지에서 내려 3호선 구역으로 이동했더니 양쪽 승강장에 역시나 사람들이 바글거리고 있다. 저 많은 사람들 중에 일부는 혹시 광화문으로 모이지 않을까, 하고 나는 생각해 보았다. 지하철 3호선이 경복궁을 지나치기 때문이다. 경복궁역 인근에 5호선 광화문역이 있고, 가까운 거리에 청와대가 있다. 집회에 참석하는 사람들이 그 주변에서 지하철을 이용한다면 5호선이나 3호선을 타게 될 것이다. 만일 일부 구간을 경찰이 통제한다고 해도 몰려드는 인파를 모두 막을 수는 없으므로 대통령이 자리에서 물러날 때까지 3호선과 5호선은 토요일마다 북적일 게 분명했다. 안 그래도 며칠 전 인터넷에 어느 전동차 기관사가 곧 시위대의 일부가 될 시민들에게 부디 다치지 말고 힘내라며 열차 내 방송으로 다독여 주었다는 글이 올라오기까지 했으니 전동차가 이토록 미어터질 만큼 사기가 오르는 건 당연하다.

"언니!!"

국적이 다른 친구들이 오랜만에 만나자 서로를 끌어안고 반가운 비명을 질러댄다. 우리는 만나면 한국어와 중국어, 영어가 뒤섞인 언어로 대화한다. 내 어설픈 중국어 탓이었고, 친구들의 어설픈 한국어 탓이었으며, 서로의 어설픈 영어 탓이었다. 그래서 한국어가 안 통하면 중국어를 썼고, 중국어가 안 통하면 영어를 썼으며, 영어마저 안 통하면 스마트폰에 깔린 사전 어플이 등장한다. 불편하지 않았다. 이 또한 우리만의 즐거움이었으니까.

"지하철에 사람이 많아요."

함께 밥을 먹고, 커피숍에서 열심히 떠들다가, 해가 떨어져 맥주를 홀짝이고 있을 때 한 친구가 말했다. 사람이 너무 많아 일행을 놓칠 뻔 했더란다. 3호선은 경복궁을 지나는 노선이 포함되어 있어서 그렇다고 대답했더니 그제야 '아!' 하고 탄성을 지른다. 이들도 한국에서 무슨 일이 벌어지고 있는지 잘 안다. 그래서 평소 같으면 노느라 정신 팔린 젊은이들로 복잡할 압구정 거리가 명절 연휴의 대로변인 양 한산해도 왜 그러느냐고 묻지 않는다. 우리의 시선은 맥줏집 구석에 매달린 벽걸이 TV에 박힌 채다. LIVE라고 적힌 뉴스 화면에 촛불을 든 시민들이 함성을 지르고 있다. 청와대를 향해 당장 자리에서 내려오라고 외치지만 그녀는 묵묵부답이다. 멀거니 TV를 올려다보던 나는 도로 한숨을 몰아쉰다. 답답하다. 동생의 결혼 때문인 줄 알았는데 아니었다. 친구들을 만나면 풀릴 줄 알았는데 전혀 그렇지 않다. 촛불을 들지 않았기 때문일까? 만일 그렇다면 내 가슴은 다음

주에도 이렇게 답답할 것이었다. 지난 5월, 6년이나 다닌 직장에서 잘려나간 뒤 일자리를 구하지 못해 여기저기로 면접을 보러 다니느라 바쁜 몸이기 때문이다. 왜 잘렸는지는 모른다. 비정규직에 불과한 내가 무엇을 알 수 있단 말일까. 이력서를 몇 장이나 썼는지 알 수 없고, 도대체 몇 번째 면접을 보았는지 기억나지 않는다. 한 번은 면접관이 내게 이런 말을 했다.

「아니, 세상에! 6년이나 다닌 직원을 하루아침에 잘라요? 너무하네!」

나는 그저 웃었을 뿐 아무런 대꾸도 하지 않았다. 비정규직이고, 계약직이니 별 수 없지 않겠느냐고 중얼거렸을 뿐이다. 노예처럼 필요할 때 쓰고 버리는 게 비정규직 아니냐고, 인터넷의 누군가 자조 섞인 말투로 비아냥거렸던 한 마디를 따라 해보고 싶었지만 도리어 내 얼굴에 침 뱉는 꼴인 것만 같아 입을 다물었다. 오랜만에 좋은 친구들을 만나 술잔을 기울이면서도 나는 어느새 습관이 되어버린 한숨을 토해낸다. 나의 한숨은 곁을 떠나 새신랑이 된 동생 때문인지, 아니면 참석할 수 없는 촛불집회 때문인지, 열심히 면접을 보아도 손에 잡히지 않는 직장 때문인지 구분할 수 없다. 친구들과 웃지만 머릿속은 복잡했다.

***

「존경하는 국민 여러분…」

대통령의 세 번째 대국민 담화는 그렇게 시작되고 있었다. 존경하는 국민 여러분, 국민을 존경한다면서 국민이 뭐라고 하거나 말거나 마음대로 일을 저지른 사람이었다. 아니, 그녀가 일을 저질렀는지, 옆에 있는 또 다른 그녀가 저질렀는지, 부모의 재력도 능력이라며 말 달리던 그녀의 딸이 저질렀는지, 기자들에게 눈빛 공격을 일삼은 남자가 저질렀는지, 아니면 한 자리 차지하고 앉았던 남자들이 저질렀는지 알 수 없는 노릇이다. 손에 든 스마트폰을 던져버리고 싶은 충동을 억누르며 나는 또 한숨을 몰아쉰다. 촛불집회가 있을 테니 나오라는 말을 어쩜 저리도 길게 할까. 평소에도 무슨 말인지 모를 긴 문장을 사용하여 헷갈리게 하더니 이번에도 마찬가지인가 보다. 그녀의 말을 이해할 수 없으니 제발 번역해 달라고 많은 이들이 애원해도 불가능했던 이유를 이제야 알 것 같은 요즘이다. 우주의 기운으로 말미암아 외계 언어를 끌어다 쓰는 그녀, 그리고 포털 사이트 메인 화면에 걸린 뉴스는 이번 주 토요일 광화문에 나올 시민이 지난주보다 더 많을 거라고 예고했다. 법원에서도 집회의 행진을 청와대 백 미터 전방까지 가능하도록 허락하기까지 했다. 하지만 나는 또 갈 수 없다. 실업자가 된지 7개월 만에 겨우 잡은 직장이었다. 비정규직 사원이라 눈치껏 움직여야 했고, 정규직 사원이라면 얼마든지 사용할 연차 휴가는 급여에 따로 포함될 뿐 꿈도 꿀 수 없다. 요즘처럼 어수선한 시절에 월급이나 제때 주면 그저 감사할 따름이다.

"뉴스에 회장님인지, 사장님인지 하는 사람이 나오던데, 왜 그렇게 자주 나와요? 무슨 일 있어요?"

"아, 그게…."

어쩐지 이 회사의 분위기가 영 심상치 않게 느껴져 질문하니 10년 가까이 근무한 선임자가 픽 웃는다. 연이어 흑자를 기록하던 회사가 어느 날부터인가 기울어지기 시작했더란다. 적자에 또 적자를 면치 못하다 결국 본사가 위치한 서울을 비롯하여 각 지방의 지사까지 몇 천 명의 직원들이 끝내 정리해고를 당했다나 뭐라나. 어쩐지 주변을 오가는 사람들의 표정도, 끼리끼리 모여 앉아 대화하는 사람들의 목소리도 나도 모르게 시선을 던질 만큼 어두웠다. 인터넷을 뒤져보니 역시 앞 다투어 기사가 올라오고 있다. 긍정적인 내용보다 부정적인 내용이 더 많은 기사였다. 누가 보더라도 회사는 그렇게 엉망으로 돌아가고 있었다.

"그래도 연정 씨는 괜찮을 걸…."

하고 선임자가 고개를 갸우뚱거렸다. 이 회사의 직원이 아니라 건물주와 계약한 외부 용역 업체의 파견 근로자인데, 관계가 있겠느냐는 뜻이었다. 더군다나 이제 막 입사한 신입 직원을 매정하게 자를 리는 없을 거라며 선임자는 웃어보였다. 신입이고 나발이고 언제 갑자기 쫓겨 나갈지 모르는 게 비정규직 근로자들의 현실이니 그 의견에 반대하고 싶었지만 한편으론 그럴 수도 있겠다는 생각이 들었고, 그래서 마음 편히 일을 배웠으며, 일주일 뒤 근로계약서까지 썼다. 지금 와서 다시 생각해 보면 그때 나는 근로계약서를 일주일이나 지난 뒤에야 작성한 문제를 두고 한 마디 해야겠다는 생각에만 몰두했던 것 같다. 그동안 고용노동부로부터 받아오던 실업급여 지급을 중단해 달라는 요구도 전달해야 한다는 생각도 함께 말이다. 그러니까 나는 내 개인적인 사생활에만 골몰해 있었을 뿐 회사의 사정에는 관심이 없어 조만간 내 꼴이 어떻게 될지 상상하지 않았다. 비정규직 노동자의 서러운 삶을 내가 온 몸으로 느끼고 있으면서도 전혀 엉뚱한 생각만 하고 있으니 아직도 정신 연령이 초등학생에 불과한 모양이다. 시청 주변이다 보니 오후만 되면 더 편한 세상을 요구하는 사람들의 시위하는 소리가 쩌렁쩌렁 울려댔다. 저 사람들이 주말 촛불집회에도 합류하겠지? 나는 또 한숨을 쏟아낸다. 가까운 거리에 영풍문고가 있어 왕창 책을 사다 일을 하는 와중에도 틈틈이 읽어내려 가지만 내 신경은 반쯤 시위하는 사람들의 처절한 고함 소리에 닿아 있었다. 나도 저기에 끼고 싶다. 해고 걱정 없이 마음 편히 일하게 해달라고, 마음 편히 글 쓰고 싶고, 여유 있는 생활을 하게 해달라고 외치고 싶다. 뉴스 속의 높으신 분들은 날마다 수억씩 만졌다던데, 그분들은 마치 궁전과도 같은 곳에서 호화롭게 살았다는데, 수시로 해외에 나가 스트레스를 풀었다는데, 월세 집에서 벗어날 수 없는 난 천 원짜리 지폐 한 장이 아쉬워 주머니에서 지갑을 꺼내는 게 두렵다. 그런데도 책값으로 12만원이나 썼으니 신용카드 회사는 앞으로 1년 동안 내 통장을 야금야금 털어갈 것이었다. 자꾸만 줄어드는 통장 속 숫자들이 나를 불안하게 한다. 당분간은 먹을 것 안 먹고, 입을 것 안 입은 채로 버텨야 할 것이다. 그렇게 겨우살이 하듯 빡빡하게 한 달을 살아 마침내 12월이 되었다. 크리스마스가 다가오지만 엉망으로 망가진 사회 분위기처럼 거리가 썰렁하다. 예전 같으면 여기저기에서 캐럴이 울려 퍼졌을 텐데, 자선냄

비 앞의 빨간 파카를 걸친 봉사자가 흔드는 종소리만 겨우 귓가를 울릴 따름이다. 그리고 나는 중순이 되었을 때, 부모님 곁을 떠나 분가했다. 그러기에 너무 늦은 나이였지만 지금이라도 나와야 한다는 생각에 덜컥 저질러버렸다. 작은 원룸 하나를 얻고, 필요한 물건들을 샀더니 가뜩이나 비어가는 통장이 비명을 지른다. 예전에도 그랬지만 허리띠를 더 졸라매야 한다. 먹고 싶은 것, 입고 싶은 것들을 더 많이, 더 악착같이 참아내야 할 것이다. 먹으면 먹는 대로 살이 찌는 체질 때문에 그래도 다이어트는 해야겠다는 생각이 들어서 집 주변의 저렴한 헬스클럽을 찾아보러 다녔다. 앞으로 무엇을 어떻게 해야 할지 나름의 계획을 짰지만 답답하게도 세상이 도와주질 않는다. 하루하루 불안하게 이어지던 회사 분위기가 끝내 나에게도 타격을 가해온 것이다. 건물주가 계약했던 몇 군데 용역업체를 정리하겠다고 나섰다. 거기에 나도 끼어있었다. 입사한지 두 달도 안 되어 닥친 날벼락에 기가 막혔다.

"아니, 사장님! 이러는 경우가 어디 있어요?"

"미안하게 됐어요. 나도 방법이 없었어."

"이런 식으로 할 거면 애초에 사람을 뽑지 말던가!
너무 하시잖아요!"

연신 미안하다며 쩔쩔 매는 용역업체 사장님의 난처한 얼굴을 보고 나는 그만 입을 다물어 버렸다. 어차피 계약직 파견 근로자는 씹다 버린 껌 신세이니 따져봤자 답이 나오지 않을 게 분명했다. 법적으로 해고 통보는 50일의 여유를 둔다지만 아마 그 전에 끝날 것이었다. 근무자 수를 줄이는 정도가 아니라 일할 공간 자체를 아예 없앨 거라고 했으니 말이다. 취업 사이트를 뒤졌으나 해답을 찾을 수 없다. 새해를 얼마 남겨두지 않은 시기였고, 2017년의 설 연휴는 2월이 아닌 1월 말이어서 직장을 구하기가 평소보다 더 어려웠다. 다행히 몇 군데 연락이 닿아 주중이고 주말이고 가릴 것 없이 면접 약속을 잡았다. 집을 보러 다니느라, 이사 준비를 하느라, 새 집 정비를 하느라 못 간 촛불집회는 이번 주 토요일에도 갈 수 없게 되었다. 마음이 편안하지 않아 책을 집어던지고, 나는 다시 스마트폰을 열어보았다. 정치인들의 화려한 일상이 적나라하게 공개되는 인터넷 게시판에 나를 어리둥절하게 만든 소식이 속보로 떠올랐다.

「김종국, 송지효 런닝맨 하차」

오전에 전해진 이 황당한 소식은 오후가 되었을 무렵 일방적인 갑의 횡포였던 것으로 밝혀지고, 7년이나 가족처럼 지내온 사람들을 매정하게 버린다며 시청자들은 며칠에 걸쳐 포털사이트 뉴스 페이지에 댓글을 달았다. 12년 동안 몸담아온 김종국 팬클럽 카페가 난리가 났다. 한류의 최전방에서 한국어로 시작된 소식은 영어로 번역되고, 중국어로 번역되고, 일본어로 번역되고, 어느 나라인지 알 수 없는 언어들로 번역되어 급기야 각종 SNS들도 난장판이 되었다. 흔히 '가짜뉴스'라고 했던가? 정치적 성향에 따라 패가 갈린 사람들이 각자 자신의 입맛에 맞춰 포장한 소식을 그렇게 부른다고 했다. 선동이나 다름없었고, 그래서 멋모르는 사람들은 그것을 사실로 믿으며 세뇌 아닌 세뇌를 당하게 될 것이었다. 정치인들의 소식만큼이나 런닝맨의 소식 역시 사실과 사실이 아닌 이야기로 들끓어댔다. 잘못 건드리면 화약고처럼 빵! 하고 터질 듯 분위기 사나운 팬 카페 게시판에 글 하나를 올렸다. 입사한지 두 달도 안 되어 잘리게 됐다고 쓴 뒤 어쩐지 남 얘기 같지 않더라는 말과 함께 '오빠, 우리도 촛불시위 할까요?'라는 문장으로 마지막을 채웠다. 내 얼굴은 무표정한데, 문장 끝에 매달린 이모티콘은 웃고 있다. 각종 포털사이트 뉴스게시판에 걸린 댓글들도 하나같이 분노하지만 마지막엔 웃는 표정이다. 철 지난 대중가요 노랫말처럼 웃어도 웃는 게 아닌 사람들, 그 와중에 어느 누리꾼이 이런 말을 했다.

「이게 나라냐?」

정말 뭐 이런 나라가 다 있는지, 황당하기 짝이 없는 소식들을 읽으며 몇 번 남지 않은 퇴근길 지하철에 오른다. 매일 찾아 들어가는 취업 사이트엔 오늘도 내게 맞는 소식이 올라오지 않았다. 청년 실업률이 끝없이 치솟고 있다는 이 나라의 현실, 이러려고 대한민국에 태어났나? 외계어를 일삼는 대통령의 그 말투처럼 자괴감이 치밀어 오른다.

"...?"

딩동, 하는 소리가 들려 스마트폰을 들여다보니 문자 메시지가 도착했다. 김종국 팬클럽의 몇 되지 않는 고등학생 팬에게서 온 메시지였다.

「이모, 시국도 어지러운 상황인데 7년 동안 믿고 보았던 예능 프로그램까지 이러니 화가 나고 속상해서 어떻게 하면 좋을지 모르겠어요. 이모가 카페에 올리신 글을 봤는데, 이런 게 우리 사회의 현실일지도 모른다고 생각하니 더욱 안타깝게 느껴져요. 저는 요즘 기말고사 기간인데, 하필이면 시험 전 날 친구에게 모든 이야기를 들어서 멘탈이 산산조각 나버렸어요. 세상은 이렇게 비리로 가득하고, 결국 영악한 자들이 지배하는 곳이지만 제가 그걸 따라가면 부정부패에 물든 이 세상을 바꿀 수 없을 거라고 생각해요. 물론 이 각박한 세상에서 살아남기 위해선 어느 정도 수용해야 하는 건 있겠지만 그들과 똑같은 사람은 되지 않을 거예요. 세상을 바꿀 수 있는 건 저희이니까요. 아직 미성년자인데도 갖은 일을 겪고 있는데, 사회에 나가면 더 한 일을 겪겠죠? 솔직히 조금 두렵지만 저는 다 이겨내고 싶어요. 어떠한 시련이 닥쳐도 성공을 위해 달려가는 과정이라고 생각하며 모두 이겨내려고요. 그런 멘탈을 가져야 이 각박한 세상을 살아갈 수 있을 거예요..」

나도 모르게 픽 웃음을 터뜨렸다. 아직 수능도 보지 않은 고등학교 2학년 꼬마가 이런 말을 하다니 기특하기도 하고, 씁쓸하기도 해서 나는 그렇게 웃고 말았다. 혹여 어린 아이들에게 속 깊은 이야기를 했다가는 꼰대 소리를 듣지 않을까 싶어 서로 만나면 김종국 이야기만 골라 했고, 그래서 연예인을 좋아하는 어린 아이일 뿐이라고만 생각했는데, 오히려 먼저 나서서 어른들처럼 살지 않겠다고 다짐하는 문자 메시지로 날 위로하니 웃지 않을 수가 없다. 촛불집회에 참석하여 대통령과 정치인들의 말투를 따라하며 비웃고, 다 망가진 민주주의를 바로잡고자 잘못을 지적하는 TV 속 평범한 아이들을 향해 앞뒤 꽉 막힌 노인들은 집에 가서 공부나 하라고 윽박지른다. 하지만 아이들은 이미 많은 것을 알고 있었다. 어른들이 모르는 어른들의 과오를 알았고, 이대로 가다가는 더 큰일이 벌어진다는 것도 알았다. 미래를 위해 투표해야 한다는 사실도 잘 알아서 곧 다가올 대선에는 반드시 참여해야 한다고, 투표권이 없는 아이들은 투표권이 있는 선배들에게 다그쳤다. 저 아이들이 살아갈 세상은 지금보다 아름다웠으면 좋겠다. 더 이상 시위할 일이 없었으면 좋겠고, 그래서 나처럼 시위에 참여하지 못해 부끄러워하는 사람이 없었으면 좋겠다. 미래의 대한민국은 제발 평화로웠으면 좋겠다.

***

대청소를 하고, 인터넷으로 주문한 천 장롱을 무슨 소리인지 이해하기 어려운 설명서를 정독하여 한 시간 만에 조립하고, 인터넷과 셋톱박스를 설치하는 엘지 유플러스 출장 기사의 믿음직한 손놀림을 지켜보고, 다이소에서 띠벽지를 사다가 들뜬 장판 끝을 정리했더니 벌써 저녁이 다 되었다. 근처 재래시장에서 사온 반찬들로 차린 밥상 앞에 앉으니 그제야 몸에서 기운이 쑥 빠져나가는 게 느껴진다. 긴장이 풀렸는지 졸음까지 밀려오고 있었다. 이 추운 겨울에 이사라니, 나도 참 미련하다. 추위에 덜덜 떨어가며 이사하느라 아침을 먹지 못했고, 점심에도 주머니에 쑤셔 넣었던 초코파이 한 개로 때운 터라 뱃속이 난리가 났다. 혼자 사는 집에 짐도 별로 없는데, 무슨 할 일이 이리도 많은지 오늘 밤에는 죽은 듯 곯아떨어질지도 모르겠다.

"와…!"

TV를 켜고, 밥 한 술을 입에 욱여넣던 나는 뉴스 화면 속의 인파를 보자마자 그렇게 소리쳤다. 집회의 참가자가 확실히 지난 주보다 많아진 것 같다. 아나운서는 오늘 광화문 광장을 메운 숫자가 백만 명쯤 된다고 했다. 그런데 저 많은 인파를 두고 경찰은 겨우 2, 30만 명 정도라고 발표하니 기가 찰 노릇이다. 몇 년 전 바티칸의 프란치스코 교황이 방한했을 때, 그날에도 사람들은 광화문 광장에 모여 그를 맞이했다. 당시 경찰은 그 숫자를 약 90만 명 정도로 발표했는데, 오늘과 비교하면 많거나 비슷해 보였고, 심지어 2002년 한일 월드컵이 열리던 시기의 인파보다 더 많은 것 같았다. 경찰의 발표가 이상하다고 생각하는 건 비단 나뿐만이 아니었던가 보다. 오죽 답답했으면 대학의 교수라고 소개한 전문가들이 각종 장비들을 동원하여 집회에 참석한 사람들을 모두 세어보는 시도를 했을까? 경찰이 저러는 건 어쩌면 대통령에게 굽실거리는 그들과 다르지 않기 때문일지도 모른다는 생각이 들었다. 말로는 민중의 지팡이라지만 그래도 윗분들의 말을 잘 듣고, 예쁘게 잘 보여야 자신의 자리를 지킬 수 있을 테니 말이다. 텔레비전 뉴스를 보아도, 인터넷 기사와 댓글을 보아도, 나조차 이렇게 말도 안 되는 상상력으로 떠들어가며 경찰의 숫자 세기 방식에 불만을 토로하지만 한편으론 다들 거기에 연연해하지 않으려고 한다. 10만이 되었든 100만이 되었든 누가 뭐라고 하거나 말거나 어차피 촛불들은 크리스마스에도 집회를 멈추지 않을 테니 말이다. TV 뉴스에서 그들은 크리스마스뿐 아니라 2016년의 마지막 날엔 아예 제야의 종소리까지 함께 할 예정이며, 시민들의 요구가 관철되는 날까지 촛불을 밝히겠다고 전했다. 그리고 나는 궁금해졌다. 이 혼란한 와중에 대통령은 무얼 하고 있을까? 청와대 주변까지 퍼지는 사람들의 외침이 들리지 않는단 말일까? 어째서 저렇게 눈과 귀를 가린 듯 묵묵부답으로 일관하는 걸까? 잘못을 했으면, 아니, 잘못한 게 없어도 누군가 의심하고 지적하면 스스로 해명하는 수고를 보여줘야 하는 게 아닐까? 몇 해 전 케이 팝 무대를 관람하는 자리에서 박수치며 열광할 정도로 한류를 좋아한다는 그녀는 소문대로 드라마에만 빠진 듯 보였고, 국회에서 대통령의 탄핵을 가결했다고는 하지만 헌법재판소가 최종적으로 결정을 내리기까지 길지 않은 시간 동안 여러 모로 빠져나갈 궁리를 할 것이었다. 존경하는 국민 여러분, 하지만 그녀는 존경이란 단어가 무슨 뜻인지 모르는 듯 이 겨울 한복판에 국민들을 내몰아 소리치게 만든다. 그런 그녀의 마음을 나는 도무지 모르겠다. 사람들의 추측대로 정말 그녀는 자신을 공주라고 생각하는 걸까? 정말 국가와 국민을 그저 다스리는 대상이라고 생각하는 걸까? 이미 오래 전에 죽고 없는 자신의 아버지를 사람들이 존중하고 존경해야 마땅하다고 생각하는 걸까? 도저히 입에 담기 민망한, 국가 원수로서의 체면을 구길 그 많은 일들을 지난 몇 년 동안 정말 아무렇지 않게 저질러왔단 말일까? 내가 접한 소식들이 정말인지 아닌지 도저히 믿을 수 없고, 이해할 수 없어서 다시 찾아볼 생각으로 우물

우물 밥을 씹으며 스마트폰을 집어 들었다. 마침 촛불집회 현장에 뛰어든 언론사들이 SNS 페이지에서 생중계를 하고 있었다. 특히 국민들의 신뢰를 받는다는 그 방송 채널은 오늘도 바쁘게 움직이는 중이었다. 뉴스를 마무리할 때마다 내일도 최선을 다하겠다는 마지막 멘트마저 사랑스러웠던 걸까? 한동안 이 방송사의 기자들에게는 신분증을 제시하면 무료로 식사를 제공하거나 할인을 해주는 식당이 등장했더란다. 사랑을 표현하는 방식일 뿐이다. 진짜로 했다가는 김영란 법인지 뭔지에 걸릴지도 모르니까. 많은 이들이 3사 지상파가 아쉽지 않다며 극찬하니 옆나라 일본은 그간 한류로 인해 자기네 문화 산업이 피폐해지자 나름의 자존심 때문인지 한동안 작심하고 돌아섰다가 최근 다시 한국에 관심 갖기 시작하면서 이 방송사 대표이자 앵커인 유명 언론인을 인터뷰하고 싶다는 소식을 알려왔다. 비록 정중히 거절하는 이메일을 받고 잠시 실망하는 기색이었으나 단 한 번도 한국처럼 민주주의를 수호하기 위해 움직인 적 없는 그들로서는 호기심 때문에라도 당분간 끈질기게 한국의 문을 두드릴 것이었다.

"이걸…. 지워야 하나…?"

SNS 동영상을 지켜보다 충동적으로 별 것 아닌 한 마디를 남겼지만 오래 가지 못하고 삭제해 버렸다. 질서정연하게 움직이며 민주주의 국가의 시민임을 보여주는 인터뷰가 우후죽순 올라오는데도 나는 오늘도 그저 '좋아요'만 몇 번 누를 뿐 아무런 댓글을 남기지 못하는 채다. 바쁘다는 핑계로 역사의 현장에 단 한 번도 나가보지 않은 내가 감히 무슨 말을 할 수 있을까. 다시 내 시선은 포털사이트 뉴스 페이지를 들추기 시작한다. 댓글 창에는 사실인지 거짓인지 구분할 수 없는 말들이 나부끼고, 서로의 의견이 마음에 들지 않는다며 빨갱이라는 둥, 선동질 좀 그만 하라는 둥 분위기가 험악하다. 수업을 마친 쉬는 시간에 모여앉아 쓸데없고 의미 없는 말들을 지껄이는 아이들처럼 '카더라' 통신만 바글거리니 더 이상 댓글 창을 볼 수가 없다. 도대체 진실은 무엇일까? 당사자가 아닌 이상 아무도 그 속을 알 수 없는데, 어째서 자신의 말이 정답인 양 떠드는 것일까? 어째서 자신과 같은 생각을 하는 이들만 정의롭다 하며, 어째서 자기와 다른 무리를 빨갱이로 매도하는 것일까? 도저히 저들의 생각을 모르겠다. 밥상을 치우고 방에 돌아와 다시 스마트폰을 집어든 나는 이제 우스갯소리를 모아놓은 카페로 옮겨 갔다. 누리꾼의 눈길을 끌기 위해 갖가지 자극적인 제목을 만들어 게시판에 올려놓았지만 어차피 뻔한 소리들이라 별다른 관심을 두지 않는다. 아무렇게나 손길 가는 대로 게시판을 뒤적이는데, 마침 눈에 띈 제목이 있었다.

「안중근이 이토 히로부미를 저격한 날짜와 김재규가 박정희를 저격한 날짜가 같다.」

단박에 호기심이 차올라 제목을 터치한다. 제목 그대로의 이야기가 거기에 있었다. 만주 하얼빈에서 안중근이 이토 히로부미를 저격하고 태극기를 흔들며 만세를 외친 날과 김재규가 술잔을 기울이던 박정희 전 대통령의 가슴에 총탄을 박아 넣은 날이 같다는 것이었다. 바로 10월 26일이다. 사건의 내용만 대강 알고 있었을 뿐 정확한 날짜는 몰랐던 나로서는 신선한 충격으로 다가왔다. 충격은 TV 속 촛불 든 사람들의 고함소리와 어우러져 깊은 통찰로 이어진다. 학창시절 교과서로만 간략하게 배웠던 역사, 하지만 내가 모르는 역사의 어느 구석에서 차마 감당하지 못했던 우리의 초상이 지금을 살아가는 우리에게 부메랑으로 돌아온 건 아닌지 생각해 보았다. 몇 년 전, 나는 <야누스>라는 작품을 쓰기 위해 인터넷을 뒤지다가 박정희 대통령이 친일파였더라는 사실을 알게 되었다. 일제 강점기 시절 독립군을 때려잡던 장교 출신이라고 했다. 이는 지난 대통령 선거를 앞두고 벌어졌던 토론회를 본 사람이라면, 보지 않았어도 이 토론회를 두고 옥신각신 다투는 사람들을 접했다면 누구든지 알 수 있는 내용이다. 애써 여유 있는 웃음으로 받아 넘기려는 박근혜와 그런 박근혜를 정신없이 쏘아붙이는 이정희, 그리고 이정희의 입에서 튀어나온 다카끼 마사오라는 이름이 내 머릿속을 맴돈다. 여기까지의 이야기를 모두 <야누스>에 썼던 것 같다. 책이 출간된 이후 다른 이야기를 쓰느라 잊고 살았던 그 이름을 다시 떠올리게 될 줄이야!

"기가 막히네…."

밑도 끝도 없이 나는 그렇게 중얼거렸다. 계속 되는 촛불집회 현장을 보고 한 말인지, 인터넷 속 누리꾼들의 공방전을 보고 한 말인지, 출간 이후 잊고 살았던 책의 내용이 다시 떠올라서였는지 구분할 수 없다. 벌써 수십 년 전이었다. 3년이라는 긴 시간

동안 이어진 혈전을 중단하고, 한반도는 둘로 갈라져 각자의 길을 걸었다. 어느 쪽도 승리하지 못한 채 휴전선을 사이에 두고 서로는 정치는 말할 것도 없고, 경제, 사회, 문화, 심지어 언어까지 다른 모습으로 변화하여 지금을 살아간다. 그 중에서도 친일파 인사들의 처리 문제는 확연하게 달랐다. 언젠가 책에서 북한은 전쟁이 끝났을 때 그들을 모두 죽여 버렸다는 글을 본 적이 있다. 말 그대로 피바람이 몰아닥쳤다. 살육의 현장에서 살아남고 싶었던 그들은 친일파에게 관대하다 못해 따뜻한 봄꽃처럼 향기로웠을 대한민국으로 내려와 떵떵거리고 살게 되었다. 박정희라는 사람이 대통령 자리에 앉은 뒤 무엇을 어떻게 했는지는 앞서 출간한 <야누스>에 있고, 다른 수많은 자료들이 인터넷과 서적에 있으니 여기에선 더 이상 말할 것이 없다. 지금 내 시선은 도로 TV 뉴스 속 자료화면에 닿은 채다. 한국과 일본의 국방을 책임진 사람들이 무슨 꿍꿍이를 벌이기에 기자들이 모두 카메라를 내려두고 팔짱을 끼운 채 그들을 노려보는 취재 거부 퍼포먼스를 해보일까? 도대체 한국과 일본 사이에 무슨 말들이 오갔기에 10억 엔이라는 엄청난 돈이 들어온 걸까? 도대체 무슨 생각을 하고 있기에 수요일마다 일본 대사관 앞에 모여 시위를 벌이는 할머니들의 처절한 외침을 모르는 척 하는 걸까? 사람들 말대로 친일파 가족의 가정교육이 낳은 결과물일까? 인터넷에 오르내리는 사람들의 댓글처럼 지금 우리에겐 안중근이나 김재규의 뒤를 이을 사람은 더 이상 없는 걸까? 나는 궁금해졌다. 나라의 독립을 위해 목숨 바쳐 싸웠던 선조들처럼 지금의 어지러운 시기에 스스로 일어나 모두의 앞에 나서줄 사람은 과연 어디에 있을까? 그리고 또 궁금해졌다. 일본의 심장을 저격했다는 안중근을 말이다. 내가 학창시절 안중근에 대해 배운 거라고는 '만주 하얼빈 역에서 일본 초대 총리 이토 히로부미를 저격하고 태극기를 흔들며 대한독립만세를 외쳤다.' 라는 교과서 속 짧은 문장이 전부였다. 문득 안중근의 이야기를 써야겠다는 생각이 들어 자료를 찾던 나는 오래지 않아 기운이 빠져버렸다. 안중근을 다룬 책이 상당히 많아서다. 하긴 안중근부터가 자서전을 썼고, 이토 히로부미를 쓰러뜨린 사건을 다룬 재판 기록이 여기저기에 차고 넘쳤으며, 그래서 영화와 드라마, 다큐멘터리 등으로도 제작되었으니 그럴 수밖에. 이쯤 되면 포기하고도 남을 법한데, 이상하게도 나는 포승줄에 묶인 안중근에게서 시선을 뗄 수가 없었다. 우선 안중근의 이야기를 담은 책 몇 권을 도서관에서 찾아 읽기 시작했다. 퇴사 며칠 전에 면접 본 곳으로부터 합격 소식이 날아들어 새로 근무하게 될 때까지 정신없이 파고들었다. 어떻게 쓰면 좋을지 몰라 고민에 고민을 거듭하던 나는 마침내 결정했다. 내 방식대로의 이야기를 써야겠다고. 안중근을 그리지만 그가 주인공은 아닌 이야기, 안중근이 살아가던 시절을 그리지만 그 옛 시절과 다름없는 지금 우리 시대의 이야기를 말이다. 어떤 이야기가 되더라도 그것은 참과 거짓 사이에서 우유부단하게 흔들린 내 책 <야누스>가, 무엇이 옳고 그른지 몰라 중립을 지키겠답시고 그런 책을 쓴 내 스스로가 부끄러웠기 때문이라고 한다면 적절한 이유일 것이다. 처음부터 다시 공부하여 바로 잡아야겠다고 생각했다. 나부터가 텅 빈 머리를 채워야 하니 이 작업은 아마 오래 걸릴 것이었다.

***

드라마에서 도깨비는 그렇게 백년을 살아 어느 날, 날이 적당한 어느 날 첫사랑을 만났고, 또 날이 적당한 어느 날 첫사랑에게 청혼했다. 그는 고려 시대 무사 출신이었는데, 어린 주군의 눈과 귀를 홀린 간신으로부터 미움을 받아 그 주군이 내린 칼에 죽은 뒤 신의 장난에 휘말려 도깨비가 되었다. 드라마 속 깜찍 발랄한 그 처녀귀신도 귀신이라고, 아무래도 그녀에게 홀딱 씌어버린 모양이다. 평소 드라마에 관심 갖지 않던 내가 재방송 시간까지 꿰차고 앉은 걸 보면. 만일 드라마가 아닌 실제로도 그런 신이 세상에 존재한다면 혹시 그는 도깨비로 살아남아 이승을 떠돌던 어느 날, 날이 적당한 조선 시대 어느 날에 신으로 추앙받았다는 자신보다 더 잘나고 더 아픈 인생을 살아갈 아이가 태어났다는 사실을 알았을까? 그 아이야말로 자신보다 비장한 각오로 목숨 바쳐 나라를 구해낸 귀한 인재였음을 진정 알았을까? 만일 그가 몰랐더라도 삼신할머니는 알았을 거다. 사랑으로 점지하다 못해 그 사랑이 차고 넘쳐 가슴에 북두칠성 모양의 점 일곱 개를 콕콕 찍어 세상에 내놓은 특별한 아이였으니. 거 참 신기하기도 하지. 어떻게 점이 찍혀도 꼭 저런 점이 찍혔을까. 집안의 어른들은 아이 가슴에 찍힌 그 까만 점이 재미있었다. 그리고 이 아이가 어쩌면 하늘이 내려준 은총은 아닐지 생각해 보았다. 보석 같은 아이로 별처럼 살아가리라고 미리 가르쳐주고 싶었던 신의 배려라고 말이다. 지긋이 아이의 재롱을 내려다보던 할아버지 안인수(安益壽)는 북두칠성의 기운에 응하여 태어났다는 뜻으로 아이에게 응칠(應七)이라는 이름을 지어준다. 일곱 개 별의 은총으로 태어난 아이, 그게 안중근 인생의 시작이었다. 우리나라에선 예로부터 하늘의 별을, 그것도 북두칠성을 그냥 보아 넘길 수 없을 만큼 무척이나 상서롭게 여겼다. 안중근을 말할 때 절대 빠질 수 없는 이 이야기는 어쩌면 이 땅을 구한 우리의 영웅으로써 그 영웅을 더 영웅스럽게 보이기 위한 맛스러운 첨가물일 수도 있겠으나 단순히 그렇게만 보기에 아이는 어렸을 때부터 여느 아이들과 달라도 뭔가 많이 달랐다. 고을의 현감이신 할아버지와 진사이신 아버지의 가르침을 받고 자란 양반 댁 귀하신 도령이니 깍듯한 예의범절은 물론이거니와 학식마저 출중하여 과연 북두칠성의 기운을 내려 받은 인재라 할 수 있었다. 이는 집안의 뿌리만 봐도 쉽게 수긍이 간다. 순흥(順興) 안씨(安氏) 집안은 꽤 많은 무과 급제자를 배출한 지방의 무반(武班) 가문으로, 그중에 할아버지 안인수는 조선시대에 흔히 원님이라 부르는 작은 고을의 행정관이었고, 그의 아들이자 안중근의 아버지 안태훈(安泰勳)은 무반이라는 가문의 전통적 성격과 다르게 진사시에 합격하여 진사(進士)가 된 사람이다. 열 살도 되지 않은 나이에 사서삼경을 외우고, 통감(通鑑), 즉 우리나라에선 자치통감(資治通鑑)으로 불리는 중국의 기원전 403년부터 기원후 960년까지 1362년간의 역사서를 모두 외우는 능력자이기까지 했으니 그의 아들은 오죽할까. 조선 후기 하 수상한 시절에 3남 1녀 중 맏아들로 태어난 응칠이는 여섯 살이 되었을 무렵 아버지 안태훈이 개화파(開化派)의 일원이던 박영효(朴泳孝)의 영향을 받아 그가 만든 외국 유학생 무리에 들어갔다가 갑신정변의 실패로 쫓기는 신세가 되어 가족 모두와 피난해야 할 처지에 놓였다. 황해도 신천의 청계동으로 옮겨간 곳에서 안태훈은 서당을 세우고 고을의 아이들을 가르쳤는데, 그때 응칠이는 후에 직접 쓴 자신의 자서전에서 밝힌 것처럼 그저 통감 9권까지만 익혔을 뿐이다. 조부가 세상을 떠난 후 물론 글공부도 중요했지만 활쏘기와 총 쏘기, 말 타기를 더 좋아했기 때문인데, 이는 시시때때로 집을 들락거리던 포수들에게서 영향을 받은 건지 몰랐다. 아닌 게 아니라 청계동은 산속 깊은 곳에 자리 잡은 고을이었고, 그래서 먹을 것을 찾아 내려오는 짐승이 많은 탓으로 자연스레 총 든 포수를 자주 접할 수밖에 없었다. 그들에게 사냥 방법을 배우러 겁도 없이 산으로 올라 다니던 응칠이는 용맹성을 떨치는 것으로 모자라 급기야 지역에서 명포수로 이름을 날릴 만큼 뛰어난 사냥꾼으로 성장했다. 어릴 때부터 총질 좀 한다는 상 남자들과 어울려 지내다 보니 성깔 또한 제 어깨에 걸친 총처럼 번쩍거릴 때가 많았는데, 그 때문에 가족들은 걱정이 많았다고 한다. 이를테면 함께 다니는 무리와 사냥을 나간 어느 날 총알이 총구멍에 걸려 빠지지 않는다며 앞뒤 재지 않고 꼬챙이로 마구 쑤시다가 느닷없이 폭발하는 바람에 오른손을 날려먹을 뻔 했더라는 이야기 하며, 술집에서 만난 기생들에게 돈에 미쳐 짐승 같은 짓을 한다고 잔소리했다가 발끈하는 그녀들을 정말 짐승 대하듯 욕설과 매질로 다스렸더란 이야기 등등 그놈의 성질머리를 도대체 누가 막을지 모를 지경이었다. 사실 그의 이름 응칠은 그저 아명(兒名)일 뿐 후세 사람들이 잘 아는 본명은 바로 중근이다. 안중근(安重根), 성질이 급하여 무겁고 차분하게 갈아 앉히라며 가족들이 지어준 이름. 화가 나면 헐크처럼 웃통이라도 찢을 듯 욱하는 성격이었고, 어찌나 괄괄한 성정을 가졌던지 오죽하면 인터넷의 어느 블로거는 태조 이성계가 떠오른다는 표현까지 썼을까. 이성계라니, 이방원이 아니라서 참 다행이다. 어쨌거나 그것은 제 아들 못지않게 사나웠던 이의 이름이라 비유하여 쓰기엔 다소 극단적이라고 느껴지지만 그런 표현을 써야 할 만큼 안중근은 선천적으로 불의를 보면 참지 못하는 남자였던가 보다. 그래서 나라를 위해 열정적으로 떨쳐 일어난 남자였나 보다. 충분히 이해할 수 있다. 무반의 피가 흐르고, 목숨 바쳐 조국을 지켜낸 사람이니 그 정도 우악스런 성격은 예쁘게 봐줄만 하다. 과거에 어떤 독립투사는 어느 방향에 있을지 모르는 일본인 앞에 머리 숙이지 않겠다며 세수할 때조차 고개를 숙이지 않아 한 번 씻고 나면 옷을 온통 적셔 아내가 빨래 걱정으로 골치 아파 할 지경이었다는데, 하물며 안중근이야! 하여간 가족들의 근심과 걱정으로 지어진 이름을 갖고서 더욱 열성적으로, 더욱 혈기왕성하게 자라난 안중근은 열여섯 살이 되었을 때 동학농민운동이 일어나 아버지를 따라 산포군의 일원으로 나서게 된다. 나중에 다시 등장할 이 사건은 바야흐로 1894년,

자체적으로는 농민들의 분노를 잠재우지 못한 지역 정부의 요청에 의해 벌인 투쟁이었다. 임진왜란이 일어났을 때 중국에서 가져온 붉은 비단 옷을 입고 왜군과 싸워 홍의장군(紅衣將軍)이라고 불렸다는 곽재우(郭再祐)처럼 안중근 역시 동학군에게 붉은 갑옷 차림을 하고 싸우는 어린 장군으로 알려지게 되었다. 잔잔한 촛불로 태어나 찬란한 횃불로 살았을 이 남자 안중근, 하지만 순수한 남자였다고 한다. 절벽에 피어난 꽃이 너무나 아름다워 꺾으려고 다가갔다가 그대로 미끄러져 추락사할 위기에 처했을 때 튀어나온 나무뿌리를 재빨리 붙잡아 죽을 고비를 넘겼더라는 일화를 보면 무모하다는 생각이 들기도 하지만 한편으론 계절에 따라 낭만적으로 변하는 남자일지 모르겠다는 생각이 든다. 원래 운동하는 남자들이 착하고 어질다는데, 아마도 안중근이 그런 남자이지 않았을까 싶다. 남자였든 여자였든 상대방의 무엇을 먼저 보느냐는 질문에 마음을 본다는 둥 다들 말 같잖은 소리를 지껄이지만 사람은 본능적으로 눈을 제일 먼저 보게 되어 있다. 눈을 보려면 얼굴을 보는 게 당연하고, 그래서 나도 처음엔 안중근의 얼굴을 먼저 봤다. 잘생긴 얼굴이 아니어서 그렇지, 내 스타일이다. 안중근의 얼굴을 이모저모 뜯어보자. 잘생긴 얼굴이 아니면 못생긴 얼굴일까? 차라리 인터넷 용어를 가져다 쓰는 게 옳을 듯 하다. 훈남, 얼굴 빼고 다 잘생긴 안중근은 역시 훈남이다. 한 성깔 하지만 이 착하고 열정적인 훈남은 또한 천주교 신자이기도 하다. 개화사상을 품은 아버지 안태훈의 영향으로 세례를 받게 되었다고 한다. 한겨레 출판에서 출간한 <안중

근 평전>은 '안중근이 본래 갖고 있던 박애주의자 예수의 행적과 공명하여 그가 입교를 하게 되었다고 본 시각'을 긍정적으로 받아들이고 있다. 박애주의(博愛主義)의 사전적 의미가 '모든 인류가 서로 평등하게 사랑하여야 한다는 주의로 정치적, 철학적, 윤리적인 개념'이란 사실을 비추어 볼 때 이는 고달픈 인생을 살아가던 조선의 민초들에게 하나님의 말씀을 전하여 모두가 평등한 세상으로 가꾸고픈 그의 뜻이었을 거다. 한국식 이름으론 홍석구(洪錫九), 프랑스 출신의 빌렘(J. Wilhelem)이란 신부는 안중근에게 특별한 인물이었다. 천주교에서 신부가 미사를 진행할 때 옆에서 시중드는 사람을 복사(服事, Altar server)라고 하는데, 빌렘 신부의 복사 역할을 하고, 서양의 학문에 관심을 두어 그로부터 불어를 배우는 열의까지 보였으니 안중근이 천주교에 얼마나 깊은 애정을 가졌는지 느낄 수 있다. 안중근의 호 '도마' 역시 한자어 '다묵(多默)'에서 따왔으며, 이는 세례명 토마스의 다른 표현이다. 금수저 출신에 교회 오빠이기까지 한 이 남자, 열정과 열의로서 모든 일에 성실히 임한 멋진 남자 안중근의 초년은 이렇게 완벽 그 자체였다. 열일곱 살 무렵 김아려와 결혼하여 슬하에 2남 1녀의 자식을 두었다는 안중근의 남은 이야기는 당연히 그것을 기본 테마로 둔 책이니 곧 다시 이어진다.

2. 일본, 양키에게 얻어맞고
조선에서 화풀이하다

일본은 어째서 한반도를 침략했을까? 나의 궁금증을 해결하려면 가장 근본적인 문제부터 풀어야 할 것 같다. 우리의 역사에서 일본은 떼려야 뗄 수 없는 나라이다. 애증의 관계라고나 할까? 어쩌다 사이가 좋은 것 같다가도 역사 문제를 들추는 순간부터 원수도 이런 원수가 없으리라고 생각될 만큼 두 나라는 악연으로 묶여있다. 우선 삼국시대에는 아무리 책을 뒤지고 인터넷 자료를 찾아보더라도 백제와의 활발한 문화 교류를 중점적으로 설명하거나 간혹 바닷가 마을로 밀고 들어온 해적들에 의해 인명 피해를 입었다는 기록을 수없이 찾아낼 수 있을 텐데, 이는 조선 시대로 넘어가면 분위기가 사뭇 달라져 두 나라 간의 '전쟁'이라는 개념으로 발전하게 된다. 이기적이고 멍청한 임금의 바보 같은 판단으로 전쟁을 막지 못해 몇 년 동안 백성들은 살아도 사는 게 아닌 삶을 살아가고, 작은 섬 하나 제대로 간수하지 못해 지금까지 불편한 관계를 유지하고 있으며, 결국 후반기엔 아예 그들의 식민지로 전락하여 서로에게 앙금을 남긴 걸로 모자라, 그 역사를 사죄하지 않고 발뺌하거나 외면하는 통에 국민들은 속 터져 죽을 지경이니 도저히 악연이 아닐 수가 없다는 거다. 내가 학창시절 교과서를 통해 배운 대로라면 일본은 대륙으로 진출하여 세계사를 제 뜻대로 주무르기 위해 한반도를 침략했다. 우리는 단지 그들에게 필요한 교두보일 뿐이었다. 이를 정명가도(征明假道)라고 하는데, 도요토미 히데요시가 스스로를 합리화하기 위해 그런 식으로 주장했다는 의견이 있지만 지금 당장 그의 무덤을 파내어 시신 멱살을 휘어잡고 따질 순 없는 노릇이니 그냥 그런가 보다, 하는 중이다. 한때 세계를 정복하고 싶었던 나라, 그래서 이 나라에 지구 정복을 꿈꾸는 악마의 무리와 싸워 이긴다는 로봇 만화가 그렇게 많은 걸까? 애니메이션 대국답게 과거에 실현하지 못한 꿈을 이런 식으로라도 이루고 싶었던 건 아닐까? <똘이장군>이라는 우리나라 만화영화에서 공산당을 돼지와 늑대로 표현하고, 북한도 그런 식의 만화영화를 제작하여 아이들에게 사상을 주입했더라는 것처럼 일본 역시 밑도 끝도 없는 이유로 지구를 침략한 우주의 괴물을 해치운 뒤 영웅이 되어 사람들에게 칭송받는 일본인의 모습을 보여줌으로써 과거의 흑역사를 또 한 번 합리화하고 정당화하려는 건 아니었을지, 지구방위대 후레시맨을 즐겨 보던 어릴 적 나는 몇 번 그렇게 생각해본 적이 있었다. 말 같지도 않은 소리하지 말라는 친구의 면박이 민망하여 두 번 다시 입 밖으로 꺼내지 않게 되었지만. 그때가 아마 중학교 시절이었을 거다. 후레시맨 용사와 결혼하겠다는 환상에 사로잡혀 히죽거리던 나이에서 벗어나 학교를 졸업하고 사회생활을 하며 점차 합리적인 생각으로 잘잘못을 가릴 줄 아는 나이가 되었으니 이제 도요토미 히데요시가 어째서 조선을 밟고 들어왔는지, 그들이 도대체 무슨 생각으로 조선을 손에 넣고 중국을 손에 넣어 세계에 나서려고 했는지 구체적으로 따져볼 필요가 있다. 조선에서, 정치인들이 서로간의 알력으로 아옹다옹하느라 시끄러웠던 일들이나 어쩌다 가끔 중국에서 찾아온 사신이 조공하라며 눈을 부라리거나 북방의 오랑캐들이 역시 어쩌다 가끔 시비를 걸어오는 것 말고는 나름대로 평화 아닌 평화를 유지하고 있을 때 옆 나라 일본에선 도요토미 히데요시가 사납게 몰아닥친 피바람을 정리하느라 바쁘게 움직이고 있었다. 이걸 설명하기 위해서는 그가 살아가던 전국시대(戰國時代)가 아닌 이전의 남북조시대까지 거슬러 올라가야 할 것 같다. 우선 고다이고(後醍醐)라는 사람이 있었다. 이 사람은 그간 막부의 손과 발이 된 듯 그저 상징으로만 남아있을 뿐인 천황의 권위를 세우고, 조선의 왕이나 중국의 황제처럼 직접 통치하는 제도를 내세운 사람인데, 막부를 밀어낸 뒤 그들의 정책을 모두 거부하여 관소(關所)를 폐지한다거나 인재를 등용하는 등의 급진적인 개혁을 추구하다 이전의 막부 체제로부터 반발을 샀다. 헤이안시대(平安時代794~1185)까지만 해도 그저 귀족의 손과 발 노릇을 하며 살던 무사들이 어느 날부터인가 정체성을 깨닫고 그들에게 반항하여 자기들만의 정권을 만든 게 막부(幕府)의 시작이었다. 그 정권의 창시자가 가마쿠라(鎌倉)라는 지역에 터를 잡았으므로 이때부터 '가마쿠라 막부(鎌倉幕府1192~1333)' 또는 '가마쿠라 시대(鎌倉時代)'라고 부르게 된다. 막부의 창시자는 바로 미나모토노 요리토모(源賴朝)라는 남자인데, 낙마 사고로 죽었다는 둥 암살을 당했다는 둥 암살을 아내 호죠 마사코(北条政子)가 저질렀다는 둥 미나모토노 요리토모의 말 많은 죽음 이후 실권을 잡은 건 그 아내의 가문인 호죠씨(北條氏)라는, 실권자인 쇼군(將軍)의 아래에서 후계자로 지목되기에 가장 유력한 가문이었다. 요리토모가 죽고 그의 아들 요리이에(源賴家)가 쇼군이 되었지만 권력에 탐을 낸 요리토모의 장인인 호죠 도키마사(北條時政)가 요리이에를 추방한 뒤 다른 집안 사람을 쇼군으로 끌어들여 실권을 잡게 된다. 일본어로 싯켄(執權)이란 말은 간단하게 말하자면 쇼군을 보위하는 지위를 가리키는데, 마음에 들지 않으면 그 쇼군을 끌어내리고 다른 사람을 올리기도 했다. 그 바람에 미나모토노 요리토모 이후 쇼군이 되었던 요리이에는 유배를 당했다가 암살당하고, 요리이에의 아들 구교(公曉)가 그 자리에 앉았다가 또 암살당하여 미나모토노 집안은 3대 만에 가문의 뿌리가 끊어지는 수모를 겪는다. 실권을 장악한 호죠가문, 싯켄의 국정농단이라고 해야 할까? 사전적 의미로 국정(國政)은 '국가의 정치'라는 뜻이고, 농단(壟斷)이 '이익이나 권리를 교묘한 수단으로 독점하는 것'이라고 한다면 그들이 저지른 짓이 바로 이 단어와 어울릴지 모르겠다. 이를 싯켄정치(執權政治)라고 하는데, 이것저것 다 가진 이들이 자기들끼리만 무려 130여 년 동안이나 일본의 주인 노릇을 했으니 당연히 불만이 많을 수밖에 없다. 그들 사이에 끼지 못하고 겉돌던 고케닌(御家人) 세력들은 갈수록 체통이 말이 아니게 되어버린 천황가와 손잡고 막부를 타도하려는 움직임을 보이니, 바로 쪼쿠의 난(承久の乱 1221)이 벌어졌다. 하지만 실권자가 말로만 실권자가 아님을 보여주겠다는 듯 호죠씨 세력은 그들을 힘으로 눌러버리고 만다. 이 사태에 고다이고 천황이 본격적으로 끼어든 계기가 있다면 바로 원나라와의 전쟁 때문이다. 성질 한 번 더럽다고 소문난 유목민족 몽골의 요구에 거부하며 전쟁을 벌이던 호죠씨 세력은 무려 두 차례나 바다에 몰아닥친 태풍으로 제대로 싸워보지 못한 채 전멸한 몽골군으로부터 살아남으니 스스로 생각하기에도 기특했던 모양이다. 그 괴물 같은 쿠빌라이 칸(忽必烈汗)을 몰아냈다며 일본이 무슨 '신국(神國)'이라는 둥, '신풍(神風)'이 불어 구원 받았다는 둥 제법 창의적이고 환상적인 말들을 늘어놓으며 그저 기뻐하기만 했을 뿐 전쟁으로 다 망가진 백성들의 삶이나 함께 참전했던 고케닌들의 피해 보상에는 영 관심이 없었다. 고케닌이라는 건 쉽게 말해 장군의 일본식 발음, 즉 쇼군(將軍)이 통솔하는 부하 또는 신하의 개념으로 볼 수 있을 것이다. 실권자가 토지를 하사하면 고케닌은 돈이나 군사력을 바쳐 쇼군에게 충성한다. 서로의 필요에 의해 토지와 군사력을 주고받으니 어떻게 보면 계약관계라고 생각하면 되지 않을까 싶다. 세력을 불려 부강해지고 싶은 쇼군의 입장에서 고케닌들을 우대해

주어도 모자랄 판인데, 개보다 못한 취급을 했으니 가뜩이나 불만 가득한 사회 분위기에 따라 호죠씨 가문은 많은 것들을 잃어갔다. 마침내 왕따가 되어버린 그들 가문에 정면으로 맞선 고다이고, 그러나 130여년의 연륜을 무시할 수 없다. 계속되는 패전에도 포기하지 않고 그들과 싸운 고다이고는 끝내 그들을 몰아내는 데에 성공한다. 호죠씨 가문이 만들어 놓은 기틀을 모두 부정하고 자기만의 방식으로 사회 변혁을 꿈꾸지만 뭔가 많이 어설퍼 보였는지, 아니면 그로 인해 자신들의 입지가 좁아진다고 느낀 건지 고다이고의 정책에 반발하는 무사들이 많았다고 한다. 다시 가마쿠라 지역에 모인 무사들과 대립하다 밀려난 고다이고가 지금의 나라현(奈良縣)이라는 요시노(吉野)지역으로 도망쳐 새 정권을 세웠으니, 이에 14세기 일본에는 남북조시대(南北朝時代1336~1392)가 열렸다. 고다이고의 남조보다 싸움 깨나 한다는 무사들의 북조가 훨씬 강한 힘을 가졌기에 불리한 입장임에도 고다이고는 병으로 죽는 순간까지 내내 저항과 패배를 거듭한다. 그런데 북조는 엉뚱하게도 '간노의 난(観応の乱)' 또는 '간노의 소란(観応の擾乱1352)'이라고 불릴 형제간의 싸움에 휘말리게 된다. 개인적으로 오랫동안 조선과 중국의 역사에만 관심이 많았던 나는 임금을 따로 두고, 정작 실권은 막부가 쥐었더라는 그들의 이원적 지배 구조가 좀처럼 이해되지 않았다. 그런 역사가 있었기에 지금도 왕을 얼굴마담으로 남겨둔 채 실권은 총리가 잡고 있는 거겠지. 남과 북으로 나뉜 일본 열도, 남쪽에선 고다이고가 어떻게든 일어서기 위해 애쓰는 와중이었

고, 북쪽에서도 가마쿠라에 모인 무사들을 통솔하며 형인 아시카가 다카우지(足利尊氏)가 동생 아시카가 타다요시(直義)에게 정무를 맡기며 이원화 정책을 시작했다. 이것이 무로마치 막부(室町幕府1336~1573)의 시작이다. 그런데 바로 이때에 동생 타다요시를 반대하는 무리가 나타나 그의 지지 세력과 대립하는 상황이 벌어졌다. 반대파의 극성을 이기지 못한 타다요시는 결국 자리에서 물러나게 되는데, 형 다카우지는 자식들에게 지금껏 동생이 가졌던 지위와 지방의 주요 관직을 내주는 등으로 어수선한 분위기를 정리하려고 했다. 그러나 타다요시의 입장에선 권력을 빼앗기고 정계에서의 은퇴까지 강요당했으니 그런 식으로 얼렁뚱땅 넘어갈 문제가 아니었다. 애초에 자기들과 대립했던 고다이고의 남조로 넘어가 그에게 손을 내밀자 그 순간부터 형과는 적대적인 관계로 변질되고 만다. 우애라고는 코딱지보다 못한 형제간의 싸움에서 승리한 건 형 다카우지였다. 형의 군대에게 붙잡힌 동생 타다요시는 유배 간 곳에서 끝내 독살 당한다. 형제의 비극이지만 이는 그저 승리자에 의해 쓰이는 역사의 한 페이지일 뿐 이제 더 이상 타다요시는 존재하지 않는 인물이었고, 권력을 틀어쥔 다카우지에게 남은 건 남과 북의 통일일 것이다. 병으로 고생하던 고다이고가 제 명을 다 해 죽고 난 뒤였으니 이제 남조는 힘이 없다. 남조의 천황이 북조의 천황에게 양보하고 퇴위하기. 하늘 아래 천황이 둘일 수 없다는 생각에 동의한 남북조는 싸움보다 협상을 택하였으며, 이로써 남북조시대는 60년도 되지 않아 막을 내렸다. 그런데 이대로 조용히 끝났더라면 어떻게든 백성들은 평화롭게 살 수 있었을 테지만 제대로 정리되지 않은 시대가 결국 혼란을 가져오니, 그게 또 난장판으로 이어질 거라는 사실을 그땐 정말 몰랐을 거다. 남북조시대의 정신 사나운 사회 혼란을 막겠다며 막부는 지방 행정관이라는 슈고(守護)들에게 토지 소유의 권한을 부여했는데, 바로 그게 문제였다는 거다. 그 슈고들이 영주, 즉 다이묘(大名)처럼 뻣뻣하게 콧대를 높이며 제 권력을 행사하는 통에 무슨 '슈고다이묘(守護大名)'라는 듣도 보도 못한 신조어가 생겨나더니 급기야 경제권과 군사권까지 챙기며 하늘 높은 줄 모르고 기어올라 반란을 일으킨 게 바로 '오닌의 난(應仁の亂)'이었다는 소리다. 막부는 이들을 감당하지 못하였고, 나라꼴이 어떻게 되거나 말거나 지역에서 힘 좀 쓴다는 세력들이 끼리끼리 하극상을 일으켜 각 지역에 독립국을 세우자 마침내 기존의 권력자들과 대립하는 전국시대(戦国時代1467~1573)가 도래하였다. 아수라장이 따로 없는 이 전국시대를 정리하기 위해 나선 3인이 있었으니 바로 그 이름도 유명한 오다 노부나가(織田信長), 도요토미 히데요시(豊臣秀吉), 도쿠가와 이에야스(德川家康)였다. 오다 노부나가란 사람은 서양에서 들여온 화포를 이용하여 농민들의 봉기를 진압하고, 다이묘 행세를 하고 다니던 정신 나간 승려들까지 제압한 사람인데, 신분에 관계없이 능력자들을 대거 등용하여 용병제도를 도입했다. 이 사람의 손으로 전국시대를 깔끔하게 정리하고 통일했으면 역사가 공부하기 딱 좋은 과목이 됐을 텐데…! 곧 다시 등장할 얘기지만 오다 노부나가는 일본이 통일되는 경사를 보지 못하고 충복 아케치 미츠히데(明智光秀)의 배신으로 죽게 된다. 미츠히데를 죽여 오다 노부나가의 복수를 한 사람이 도요토미 히데요시였다. 도요토미 히데요시는 나름의 리더십을 발휘하여 오다 노부나가의 세력을 규합하고, 일본을 통일하는 데에 일단 성공했다. 하지만 그 다음이 문제였다. 뒤늦게 오다 노부나가의 추종 세력이 반대하고 나서니 도요토미 히데요시는 그들을 제거하면 상황이 나아질 거라고 생각했나 보다. 만일 생각대로 이루어졌다면 그가 조선을 침략하지 않았을까? 풀리지 않는 내적 갈등을 완화할 목적으로 조선 침략을 시도한 거라는 추측이 과연 옳을지 모르겠다. 기왕에 여기까지 설명했으니 조선의 이순신에게 제대로 깨진 도요토미 히데요시가 과거에 어떤 인간이었는지 좀 더 깊게 들어가 보자. 그의 아버지는 무슨 민방위처럼 전투 때에만 잠시 동원되었다가 전투가 끝나면 고향으로 돌아와 농사를 짓는 사람이었다고 한다. 애초에 무사 계급이라거나 별것도 아니면서 힘깨나 쓰는 양 까불던 지방 관리가 아니라 흔하디흔한, 평범한 농민이었다는 거다. 그 농민 출신이라는 아버지가 전쟁에서 죽은 뒤 어머니가 새 남자와 결혼하여 비로소 히데요시라는 성을 얻게 됐다고 한다. 새 아버지로부터 사랑 받고 자라지 못한 어린 날의 아픔이 무사의 길을 걷게 된 계기였다는데, 그때에 오다 노부나가를 만나 상 남자로 성장하여 끝내 우리가 아는 인간이 된다. 간바쿠, 우리 식 발음으로 관백(関白)이라 하면 천황을 바로 아래에서 떠받드는, 사전을 찾아보니 '정무를 총괄하는 일본의 관직이며, 메이지시대 이전까지 조정 대신 가운데 최고 위직'이었다고 쓰여 있는데, 하여간 그런 자리에 앉아 있었다고 한다. 어머나, 세상에! 평범한 농민 출신이 전투에서 한 번 두 번 공을 세워 다이묘가 되었다가 나중에는 천황의 사랑을 독차지하는 자리에까지 올랐다고? 헐, 대박! 개천에서 용 났다. 아니, 우리에겐 우리 땅을 침략하고 피 맛을 본 사람이니 용이 아니라 지렁이라고 해도 속이 시원하지 않겠지만 일본 역사가 그렇다고 하니 일단 용이라고 해두자. 하여간 그런 잘난 사람이 천황의 밑에서 일하게 되었다니 기분이 하늘을 찔러버릴 듯 좋았을 거다. 그나저나 일본에선 상징의 의미였든 뭐였든 가장 높은 자리에 앉은 지도자를 왕이 아니라 천황이라고 하는데, 이는 하늘의 아들을 가리키는 황제와 같은 의미일 것이다. 왕이었든 황제였든 하늘이 내리지 않으면 될 수 없다고 스스로를 추켜세운 선조들의 입장에서 보면 아마 도저히 충성하지 않고서는 죽어버릴 듯 소중한 자리인지도 모르겠다. 우리나라 역사만 보더라도 왕이 죽으라면 죽는 시늉을 하거나 아니면 정말 죽어버리는 무사들의 모습을 영화라든지 드라마에서 어렵지 않게 볼 수 있다는 걸 생각해보면 일본도 마찬가지였을 거다. 북한에서 주석인지 위원장인지 하는 인물들과 마주치면 아이돌 그룹을 만난 것도 아닌데 사람들이 미친 듯 울고불고 난리가 나는 것처럼 말이다. 오죽했으면 누리꾼들이 북한 3부자를 향해 '김 씨 왕조'라고 비아냥거렸을까. 왕이 지배했던 시대를 살아보지 않은 나로썬 그 심리가 무엇인지 도무지 알 방법이 없으나 어쨌거나 도요토미 히데요시의 입장으로 보자면 천황이란 존재는 농민의 아들로 태어나 간

바쿠의 자리까지 오른 자신을 있게 해준, 죽을 때까지 받들어 모셔야 하는 주군이었을 것이며, 조국 일본은 그런 천황이 다스리는 나라로서 반드시 지켜야 하는 우주 그 자체였을 것이다. 자, 이제 지금까지의 설명을 정리할 때다. 천황에게 충성하기 위해 일본을 통일하고, 자신을 믿지 않으려는 수하들의 마음까지 얻을 작정으로 그가 옆 나라 조선을 침략한 것이라면? 설마 너무 과한 비약은 아니겠지? 어쨌거나 충성이라는 목적을 달성하기 위해 조선을 침략했으나 그 조선에 이순신이란 인물이 있다는 사실을 몰랐고, 결국 도요토미 히데요시는 조선 정벌에 실패했다. 만일 여기까지의 내 추측이 사실이라면 이후의 사건들도 대강 맞아 떨어진다. 도요토미 히데요시처럼 천황에게 충성을 외친 자들이 영원한 파라다이스이고픈 제 나라를 더 큰 세상으로 인도하고자 아예 유럽식 무기까지 장착하고 다시 침략하여 결국 조선 땅을 식민지로 삼은 게 아니냐는 것이다. 아무래도 자료를 좀 더 찾아봐야 할 것 같다.

***

자, 이제 정한론이 등장할 차례다. 정한론(征韓論)이란 '봉건 체제였던 에도시대의 막부가 무너지고 메이지 시대에 들어서며 강경파 군국주의 인사들에 의해 제기된 침략적 팽창론'이라고 사전에 쓰여 있다. 한 마디로 '조선에 쳐들어가자!'라고 주장한 건데, 이 정한론을 설명하려면 이번에도 메이지시대가 아닌 에도시대로 거슬러 올라가야 한다. 혼란했던 전국시대를 대표한 세 인물 중 한 사람, 도쿠가와 이에야스의 이야기를 꺼내볼까 한다. 지금의 나고야시(名古屋市)가 있는 아이치현(愛知県)은 옛날엔 미카와(三河)라는 작은 나라였다. 오카자키성(岡崎城) 성주(城主)의 적장자로 태어난 도쿠가와 이에야스는 각각 동쪽과 서쪽을 지키며 서로 으르렁거리던 이마가와(今川) 가문과 오다(織田) 가문의 눈칫밥을 먹고 자랐는데, 그들에게 인질로 잡혀가거나 아버지가 암살을 당하는 등 고래 싸움에 등 터진 새우처럼 어린 시절 내내 어른들 싸움의 희생양으로 살았다. 한 아이의 슬픔엔 아랑곳없이 그들은 서로의 필요에 의해 전쟁과 평화를 반복하였고, 거친 남자들 사이에서 그는 그래도 어떻게든 살아야겠기에 인질로 끌려간 슨푸성(駿府城)에서 이마가와 가문의 딸을 아내로 맞이하거나 두 가문 사이에 벌어진 전투에도 참전하는 등 지독한 인생을 살아가는 상 남자로 변모하게 되었다. 어느 날, 이마가와 가문의 패색이 짙어지며 쉴 새 없이 이어지던 전쟁에 마침표를 찍게 되었을 무렵, 도쿠가와 이에야스는 두 가문 중 한쪽을 선택해야만 하는 상황에 놓였다. 어린 시절을 그저 추억으로만 묻어두고 비루하게 살아갈 것인가. 아니면 새로운 삶을 개척하여 지난날의 복수를 할 것인가! 하지만 오다 노부나가의 손을 잡고 일어나기까지 시간은 그리 오래 걸리지 않았다. 살아남기 위해 이마가와 가문의 여자와 결혼하여 자식까지 낳았으나 도쿠가와 이에야스에게 그들은 저물어가는 태양에 불과했다. 그리고 이때부터 이마가와 가문에는 피바람이 몰아치기 시작한다. 인질 아닌 인질이 되고 만 아내와 아들까지 그때 모두 죽였더라면 더 이상 괴롭지 않았을 텐데…. 오다 노부나가의 장녀를 며느리로 들이는 바람에 가족은 다시 한 번 참극을 맞으니 이 싸움을 끝낼 사람은 역시 도쿠가와 이에야스 뿐이었다. 이마가와 가문의 잔당일 수밖에 없는 아내와 아들을 죽임으로써 마침내 평화를 이루지만 가족의 비극을 마음 편히 받아들일 가장(家長)은 아마 없을 것이다. 그러나 객관적으로 따져 볼 때 그가 오다 노부나가의 손을 잡은 건 아무래도 신의 한 수 아니었을까? 덕분에 누구도 범접할 수 없는 세력가로 거듭나게 되었으니 말이다. 수시로 주군을 바꾸며 충성하던 시대, 살아남기 위해 이기적인 선택을 할 수밖에 없었던 무사들 사이에서 도쿠가와 이에야스는 오다 노부나가와 20년이 넘도록 의리로 뭉친 혈맹 관계로 살아간다. 채 정리되지 못한 서로의 역사 문제 때문이었는지 어렸을 때 나는 일본을 무조건 나쁘다고만 배웠다. 어른들은 우리의 적을 북한과 일본이라고 가르쳤으며, 그래서 일본인을 '일본 놈' 또는 '쪽발이'라고 부르는 걸 당연하게 받아들였다. 일본은 절대 가까이 해선 안 될 나라라고 배운 세대, 1998년 고등학교 2학년 후반기로 접어들 즈음에야 일본 문화가 단계적으로 개방되기 시작하니 개인적 취향이 아닌 이상 그것을 제대로 알 리가 없다. 개방된 일본 문화에 우리 문화가 잠식당할 거라는 어른들의 쓸데없는 우려 탓으로 그들과 접할 기회를 잃어버린 내 텅빈 머리론 그 옛 시절 화려하게 이름 날렸다는 오다 노부나가의 죽음을 선뜻 이해할 수가 없다. 아버지의 가산을 이어받아 성주(城主)가 된 사람, 금수저로 태어났으면서 흙수저로 살아가는 사람들의 고충을 누구보다 이해하고 아파했던 사람. 하지만 그 마음을 알아주지 않았던 이들은 오다 노부나가를 동네 바보 형 취급하였고, 아버지조차 동생과 비교하는 등 영 마음에 들지 않는 눈치를 보였더란다. 오다 노부나가라는 인물이 일본 역사에 한 획을 그은 건 다름이 아니라 과거에만 머물러 있던 기존 사무라이들의 전투에 화포(火炮)라는, 좀 더 세련된 무기를 끌어들였기 때문일지 몰랐다. 그래서 후계자의 자리를 놓고 동생 오다 노부유키(織田信行)와 싸웠을 때 부족한 병력으로도 승전할 수 있었던 거다. 필요할 때에만 전쟁에 투입된, 그래서 오합지졸일 수밖에 없는 농민 병력으로 싸워온 여타 다이묘들과 달리 전문적으로 훈련 받은 병사들을 모아 참전하니 당연히 숫자가 적어도 우세할 수밖에 없다. 그야말로 사분오열(四分五裂) 된 전국을 통일하기에 가장 적당한 인물이었던 거다. 미카와국의 세력 중 가장 위협이 되었던 이마가와 가문을 때려잡고, 능력자로 거듭난 도쿠가와 이에야스까지 함께 하니 오다 노부나가는 연전연승하며 천하제패의 꿈에 가까워졌다. 교토에서 힘 좀 쓴다는, 현 시대의 지명으로 야마나시현(山梨県)의 일부라는 가이국(甲斐國) 성주의 적장자이자 기마술(騎馬術)에 능하여 전장의 호랑이란 별명을 얻었다는 다케다 신겐(武田信玄)과 지금의 니가타현(新潟県)에 해당할 에치고국(越後國)에서 태어나 다케다 신겐과 짝꿍이나 다름없이 그 시절을 살았다는 우에스키 겐신(上杉謙信) 등 두 세력가와의 싸움에서까지 승리하여 무로마치 막부(室町幕府 1336~1573)라는 옛 시대에 종지부를 찍은 바로 어느 날이었다. 전투 중이던 도요토미 히데요시의 SOS 요청으로 말머리를 돌린 오다 노부나가는 잠시 휴식을 취할 생각으로 교토의 어느 지역에 잠시 멈추었다가 지원군으로서 뒤늦게 합류하기로 약속했던 아케치 미츠히데의 느닷없는 습격을 받아 사망했다. 오다 노부나가의 생각지도 못한 죽음으로 다이묘들 사이에서 어수선한 분위기가 이어졌을 때, 도쿠가와 이에야스는 오다 노부나가의 뒤를 이은 둘째 아들 오다 노부카쓰(織田信雄)와 연합하여 도요토미 히데요시와 대립하게 되었다. 그런데 엉뚱하게도 노부카쓰가 도요토미 히데요시와 손을 잡는 상황이 벌어졌다. 그만큼 도요토미 히데요시의 세력은 막강했고, 그냥 내버려 두었다간 자칫 그들의 칼에 맞아 죽을 위기에 처하니 도쿠가와 이에야스는 우선 도요토미 히데요시의 누이동생을 아내로 맞이하여 그에게 충복이 되겠다고 맹세한다. 이것은 차후에 좀 더 유리한 고지를 차지하려는 전략이었을 것이다. 자신의 세력 확장을 위해 어쩔 수 없이 도쿠가와 이에야스를 끌어들인 도요토미 히데요시가 한편으론 그를 찜찜하게 생각했더라는 걸 보면 알 수 있다. 각 지역의 세력들을 규합하고 통일을 이룩하는 과정에서 도요토미 히데요시는 자꾸만 확장되는 도쿠가와 이에야스의 세력을 경계하여 그를 자신의 무리 사이에서 대놓고 배척하는 등 싫어하는 티를 팍팍 내고 다녔는데, 도쿠가와 이에야스는 분위기에 휩쓸리지 않고 새로이 자리 잡은 곳에서 자신만의 힘을 가꾸니 그곳이 에도(江戶), 즉 지금의 도쿄(東京)였다. 도요토미 히데요시가 조선에서 전쟁을 벌이며 많은 것을 잃는 동안 도쿠가와 이에야스는 에도에 남아 조용히 자신의 입지를 다져갔다고 한다. 조선과의 전쟁이 발발하고 7년, 병에 걸린 도요토미 히데요시는 사후에 벌어질 분란을 걱정했던지 아들을 자신의 자리에 앉히는 것으로 세력 유지에 힘썼다. 그러나 공고하게 결집된 도쿠가와 이에야스에게 그들은 종이호랑이나 다를 바 없었으니, 마침내 도쿠가와 막부(德川幕府)가 정권을 잡게 된다. 일본의 17세기, 바로 에도시대(江戶時代 1603~1868)의 탄생이었다. 도쿠가와 막부는 사회, 경제, 문화 등 여러 방면으로 개혁을 추구했는데, 일본 역사에서 가장 중요한 터닝 포인트라고 짐작될 외국과의 교류가 이 시기에 활발하였다고 한다. 그게 물론 이번이 처음은 아니었다. 전국시대에 포르투갈과 어우러지며 무기류를 수입하는 남만 무역(南蠻貿易)의 형태가 발전했고, 오다 노부나가도 이미 자신의 세력을 유지하기 위해 그들로부터 무기를 사들인 바 있으니 말이다. 어쨌든 유럽 각지에서 찾아온 인사들과 무역을 시도하니 이는 도쿠가와 이에야스가 사망한 후에도 이어진 도쿠가와 막부의 중요한 국가사업이었을 거다. 아, 처음에만 그랬다. 언제 갑자기 벌어질지 모르는 전쟁에 대비하여 병장기를 사들인다던가, 무역을 통한 수익 창출이라거나, 일본과 다른 서양의 지식 또는 갖가지 정보를 공유하는 등 삶의 질을 더욱 높일 수 있으니 여러 가지로 이득이었을 테지만 반드시 모두에게 그렇지 않았다는 게 문제였다. 조상을 받들어 모시는 유교 국가에 기독교인들이 나타나니, 일본은 또 다른 사회 혼란과 마주하게 된다. 우선 기존에 득세하던 종교인들이 반발했다. 아니, 굳

이 종교인이 아니더라도 과거의 인습에 적응해온 권력자들로선 봉건국가의 기틀인 계급제도를 뭉개며 만민 평등을 외치고 다니는 저들을 도저히 두고 볼 수 없었을 거다. 조선에서는 정부가 나서서 천주교도를 목 베어 죽이고, 선교사들을 잔인하게 탄압했다가 외세의 공격을 받았던 적이 있다. 일본의 역사도 비슷하다. 한 번은 어느 다이묘가 이 종교의 사상에 심취하여 지역 백성들도 깊이 영향을 받았는데, 막부가 이것을 탄압했더니 곧장 반란이 일어났다. 이 사건을 일본에선 '시마바라의 난(島原の乱 1637~1638)'이라고 부른다. 안중근의 이야기에서 중요하게 다루어야 할 이 종교의 이야기는 차후 다시 언급할 문제인데, 하여간 일본의 지난 역사에서 도쿠가와 막부는 이러한 일련의 사건들로 인하여 적지 않은 상처를 받았던 모양이다. 그간 교류하던 외국과의 관계를 깨끗이 정리하고 쇄국정책을 시작했다는 걸 보면. 그 와중에 네덜란드는 유일하게 친분을 유지한 서양 세력이었다. 다시 말하자면 네덜란드는 서양과의 교역에 교통로 역할을 해준 나라였다. 자, 이제부터가 중요하다. 봉건 질서에만 순응하며 살아온 에도 막부는 일본 밖에서 무슨 일이 어떻게 돌아가는지 전혀 알지 못했다. 지금껏 중국을 중심으로 흐르던 동아시아 기류가 이제 서구 세력에 의해 좌지우지 되고 있음에도 아무 짝에 쓸모없는 구석기 시대 돌도끼보다 못한 취급이나 받아야 하는 봉건제도를 아직까지 붙잡고 늘어지니 무엇인들 알 방도가 있었을까? 상업 경제가 발달하는 데도 그게 뭔지 몰라 아무렇게나 쌓아놓았던 돈이 줄줄 새나가고, 물가가 치솟는 데도

먼 산만 바라보고 있으니 세금으로 인한 고충 때문에 애꿎은 백성들만 죽어나는 판국이었다. 이 와중에 기근까지 발생하여 아예 농민들이 너 죽고 나 죽자며 들고 일어났다. 일본에선 '이끼(一揆)'라고 부른다는 민란만 백여 건이 넘었다니 답답할 노릇이다. 뒤늦게 사태의 심각성을 깨달은 막부가 나름대로 자구책을 강구했다. 후세 일본인들이 '덴포(天保)'라는 연호를 앞에 붙인 '덴포개혁(天保改革 1603~1868)'을 발표하는데, 청빈함을 강조한다거나 사치를 단속한다는 등 한 귀로 듣고 한 귀로 흘릴 말 같지도 않은 소리만 골라 한 탓에 당연히 개혁은 실패하고 만다. 일본의 근대사에서 중요하게 다루어야 할 '3대 개혁' 중 하나이며, 이로 인해 일본의 역사가 지금까지와 전혀 다른 모양새를 갖추는 시점이므로 차후 다시 알아보겠지만 그 전에 앞서 간단하게 설명해 보자면 한심하게도 안에서 새는 바가지가 밖에서도 샌다는 말처럼 가뜩이나 무능력한 꼴을 있는 대로 보여준 막부가 외세를 상대로 한 자리에서도 멍청한 짓을 했다. 에도 시대에 들어선 뒤로 세계는 약육강식의 논리를 내세우며 자기보다 약한 이들의 땅을 이리저리 활보하고 다녔는데, 일본의 경우에도 그들이 휘두른 힘에 무너지고 마는 상황에 처하게 된다. 바로 외국 선박과의 충돌 탓이었다. 극동 지역에 눈독을 들인 러시아와 영국, 두 나라가 번갈아가며 위협적인 얼굴로 교역을 요구하자 참다못한 막부가 끝내 외국 선박을 차단하는 명령을 내렸다. 교역이고 나발이고 바다에서 길을 잃어 표류하는 선박까지 모두 격퇴하라는 것이었다. 싸움깨나 했던 무사 출신이랍시고 겉으로는 온갖 센 척을 다 하고 있지만 사실은 바들바들 떨고 있었을 막부는 아니나 다를까. 그 명령을 오래 유지하지 못했다. 지금껏 조공이나 받으며 큰 소리 떵떵 치던 중국이 영국에게 속절없이 무너진 것이다. 중국은 그때에 아직 어린 황제를 대신하여 정권을 잡은 서태후가 국고를 털어 개인의 이익을 추구하던 와중이어서 나라가 뿌리째 흔들리니 싸움의 결과가 뻔할 수밖에 없다. 중국에게 심각한 상처를 안겨준 영국과의 아편전쟁을 지켜보며 막부는 무슨 생각을 했을까? 이국선 타파령(異國船打破令 1825)의 정도를 완화했더라는 기록을 보면 아마 자존심 다 뭉개고 찌질하게 쪼그라들었던 것 같다. 국내외로 무능력한 꼬락서니를 다 드러내면서도 아무 대책 없이 뒷짐이나 지고 있던 그들, 그리고 마침내 초강력 양키 무리가 일본에 찾아온다. 천조국이 나타났다! 미국의 페리 제독과 마주 앉은 막부는 당장 문을 열지 않으면 가만 두지 않겠다는 위협에 동공지진을 일으키며 미일화친조약(美日和親條約 1854), 일본에선 가나가와 조약(神奈川條約)이라고 부르는 역사의 한 장에 도장을 찍고 만다. 수교를 이루었으니 그들과 공평한 거래를 하고 싶은 건 당연했겠지만 어느 역사에서도 그런 일은 당연히 없었다. 미국이 단호히 말했다.

「항구를 개방하라.」

미국의 요구를 받아들이니 일본에 난생 처음 보는 미제 물건이 쏟아졌다. 4년 뒤인 1858년이 되었을 때 미일수호통상조약(美日修好通商條約)을 체결한 미국이 또 말했다.

「치외법권을 인정하고, 관세권의 독점을 허가하며, 최혜국(最

惠國)인 우리를 대우하라.」

한 마디로 '너희 땅에서 우리 마음대로 할 거니까 신경 쓰지 마!'라는 소리이다. 막부는 미국의 눈치만 살폈다. 그저 시키는 대로 할 뿐, 그 무엇도 제 의지대로 할 수 있는 게 없었다. 봉건 질서가 무너져 간다. 체제가 분열하여 싸움이 일어나고, 도저히 안 되겠다며 들고 일어선 무리가 쿠데타를 일으켰다. 도쿠가와 막부는 그렇게 무너져 내리고, 그 자리에 새 정권이 들어서니 바로 메이지 시대(明治時代 1868~1912)의 탄생이었다. 봉건시대의 질서를 청산하려는 그들, 정치와 경제와 사회의 근대적인 변화를 추구한 그들, 바로 그들의 입에서 조선을 침략해야 한다는 정한론이 튀어나왔다. 과거 도요토미 히데요시가 성공하지 못했던 대륙 정벌을 다시 시도하자고 주장한 이들은 왕정복고(王政復古)와 존왕양이(尊王攘夷)를 내세운 사람들이다. 대륙으로 가는 길을 뚫어야 하니 당연히 조선이 필요하겠고, 이후 대륙마저 찬탈하면 어수선한 시국에 살고 있는 백성들의 마음을 돌릴 수 있을 거라는 생각이었다. 또 그들은 이대로 가만히 앉아 있으면 제국주의 야욕에 불타오르는 서양 세력이 선수를 칠거라며, 아직 문명에 개화되지 못한 조선이 눈 뜨기 전에 해결하자고 주장했다. 그들은 어쩌면 대책 없이 외세에 굴복한 자신들의 지난날을 그렇게라도 보상 받고 싶었던 건지 몰랐다.

「예전에 우리가 힘이 없어 너희 양놈들에게 무릎을 꿇었으나 더 이상 그런 모습을 보여주지 않겠다! 이제 너희에게 우리가 얼마나 잘나고 강한 나라인지 보여줄 테니 두 눈 똑바로 뜨고 지켜보라!」

 '종로에서 뺨 맞고 한강에서 화풀이한다.'라는 속담이 있다. 양키에게 얻어맞고 조선에 와서 화풀이하겠다는 일본의 고약한 심보를 어찌하면 좋을까? 정한론은 바로 그런 의미였다. 그리고 시아버지와 며느리의 싸움으로 주변을 돌아볼 여력이 없었던 옆나라 조선은 연이어 터지는 정신 사나운 사건으로 일본의 속내를 전혀 파악하지 못했다.

***

 조선시대 후반기는 한 마디로 개판 오 분 전이었다. 조선의 스물세 번 째 임금인 순조(純祖)는 즉위했을 때 나이가 겨우 열한 살이었는데, 열두 살에 왕이 되었다는 단종(端宗)보다 더 어렸다. 단종은 할바마마 세종(世宗)과 아바마마 문종(文宗)이 죽고 난 후 혈혈단신 외톨이로 즉위하여 세종이 자신의 사후에 있을 일들을 걱정할 만큼 어려운 상황에 놓여있었다. 물론 주변에 충성하는 신하들이 많았다지만 어린 나이에 충신과 간신을 구별하는 눈이 없으니 불안함만 가중되었을 거다. 결국 계유정란(癸酉靖難 1453) 이후 숙부인 수양대군(首陽大君)에게 양위(讓位)하고, 그 수양대군 세조(世祖)에게 유배를 당한 것으로도 모자라 정확히 어떤 방법으로 죽었는지 알 수 없는, 그러니까 세조가 보낸 사약을 먹고 죽었다거나, 누군가 창틀에 목매달아 죽였다거나, 심지어 자결을 했다는 이야기가 있을 정도로 그는 살아있는 내내 불상사를 겪었다. 임금의 나이가 어리면 나라에 환란이 닥치는 건 아무래도 당연한 순리인가 보다. 순조가 즉위한 열한 살에 영조(英祖)의 계비 정순왕후(貞純王后)가 수렴청정(垂簾聽政)을 하였는데, 이것이 차후 안동 김 씨(安東金氏)의 세도정치를 불러일으키는 계기가 되었으니 말이다. 시간을 거슬러 올라가 살펴보자. 우선 노론(老論) 세력의 지지를 받으며 영조가 스물한 번째 왕이 되었다. 영조 하면 물론 선왕(先王) 경종(景宗)을 독살했다는 둥, 무수리의 아들이라는 둥 하는 골치 아픈 사연도 있으나 그보다는 당파싸움에 휘말려 아들 사도세자(思悼世子)를 뒤주 속에 가둬 죽였다는 사연이 더 유명하다. 노론(老論)과 소론(少論)의 갈등을 해결할 목적으로 탕평책(蕩平策)을 실시하지만 결국 실패하고, 당쟁은 부자간의 갈등이라는, 역사에 길이 남을 부끄러운 결과를 낳는다. 열여섯 살에 60대 노인 영조의 계비(繼妃)가 되었다는 정순왕후가, 사도세자의 부인이라는 혜경궁 홍씨(惠慶宮 洪氏)가, 영조의 딸 화안옹주(和緩翁主)까지 노론 세력이었으므로 이제 조선이 노론의 손에 좌지우지 되는 건 당연했다. 노론은 사도세자의 죽음을 두고 서로 다른 입장을 보이는 사람들에 의해 벽파(僻派)와 시파(時派)로 나뉘는데, 그 노론 벽파의 입김에 시달린 사람이 바로 정조(正祖)였으니, 정조는 후에 세자가 역시 당쟁에 휘말릴 것을 두려워하여 자신을 지지하는 세력의 딸을 세자빈으로 간택한다. 노론 벽파를 물리치고 차후에 정권을 틀어잡았다는 그 세력이 바로 안동 김씨 일파였다. 일단 정조는 어마마마 혜경궁 홍씨와 할마마마 정순왕후만 내버려 두고 노론 벽파를 숙청한 뒤 노론 시파와 손을 잡는다.

그리고 선왕 영조의 뒤를 이어 탕평책을 실시하지만 이는 결과적으로 실패하고 말았다. 정조의 사후 어린 순조가 왕이 되면서 노론 벽파인 정순왕후가 수렴청정을 했으니 말이다. 정순왕후는 집권 중에 천주교도들을 탄압했는데, 그들이 유교국가인 조선의 인습을 해치기 때문이라는 등의 이유는 그저 핑계일 뿐 사실은 노론 시파와 남인(南人)들을 제거하기 위해 벌인 짓이었다. 이 시기에 남인 출신 정약용(丁若鏞)의 형 정약종(丁若鍾)이 처형되고, 정약용은 유배를 떠났다고 한다. 4년간의 수렴청정을 끝내고 정순왕후는 세상을 떠나는데, 동시에 노론 벽파 세력도 무너지고 만다. 그녀가 죽자마자 순조의 뒤를 든든하게 받쳐주는 외척 안동 김 씨 집안이 일어나 반격했기 때문이다. 정조가 죽기 전 장인이자 노론 시파의 거두인 안동김씨 김조순(金祖淳)에게 아들을 부탁한다며 남긴 유지가 마침내 실현되었다고 볼 수 있다. 순조 임금의 아들은 효명세자(孝明世)이고, 세자빈은 다름 아닌 풍양 조씨(豊壤趙氏)의 딸인데, 그 풍양 조씨라는 가문도 노론 시파에 해당하는 터라 조선의 정치는 순조의 사후에도 권력을 가진 이들에 의해 놀아날 것이 자명했다. 효명세자는 순조의 명으로 대리청정(代理聽政)을 하다가 4년 뒤 갑작스럽게 죽음을 맞이하고, 순조도 더는 오래 살아있지 못하였다. 이후 효명세자의 아들이 왕위에 앉았으니 바로 헌종(憲宗)이다. 앞서 단종이 열두 살에 임금이 되었고, 순조는 열한 살에 임금이 되었다고 했다. 그러나 헌종의 나이가 더 가관이다. 여덟 살이라니! 열 살도 되지 않은 아이가 무얼 할 줄 알겠느냐고 당연히 따져야겠지만 소용없는 짓이다. 달디 단 권력의 맛을 본 어른들에게 아이는 그저 소모품에 불과했으니. 순조의 비, 즉 헌종의 할마마마인 순원왕후(純元王后) 김씨가 수렴청정을 시작하자 외척인 안동 김씨가 득세하고, 정조가 믿어 의심치 않았던 김조순의 아들 김좌근(金左根)이 그래서 정권을 잡았으며, 그 김좌근의 딸이 헌종의 비로 간택된다. 후에 순원왕후 사촌의 딸까지 철종(哲宗)의 비로 간택되기도 한다니 조선은 완벽하게 노론 시파 안동 김씨의 세상이 되어버렸다. 다들 어떻게든 한 자리 차지해 보겠다며 왕이 아닌 안동 김씨들에게 손바닥을 비비며 아첨하고, 그래서 뇌물이 오갔으며, 그 뇌물로 매관매직이 이루어지니, 백성들을 착취하는 탐관오리가 하늘 무서운 줄 모르고 큰소리만 뻥뻥 쳐댔다. 자, 지금부터가 중요하다. 이 중요한 이야기를 하기 위해 서론을 길게 풀어헤쳤다. 안동 김씨 일문의 세도정치를 이를 갈며 지켜보던 인물이 있었으니, 그의 이름은 이하응(李昰應)이다. 다름 아닌 흥선대원군(興宣大院君)이었다. 권위를 빼앗긴 임금의 종친들이 혹여 반란을 일으킬까 감시하는 권력자들의 눈길을 피해 마치 한량인 척 하루가 멀다 하고 술이나 퍼마시며 시정잡배 노릇을 일삼던 그는 어느 날 은밀히 조 대비(趙大妃), 즉 사후에야 왕으로 추대된 효명세자(孝明世子) 익종(翼宗)의 비 신정왕후(神貞王后) 조씨(趙氏)와 결탁하여 둘째 아들을 조선의 스물여섯 번째 임금으로 세우니 그가 바로 고종(高宗)이다. 그리고 흥선대원군은 더 이상 안동 김씨 일문이 활개 치고 다니는 꼴을 볼 수 없다며 정치 중앙 무대에 나선다. 임금을 꼭두각시로 세워 놓았던 그들의 권력을 빼앗아 왕가의 권위를 세우기까지 10여 년이 걸린 만큼 이제 조선에는 임금과 종친을 우습게 보는 세력이 없어야 했다. 그것이 흥선대원군의 목표였고, 그래서 고종의 아내가 될 며느리도 기왕이면 정치를 잘 모르는, 권력이라고는 눈곱만큼도 찾아볼 수 없는 집안으로 골랐다. 그간 안동 김 씨 세력의 입김에 꼼짝 못하고 살던, 그러나 숙종(肅宗) 비(妃) 인현왕후(仁顯王后)를 배출하여 이름 값 좀 했다는 여흥(驪興) 민씨(閔氏)가문이 마침 눈에 들어 사돈을 맺었다. 어린 나이에 조실부모한 뒤 외롭게 살아온 계집아이가 마침내 왕비가 된 것이다. 그때까지만 해도 흥선대원군은 완벽한 계획이라고 믿었다. 이씨왕조가 다시금 옛날의 영광을 누리며 평화롭게 살아가리라고 생각했을 거다. 하지만 그 천애 고아 며느리 민자영(閔玆暎)이 얼마나 무서운 속내를 가졌는지 알았다면 진작 펄쩍 뛰고 야단이 났을 텐데…! 조선을 부강하게 만들려던 계획이 도리어 망국(亡國)으로 이끄는 시발점이었음을 그때 흥선대원군은 정말 몰랐다. 열다섯의 나이로 구중궁궐에 시집와 밤마다 지아비를 기다리지만 어쩐지 임금은 찾아주질 않는다. 별 볼 일 없는 집안의 딸이라 그럴까? 아니면 내가 예쁘지 않아서? 듣자하니 임금께선 후궁의 거처에 주로 드나든다고 했다. 중전을 버리고 후궁을 선택하다니, 속상하지만 그래도 언젠가는 찾아주겠지. 민비는 기다리고 또 기다렸다. 그리고 후궁인 이 씨에게서 아들이 태어났을 땐 화가 치밀었다. 시아버지 흥선대원군은 이 아이에게 완화군(完和君)이라는 군호(君號)를 내리며 좋아 죽는 티를 내고 다닌다. 그래도 민비는 조선의 국모로서 참고 참았다. 그러다 스무 살이 되었을 때 마침내 아들을 낳았다. 이 아이가 대통을 이어 받는다면 얼마나 좋을까? 안타깝게도 아이는 태어난 지 5일 만에 죽고 만다. 그녀는 시아버지 흥선대원군이 보낸 산삼 때문이라고 생각했다. 게다가 아직도 임금이 후궁만 예뻐한다며 질투심이 하늘을 찔렀다. 더 이상은 못 참겠다! 마침내 사랑 받지 못한 여자의 분노가 폭발했다. 흥선대원군을 반대하는 세력, 즉 안동 김 씨 일파에게 손을 내민 그녀는 임금을 찾아가 부디 실권을 잡으라고 간언한다. 섭정을 폐하겠다고 결심한 임금의 조치로 흥선대원군은 느닷없이 벼락 맞은 꼴이었다. 선방에 성공한 민비는 이번엔 사가의 양오라비 민승호(閔升鎬)와 안동 김씨 세력을 끌어들여 임금의 곁에 앉도록 조치했다. 노론 시파들에 의해 망가진 민생을 회복하고, 조정의 권력을 예전으로 되돌리며, 낙하산 인사가 아닌 능력 있는 인재들을 양성하려던 흥선대원군의 모든 정책이 덕분에 완전히 훼손되었다. 또한 그녀는 흥선대원군의 쇄국정책(鎖國政策 1871)까지 폐지하였다. 일본이 미국에 완전히 무릎 꿇은 시절, 중국이 서양으로부터 일방적으로 얻어터지던 시절, 그래서 아예 문을 잠가버린 흥선대원군은 사실 나라의 힘을 키워 강해졌을 때에 비로소 그들과 당당히 맞서리라고 생각했을지 몰랐다. 하지만 그 정책을 민비는 없던 일로 만들어버리니, '옳다구나!' 그간 조선과의 교류를 원했으나 내내 거절만 당했던 일본이 마침내 일을 저질렀다. 운요호 사건(雲揚號事件 1875)이 터진 것이다. 사전에 통보도 없이 강화 지역에 일본 군함이 나타났다. 영해에 무단으로 침범했으니 당연히 조선 군대는 함포를 쏘았을 것이고, 이어 양측 간에 충돌이 벌어졌다. 이는 일본 내 정한론을 주장하던 세력이 꾸민 짓이었지만 조선은 알지 못했으며, 사건의 책임을 묻거나 자국민을 보호한다는 명분으로 그들이 결국 조선에 들어왔다. 협상에 응하라며 수천 명의 일본 군사가 바다에 함포를 쏘는 등 위협이 이어지니, 더 견디지 못한 조선 정부가 백기를 들어 결국 강화도 조약(江華島條約 1876)이 이루어졌다.

「항구를 개항하여 일본인의 자유로운 출입국을 허용하라. 조선 정부는 백성들의 무역을 허가하되 절대 간섭하지 말라」

다시 말해 '조선에서 일본이 하고 싶은 대로 할 테니 왕도 신하도 끼어들지 마!'라는 뜻이었다. 언젠가 이런 이야기를 들은 적이 있다. 일본이 조선의 문을 열게 만든 것은 미국이 강제로 일본의 개화를 시도한 것과 같은 방식이었다고. 그러니까 일본은 미국으로부터 받은 수모를 엉뚱한 조선에 고스란히 돌려준 것이었다. 조선과의 일방적인 협상을 위해 일본은 이미 미국과 영국, 프랑스 등에게 협조를 요청하였고, 그들은 인정하였으며, 그렇다는 사실을 조선은 역시 모르고 있었다. 조선의 봉건주의가 무너져 간다. 느닷없이 열린 문으로 난생 처음 듣는 언어와 난생 처음 보는 물건들이 들어오니 사회는 혼란스러웠다. 무엇이 어떻게 돌아가는지 알 수 없는 이 와중에도 권력자들은 자기 뱃속을 채우느라 바쁘다. 도저히 못 참겠다! 내내 분을 삭이고만 있던 군인들이 일어났다. 이들은 민비 세력이 만든 신식 군대와 자기들 구식 군대가 차별받고 있다고 주장했다. 그도 그럴 것이 1년 넘게 군료를 받지 못하다가 겨우 받은 쌀자루에 쌀이 아니라 모래 섞인 날곡만 가득하니 개만도 못한 취급을 받았다며 분통을 터뜨릴 수밖에. 바로 임오군란(壬午軍亂 1882)이었다. 구식 군인들이 궁궐로 쳐들어가 왕비를 죽이겠다고 발악했다. 그러나 민비는 도망쳤고, 제자리로 돌아온 흥선대원군은 왕비가 죽었다며 국장을 선포한다. 그러나 고종은 그녀가 죽지 않았음을 알았다. 민비가 몰래 보낸 서신이 고종의 손을 떠나 청나라에까지 전해졌다. 청나라는 군대를 보내 사태를 진압한 뒤 반란을 주도했다며 흥선대원군을 체포한다. 시아버지와 며느리의 이 피 튀기는 전쟁을 어찌하면 좋을까. 집안 꼴 참 잘 돌아간다. 교태전으로 돌아온 민비는 다시 임금의 뒤에서 권력을 휘두르기 시작했다. 지난 날 자신을 도왔던 사람에겐 벼슬을 내렸으며, 이름 값 좀 한다는 무당을 데려다 제 아들 세자의 건강을 기원하는 굿도 했다. 물론 비용은 모두 백성들의 세금으로 충당했다. 후에 다시 등장하겠지만 그녀가 일본 낭인들에게 죽임을 당한 을미사변(乙未事變 1895)을 설명하며 작금의 온갖 미디어는 '내가 조선의 국모다!'라는 유명한 대사를 만들어냈다. 물론 일본은 우리에게 있어 중대한 범죄를 저지른, 그 대죄를 아직까지도 발뺌하는 민폐국가다. 시청자들로 하여금 일본의 잘못을 주목하도록 유도하는 미디어의 노력은 가상하지만 상대적으로 민비의 악행은 대부분 외면하거나 축소하니 잘못돼도 한참 잘못되었다. 국모란 백성의 어머니이다. 고달픈 인생을 살아가는 민초들을 위해 모범을 보여야 하는데도 그녀는 나라꼴이 어떻게 되거나 말 거나 그저 자신의 이익을 위해서만 살았다. 백성의 눈물을 외면 하고, 무너진 국가의 위상을 외면하는 죄를 지었으므로 죽어 마 땅하겠지만 하필이면 내국인이 아닌 외국인에 의해 죽은 사실이 문제라는 거다. 그러니 지금이라도 그녀의 잘못된 이미지를 바 로 잡아야 한다.

「군란의 주모자를 색출하여 그 죄를 물으라. 일본 공사관에 경 비병을 배치하고, 피해를 당한 일본 정부와 일본 백성에게 정식 으로 사과하라.」

임오군란이 끝났을 때 일본은 다시 협상 테이블에 조선 정부 를 끌어다 앉혔다. 제물포 조약(濟物浦條約 1882)이었다. 그런 데 이 임오군란은 우리나라 역사에 한 획을 그어버릴 사건 하나 를 또 몰고 온다. 흥선대원군의 집권으로 주저앉은 민 씨들의 세 력이 청나라로 SOS를 요청했을 때, 청나라는 곰곰이 수지타산 을 맞춰보았던가 보다. 아주 오래 전부터 대국에 조공해온 작은 나라, 그간 필요에 의해 내버려 두었지만 이제는 아예 하나로 묶 어놓아야 하지 않을까? 고종 임금 앞에 그들이 내놓은 문서는 역사 공부하는 후손들의 속을 뒤집어 버리기에 딱 맞은 내용으 로 가득 차 있었다. 이른바 '조중상민수륙무역장정(朝中商民水 陸貿易章程 1882)'이라는, 제목도 외우기 어려운 이 문서의 내 용을 간단히 정리하자면 조선은 앞으로 외교문제를 청나라와 상 의해야 하며, 병권(秉權)과 재정(財政)까지 청나라와 함께 한 자 리가 아니면 조선이 독단으로 처리할 수 없다는 것이었다. 청나라의 속국(屬國)이기 때문이란다. '조선은 청국의 속방(屬邦)'이라는 문서 속 글귀를 보고 고종이 어떤 표정을 지었을지 감히 상상해 본다. 이는 점차 목소리를 잃어가는 조선의 입장으로선 절대 두고만 볼 문제가 아니었다. '조선은 자주 독립 국가'라며 근대화를 외치던 개화파들의 앞을 가로막으려는 청나라, 하지만 민 씨들 세력은 그저 구경만 하고 있다. 나라꼴이 어떻게 되거나 말거나 눈 감고, 귀 막은 채 제 배만 불리고 있단 말이다. 도저히 참을 수 없었던 개화파들이 들고 일어났다.

「도무지 마음에 들지 않는다! 세상이 빠른 속도로 바뀌고 있는데, 도대체 무슨 짓들을 하는가! 우리도 일본처럼 봉건제도를 버리고 근대화하여 세계에 우뚝 서자!」

서재필(徐載弼)과 김옥균(金玉均)과 박영효(朴泳孝)가 그렇게 소리쳤다. 갑신정변(甲申政變 1884)이었다. 하지만 오래 가지 못했다. 권력이나 휘두를 줄 알지, 아무 것도 준비되지 않은 나라에서 과연 무슨 일을 할 수 있을까? 청나라 군대가 다시 나타나 이들을 체포하여 3일 만에 개화파의 꿈은 허무하게 깨져버렸다. 사실 이들의 뒤엔 일본이 있었다. 정한론을 강력하게 밀어붙이려는 세력에 맞서 아직 조선은 개방 정책을 펴기에 이르니 아기처럼 살살 다루자고 주장하던 사람들이 바로 후원자였다. 갑신정변이 실패했을 때 이들은 조선에 실망하여 돌아섰다고 한다. 이젠 조선을 때려잡아야 한다고 우기는 외침만이 남아 위태로운 지경이었다. 그리고 일본은 과거 자국의 경우를 떠올려 곧 조선에 무슨 일이 벌어질지 예상해 보았다. 권력자들은 여전히 떵떵거리고, 아첨하는 무리들은 백성을 쥐어짜며, 배고픈 백성들은 오늘도 분통만 터뜨린다. 이후 벌어질 일은 더 보지 않아도 뻔하다. 자기들 나라의 과거를 교훈 삼아 일본과 청나라가 마주 앉으니, 두 나라 간에 텐진조약(天津條約 1884)이 이루어졌다. 조선에서 무슨 일이 벌어지면 양국 군대가 동시에 파병하자는 것이었다. 아니나 다를까. 일본이 예상했던 사건이 터졌다.

***

"아버님, 그게 무슨 말씀이십니까? 동학군(東學軍)이라니요?"

중근이 물었지만 아버지 안태훈은 잠시 숨을 고르는 듯 아무 말도 하지 않는다. 생각에 잠긴 얼굴, 그제야 중근은 심각성을 깨달았다.

"며칠 전, 관아(官衙)가 털렸다는구나. 여러 무리가 떼 지어 몰려와 관노(官奴)들을 폭행하고, 관곡(官穀)을 훔쳐 달아났더란다."

"...!"

중근도 이내 기가 막힌 얼굴이 되고 만다. 어금니를 깨무는지 턱 근육을 실룩이는 아버지를 지켜보며 그는 가만히 생각해 보았다. 요즘 도적질을 일삼는 무리가 많아졌다는 소식을 중근도 익히 들어 잘 알고 있었다. 그들은 죄 없는 백성들을 폭행하거나 살해하고, 생필품을 훔치며, 여자들을 겁탈하는 등 인간으로서 해선 안 될 짓을 저지른다고 했다. 사실 소식을 처음 들었을 때 중근은 그들이 산속 깊은 곳에 숨어 사는 산적 무리쯤이 아닐까 생각했었다. 하지만 아버지의 말씀을 듣고 보니 아무래도 사태가 보통이 아니라는 걸 느꼈다.

"그들 무리가 점점 커지는 모양이더구나. 피해를 당하는 지역이 늘어나고 있다."

"그 정도입니까?"

"처음에는 소규모의 무리였지만 각 지역마다 백성들을 그러모아 다수의 인원이 모였고, 수차례 관아를 습격하는 과정에서 무기류를 입수했는지 이제는 군사화 되었다고 한다. 도저히 그냥 두고 볼 수만은 없는 상황이야."

"도대체 무엇을 원하기에 그런 짓을 벌이는 겁니까?"

"탐관오리를 벌하고, 백성들의 착취를 엄단하라. 하지만 내 눈엔 그저 허무맹랑한 요구일 뿐이다."

그들은 먹고 살기 어려워 몸부림을 치는 거라고 주장했다. 모두 함께 어우러져 살아가는 평화로운 세상을 만들어 가자고도 외쳤다. 하지만 그들 가운데엔 혼란스런 사회 분위기를 이용하여 무엇인지 모를 작당 질을 획책하는 무리가 있기에 곧이곧대로 들어줄 수 없다. 옳고 그름이 구별되지 않는 저들을 그래서 모두 물리쳐야 한다고, 아버지 안태훈은 단호하게 말했다.

"관군(官軍)만으론 부족하여 청나라 군대에 지원을 요청했다. 하지만 시일이 걸릴 테니 관아에서는 그들이 당도할 때까지 우리가 도와주었으면 한다는구나."

"그래서 아버님께서는 뭐라고 답변하셨습니까?"

"동의했다. 나는 지금 포수들을 불러 모아 산포군(山砲軍)을 조직할 생각인데, 네 의견은 어떤지 궁금하구나."

"……."

중근은 잠시 입을 다물었다. 아버지의 말씀대로 그들이 선한 백성의 탈을 쓰고 악행을 일삼는다면 결코 좌시해선 안 될 것이다.

"어찌 하겠느냐? 이대로 집에 남아 가족들을 지키겠느냐? 아니면 나와 함께 하겠느냐? 선택은 너에게 달려있다"

"오래 생각하고 싶지 않습니다. 아버님."

"…?"

문득 안태훈은 아들의 눈에서 이글이글 타오르는 불꽃을 목격했다. 비장하기까지 한 표정 때문인지 안태훈은 저도 모르게 옅은 미소를 짓고 만다. 그 무엇이든 옳지 않다고 느끼면 반드시 나서서 물리쳐야 직성이 풀리는 녀석, 역시 내 아들이다!

"가겠습니다. 저도 함께 하고 싶어요."

"오냐. 알았다."

산포군이 조직되었다. 그간 함께 산을 오르내리던 포수들을 중심으로 만들어진 이 무리는 마치 잘 짜인 군대처럼 각자가 맡은 위치에서 제대로 돌아가기 시작했다. 그러나 이를 비웃기라도 하듯 동학군은 조정이 감히 건드릴 수 없는 지경으로 세력을 강화하여 전국으로 퍼져나갔다. 원래 동학(東學)이란 철종 집권 시절 최제우(崔濟愚)라는 사람이 만든 민족 종교인데, 외세에 의해 자꾸만 잃어가는 국권을 회복할 목적으로 '나라를 돕고 백성을 편안하게 한다.'는 보국안민(輔國安民)과 '널리 백성을 구제

한다.'는 뜻의 광제창생(廣濟蒼生)을 기본 바탕으로 만들어졌다. 한국 민족 문화 대 백과사전에서 설명하는 동학의 근본을 살펴보자면 경천사상(敬天思想), 즉 종교적 목적으로 하늘을 숭배하는 사상이 밑바닥에 깔려있지만 최제우의 수제자라는 최시형(崔時亨)이 동학의 두 번째 교주가 되었을 땐 '인간 뿐 아니라 모든 우주만물에도 하늘이 깃들어 있다'라는 사상으로 변화하더니, 3.1운동을 주도한 민족 대표 33인 중 한 사람인 손병희(孫秉熙)가 세 번째 교주가 된 후 '인간이 곧 하늘'이라는 인내천사상(人乃天思想)을 주장하게 되었다. 모든 인간이 하늘과 같다고 말하는 종교, 모두가 평등하게 살아야 한다고 외치는 이 종교는 봉건사회가 무너져 가는 시기에 대중과 더불어 성장하며 사회 개혁 운동에 앞장서게 되었다. 하지만 문제는 그들을 이용하여 그릇된 욕심을 채우려는 집단의 존재였다. 순진한 사람들을 꼬드겨 선동하는 탓에 참과 거짓이 뒤섞이니 그 무엇도 믿을 수 없다. 조선 정부의 입장에선 당연히 모두 물리쳐야 하겠으나 갈수록 세력이 강화되어 쉽게 볼 상대가 아니었다.

"쳉! 쳉! 쳉!"

"카강! 카강! 카강! 카강!"

산 중턱을 기어오르는 무리로부터 요란한 소리가 쏟아진다. 마치 사냥감을 쫓는 듯 기고만장한 태세다. 보이지 않는 곳에 숨은 무리를 발견하면 저들은 과연 어떻게 반응할까? 중근은 가만히 입술을 비틀었다.

"채쳉! 쳉쳉쳉쳉!"

"어허이! 어허이! 어디에 숨었느냐! 나올 테면 나와 봐라!"

꽹과리와 북과 징을 때리며 정신 사나운 분위기를 연출하던 저들에게서 이윽고 왁자한 목소리가 터져 나왔다. 손에 든 총으로 표적을 백발백중 맞힌다는 소년, 붉은 갑옷을 입고 싸운다는 소년 장수의 존재를 그들도 잘 알고 있다. 앞서 녀석과 일전을 벌였다는 무리의 이야기를 들어보면 녀석은 마치 귀신처럼 날래게 움직인다고 했다. 동쪽에서 번쩍, 서쪽에서 번쩍, 도대체 정신을 차릴 수 없을 만큼 날렵한 몸놀림으로 총질을 해대니 조심해야 한다고 경고했다. 하지만 이들은 그저 비웃을 따름이다. 상대는 어디까지나 열 몇 살밖에 먹지 않은 어린 아이일 뿐이어서 이렇게 사나운 무리가 지나가면 두려움에 옴짝달싹하지 못할 것이었다.

"거 듣자하니 나이도 어린놈이 우릴 잡겠다고 총을 들었다지? 까불지 말고 집에 가서 엄마 젖이나 더 먹고 와라!"

"와하하하…!"

그들의 자지러지는 웃음소리가 가까이로부터 들려오지만 아직 중근은 움직일 생각이 없다. 얼마 되지 않는 산포군의 머릿수로 저들을 잡으려면 좀 더 기다려야 한다.

"아가! 어디에 숨었느냐? 총 내려놓고 투항하면 살려서 집에 보내주마!"

"우리 무서운 사람들이야! 바지에 오줌 지릴라!"

"와하하하!"

수풀 사이에 숨어있던 중근이 슬쩍 하늘을 곁눈질한다. 비가 올 모양이었다. 구름이 모여들어 번쩍, 번개를 일으키는 그 순간.

"타앙!"

하늘을 찢을 듯 벼락 소리가 귓가를 울렸다. 아니, 벼락이 아니라 중근의 총소리였다

"으아악!"

잡소리를 지껄이던 선두의 사내가 쓰러졌다. 피를 철철 쏟는 허벅지를 붙잡고 욕설을 늘어놓던 그는 어렴풋이 수풀 사이에서 이쪽을 겨냥한 총구를 발견했다.

"탕! 타앙!!"

중근의 총소리가 신호였는지 산포군이 머리를 덮은 나뭇가지를 벗어던지며 우르르 일어섰다. 여유 넘치게 웃어대던 그들은 짐승처럼 울부짖는 산포군을 보고 혼비백산하여 이리저리 도망치기 시작했다. 하지만 이미 늦었다.

"퍼억!"

누군가 개머리판으로 어느 사내의 턱을 후려쳤다. 바닥을 나뒹구는 사내, 기절했는지 움직이지 않았다.

"타앙!"

총을 고쳐 잡는 동료의 등 뒤로 중근이 또 한 번 총탄을 날렸다. 칼을 휘두르려던 털북숭이 사내가 어깨에서 피를 흘리며 벌렁 나자빠졌다. 그때, 하늘에서 비가 내리기 시작했다.

"에잇!"

한 사내가 중근에게 삽을 휘둘렀다. 하지만 중근은 이미 거기

에 없다. 하늘로 솟았는지, 땅으로 꺼졌는지, 빗줄기 사이로 숨었는지 도저히 모르겠다. 귀신에 홀린 듯 사내는 당황한 얼굴이었다.

"으악!"

사내가 비명을 질렀다. 묵묵히 자리를 지키고 있던 바위 위에서 시커먼 것이 와락 달려드는 것이었다. 호랑이인가? 아니, 사람이다. 어쩜 저리도 날렵한지 움직임을 보지 못했는데, 도대체 어디에 숨었다가 어떻게 나타났단 말일까? '여기서 불쑥, 저기서 불쑥' 하더라는 동료들의 증언이 과연 진실이었던가 보다.

"야, 이놈아! 네가 홍길동이냐!?"

"나? 안중근인데?"

"타앙!"

다시 중근의 총이 불을 뿜었다. 중근보다 머리 하나가 더 큰데다 덩치까지 좋은 사내여서 위협적으로 느껴지지만 그렇다고 날아드는 총탄까지 막을 순 없다.

"에라, 이판사판이다!"

사방팔방으로 흩어지던 무리 사이에서 제법 용기가 가상한 사내 몇이 궁지에 몰린 쥐새끼처럼 우르르 품에서 칼과 총을 꺼내들며 달려들었다. 비 내리는 산기슭에 총탄이 빗발치고, 붉은 피가 사방에 흩뿌려진다. 흐르는 빗줄기를 따라 붉은 피가 뒤섞이며 비릿한 냄새를 풍길 즈음 그들 무리는 백기를 들었다. 경고를 무시하고 기세등등하게 산을 오르다가 도리어 사로잡히니 그들은 고개를 들 수 없어야 옳았다.

"네 이놈! 죄 없는 백성을 해치다니! 그러고도 네놈이 무사할 줄 아느냐? 이 천벌을 받을 놈아!"

오랏줄에 묶인 채 끌려가던 포로들이 마지막 발악인 듯 고함을 질러대기 시작했다.

"죄 없는 백성? 누가? 당신이? 사람들을 죽이고, 곡식을 훔치는 당신들이 선량한 백성이라고?"

"꼬마야, 잘 들어라! 우리는 우리를 괴롭히는 양반네들의 악행을 벌하려고 일어섰다. 어찌 그걸 모르느냐!"

"미안하지만 나는 그런 허황된 말을 믿지 않소. 할 말이 있거든 관아에 가서 하시오."

다들 자신의 말을 들어달라며 아우성치지만 중근은 모르는 척했다. 중근에게 그들은 단지 백성들의 마음을 홀리고 다니는 무뢰배들일 뿐이다. 절반으로 줄어든 무리를 끌고서 산을 내려갔을 때, 중근은 아버지 안태훈 앞에 무릎 꿇고 앉아 눈을 부라리는 한 사내를 발견했다. 덩치가 어찌나 큰지 양쪽에서 붙잡는 산포군들을 비웃기라도 하듯 마구 몸부림을 치며 뿌리치고 있었다. 황해도 해주의 접주(接主)이며, 무리를 이끌고 왔다가 붙잡혔는데, 아직 열아홉 살밖에 되지 않은 녀석이라고, 누군가 중근에게 귀띔했다.

"아직 어린 녀석이 접주 노릇을 한다니, 대단하구나."

"대단하긴 뭐가 대단하단 말입니까? 어린놈은 접주 노릇도 못한답니까?!"

"아니. 그렇지는 않다만, 이름이 무엇이냐?"

"김창수라고 합니다! 이름은 알아서 뭣에 쓰시려고요?"

온몸에서 살기를 내뿜으며 그가 고래고래 소리 질렀다. 중근은 아버지 안태훈의 입가에 슬며시 미소가 떠오르는 걸 발견했다. 무슨 생각을 하는지 모를 아버지의 표정만 아니었으면 건방지기 짝이 없는 저 놈의 목구멍에 총알을 박아 넣었을 것이다.

"맹랑한 녀석이로구나. 어찌하여 동학군의 접주가 되었는지 말해줄 수 있겠느냐?"

"백성들의 고충에는 관심도 없고, 제 배만 채우려는 양반네들이 미웠습니다!"

"양반이 자기 배만 채운다고? 그게 무슨 말이지? 어째서 우리가 백성의 노고를 모른다고 생각하느냐?"

"알면 이 나라가 이렇게 됐겠습니까? 그간 중전마마께서 저지른 짓을 모른다고 하지 않겠지요?"

"……."

"동학은 백성을 하늘처럼 떠받들어야 한다고 가르칩니다! 하지만 이 나라는 절대 그렇지 않습니다! 백성이 없으면 국가도 없는데, 왜 그걸 모른단 말입니까! 이거 놔, 이 새끼야!"

김창수가 어깨를 붙잡고 놓지 않는 사내에게 벌컥 고함을 내질렀다. 덩치만큼이나 목소리도 우렁찬 녀석이다. 그래서일까? 그저 미소만 짓던 안태훈이 더 참지 못하고 와락 웃음을 터뜨렸다.

"하하하! 됐다. 그만 놓아주어라!"

"…?"

안태훈의 한 마디에 모두들 눈이 휘둥그레졌다. 기껏 사로잡은 적의 우두머리를 놓아주라니? 누구보다 놀란 건 중근이었다.

"아버님, 그게 무슨 말씀이십니까? 놓아주라니요?"

"생각보다 기특한 녀석이구나. 마음에 들어."

"당돌한 녀석이지 않습니까? 놓아주었다가 무슨 짓을 저지를지 모르는데, 어째서…!"

"괜찮아. 눈빛을 보니 믿어도 되겠다."

"…?"

흡족한 미소를 짓는 아버지가 중근은 도무지 이해되지 않았다. 하지만 더 이상 따져 묻지 않는 중근이다. 아버지도 생각이 있으시겠지. 함께 담소를 나누자며 방으로 들어간 두 사람을 중근은 그저 바라보기만 할 뿐이다. 김창수, 그 이름을 기억해야겠다고 중근은 생각했다.

"나으리. 관아에서 사람이 왔는데, 청군이 도착하여 합류했으니 이제 산포군을 부르지 않겠다고 전해달랍니다."

귀엣말로 전해온 소식을 듣고 중근이 고개를 끄덕였다. 청나라가 군사를 이끌고 조선에 들어오자 얼마 뒤 일본도 톈진조약에 따라 조선에 사는 자기네 백성을 지키겠다는 핑계를 들먹이며 군대를 파병했다. 관군과 청군과 일본군, 그야말로 거대한 군사력을 앞세우니 그 규모에 놀랐는지 동학군은 혼비백산하여 도망치기 시작했다. 수없이 많은 싸움으로 다치고 깨지다 패주하던 전봉준의 무리는 끝내 체포되어 교수형으로 죽었다. 동학군 소속의 농민들이 각자의 길로 흩어졌을 때, 이제 끝났다고 생각한 고종 임금은 청나라와 일본에게 이제 그만 조선에서 나가 달라고 요청했다. 조선에 무슨 일이 생기면 일본과 동시에 파병(派兵)하고, 동시에 철병(撤兵)하겠다는 약속 때문일까? 착하게 말을 잘 들어 주는 청나라, 그런데 일본이 도리질을 친다. 어쩐 일일까?

「그간 청나라와 쌓은 관계를 청산하라」

철병하지 않는 이유를 캐묻는 고종에게 일본은 도리어 엉뚱한 요구를 하고 나섰다. 톈진 조약으로 오간 서류가 한 순간에 휴지 조각이 되어버렸다. 청나라가 발끈했다.

「일본은 무슨 배짱으로 대국에게 시비를 거는가!」

일본의 뒤에 영국이 숨어있다는 사실을 청나라는 몰랐을까? 영국 뿐 아니라 미국도 한 패거리였다. 미국 입장에선 영원한 스파링 상대였을 러시아의 힘이 자꾸만 커지는 와중이니 일본의 손을 빌어 그들을 제압하고 싶었던 거다. 강한 자만이 살아남을 국제 사회에서 응원군이 많아지자 일본은 사기가 하늘을 찌르다 못해 이젠 아예 눈에 뵈는 게 없어지는 모양이다. 보무도 당당히 청나라에 선전포고를 하였고, 그래서 청일전쟁(淸日戰爭 1894~1895)이 발발하였다. 조선 땅이 황폐화 되거나 말거나 평양으로 우르르 들어와 치고 박고 싸우던 두 나라, 청나라의 기세를 누르기 위해 일본은 아예 그들의 땅으로 들어가 미처 대피하지 못한 시민들을 학살하였다. 쓸 만한 남자들을 잡아다 총알받이로 삼는가 하면, 여자들은 전쟁 중에도 본능을 참지 못한 남자들의 욕구를 해결할 도구로 이용당했다. 도시가 철저하게 망가져서 과연 사람 사는 곳인지 의심될 지경이다. 미친 듯 발악하는 일본군의 횡포를 보았지만 청나라 정부는 곧 다시 설명할 조정 내 농단으로 아무런 대처도 못 한 채 어물거렸으며, 그래서 가뜩이나 열세였던 군대의 사기가 꺾여 결국 패전한다. 승자와 패자가 시모노세키(下關)에서 마주 앉았다. 일본이 말했다.

「전쟁으로 피해를 입었으니 보상하라.」

패자였고, 그래서 아무 말도 할 수 없는 청나라에게 일본이 또 말했다.

「청나라와 무역을 하고 싶으니 항구를 열라. 또한 두 번 다시 조선에 손대지 말 것이며, 지금까지의 모든 관계를 끊으라.」

기세등등한 일본의 요구를 청나라는 군소리 없이 받아들였다. 청나라가 조선을 포기했으므로 이제 조선은 바람 앞의 등불 신세였다. 국제 사회에서 일본이 득세하니 어떻게 하면 좋을까. 민비는 러시아를 떠올리며 무릎을 탁 쳤을 것이다.

「러시아야말로 일본을 견제하기에 적당한 나라로구나! 그들의 도움으로 조선을 지키고, 동시에 우리의 권세도 지킨다면 아무래도 일거양득이지 않을까?」

그리고 경복궁에 노랑머리 러시아 사람들이 들락거리기 시작했다. 어찌나 친하게 지내는지 웃음소리가 경복궁 담장을 무너뜨릴 듯 끊이지 않았다. 그 사실이 일본 정부에 알려지고, 그들은 민비가 러시아의 힘을 빌려 자기들을 몰아낼 계획임을 알았다. 일본은 불안했다. 저러다 일이 잘못되면 그간 공들여 세운 탑이 무너지고 말 것이다. 뭔가 대책을 세워야 할 텐데…. 고민에 고민을 거듭하던 일본 정부는 조용히 믿을만한 사내들을 불러 모았다. 밀실에서 거사 날짜가 잡히고, 허리에 칼을 찬 사내들이 움직이기 시작했다.

3. 여우사냥

모두가 잠든 새벽, 어둠이 끌어안은 제물포 항구에 배 한 척이 닿았다. 갑판에서 던진 밧줄을 부둣가의 일꾼이 받아 고정하는 동안 승객들은 하선을 위해 줄을 서는 등 바쁘게 움직였다. 승객들 중에는 말끔하게 차려 입은 일본인 무리가 여럿 보인다. 요새 조선에 관심을 갖고 찾아오는 외국인이 많던데, 저들은 어쩐 일로 왔을까? 일본인 사내들을 눈여겨 본 사람이 있다면 아마 그렇게 생각했을지 모른다. 외국인을 구경하는 재미가 제법 쏠쏠하니 어디 말이라도 한 번 걸어볼까? 저들의 언어도 꼬부랑말일까? 꼬부랑 씨부렁거리는 외국어를 듣고 처음에 얼마나 웃었는지 모른다. 생각만 해도 우스워 죽겠다. 그런데 한편으론 참 이상하다. 대체 무슨 일인지 저들의 얼굴에 아무런 표정도 드러나 있질 않은 것이다. 조선의 풍경을 처음 본 외국인들은 몇 번씩 알아들을 수 없는 감탄사를 연발하던데, 아직 어두컴컴한 새벽이라 그럴까? 저들은 시큰둥해 보였고, 그래서 아무 말이 없다. 왜 그러지? 한 번 물어볼까? 처음 보는 외국인에게 호기심이 생긴 어떤 누군가였지만 그는 이내 제 갈 길을 찾아 사라지고 말았다. 먹고 사느라 밤이건 낮이건 바빠 죽을 판인데 외국인에게 오래 신경 쓸 겨를이 없다.

"…?"

일본인 사내들이 뭍에 내려섰을 때, 어딘가에서 발걸음 소리가 들렸다. 귀 기울여 듣지 않으면 알아챌 수 없는 기척이다. 어둠을 가르고 나타난 그림자, 과연 일본의 사무라이답다.

"늦었구먼."

"죄송합니다."

일본 공사(公使) 미우라 고로(三浦梧)를 보고 사내들이 고개를 숙였다. 어둠을 밝힐 듯 반짝이는 눈동자를 보라! 미우라는 이들의 눈빛이 마음에 들었다. 과연 오늘 밤 거사에 어울리는 기개였다.

"자, 가지. 저쪽에 조선 관군들이 기다리고 있네."

"흥선대원군은 지금 어디에 있습니까?"

사내들이 물었다. 금세 대꾸해 줄 듯 하던 미우라는 웬일인지 묵묵부답으로 뜸을 들인다. 흥선대원군을 이용하여 완벽한 거사를 치르겠다는 일본의 계획에 차질이 생길 것만 같아서다. 뿌득, 어금니를 사려 무는 미우라의 눈치를 살피며 아까부터 이들의 길 안내를 돕던 조선인 심부름꾼이 대신 입을 열었다.

"대원군 나으리께선 아무래도 경복궁 인근에 다다라서야 합류하시게 될 것 같습니다."

"왜?"

"절대 동행하지 않겠다고 버티느라 시간을 꽤 많이 지체했지 뭡니까요?"

"흥! 고집불통 늙은이 같으니라고…!"

"심려 끼쳐 드려 송구스럽습니다요."

제 잘못이 아닌데도 조선인 심부름꾼은 연신 고개를 조아린다. 도대체 무슨 짓을 벌이려는 거냐고, 쓸데없는 짓에 동조하지 않겠다며 몇 시간이 지나도록 무사들과 대치했다지만 흥선대원군은 끝내 올 수밖에 없다. 반짝반짝 빛나는 일본도가 그를 내버려두지 않을 테니까.

"경복궁까지 얼마나 걸리겠습니까?"

억양 없는 목소리로 한 사내가 물었다. 얼마나 거친 삶을 살아온 걸까? 그의 눈두덩이에 칼에 베인 흔적이 있다.

"대략 세 시간. 새벽이니 더 빨리 도착할 수도 있겠지."

"해가 뜨기 전에 끝내겠습니다. 날이 밝으면 사람들은 어리바리한 얼굴로 눈치만 살피는 흥선대원군을 보게 될 겁니다."

"음…."

조용히 고개를 끄덕이며 미우라가 웃었다. 시아버지와 며느리 사이의 갈등을 이용하여 거사를 치르겠다고? 더 이상 자기네 정부를 믿지 않으려는 조선 백성들의 심리를 이용할 생각을 하다니 과연 믿을만한 남자들이다. 이들의 힘을 빌린다면 일본제국의 천하제패는 그저 시간문제에 불과할 것이다.

"어서 가자!"

누군가 소리치자 마차가 움직이기 시작했다. 조선 관군이 호위하는 마차 안에 앉은 채 불이라도 뿜을 듯 침묵하는 사내들의 눈초리를 보라. 달빛을 받아 기괴하게 일그러지는 표정, 마치 보름달을 보고 울부짖는 짐승의 송곳니처럼 날카롭다. 마주치면 오금이 저릴 듯 무뚝뚝하고 무표정하지만 그들은 사실 춤이라도 추고 싶을 만큼 즐거웠다. 세계에 우뚝 설 일본제국을 위해 일하는데 어찌 즐겁지 않을 수 있을까. 오늘 밤, 우리는 샴페인을 터뜨리게 될 것이다.

"광화문입니다."

한양에 당도한지 얼마 지나지 않았을 즈음 밖에서 누군가 그렇게 뇌까렸다. 출입문이 열리고, 마차에서 내렸더니 횃불을 피워 밝게 빛나는 광화문이 가장 먼저 눈에 들어왔다. 일본과 달라 이질적인 저 건축 양식을 그러나 조선인들은 오래 보지 못할 것이다. 우리의 미래에 조선은 더 이상 없을 테니.

"누구시오?"

수문장이 다가와 일행에게 눈을 주었다.

"전하께서 급히 부르시어 찾아온 일본 공사 관원들이오. 문을 열어주시오."

"미안하오만 그런 통보를 받은 일이 없는데…."

"허허, 이 사람이…!"

갑옷 차림의 조선인 장교가 수문장에게 한 걸음 다가선다. 협조해 달라며 일본인들로부터 이것저것 챙겨 받았던 그, 역시 호주머니 속에서 무언가를 꺼내 내밀었다. 수문장의 눈이 튀어나올 듯 휘둥그레지고 만다.

"어서 문을 열어라! 일본 공사 관원들이시다!"

수문장이 호령했다. 미동 없이 서 있던 병사들이 그제야 움직이고, 거대한 광화문이 활짝 열렸다. 이것이 도대체 무엇일까? 금으로 만들었을까? 아니면 은인가? 내다 팔면 얼마나 챙길 수 있으려나? 나라에서 주는 급료 따위와는 비교도 되지 않겠지? 손에 쥔 패물에 홀딱 빠져 수문장은 광화문으로 우르르 몰려 들어가는 일본 낭인들의 표정을 보지 못했다. 달빛에 반사되어 괴이한 그 표정을.

"여기까지 안내해 주느라 수고가 많았소. 이제 우리가 알아서 할 테니 그만 돌아가시오."

"여기는 건청궁(乾淸宮)으로 가는 길이지 않소? 여긴 전하와 중전마마의 침전(寢殿)이니 다른 곳으로⋯."

"알고 있으니 그만 돌아가시라니까!"

그가 빽 소리치자 일본인 사내들이 일시에 칼을 빼어들었다. 달빛을 받아 푸르게 빛나는 일본도, 그제야 군사들은 임금의 어두운 얼굴을 떠올렸다. 어쩐지 며칠째 불안한 표정이었다. 제국주의 사상에 찌든 강대국들에게 이리 치이고 저리 치이느라 어찌 하면 좋을지 모르는 얼굴 말이다. 제 코가 석 자인 와중이었으나 임금은 내내 중전의 안위를 더 걱정했다. 어느 줄이 동아줄이고, 어느 줄이 썩은 줄인지 잘 안다며 웃던 중전의 미소를 민었지만 그래도 밤이 되면 잠을 제대로 이루지 못했다. 관군들은 그 이유를 저 시퍼런 일본도를 보고서야 깨달았으나 이미 늦었다. 역시 일본은 교활하고 치밀하다.

"으악!"

누군가 비명을 질렀다. 허공에 손가락 몇 개가 붕 떠오르더니 피범벅이 되어 나뒹군다. 느닷없이 베인 손가락의 신경 세포들이 놀라 바닥에서 푸드득 경기를 일으켰다. 무슨 일인지 채 깨닫지 못하고 멀뚱히 구경만 하던 조선 군인들에게 낭인들이 달려든다. 달빛 아래에서 일본도가 춤을 추고, 피가 낭자한 돌바닥에 조선 군인들이 쓰러져 간다. 그때, 앳된 군인 하나가 피 칠을 하고 쓰러져서 헐떡이는 게 보였다. 두려움으로 울지도 못하는 그 어린 군인에게 일본도를 손에 든 낭인이 다가섰다. 출혈이 심하여 어차피 오래 살지 못할 것이다. 어서 죽여주는 게 이로우리라.

"윽…!"

앳된 군인이 새된 소리를 내뱉는다. 가슴으로 파고든 칼이 거칠게 비틀어지고, 그는 곧 울컥 피를 토해내며 죽어버렸다.

"콰앙!"

건청궁으로 향하는 문 하나가 또 열렸다. 경비병들이 달려와 칼을 휘두르지만 소용없다. 허공을 가르며 일본의 칼이 조선의 칼을 막아서니 낭인의 얼굴에 또 한 번 괴이쩍은 표정이 드리워진다.

"휘익!"

예리한 일본도가 바람을 가르며 조선인 병사의 허리를 베었다. 동강 난 시신 조각이 벌써 여기저기에 나뒹굴고 있다. 모두 조선인 병사들이다.

"여우를 찾아라!"

미우라가 소리쳤다. 그의 손에 족자 하나가 들려있다. 왕비의 초상화를 그린 그림이다. 꽤 솜씨 좋은 그림쟁이가 그렸는지 거의 실물과 흡사하다. 응접실에 걸어두면 딱 좋을 예술 작품 같지만 그러나 이 그림은 곧 영정으로 쓰일 것이었다.

"꺄아악!"

"쾅!"

어느 궁녀의 비명인가! 알아채기도 전에 출입문이 벌컥 열렸다. 임금의 침전이다.

"전하, 기침(起枕)하셨습니까?"

"웬 놈들이냐?!"

사내들의 피 묻은 칼을 보고 임금이 기겁을 하여 소리쳤다.

"이놈들! 여기가 어디라고 함부로 들어오느냐! 썩 나가지 못할까!"

"송구하오나 전하. 화급을 다투는 일이 벌어져 해결하러 왔습니다."

"화급을 다투는 일이라니? 난데없이 무슨 소리야?"

"곧 아시게 될 테니 잠시 기다리시옵소서."

"아바마마!"

어느 낭인의 손에 끌려온 세자가 왈칵 비명을 지르며 임금에게 뛰어들었다. 임금의 얼굴이 대번에 일그러진다.

"일국의 세자에게 이 무슨 행패란 말이냐! 썩 나가라! 당장 꺼지란 말이다!"

"두 분께서는, 저희가 지켜 드릴 것이니 부디 경거망동하지 마시옵소서."

"무어라? 경거망동? 이런 무례한 놈들을 보았나!?"

"대원군께서도 오고 계십니다. 무료하실 텐데, 함께 장기라도 한 판 두시지요?"

"뭐, 뭐가 어쩌고 어째?!"

기가 막힌 얼굴로 임금이 빽 소리쳤다. 미우라는 그러나 더 이상 대꾸할 생각이 없는 눈치였다.

"지키고 있으라. 쓸데없는 짓을 하면 피를 보아도 좋다."

"예!"

족자를 손에 들고서 미우라가 침전 밖으로 나갔다. 등 뒤에 분노로 가득 찬 임금의 목소리가 쩌렁쩌렁 울려오지만 지금은 그따위 것을 신경 쓸 계제가 아니다.

"꺄아아악!"

붉은 피를 뒤집어 쓴 낭인들을 보고 궁녀 하나가 비명을 질렀다. 한밤 중 뒷간에서 마주친 귀신도 이보다 무서울 순 없다. 자지러지게 비명을 지르던 궁녀는 닥치라며 휘두른 일본도에 베여 즉사한다. 이 모습을 지켜보던 다른 궁녀들에게서도 연이어 비명이 터지고, 건청궁은 아수라장이었다.

"왕비는 어디에 있는가?!"

주저앉아 바들바들 떨고 있던 한 궁녀의 멱살을 틀어쥐며 사내가 소리쳤다. 한 겨울에 발가벗은 아이처럼 궁녀는 눈물범벅이 되어 입을 열지 못한다. 아무 짝에 소용이 없으니 낭인은 궁녀를 바닥으로 팽개친다. 살려달라고 애원하는 궁녀의 조선말을 일본도는 알아듣지 못했다.

"콰앙!"

허공으로 궁녀의 피가 흩뿌려지더니 동시에 저쪽에서 문짝 하나가 부서져 내렸다. 상궁들이 모인 방이다. 한 명 한 명 왕비의 초상화에 대조해 보니 모두 비슷하게 생겼다. 문득 가장 닮은 얼굴을 가진 상궁의 멱살을 끌어 잡고 낭인이 소리쳤다.

"왕비는 어디에 있는가?"

"모, 모르오!"

제법 용기 있게 소리쳤지만 눈가엔 눈물이 촉촉하다. 피식 입술을 비틀어 웃으며 낭인이 그녀를 내팽개쳤다. 힘없이 뒹구는 그녀를 부축하던 다른 상궁이 벌컥 소리치며 자리에서 일어섰다.

"네 이놈들! 감히 예가 어디라고 함부로 들어와서 행패를 부리느냐!?"

"…?"

"썩 물러가지 못하겠느냐?"

뭘 믿고 이리도 당당한지 다시금 사내들은 족자를 들여다본다. 이 계집은 왕비가 아니다.

"왕비는 어디에 있지?"

"모른다고 하지 않았느냐! 썩 물러가라!"

"시끄럽군."

미우라가 돌아섰다. 방안에 상궁들의 피가 뿌려지고, 다시 이 방 저 방 뒤지는 낭인들의 발소리가 요란하다. 그때였다.

"저기 있다!"

누군가 소리치자 우르르 사내들이 몰려들었다. 상궁 무리가 지키고 선 자리에 작은 쪽문이 있다. 언뜻 도망치는 왕비의 뒷모습을 발견하고 낭인들이 서둘러 움직이지만 여의치 않다. 두 팔 벌려 막아서는 여자들을 단칼에 베어버린 뒤 낭인들이 쪽문으로 달려갔다. 곧 날이 밝아 오려는지 퍼렇게 스며든 새벽녘이다. 왕비는 필사적으로 도망치지만 교묘히 훈련된 사내들을 피할 수 없다.

"이 년!"

"아악!"

머리채를 붙잡힌 왕비가 비명을 질렀다. 무너지듯 아무렇게나 내팽개쳐지는 그녀, 미우라의 시선은 족자와 그녀의 얼굴을 구석구석 대조하느라 바쁘게 굴러간다.

"여우를 찾았다"

미우라의 입술이 비틀어졌다. 시간이 멈추기라도 한 듯 그녀에게 다가서는 발걸음이 느리다. 도대체 무슨 짓을 하려는가! 그녀의 어깨로 식은땀이 흘러내렸다.

"네 년이구나. 네가 바로 왕비였어."

"네 이놈! 다, 닥치지 못할까!?"

바들바들 떨면서도 왕가의 체통은 지키고 싶었던지 제법 위엄 있게 소리치는 그녀, 하지만 떨리는 음성까지 숨길 수는 없다.

"네 년 때문에 우리의 계획이 자꾸만 틀어지고 있다. 감히 대일본제국의 앞길을 가로 막아?"

철썩!

미우라가 왕비의 따귀를 내려쳤다. 어찌나 세게 쳤는지 그녀의 입가에 혈흔이 돋아났다.

"이, 이놈들! 이 나쁜 놈들! 내가 어째서 러시아를 찾았는지 아느냐! 너희들의 발악하는 그 꼴을…!"

"닥쳐!"

철썩!

또 미우라가 왕비의 따귀를 쳤다. 기어이 그녀의 입가에 피가 흘러내렸다.

"러시아 사절단과 악수를 하고 대화를 나누니 기분이 어떻더냐? 초콜릿처럼 달콤했느냐? 사탕처럼 끈적였느냐?"

미우라의 표정이 더욱 기괴해졌다. 머릿속에 무슨 생각을 떠올린 건지 그녀는 두려움에 몸을 떨었다. 아니나 다를까. 그가 왕비의 두 다리 사이로 손을 밀어 넣는다. 겉치마가 부욱 찢기더니 이어 속치마까지 찢겨나간다. 그녀를 감춘 천 조각들이 사정없이 찢어지고, 마침내 하얀 속살이 눈에 들어온다. 지켜보던 한 사내가 혀를 내밀어 제 입술을 축였다.

"그들이 보내준 초콜릿과 사탕처럼 내 손맛도 즐겨보아라. 그들이 약속한 권력만 믿지 말고 내 손도 믿어봐!"

"아아악!"

장정들이 몰려들어 그녀의 두 팔과 다리를 붙잡았다. 발버둥을 치지만 소용없다. 벌어진 다리 사이에 속곳이 보인다. 거칠게 속곳을 끌어내린 짐승 같은 사내가 씨익 입술을 비틀어 웃으며 눈에 보이는 그것을 꽉 움켜쥐었다. 보드라운 것이 제법 쓸 만하다. 그 꼬락서니가 재미있는지 주변의 사내들이 키득키득 웃음을 터뜨렸다. 상의가 벗겨진 그녀의 젖가슴을 주무르던 사내는 눈물로 얼룩진 그 얼굴을 내려다보며 또 한 번 키득거린다. 차가운 단도가 그녀의 젖가슴에 닿았다. 그녀가 부르르 몸을 떨었을 때, 날카로운 칼이 마치 고기라도 썰 듯 젖꼭지를 도려내기 시작한다. 그녀가 다시 비명을 쏟아내고, 한쪽에서 조용히 하라며 구둣발이 날아들었다. 키들키들 웃어대며 사내들이 살아있는 고깃덩어리를 도로 일으켜 세웠다. 피로 낭자한 아랫도리를 그녀는 도저히 볼 수가 없다.

"여우 사냥은 끝났다."

미우라가 그렇게 뇌까렸다. 자신의 끝임을 알았을까? 그녀의 얼굴에 쉴 새 없이 눈물이 흘러내린다. 휘익, 허공을 가른 일본도 하나가 그녀의 젖가슴 한쪽을 베었다. 철퍽, 고깃덩어리가 바닥을 구르자 그녀가 또 비명을 지른다. 다시 일본도가 날아들어 나머지 젖가슴을 도려냈다. 비명이 난무하지만 사내들은 신경 쓰지 않는다. 예리한 일본도는 차례차례 그녀의 등을 베고, 다리를 베고, 팔을 베고, 배를 가른다. 더 이상 그녀는 비명을 지르지 않았다.

"이제 그만 정리하고 여기서 나가자."

장작더미 사이에서 왕비의 조각난 몸뚱이가 활활 타오르기 시작했을 때 미우라는 하늘을 올려다보았다. 동이 트고 있었다. 새벽닭이 울면 사람들은 타다 남은 왕비의 시신을 발견하게 될 것이다. 아니, 이것이 왕비의 시신인지, 구워 먹고 남은 돼지고기 찌꺼기인지 구분하지 못해 다들 우왕좌왕 할 것이며, 왕비를 살려내라고 흥선대원군을 닦달할 것이었다. 어수선한 조선 사회는 정리되지 않은 채 오랫동안 우리의 손바닥 위에서 굴러다니겠지. 어느새 사라진 낭인들은 웃고 또 웃으며 승리를 자축했다.

***

일본이 예상한 대로 난리가 났다. 조선의 온 사회가 들끓어 도무지 진정될 기미가 보이질 않는 것이다. 밤사이 누군가 궁궐에 들어가 국모를 죽였다니, 도대체 그게 무슨 말도 안 되는 소리일까? 백성들은 내내 황당한 얼굴이었다.

「자객인가? 아니지. 어떻게 자객이 궁궐에 들어갈 수 있어? 설마!」

하고, 어떤 이는 고개를 갸우뚱했겠지만 조선의 지난 역사에서 스물두 번째 임금이신 정조 대왕이 침전에까지 잠입한 자객에게 암살당할 뻔 했던 선례가 있었으므로 절대 말도 안 된다며 우길 순 없었을 것이다.

「하지만 아무리 그래도 감히 누가 그런 엄청난 짓을 벌였을까?」

사람들은 모이기만 하면 그렇게 수군거렸다. 다른 곳도 아닌 임금이 계시는 궁궐에서 그런 일을 벌일 수 있다니, 누군지는 몰라도 제정신이 아닌 모양이라고 다들 생각했을 것이다.

「혹시 흥선대원군이 저지른 일일까?」

문득 누군가 이렇게 중얼거리면 또 누군가는 발끈하며 반박했을지 몰랐다.

「예끼! 시아버지가 어떻게 며느리를 죽여? 그것도 국모를?」

「그간 서로 사이가 좋지 않았잖아. 죽일 만도 하지」

「그런가? 하긴 지난 임오군란 때의 일로 주모자라며 청나라가 흥선대원군을 잡아갔던 걸 생각하면 그럴 수도 있겠지.」

「그래! 맞아! 정말 흥선대원군이 저지른 모양이야!」

백성들의 뼈있는 한 마디 한 마디는 결코 과장된 생각에서 비롯된 것이 아니었다. 지금껏 백성들로부터 거둬들인 세금으로 개인의 사생활을 누리고, 권위를 이용하여 자신의 힘을 키운 왕비와 갈수록 확대되는 외척의 세력을 가만히 두고 볼 수 없었던 흥선대원군의 싸움이 그간 쉬지 않고 이어지다 급기야 외국의 군대까지 끌어들이는 지경에 이르렀으니 그럴 만도 하다. 가뜩이나 어수선한 와중에 백성들을 선동하는 무리까지 있었다. 조선의 불안한 상황을 이용하여 자기들의 이익을 추구하고 싶은 자들 말이다. 이리저리 나부끼는 소문에 의하면 그들이 일본과 손잡은 동네 양아치라 하였고, 그래서 구체적인 배후를 밝혀야 옳으며, 말 지어내기 좋아하는 한량들의 잡소리처럼 왕비가 정말 죽었는지 살았는지, 죽었으면 정말 흥선대원군이 벌인 짓이 맞는지를 따져 봐야 한다는 등 떨리는 가슴을 진정하고 차근차근 일을 풀어나가는 게 옳지만 그 간단한 순서조차 제대로 생각해내지 못할 만큼 조선 사회는 제멋대로 돌아가고 있었다. 또한 시간이 가면 갈수록 여론이 엉뚱한 방향으로 흐르는 지경도 무시할 수 없다. 지금껏 궁궐을 무시로 출입해온 일본인들이 범인이라는 소문이 돌더니 급기야 힘깨나 쓰는 외국 세력이 조선을 방패로 삼아 서로 싸우고 있기 때문에 벌어진 일이라는, 근거 없어 보이지만 그렇다고 좌시할 수도 없는 주장까지 튀어나왔다. 시시때때로 조정의 일에 관여하는 노랑머리 외국인들이 목격자일 거란 소문은 물론이요, 그래서 프랑스 공사관에선 아예 흥선대원군을 배후로 지목했다고 전해지며, 러시아 황제는 보고서를 받아들고 놀라움을 감추지 못했더라는 말까지 돌았다. 임금의 주변에 머물지만 정작 임금이 아닌 일본의 지시대로 움직인다는 신하들은 또 어떤가? 그들은 드라마 도깨비에서 온갖 술수로 어심(御心)을 뒤흔든 간신과 다를 게 없으니 임금은 머릿속이 복잡했을 것이다. 오래 전부터 일본의 마수로부터 벗어나기 위해 발버둥 쳤던 임금, 하지만 그럴수록 빠져드는 교묘한 간계에 도저히 참지 못하고 결국 러시아에게 손을 내밀었다. 그러니 일본이 발끈할 수밖에 없는 거라고, 오죽하면 이놈이나 저놈이나 마찬가지라는 러시아에게 들러붙었겠느냐며 비아냥거리는 목소리까지 들려오니 나라는 부글부글 끓었다. 자칫 잘못 건드리면 당장이라도 화산이 폭발하듯 뒤집어질 것만 같은 분위기였다.

「금일(今日), 어명을 내리노라. 죽은 왕후 민 씨를 폐위(廢位)

하였으므로 위패(位牌)를 사가(私家)에 안치하라」

왕비가 죽은 지 이틀이 지났을 때, 임금은 눈물을 머금고 어명을 내렸다. 비록 어명을 내린 바로 다음 날 다시 빈(嬪)으로 승격시켰다고 하지만 이 중대한 사건을 하루 만에 번복한 데엔 역시 일본의 압력 때문이라는 이야기가 돌았다. 아무리 그녀가 마음에 들지 않기로 꼭 그렇게까지 해야 직성이 풀리는지 의문이 든다. 하긴 그 시절의 일본이 뭔들 못했을까? 지금부터가 시작일 일본의 만행에 더는 참지 못하겠다며 결국 백성들이 자리를 박차고 일어났다. 을미의병(乙未義兵 1895)이었다. 동학농민운동의 실패 이후 마치 없는 듯 조용히 눌러앉아 숨을 고르던 농민들이 우르르 모습을 드러내기 시작했고, 지도층인 유생(儒生)들은 눈치만 보고 사는 임금에게 마구 상소를 날렸다. 왕비를 살해한 것으로도 모자라 폐위까지 한다면 이는 역모나 다름없으니 그냥 두어선 안 된다고 따졌다. 모두가 분노로 타오르는 가슴을 움켜쥐고 정의를 부르짖는 바로 그 순간, 불 난 집에 부채질하듯 임금이 또 소리쳤다.

「머리를 깎으라.」

단발령(斷髮令 1895)이 내려지자 백성들이 기겁을 하고 놀랐다. 인터넷 백과사전을 뒤져 보니 '위생에 이롭고 작업에 편리하기 때문'이라는 이유가 쓰여 있다. 그럼 머리가 길면 더럽다는 뜻일까? 설마, 그건 아닐 것이다. 이는 조선의 일본식 개화를 주도하는 세력이 꾸민 짓임에 분명하다. 신체발부 수지부모(身體髮膚 受之父母), '신체와 머리카락과 피부는 부모에게서 물려받은 것이니 소중히 여겨야 한다.'고 배운 사람들의 나라. 조선은 유교를 기반으로 둔 나라이기 때문에 그 기반의 상징을 건드리면 큰 자극으로 다가오리라고 그들은 생각했을 것이다. 나라의 근간을 잡고 흔들어댄 그들, 정말 그들은 자신의 이익을 위해서라면 무슨 짓이든 할 작정이었던가 보다. 아무 것도 준비되지 않은 나라에서 도대체 뭘 어쩌겠다는 건지, 백성들은 혼란스런 사회 한 가운데에서 찢어지는 가슴을 싸쥐고 괴로워했다. 부모님께서 내려주신 신체를 함부로 건드릴 수 없다며 시위하듯 버티던 백성들이 급기야 스스로 제 머리를 쳐내는 임금을 보고 통곡하기 시작했다. 이쯤 되니 임금은 잠시 중국을 떠올렸을지 모른다. 아주 오랜 옛날부터 지금까지 속국이니 뭐니 해가며 속 터지게 만든 애증의 관계, 그래도 무슨 일이 있으면 슈퍼맨처럼 짠! 하고 나타나 도움인지 아닌지 구분되지 않는 손길을 내밀어준 그들이었다. 하지만 일본과의 전쟁 이후 제 코가 석 자인 처지라 중국은 지금 시름에 빠진 제 나라 백성을 위로하기에도 벅차다. 아닌 게 아니라 서양의 많은 나라들이 서로의 힘을 과시하며 거대한 대륙을 나누어 가지려는 와중이었다. 곧 다시 등장할 내용이겠으나 이 시기 만주 땅에 눈독을 들이던 일본은 독일과 프랑스의 힘을 빌린 러시아의 기세에 밀려나 가만 두지 않겠다며 으르렁거렸고, 러시아는 이제 일본의 반격을 대비할 필요가 있었다. 언제 갑자기 전쟁이 터질지 알 수 없는 이때, 태풍의 눈에 접어든 듯 잠시 가쁜 숨을 고르던 청나라에 러시아 대표단이 나타났다. 악수하자며 내민 손을 붙잡고 밀실로 사라진 두 대표가 말했다.

「일본의 힘이 자꾸만 커지고 있으니 대책을 세웁시다. 그들이 만주와 조선을 침략하면 우리 둘이 함께 물리칩시다.」

「만일 우리 러시아가 일본과 전쟁을 하게 되면 중국은 바닷길을 열어주십시오. 그리고 우리 군대의 기동성을 위해서라도 철도가 필요한데…!」

러시아가 마침내 시베리아 지역의 철도를 연장하고 싶은 속내를 드러냈다. 시베리아에서 블라디보스토크를 지나 만주까지 연결하면 군사를 움직이기에 편하고, 지역 경제도 활성화되니 중국으로서도 이득이지 않겠느냐며 꼬드겼다. 중국이 러시아의 제안을 받아들여 밀실 회담은 성공적으로 마무리 되었다. 이른바 대일본군사밀약(對日本軍事密約), 또는 러청동맹밀약(露淸同盟密約 1896)이라고 부르는데, 이들 사이에 오간 철도 협정이 후에 중요한 역할을 하게 될 줄은 그땐 미처 몰랐다. 정신 사나운 시절, 제국주의 야욕을 드러내는 건 힘 있고 돈 있는 나라라면 누구나 마찬가지였고, 그래서 언제든지 폭발할 가능성을 염두에 두어야 할 시절이었다. 판세를 가만히 지켜보던 고종 임금은 러시아가 그나마 조선에 도움을 줄만한 친구로 보였던가 보다. 왕비가 잔인하게 살해당한 이후 바람 앞의 등불인 양 안전을 보장받을 수 없었던 고종은 러시아 공사관으로 달려가 문을 두드렸다. 임금의 체통이 있으니 살려달라고 비명을 지르지는 않았겠지만 그 정신 나간 짓을 저지르고도 뻔뻔한 미소를 짓는 일본으로부터 도망치고 싶은 건 사실이었을 것이다. 하긴 그 큰 대국과 싸워 이기고, 힘 좀 쓴다는 서양과 어깨를 나란히 하게 되었는데, 무슨 짓인들 못할까. 다른 사람도 아닌 왕비를 죽였으니 이제 왕조차 죽이지 말란 법도 없어져 버렸다.

「잘 오셨소.」

반가이 맞이하는 러시아의 미소에 안도했을까? 왕비가 죽기 전까지 친러정책을 펼치며 믿고 따르던 나라였으니 그들 역시 일본과 다를 바 없음을 고종은 생각하고 싶지 않았을 것이다. 러시아 공사관에 짐을 풀고 앉아 한시름 놓은 고종은 어느 날, 예전의 왕권을 강화해야겠다고 생각했다. 어떻게든 일본을 몰아내기 위한 계획이었으나 사실은 뒤에 러시아의 힘이 작용하고 있었다는 사실이 더 중요했다.

「우리가 힘을 빌려주겠소. 대신 우리가 시키는 대로 하시오. 러시아 사람들이 조선에서 장사하는 데에 무리가 없게 해주시고, 무역도 허락하고…!」

고종은 러시아의 일방적인 제안을 당연히 받아들였다. 약소국의 왕을 꼭두각시 인형처럼 갖고 노는 저 양놈들을 지켜보며 일본은 어쩌면 비웃었을지도 모르겠다. 그들이나 저들이나 다를 바가 하나도 없음을 고종은 혹시 뒤늦게라도 알았을까? 분명 알았을 거다. 1년에 걸쳐 강대국의 손바닥 위에서 흐느적거리던 임금은 궁궐로 돌아와 이렇게 소리쳤다.

「조선의 국명을 대한(大韓)으로 고치고, 왕국에서 제국(帝國)으로 바꾸었으니 과인은 이제 황제로 즉위하겠다!」

응? 뭐래? 백성들은 이게 무슨 시답잖은 소리인가 했을 거다.

일진 형님들의 발에 밟혀 죽는 마당에 '너 죽을래? 확 때려준다!'하고 반항하는 찐따와 다를 게 뭐란 말일까? 스스로 황제의 자리에 올랐다는 임금의 소식은 당시 발행된 독립신문에도 나온다.

「금월(今月) 13일 (1897년 10월 13일)에 내리신 조칙을 인용하여 조선 국명이 변해 대한(大韓)이 되었으니 지금부터는 조선 인민이 대한국(大韓國) 인민이 된 줄로들 아시오.」

국호(國號)를 '마한(馬韓)과 변한(弁韓)과 진한(辰韓), 즉 삼한(三韓)을 아우른 제국'이라는 뜻으로 대한제국(大韓帝國)이라 하고, 연호(年號)는 '외세의 간섭으로부터 벗어나 힘을 키우고 나라를 빛내자'는 뜻으로 광무(光武)라 하였더란다. 아니 이렇게 한심한 황제를 보았나. 좀 더 강한 나라로 변모하여 주권국가임을 알리겠다고, 그래서 별 볼 일 없는 왕국이 아닌 거대한 제국으로 우뚝 서겠다는 뜻이라지만 이런다고 마구잡이로 짓밟히는 현실에서 벗어날 수 있을까? 제단 앞에 나아가 하늘의 아들이 태어났음을 고하고, 예복 차림으로 온갖 행사를 치르는 꼴을 상상해 보라. 돈을 쳐 발라 그런 짓을 벌이면 주변 국가들이 '아이, 무서워라. 그래. 너 인정해줄게.' 이럴 줄 알았나? 제국과 황제의 의미가 바로 그렇다지만 아무래도 고종은 아직도 세상 돌아가는 이치를 몰랐던가 보다. 아니, 아니다. 그렇게 비난하지만 말고 고종의 입장에서도 생각해 봐야겠다. 나라를 잃게 만든 장본인이라며 후손들이 욕을 하지만 고종으로서는 별다른 방법이 없었을 거다. 좀 더 차근차근 다시 생각해 보자. 사대주의다 뭐다 욕을 먹어가며 오랜 세월 믿고 따르던 대국이 무너졌다. 기댈 벽이 없어지자 일본이 눈을 부릅뜨고 궁궐로 침입하여 왕비를 죽였다. 왕가의 체통을 개뼈다귀보다 못한 것으로 보는 일본으로부터 벗어나 러시아에게 갔더니 애들도 이것저것 요구가 많다. 미국도, 영국도, 프랑스도 마찬가지다. 도저히 어쩔 수 없는 일이었다. 제국의 황제, 그렇게 자위라도 하지 않으면 안심하고 잠들 수 없었던 사람. 한심해 보이지만 다른 한편으로 고종은 불쌍한 임금이다.

***

중국 역사에는 세 명의 악녀가 있다. 여태후(呂太后)와 측천무후(測天武后), 그리고 서태후(西太后)인데, 시간적 순서로 살펴보자면 기원전 240년경에 태어났다는 여태후가 먼저일 것이다. 성은 여(呂)씨요, 본명이 치(雉)인 그녀는 진나라 말기 시황제(始皇帝)의 폭정에 항거하여 초(楚)나라 항우(項羽)와 손잡고 반란을 일으킨 뒤 그 초나라마저 물리친 한(漢)나라 고조(高祖) 유방(劉邦)의 황후였다. 유방을 도운 개국공신 중 황가의 권력에 위협이 됨직한 신하들을 잡아다 모반죄라는 명목으로 누구는 일가친척까지 모조리 처형하고, 또 누구는 뼈와 살로 육젓을 만드는 등 무슨 짓이든 저질렀던 그녀는 황제 유방이 죽자 본격적으로 정치 전면에 나서기 시작한다. 하필 황제의 자리에 오른 아들 유영(劉盈)이 아직 어린 열여섯 살이니 엄마로서 못할 게 없었던 거다. 그런 그녀의 눈에 가시 같은 존재 하나가 있었다. 흔히 척부인((戚夫人)이라는 이름으로 더 많이 알려진 여자, 진나라에 이어 초나라와도 전쟁을 벌이는 동안 전우(戰友)로써 만난 유방의 마음을 사로잡고, 전쟁이 끝난 후엔 아예 후궁으로 눌러앉았다는 척희(戚姬) 바로 그녀 말이다. 황제의 총애를 받는 것으로 모자라 태자였던 유영을 폐하여 그 자리에 자신의 아들 유여의(劉如義)를 세우려다 신하들의 반대에 부딪혀 뜻을 이루지 못했다고 전해지니, 분노가 극에 달해 내내 복수를 꿈꾸던 여태후는 아무래도 어린 아들을 대신하여 정사를 돌보게 된 지금이 적격이라고 생각했던가 보다. 아들 유여의가 독살을 당하자 가만 두지 않겠다고 발악했을 척희에게 가한 여태후의 보복은 생각 없이 자료를 읽어 내려가던 내 눈을 의심하게 만들 정도로 끔찍했다. 우선 속옷 하나 남기지 않고 벌거벗긴 뒤 죄수들을 가둔 지하 감옥에 던져 넣어 심리적 타격을 가한다. 차라리 그뿐이었으면 여태후는 이미 세상에 별의 별 해괴한 짓을 해댄 인간이 많으니 악녀 축에도 낄 수 없었을 거다. 척희의 팔과 다리를 잘라 꼼짝 못하게 만든 다음 칼로 눈알을 파내고, 혀를 잘라낸 뒤, 코를 도려내고, 귀에 유황을 부어 결국 사람의 것인지 아닌지 구분할 수 없게 되어버린 그 몸뚱이를 돼지우리에 밀어 넣었다. 사람은 그리 쉽게 죽지 않는다고 누가 말했던가. 그렇게 유린당하고도 죽지 못한 채 꾸물꾸물 몸서리치는 꼴을 가리켜 '인간 돼지'라고 불렀더라는 여태후, 어미의 야만적인 행각을 목격한 어린 황제가 충격으로 제정신이 아닌 채 여생을 살았다는 기록을 보면 사람이 권력을 손에 쥐는 순간 어디까지 잔인해질 수 있는지 보여주는 사례라고 할 수 있겠다. 그로부터 450여년이 지나고 당(唐)나라가 대륙에 들어섰을 때, 또 한 명의 여자가 세상을 호령한다. 이번엔 태후가 아니라 황제다. 중국 역사에서 유일한 여자 황제 말이다. 본명은 무조(武曌), 무측천(武則天)이라고 불리는 측천무후(則天武后) 바로 그녀인데, 미모가 빼어나 당나라의 두 번째 황제 이세민(李世民)의 후궁이 되었지만 승은(承恩)을 입지는 못했다고 한다. 옛 중국에는 조선이 그랬듯 황제가 죽고 나면 모든 후궁들은 비구니가 되어 절에 들어가야 한다는 법이 있었다. 이세민의 사후 그녀 역시 머리를 깎고 비구니가 되었으나 당나라의 세 번째 황제가 된 고종 이치(李治), 즉 이세민의 아들과 연인관계로 발전하여 다시 궁궐로 돌아오게 되었다. 고종은 태자 시절에 이미 혼례를 올려 곁에 황후가 있었는데, 그녀를 쫓아낼 목적으로 무조는 갓 낳은 제 딸을 이불로 덮어 질식사로 죽이는 짓을 저질렀다. 무조의 모함이라고 감히 상상할 수 없었던 황제는 분노 끝에 황후를 폐하였으며, 마침내 무조는 여자로서 최고의 자리에 오르게 된다. 하지만 그녀의 욕심은 여기서 끝나지 않았다. 어느 날 황제가 건강상의 이유를 들어 무조에게 모든 권한을 위임하고 자리에서 물러났을 때, 그때가 바로 시작이었다. 지금껏 자신을 반대한 신하들을 숙청한 건 그래도 귀엽게 봐줄 수 있다. 옛 황후의 아들이 앉아있던 태자 자리에 자신의 아들 이홍(李弘)을 옹립한 것 까지도 어느 나라의 역사였든 권력을 위해서라면 흔히 벌어지는 일이니 이해할 수 있겠지만 그 권력에 미쳐 아무 것도 보이지 않던 어미에게 잘못을 지적하고 나선 제 아들을 죽인 사실은 기가 막힌다. 다른 사람도 아닌 태자를 죽이다니, 그저 지켜보기만 하던 황제가 놀라 부들거리며 둘째 아들 이현(李賢)을 태자로 옹립하겠다고 나섰으나 무조는 오히려 그 아들에게 역모 죄를 씌워 먼 곳으로 유배 보냈다. 건강 악화로 황제가 죽자 유배지로 찾아가 그를 아예 살해하기까지 했더란다. 남의 아들이 아니라 자기가 낳은 자식인데도 이러다니, 제정신인가 싶을 만큼 이해되지 않는 여자다. 그런데 여기서 끝이 아니었다. 황위를 물려받아 당나라의 네 번째 황제가 된 중종(中宗), 즉 셋째 아들 이현(李顯)은 엄마의 등쌀에 못 이겨 황위에 오른 지 두 달도 되지 않아 쫓겨나고, 그 자리는 결국 막내아들 이단(李旦)이 맡아 당나라의 다섯 번째 황제 예종(睿宗)이 된다. 엄마가 시키는 대로 할 뿐인 착한 아들, 이쯤 되니 그는 있으나 마나 한 황제였다. 권력을 위해 자식을 황위에서 끌어내린 덕분에 그녀의 집안사람들이 득세하자 이를 황가에서 가만히 두고 볼 리가 없다. 제법 힘 좀 쓸 줄 안다는 몇몇 남자들이 반란을 일으켰으나 이미 조정의 모든 것을 차지한 그녀의 세력이 버티고 있어 반란은 한 달도 가지 못하고 마무리 된다. 그리고 얼마 뒤, 나라의 이름이 바뀌었다. 고종 이치가 죽은 지 6년 만에 당나라가 사라지고 무씨의 나라 후주(後周)가 대륙에 태어나 마침내 그녀는 황제의 자리에 올랐다. 권력 때문에 자식까지 죽였던 비정한 엄마였지만 백성들을 위해 내놓은 정책은 나쁘지 않았다고 한다. 지방의 탐관오리를 엄벌했다거나 관직은 가문이 아닌 개인의 능력을 보고 내려 모두에게 균등한 기회를 제공했다는 부분에 대해선 칭찬 받아 마땅하다. 그러나 피로써 나라를 일으킨 황제였으니 과연 옳은지 그른지의 문제는 알아서 생각하라는 뜻이었을까? 그녀의 무덤에 세워진, 아무 것도 써놓지 않은 비석을 보고 후손들은 끝까지 헷갈렸을지 모르겠다. 하여간 복잡한 여자라는 건 확실하다. 자, 시간을 거슬러 청(淸)나라로 가자. 청나라의 아홉 번째 황제 함풍제(咸豊帝)에게는 사랑하는 여자가 두 사람이나 있었다. 고운 외모로 황제와 사랑하여 아들을 낳았다는 서태후와 그녀보다 훨씬 먼저 황제를 사랑하여 황후가 되었다는 동태후 말이다. 사실 서태후는 하급 관리의 딸로 태어나 어렵게 살다가 궁궐에 들어간 여자였다. 황제의 승은을 입어 내명부의 여자로서 승진을 거듭하던 그녀는 마침내 아들을 낳아 황후 바로 아래 계급인 비(妃)의 위치에까지 오르게 된다. 그녀가 낳은 자식이 다름 아닌 동치제(同治帝)였으니, 그가 바로 함풍제의 유일한 아들이며 청나라의 열 번째 황제이다. 아들이 비로소 황제가 되자 황비(皇妃)에 불과하던 그녀는 마침내 태후로 옹립될 수 있었고, 사람들은 자금성의 동쪽에서 지내는 태후라 하여 동태후(董太后), 새로운 황제의 어머니가 된 그녀를 자금성의 서쪽 전각에서 지낸다고 하여 서태후(西太后)로 불렀다. 그런데 동치제는 그때 나이가 겨우 여섯 살이었다. 이쯤 되면 역사는 황제의 어머니가 수렴청정을 해야 한다고 말할 것이다. 사정상 어쩔 수 없는 일이었고, 이는 조선의 역사만 봐도 흔한 일이었는데, 하물며 상국(上國)으로 모셨다는 중국이 더 했으면 더 했지, 덜 하지는 않았을 것이다. 그런데 특이하게도 이 수렴청정을 동태후와 서태후가 동시에 하게 되었다. 만일 두 사람 모두가 권력에 욕심을 가졌다면 중국의 역사는 그때에 이미 피로 물들었을 것이다. 하지만 정치나 권력에 의의를 두지 않았던 동태후와 아들을 앞세워 제 욕심을 채울 생각이던 서태후는 누가 봐도 완전히 다른 성향을 가진 여자들이었다. 그러다 보니 동치제는 조금만 실수해도 잔소리 폭격을 날리는 친모 서태후보다 인자하고 온화한 동태후에게 더 마음을 쓰게 된다. 초상화에서조차 다정함이 폴폴 풍기는 동태후가 서태후에게 죽임을 당한 건 순전히 동치제의 황후 간택 문제에서 동태후가 고른 여자를 황후로 삼고, 정작 친모인 서태후가 고른 여자는 후궁으로 삼았다는 이유였을까? 아니면 병권(秉權)을 틀어쥐고 두 태후의 뒤를 받쳐주었다는 공친왕(恭親王)이 점차 동태후와 가깝게 지낸 탓에 권력을 빼앗길지 모른다는 불안감 때문이었을까? 독이 든 음식을 먹고 죽었다는 동태후의 마지막은 여기에선 당장 중요하지 않다. 아직 어린 황제가 철이 들면 그로부터 권력을 빼앗길까 두려워 제 아들을 타락하게 만들었다는 그녀, 갖은 핍박으로 며느리를 죽게 한 건 애교에 불과하고, 열여덟 살 어린 나이에 천연두로 죽은 황제를 대신하여 겨우 세살 먹은 조카를 황위에 앉힌 뒤 또 수렴청정으로 온갖 권력을 휘두르며, 웬만한 잔칫집 밥상이 부럽지 않을 거나한 식단으로 매일 배부르게 먹은 데다, 옷과 장신구 등 온갖 사치를 부리며 나라의 금고를 털었던 그 화려한 역사를 보라. 솔직히 부럽기는 하지만 도가 지나치다는 생각을 지울 수가 없다. 사실 이 여자가 부귀영화를 누리던 청나라 말기는 중국 역사에서 전환점이랄 수 있었던 시절이다. 정규군과 중국 내 기독교 세력 간의 전쟁이었다는 태평천국의 난(太平天國之亂 1850~1864)을 진압한 인물들이 이른바 양무운동(洋務運動 1861)이라는 개혁 운동을 벌이고, 밀려드는 서방 세력으로 인해 봉건체제가 무너져 가던 참이니 말이다. 이때, 영국과 식민지 침탈 경쟁을 벌이던 프랑스가 천주교 박해를 명분으로 베트남을 침공하면서 전쟁이 벌어졌다. 중국으로서는 아주 오랜 기간 관계를 유지하던 베트남이 서방에 의해 강탈당할 위기에 놓이니 싸울 수밖에 없다. 청불전쟁(淸佛戰爭 1884~1885)이었다. 이보다 훨씬 앞선 1840년에는 중국 물건의 대량 유입으로 적잖은 손해를 보았던 영국이 아편으로 꼬드겨 무려 2년 동안이나 싸움질을 해대니 1842년에 청나라는 패전국이 되어 무려 다섯 군데의 항구를 개방하고, 영국인의 치외법권도 인정해야 하는 수모를 겪는다. 아편전쟁(鴉片戰爭)이라는 흑 역사가 있었음에도 불구하고 아직 정신을 차리지 못한, 아니, 정신을 차리고 싶지 않은 그녀는 민족의 이익보다 자신의 권력이 우선이라고 생각했는지 프랑스가 자기 나라를 공격하거나 말거나 경치 좋은 곳에 백성들의 세금과 군비 일부를 쏟아 부어 자기만의 휴양지를 건설하였고, 그 바람에 청나라 정부는 엄청난 금액의 빚을 졌으며, 베트남은 프랑스의 식민지가 되고 만다. 이 중요한 시기에 성대하기 짝이 없는 환갑잔치를 열어 무려 3일 밤낮을 먹고 놀았더라는 그녀, 그녀의 화려한 일상을 목격한 백성들은 뭐 저런 미친년이 다 있느냐고 손가락질을 했을지 모르겠다. 이런 와중에 청일전쟁까지 벌어졌으니 어떤 군대가 자기 나라를 제대로 지킬 수 있단 말일까. 가뜩이나 아편전쟁으로 홍콩 땅을 영국에게 빼앗기는 상처를 입었는데, 그 꼴 보기 싫은 일본에게까지 참패하여 이 땅 저 땅 전리품으로 내놓아야 할 형편이니 백성들은 참을 수가 없었을 거다. 자, 이제 중요한 이야기를 하려고 한다. 이 얘기를 하려고 서론을 또 길게 썼다. 정말이지 서태후에 비교하면 다른 두 여자는 악녀 축에도 끼지 못할 것이다. 이 시절 청나라의 황제는 광서제(光緖帝)로, 세살에 황제가 되었다고 앞서 잠시 언급했던 서태후의 조카였다. 날이 갈수록 휘청거리는 나라 꼴을 도저히 그냥 두고 볼 수 없었던 황제는 과거의 통치 방식을 버리고 근대적인 개혁으로써 새로운 삶을 살아야 한다며 상소를 올린 강유위(康有爲)를 불러들였다. 강유위, 백과사전에서 그를 검색하면 '중국 근대 정치사상가'라는 설명을 볼 수 있다. 과거 시험을 보러 간 자리에서 천여 명의 선비들을 모아놓고 청일전쟁에서 승리한 일본의 요구조건은 불합리하다며 서명운동에 앞장선 인물이었다. 과거시험을 보지 않았고, 관리로 등용되지 않았다는 이유를 들어 서명운동이 무효라는 말 같지도 않은 소릴 듣자 분노한 그는 악착같이 공부한 끝에 급제하여 관리로 등용되었다. 인간 승리가 따로 없는 그의 열혈 투쟁에 감복하였으나 서태후가 눈을 부라리는 터라 황제는 감히 어찌 할 방법이 없었다. 젊은 황제에게 용기를 붇돋워주며 반드시 나라의 잘못을 바로잡아야 한다고 주장한 강유위의 거듭된 상소가 끝내 뜻을 이루게 된다. 지위는 낮지만 황제의 곁에 서서 목소리를 낼 기회를 얻었고, 이제 황제는 살기등등한 서태후로부터 자립하겠노라 다짐한다. 이들의 움직임을 역사는 변법자강운동(變法自彊運動 1898), 또는 무술년(戊戌年)에 벌어진 일이라 하여 무술변법(戊戌變法)이라고 부른다. 지금까지 백성들을 괴롭혀온 모든 법체계를 바꿔야 한다고 부르짖은 강유위와 적극적으로 움직이려던 광서제, 불행히도 서태후가 조종하는 원세개(袁世凱)의 쿠데타로 뜻을 이룰 수 없었다. 개혁을 주도하던 인물들은 모두 숙청당하고, 광서제마저 어딘지도 모르는 섬에 유폐되었다가 황좌에서 쫓겨나는 수모를 겪는다. 이로써 서태후는 모든 권력을 자신을 중심으로 돌리게 되었다고 좋아했을지 몰랐다. 하지만 정말 그렇다고 생각한다면 이 여자는 눈치가 없어도 심각하게 없는 거다. 무술변법이 실패하고 1년, 의화단 사건(義和團事件 1900)이 벌어졌다. 순전히 대륙을 말아먹으려는 서양의 제국주의 때문이다. 아시아를 식민지 삼았던 그들의 공통점은 바로 종교였다. 부모를 공경하고, 그래서 조상을 모셔야 하는 사람들에게 전혀 엉뚱한 이치를 들이밀면 당연히 싸움이 벌어질 수밖에 없다. 침략자들의 뻔한 수작은 중국에서도 마찬가지였으니 백성들은 다시 분노했다. 저들에게 항거하려는 무리가 도처에서 일어났다. 그들 무리가 점점 커지더니 서양인들의 공관이 불타고, 교회가 무너지기에 이르러 도무지 감당할 수 없는 상황이 되어버렸다. 이쯤 되자 자기 나라 사람들을 지키겠다며 북경에 영국 군대가 나타났다. 언뜻 프랑스 깃발을 든 군대가 보였나 싶더니 이번엔 욱일기를 앞세운 일본이 들어왔다. 미국 군대도 보이고, 오스트리아 군대도 있다. 아, 독일 군대까지 합세했다. 러시아와 이탈리아 군대까지 나타났다. 무려 8개국 연합군과 북경에서 맞닥뜨린 그들, 나라를 일으켜 서양 세력을 물리치겠다고 당당하게 소리쳤지만 칼과 창 등의 구식 무기로는 저들을 이길 수 없다. 서로간에 일방적인 싸움이 벌어지고, 무법지대인 양 약탈이 자행되자 서태후는 도망쳤다. 북경을 떠나 서안까지 갔다고도 하고, 끼니마다 상다리가 부러지도록 차린 음식을 잘못 먹고 이질에 걸려 죽었다는 얘기도 있지만 지금 그게 문제가 아니다. 우리의 청나라를 내놓으라며 발악하던 의화단이 연합군의 공격으로 완전히 무너지고 말았으니까.

「이번 사건으로 공사관들이 피해를 입었으므로 보상하라. 각 공사관에 해당 국가의 군대 주둔을 허용하라. 하지만 청나라 정부와 군대는 끼지 말라!」

흔히 베이징 의정서(北京議定書 1901), 또는 신축조약(辛丑條約)이라고 일컫는 연합국의 일방적인 요구는 청나라로선 부당하기만 했으나 별 수 없다. 입 한 번 벙긋하지 못한 채 도장을 찍어버린 그 심정은 과연 어땠을까? 하지만 저들은 청나라의 입장 따위엔 관심이 없다. 마침내 거대한 땅을 나눠 먹게 되었으니 즐거운 표정만 얼굴에 가득할 뿐이다. 그런데 참 우습기도 하지. 한데 뭉쳐 윽박지르는 저들 사이에도 뭔지 모를 알력이 존재하는 것 같다. 제국주의에 물들어 식민지 침탈로 힘을 과시하던 시절이었으니 각자의 이익을 위해서라면 무슨 짓이든 벌이는 게 당연하겠지만 말이다.

「의화단이 망가뜨린 동청철도(東淸鐵道) 때문에라도 만주 땅에 눌러앉아 눈을 부라리는 러시아를 보시오. 조선에 이어 중국까지 혼자 먹으려고 눈독을 들이는 저놈들을 도저히 그냥 둘 수가 없는데 어찌 하면 좋겠소?」

앓는 소리를 해대는 일본을 영국은 귀엽다고 했으려나? 만주 땅을 손에 쥐고 내놓지 않는 러시아가 영국으로서도 탐탁지 않던 참이다.

「그럼 청나라는 영국이 먹고, 한국은 일본이 먹는 걸로 합시다. 만일 누가 우리 밥을 뺏으려거든 함께 나가 싸웁시다.」

미식가가 따로 없는 두 나라의 동맹 결의에 러시아가 발끈했다.

「그대들이 과연 무엇이기에 그 두 나라를 먹겠다는 겐가! 한국과 청나라는 자주권을 가진 독립국이다!」

흥, 어차피 저들과 같은 속내였으면서 선수를 빼앗기니 괜히 저러는 거다. 프랑스와 손잡고 당장 그만 두라고 발악하는 러시아, 그러나 분위기는 이미 일본에게 기울어져 화가 나지 않을 수 없다. 가만 두지 않겠다며 으르렁거리는 불곰국의 이빨을 보니 조만간 무슨 일이 벌어져도 크게 벌어질 판이다. 분위기가 심상치 않음을 감지한 걸까? 작은 나라 대한제국의 고종 황제가 바들거리는 제 두 손을 억지로 모아잡고 외쳤다.

「국제적 이해관계를 벗어난 도발에 의해 전쟁이 일어나더라도 대한제국은 중립국임을 밝힌다.」

하지만 일본이 비웃는다. 저들의 혀 짧은 웃음소리가 어쩐지 불안하다. 어디 해볼 테면 해보라는 의도였을까? 기어이 일본은 러시아와 단교(斷交)하고 말았다. 그때 고종 황제는 아마 울고 싶었을 거다.

***

뤼순커우(旅順口), 사자의 입을 닮은 지형이라 '스즈커우(獅子口)'라고도 부르는 여순 앞바다가 놀라 뒤집어졌다. 정박 중이던 러시아 군함 두 척이 폭발한 것이다. 날벼락을 맞은 러시아가 정신을 차리지 못하고 휘청거리던 그 시각, 일본이 소리쳤다.

「둘 중 누가 강자인지 궁금하지 않습니까? 러시아는 당장 나오시오!」

일본으로서는 기막힌 선전포고였지만 그때 제 3자 입장인 청나라는 당혹스러웠을 거다.

「어째서 두 나라는 대국에 들어와 싸우는가! 우리 땅에서 당장 나갈 것을 엄숙히 경고한다!」

그러나 아무도 덩치만 큰 약자의 비명을 들어주지 않았다. 다들 지금 이기는 편 우리 편, 하며 전쟁을 구경하느라 바쁘단 말이다. 그들 대부분은 러시아의 승리를 장담했다. 둘째가라면 서러울 열강, 그 거대한 불곰국이 극동의 섬나라를 깨부수겠다며 뒤늦게나마 일어섰으니 볼만한 싸움임에 틀림없다. 우선 군사력에서부터 차이가 났다. 일본 육군 병력의 숫자가 만주에 나가 있는 러시아 육군 일부보다 적은 데다 바다에 띄울 함대 역시 스케일이 다르니 이건 죽었다가 깨어나도 절대적으로 불리한 싸움이다. 일본이 아무리 욱일기 문양만큼이나 떠오르는 극동의 신흥국이라지만 저들에게 신흥국이란 세상 물정 모르는 어린 애에 불과하니 우스워 보일 수밖에. 하지만 러시아나 유럽의 열강들이나 한 가지 간과한 점이 있었다. 바로 미국이다. 그 대단한 천조국이 일본을 밀어준다는 사실을 알았더라면, 천조국이 그냥 천조국이 아님을 그때 러시아가 알았더라면, 일본과 둘도 없는 친구 영국까지 옆에서 보조해 준다는 사실을 알았더라면 러시아는 좀 더 강력하게 대응하지 않았을까? 그 돈 많은 나라들이 전쟁 자금을 넉넉하게 베풀며 응원하니 일본은 걱정할 게 없다. 게다가 지리적 구조까지 일본을 돕는다. 대한제국과 중국은 이미 내 땅이나 다름없는 상황이므로 언제든지 육해공을 자유롭게 동원하여 전투에 필요한 물자를 조달할 수 있다. 하지만 러시아는 그게 아니다. 모스크바에서 전장(戰場)인 여순까지의 거리가 멀어도 너무 멀다. 동청철도를 건설하여 만주와 시베리아를 연결했다지만 당시에 KTX가 있었던 것도 아니고, 느려터진 이놈의 기차는 별명이 비둘기호라도 되는 건가 싶다. 반드시 열강들 사이에 우뚝 서겠다며 이 전쟁에 모든 걸 쏟아 부은 일본과 넓은 땅 덩어리 여기저기로 퍼진 병력을 한데 모으기까지에도 시간이 걸리는 러시아, 게다가 러시아는 이 전쟁에 편들어 줄 친구를 제대로 확보하지 못했다. 그러니 싸움의 승자가 뻔히 보이는 이때에 일본이 조급해할 이유가 전혀 없었던 거다. 물론 거대한 나라와 싸우려니 체력이 받쳐주질 않아 고전하고는 있지만 이 역시 머리로 해결하면 그만이라 상관없다. 여유로운 미소로 뒷짐을

지고서 어슬렁어슬렁 대한제국 황궁에 나타난 주한 일본 공사의 저 심드렁한 표정을 보라. 고종 황제는 저 녀석이 무슨 말을 꺼낼지, 아니, 만나자고 연락이 왔을 때부터 영 마음이 편안하지 않았다.

「폐하, 중립을 선언하셨다면서요? 일본 편을 들지 않으시겠다고? 거 참 너무하시네!」

거드름을 피우는 일본 앞에서 대한제국의 황제는 더 이상 대접 받을 수 없는 존재였다. 세상에 개 무시도 이런 개 무시가 없다. 목소리 한 번 낼 줄 모르고 몸이나 사리는 나약한 황제라니, 비록 전쟁이 끝나려면 아직 멀었지만 승기(勝機)가 이미 일본에게 넘어갔고, 그래서 러시아 공사도 도망치듯 서울을 떠나버린 뒤라 더더욱 황제는 할 말이 없었다. 믿었던 러시아가 저러니 이제 누굴 믿어야 할까? 눈을 부릅뜨고 지켜보는 사람들 앞에서 고종 황제는 일본 공사가 내민 서류에 도장을 찍었다. 한일의정서(韓日議政書 1904)였다.

「일본은 대한 제국 황실의 안전을 도모하고, 독립과 영토를 보장한다. 만일 일본의 조치가 필요한 경우에 대한 제국 정부는 일본에게 충분한 편의를 제공해야 한다.」

대한제국에게 일본은 동양의 평화를 이룩할 테니 믿고 따라오라며 윽박질렀다. 그렇게만 해준다면 일본은 대한제국의 황실을 지켜주겠다고 약속했다. 그 어떤 놈들이 이 땅을 짓밟고 들어오더라도 일본이 나서서 지켜주겠다고, 되도 않는 약속들이 그 종이 쪼가리에 마구 휘갈겨 적혀 있었다. 대한제국을 일본의 손에 넣기 위한 첫 작업이었으나 고종 황제는 막을 수 없었고, 아무도 이 작은 나라를 도우려 들지 않았으며, 대한제국 황제 뿐 아니라 그 어떤 이의 눈으로 보더라도 세상 모든 것이 일본을 위해 돌아가는 것 같았다. 어떻게 하면 좋을까. 아무리 머리를 쥐어짜도 답이 없다. 그런데 어느 날, 가뜩이나 힘든 러시아에 문제가 생겼다. 사회 체제의 불만으로 시위하는 국민들을 향해 군인들이 총질을 해댔기 때문이다. 발음하기도 어려운 상트페테르부르크라는 도시에서 있었던 일로, '피의 일요일'이라고 부르는, 러시아 근대 역사에서 두 번의 혁명 가운데 첫 번째 혁명으로 기록된 사건이다. 19세기 말부터 덩치가 불어가던 노동자들의 세력은 황제에게 요구하기 위해 만들어진 사회 개혁 조건이 점차 구체화 되면서 당장 목소리를 들어주지 않으면 뒤집어 엎어버리겠다며 아예 전면 파업으로 몰고 갔다. 처음엔 잘못된 사회구조를 바꾸려는 노력이었으나 시간이 갈수록 국제무대에서 자꾸만 밀려나 밑바닥까지 추락한 국가 위상에 대한 불만과 일본과의 전쟁에서도 불리한 입장이 되어버린 자국의 꼴이 국민들로 하여금 분노를 일으켜 이제는 민족주의 성향이 뚜렷한 나라로 변화해 가는 듯 보였다. 당시 러시아 정부가 지금의 우리처럼 촛불 시위 문화를 알았다면 과연 시위대에게 발포 명령을 내렸을까? 촛불을 들지는 않았더라도 폭력적이거나 불법적인 시위가 아니었다고 한다. 그럼에도 불구하고 러시아의 종교를 상징하는 물건과 황제의 초상화, 탄원서를 손에 쥐고 행진하는 사람들을 향해 무차별 총질을 했더란다. 수백 명이 죽고 다쳤다는 이날의 사건 자료는 읽기만 해도 끔찍하다. 자국민을 상대로 군대가 이러니 도저히 참을 수 없었던가 보다. 지방 도시에서도 시민들이 일어섰다. 아니, 러시아를 넘어 주변 나라에까지 소식이 전해져 정부와 싸우겠다며 분노한 사람들이 나타났다. 그렇다고 모두가 정부를 반대한 건 아니었다. 광화문의 촛불과 서울 시청의 태극기가 서로 마주보고 각자의 이야기를 하듯 혁명 집단에 반대하여 일어난 사회주의 무리가 있었다고 한다. 이 와중에 군대까지 패가 갈려 어느 날인가부터 폭동에 가담했다고 하니 사회는 걷잡을 수 없이 망가져 버렸다. 그런데 이 사건은 사실 일본의 공작으로 벌어진 것이라고 한다. 전쟁에서 주도권을 잡았지만 강대국을 상대로 벌이는 터라 아무래도 힘에 부칠 수밖에 없었던 일본으로서는 승리를 위한 다른 전략이 필요했다. 혁명을 외치는 이들에게 일본이 뒤에서 돈을 주었더란다. 가뜩이나 느려터진 비둘기 호, 아니, 동청철도를 건드려 옴짝달싹 할 수 없게 만들어버리니 러시아는 그나마 부지하던 목숨까지 내놓아야 할 처지에 직면한다. 해상에서 그 거대한 불곰국의 함대를 격파하고, 영국의 도움으로 그들의 퇴각로까지 막아버린 일본. 점점 가까워 오는 승리를 만끽하려는 극동의 신흥국에 어느 날 미국이 나타났다. 반갑다며 악수를 주고받던 두 나라의 대표가 조용히 밀실로 기어 들어간다.

「우리 미국이 일본의 대한제국 통치를 허락하겠소. 그러니 일본도 미국의 필리핀 통치를 눈 감아 주시오.」

주인 행세를 하는 스웨덴을 필리핀에서 내쫓은 나라, 그 땅을 무슨 부동산 매매하듯 구매하여 식민지 삼았더라는 미국이 존경스러웠을까? 일본의 대표가 말했다.

「원하는 대로 해드릴 테니 서로의 밥그릇은 건드리지 않기로 합시다.」

'카츠라 태프트 밀약(Taft-Katsura Secret Agreement 1905)'의 요점은 바로 이거였다. 서로의 식민지를 인정하고, 건드리지 않기. 이 더운 여름에 일본은 동네 뒷골목 발바리처럼 여기 저기 잘도 싸돌아다녔다. 친구 영국을 만나 그들은 다시 한 번 서로가 동맹 관계임을 확인하니 제 2차 영일동맹(第二次英日同盟 1905)이 이때에 이루어졌다. 이들이 무슨 이야기를 주고받았는지 살펴보자.

「영국은 일본이 한국의 정치, 경제, 군사권에 대한 이익을 보장한다. 또한 일본은 영국의 인도 지배와 국경지역에서 발생하는 이익에 대해 옹호해 주어야 한다.」

그 유명한 영국의 동인도 회사(東印度會社)가 등장했다. 네이버 지식백과에서는 이를 '17세기 초 영국, 프랑스, 네덜란드 등이 자국에서 동양에 대한 무역권을 부여받아 동인도에 설립한 무역회사를 통칭'한다고 설명해 두었다. 유럽의 많은 제국이 아시아를 식민지 삼기 위해 이용한 바로 그 기업이었다. 처음엔 식민 국가의 특산품을 전문적으로 취급하는 회사였으나 인도 땅에 발을 들이는 순간부터는 대놓고 통치하는 기관, 우리로 따지면 조선총독부 같은 일을 했다. 당당하게 회사까지 차려놓았으니 일본은 자국의 이익 때문에라도 영국의 사업을 인정해 주어야 했다. 하지만 전쟁이 완전하게 끝나야 뭘 해도 제대로 할 텐데, 장기전으로 몰고 가려는 러시아의 발악에 일본은 점점 지치는 모양새다. 도저히 안 되겠던지 미국의 루즈벨트 대통령이 나섰다.

「이제 그만 하는 게 좋겠소. 이리 와서 내 말 좀 들어 보시오.」

루즈벨트 대통령의 주선으로 그간 서로 잡아먹겠다며 으르렁거리던 두 나라가 일단 마주 앉았다. 1905년 여름에 있었다는 포츠머스 조약(Treaty of Portsmouth), 다른 건 다 필요 없으니 요점만 간단하게 말하자.

「러시아는 일본에 동청철도의 권리를 넘겨야 하며, 또한 일본에게는 한국을 지배할 권리를 인정한다.」

이는 다시 얘기해서 세계를 불안하게 만든 전쟁을 종결했다는 뜻이었고, 대한제국의 입장에선 암울한 미래의 시작이었다. 하지만 세계는 이 작은 나라가 어떻게 되든지 말든지 관심 갖지 않았다. 전쟁을 마침내 끝냈다는 사실이 더 중요했으니까. 이 사건으로 루즈벨트 대통령은 노벨 평화상을 수상했다. 과연 말이나 되는 일일까? 이 나라는 평화롭지 못한데, 결국 한 나라가 엉망이 되고 말 전쟁을 마무리하여 세계를 평화로 이끌었다며 노벨 평화상을 수여했다니 기가 막혀서 말이 안 나온다. 대한제국의 눈물을 외면한 세계, 그들에게 대한제국은 주권 국가가 아니었던 모양이다. 옛날 유럽에는 노예 시장이 성행했다는데, 평화를 대가로 자기들끼리 주고받은 이 나라를 아무래도 그쯤으로 보았던가 보다. 그리하여 마침내 대한제국에 그날이 찾아왔다.

4. 을사오적

"폐하, 주일본 공사 관원들이 입실을 청하옵니다."

"……."

문 밖에서 내관이 소리쳤다. 만나기로 약속한 그들이 나타난 모양이다. 말없이 곁을 지키고 서있던 대신(大臣)들은 황제의 얼굴이 점차 일그러져 가는 꼴을 목격했다. 지켜보기 민망할 지경이다.

"폐, 폐하. 주일본 공사 관원들이 입실을 청하나이다."

"……."

당황했는지 벌게진 낯으로 내관이 재차 소리쳤다. 그러나 황제는 이번에도 대꾸하지 않는다. 어금니를 깨무는지 그의 얼굴 근육이 실룩거렸다

"폐하, 일단 들게 하소서. 피할 수 없사옵니다."

의정부 참정대신(議政府叅政大臣) 한규설(韓圭卨)이 한 걸음 다가와 황제에게 아뢨다. 황제의 주름진 미간이 좀처럼 펴지지 않고 있었다.

"들라 하라."

기운 없는 목소리로 황제가 중얼거렸다. 비로소 문이 열리고, 건장한 체격의 일본인들이 뚜벅뚜벅 걸어 들어왔다. 가볍게 목례하는 그들, 하지만 황제는 그들과 시선을 마주치지 않았다. 아예 눈을 감은 채였고, 지끈거리는 관자놀이를 붙들고서 들리지 않게 신음할 따름이다.

"폐하, 어디가 불편하십니까?"

주한 일본 공사 하야시 곤스케(林權助)가 그렇게 물었다. 황제의 심기를 뻔히 알고도 얼굴 가득 웃으며 묻는 것이었다. 편찮으니 그만 물러가라고 이르면 그대로 해줄 것인가? 빈정거리고 싶은 속내를 황제는 드러내지 않았다. 우리의 운명을 결정할 자리에서 그런 무례한 말을 할 수는 없다. 어차피 무슨 말을 해도 통하지 않을 게 분명하니까.

"괜찮소. 걱정하지 않아도 되오."

"아, 그러시군요. 다행입니다."

그가 대꾸하더니 씨익 웃었다. 누렇게 뜬 치아를 보고 다시 황제가 인상을 찌푸렸다.

"아뢰옵기 황공하오나 오늘 이렇게 폐하를 알현하고자 요청한 이유는…."

"대강 들어 알고 있으니 더 말 할 것 없소."

"아, 소식이 빠르시군요. 역시 대한제국의 황제 폐하다우십니다. 수시로 변화하는 국제 정세를 잘 알아야 황실의 안녕과 이 나라의 평화를 보장받을 수 있으니까요."

"……."

신소리를 지껄이는 하야시 곤스케를 황제는 보지 않는다. 아까부터 시선을 마주한 채 웃고 있는 저 늙은 사내, 황제는 그가 추밀원(樞密院)의 의장임을 직감했다.

"인사가 늦어 송구합니다. 이번에 본국에서 새로 부임해온 이토 히로부미(伊藤博文)라고 합니다."

"오시느라 수고가 많았소. 아무래도 전승국(戰勝國)으로서 처리할 일이 많아 바쁜가 보오. 입국하자마자 이렇게 바로 달려오다니."

"예, 폐하. 전승국의 신민이 되고 보니 이토록 즐거울 수가 없습니다."

"아무리 즐거워도 쉬어가며 하는 게 좋지 않겠소? 나이도 있는데, 이젠 건강을 걱정해야 할 때라고 생각되는구려."

"평생 친구로 남을 이 나라의 황제 폐하를 알현하게 되었는데, 나이가 무슨 상관이겠습니까?"

"그렇소? 우리나라는 역사가 오래 되다 보니 경이 생각하는 것보다 자부심이 강하고, 자존심도 강하오. 원하는 게 많을 테지만 나 역시 쉽지 않은 상대이니 각오하시오."

"바야흐로 세상이 바뀌었습니다. 그러니 생각을 달리 해야 할 것입니다. 저는 그저 폐하께서 협조해 주시리라 믿을 따름입니다.”

“허허…!”

한 마디도 지지 않고 대꾸하는 그의 여유로운 표정을 보라. 어쩐지 놀림 당하는 기분이다. 황제의 권위가 땅에 떨어진지 벌써 오래임을 그는 다시금 느꼈다.

“아뢰옵기 황공하오나 폐하, 지난해에 체결한 한일의정서의 내용을 기억하시는지요?”

“……”

“오늘은 그 조약의 내용을 공고히 하고자 우리 대 일본제국의 천황 폐하께서 친서를 내리셨습니다. 읽어 주소서.”

“그대가 대신 읽어 보시오.”

황제가 말하자 탁지부대신(度支部大臣) 민영기(閔泳綺)가 고개를 숙였다. 말없이 서찰을 건네는 황제의 일그러진 표정을 민영기는 오래 볼 수가 없다.

“짐이 대한제국 황제에게 명하노니….”

“……”

민영기가 서신을 읽다 말고 황제의 눈치를 살폈다. 황제는 관자놀이에 도로 손을 가져가는 중이었다.

“동양의 평화를 이룩하겠다는 의지가 얼마나 강한지 드러내고자 짐이 아끼는 신하를 보낸다. 그의 하는 말이 곧 내 명이니 믿고 따르도록 하라.”

“……”

“폐하! 이런 하대가 어디에 있사옵니까?”

들고만 있던 법부대신(法部大臣) 이하영(李夏榮)이 발끈하여 소리쳤다. 슬쩍 그를 견주어 보던 일본인들의 시선이 도로 황제에게 옮겨온다. 황제는 아직 아무 말도 하지 않고 있었다.

"짐이 대한제국 황제에게 재차 명하노라. 앞으로 대한의 외교 문제는 일본이 맡아서 처리할 것이니 이에 복종하라."

"무어라…?"

황제가 낮게 소리쳤다. 언뜻 살의가 느껴지는 음성이었으나 거기에 모여 선 일본인들은 신경 쓰지 않았다.

"또한 대한제국은 앞으로 외교 문제에 있어 반드시 일본의 허가를 받아야 하며, 허가 없이는 그 어떤 조약에 동의할 수 없다."

"……."

"셋째. 빠른 시일 내로 한성에 통감부(統監府)를 설치하여 이를 대표하는 통감을 두고, 그가 대한제국의 외교 문제를 담당하도록 한다."

"아뢰옵기 황공하오나 폐하, 그 통감의 자리에 제가 부임할 예정입니다."

민영기의 말허리를 자르며 이토 히로부미가 말했다. 황제는 힐책하듯 아직 그를 노려보고만 있다.

"넷째. 본 약속의 효력은 오늘부터 시작될 것이며, 다섯째. 유효기간은 대한제국이 일본으로부터 벗어나 부강하게 살아갈 수 있으리라고 인정받을 때까지이다."

"그걸 말이라고 하는가!"

부술 듯 팔걸이를 내려치며 황제가 소리쳤다. 민망한 얼굴로 내내 듣기만 하던 대신들이 화들짝 놀라 고개를 조아렸지만 일본 공사 하야시도, 통감의 자리에 오르겠다는 이토 히로부미도, 지루하게 이들을 지켜보던 주차군(駐箚軍) 사령관 하세가와 요시미치(長谷川好道)도 황제가 어째서 저렇게 분개하는지 모르겠다는 듯 갸우뚱거리고만 있다. 그 얼굴들이 마치 우는 아이를 놀리는 어른의 장난스런 몸짓으로 보여 황제는 불쾌했다.

"그대들은 대한제국이 우스워 보이는가?"

"아닙니다, 폐하! 어째서 그렇게 말씀하십니까? 이는 국제적 질서에 의한 결과물로써….."

"이 나라는 주권 국가이다. 외교권을 빼앗겠다는 건 주권을 빼앗겠다는 뜻이 아니고 무엇인가?"

"폐하, 조금 전에 말씀 드린 바와 같이 이는 국제적 질서에 의하여 만들어진 합당한 결과이며, 모든 나라가 그렇게 동의했습니다. 어찌하여 폐하께서만 이 약속에 동의하지 못하고 반발하는지 모르겠습니다."

"이 나라를 빼앗아 너희 욕심대로 주무르겠다는 걸 짐은 다 알고 있느니라. 나는 절대 그 약속에 동의하지 않을 것이다."

"그렇다면 별 수 없죠."

가만히 듣고만 있던 하세가와 요시미치가 한 걸음 다가와 황제 앞에 섰다. 허리춤에 차고 있던 일본도를 뽑아드는 그, 지켜보던 대신들이 놀라 눈이 휘둥그레졌다.

"이 무슨 해괴한 짓인가! 당장 칼을 거두지 못하겠는가!?"

한규설이 왈칵 소리치며 그에게 다가섰다. 하지만 한규설은 더 이상 아무 것도 할 수 없다. 뽑아든 일본도가 자칫 목을 찌를 듯 코앞으로 다가들었기 때문이다. 기겁을 하고 놀라며 대신들이 황제를 불렀으나 그 역시 방책이 없다. 이토 히로부미가 다시 말했다.

"잘 들으십시오, 폐하. 오늘 이 조약에 날인하지 않고서는 그냥 넘어갈 수 없을 것입니다."

"네놈들이 감히 일국의 황제를 협박하는 게냐?"

"재차 말씀드리지만 국제적 질서로 말미암은 결과물임을 명심하셔야 할 것입니다. 만일 끝까지 반대하시겠다면 일본 군대가 나서리라는 사실을 염두에 두십시오."

"폐하! 아니 되옵니다!"

일본도의 위협으로부터 아직 벗어나지 못한 채로 한규설이 또 소리쳤다. 더 그럴 수 없이 일그러진 표정으로 황제가 손을 들어 올렸다. 그러자 이토 히로부미가 하세가와 요시미치에게 고개를 끄떡해 보였고, 한규설의 목을 노렸던 일본도가 이내 허리춤으로 돌아갔다.

"잠시 내게 생각할 시간을 주시오. 대신들과 얘기 좀 해야겠소."

"폐하, 시간이 없습니다."

"잠깐이면 된다고 하지 않았는가? 그것도 못 기다리겠다는 건가?!"

황제가 발끈하여 다시 고함을 내질렀다. 바깥에서 대기하던 내관이 달려와 황제에게 꾸벅 절하고는 일행을 데리고 나갔다.

황제는 그제야 묵혀두었던 한숨을 쏟아낸다. 상황이 급박하게 돌아가고 있었다. 내부대신(內部大臣) 이지용(李址鎔)과 군부대신(軍部大臣) 이근택(李根澤)이 황제의 부름에 응하여 달려왔고, 외부대신(外部大臣) 박제순(朴齊純)과 농상공부대신(農商工部大臣) 권중현(權重顯)도 동시에 황제를 알현했다. 아, 학부대신(學部大臣) 이완용(李完用)도 그 자리에 함께였다. 어느새 피곤한 얼굴이 되어 황제가 물었다.

"일본이 짐을 겁박하여 조약에 서명할 것을 강요하였다. 경들은 어떻게 생각하는가?"

분노에 찬 얼굴로 황제가 말했다. 혹시 그들은 이렇게 되리라는 사실을 일찍부터 알고 있었을까? 다들 자칫 폭발해 버릴 듯 노려보는 황제의 시선을 무덤덤하게 받아 넘기려는 눈치였다.

"학부대신 이완용 아뢰옵니다. 일본의 요구 조건은 받아들이기에 어렵지 않으리라고 생각됩니다."

"어째서?"

"지난해에 체결했던 한일의정서는 오늘을 위한 발판이옵니다. 그 사실을 모르지 않으실 것임에도 폐하께서는 불편하다고만 하시는 것이옵니다."

"……."

"조약에 명시된 유효 기간을 상기해 보소서. 이는 우리나라가 그만큼 강하지 못하다는 뜻이옵니다. 실제로 대한제국은 국제무대에 나설만한 능력을 갖추고 있지 못하옵니다. 무언가 의견을 제시하고 싶어도 우리의 목소리에 귀 기울여주는 자가 없습니다. 도리어 우습게 보려고만 하니 일본이 나서서 도우려는 것입니다.”

“폐하, 소신의 의견도 같사옵니다. 일본은 대한제국의 앞날을 걱정할 뿐 아니라 황실의 안위마저 지켜주겠다는 약속을 하였나이다. 세상에 어떤 나라가 자국 아닌 타국의 사정을 돌보려 하겠사옵니까? 부디 일본의 입장을 헤아려 보소서.”

“폐하, 일본은 대한제국과 아주 오래 전부터 친우(親友)로 지내온 사이입니다. 비록 조선의 열네 번째 임금이신 선조(宣祖) 대왕께서 일부 우둔한 신하들의 실없는 언변에 놀아나 결국 전쟁이 일어났지만 그때뿐이었고, 이제는 더 이상 그들과 싸울 이유가 없지 않습니까? 지금은 싸우기보다 함께 손잡고 나아갈 때이옵니다.”

“아니옵니다. 폐하! 이 자들의 헛소리에 현혹되지 마소서!”

이미 한 통속이 되어버린 저들 사이에서 한규설이 소리쳤다.

“외국에게 나라를 넘기자고 소리치는 자들을 어찌 참된 신하라고 할 수 있사옵니까? 이 자들은 이미 대한제국이 아닌 일본의 신민이 된 자들이옵니다! 깊이 상량(商量)하소서!”

“허허! 경은 말씀을 삼가시오! 폐하께서 지켜보는 자리입니다!”

“폐하께서 지켜보는 자리에 나와 나라를 갖다 바치자고 소리치는 경이야말로 말씀을 삼가세요! 부끄럽지도 않습니까?!”

울컥 고함을 내지르는 한규설의 목소리에 황제의 얼굴이 도로 일그러졌다.

"폐하, 한일의정서의 내용을 떠올려 보소서! 저들은 외교권을 내놓으라고 윽박지르는 것이옵니다! 이는 주권을 빼앗겠다는 뜻이고, 이 나라를 강탈하겠다는 뜻입니다! 벌써 국제적으로 그런 일이 횡행하고 있음을 유념하소서!"

"황제 폐하께 그런 말도 안 되는 헛소문을 늘어놓다니, 부끄러운 줄 아시오!"

"그 입 닥치시오! 경은 어찌하여 나라를 내놓으라고 위협하는 저들의 뒤에 숨은 것이오?!"

"무어라? 지금 뭐라 하시었소? 닥치라니!?"

"경들은 도대체 일본으로부터 무엇을 대가로 받으시었소? 어찌하여 나라를 남에게 통째로 갖다 바치려는 게요?!"

"이보시오! 경은 무슨 근거로 그런 말도 안 되는 소리를 하는 겝니까? 우리가 받기는 무엇을 받았단 말이오?

"그만! 그만 하라!"

황제의 일갈에 모두가 입을 다물었다. 부서질 듯 욱신거리는 관자놀이에서 손을 떼고 황제가 다시 말했다.

"경들의 의견 잘 들었소. 무슨 뜻인지 잘 알겠으나 짐은 그들의 요구가 적힌 서한에 서명하지 않을 것이오. 한일의정서에 대해서도 다시 생각해보고 싶소. 그러니…."

그때였다.

"폐하! 이제 더 이상 기다릴 수 없습니다!"

출입문을 벌컥 열고 일본인들이 우르르 나타났다. 내관이 따라 들어오며 안 된다고 말리지만 막무가내였다.

"이 무슨 무례한 짓인가? 짐이 허락하지도 않은 출입을 하다니…!"

"폐하, 너무 오랫동안 기다렸습니다. 더 이상은 안 됩니다!"

"그대들은 예의라는 것도 모르는가? 어찌 이럴 수 있단 말인가?!"

"폐하. 잘 들으소서. 우리 대 일본제국의 천황 폐하께서 하명하시기를, 반드시 대한제국 황제의 서명을 받을 것이며, 만일 서명을 하지 않겠다고 버틴다면 무력으로 진압하라고 하셨습니다!"

"뭐라…!?"

"어서 들어오지 않고 뭣들 하는 게야!"

이토 히로부미가 꽥 고함을 지르자 한 무리가 우르르 출입문을 열고 나타났다. 일본도와 총으로 무장한 사내들, 황제의 얼굴이 다시금 일그러졌다.

"네 이놈들! 예가 어디라고 함부로 날뛰는 게냐!?"

"폐하. 우리는 대 일본제국의 신민이며, 천황 폐하의 명령에 따라 움직인다는 사실을 명심하십시오!"

"그래서 짐을 죽이기라도 하겠다는 게냐?"

"못 할 것도 없지요."

"뭐, 뭐라…!?"

기겁을 하고 놀라는 황제, 그러나 아무도 이토 히로부미의 무례를 막아서지 않는다. 가만히 듣고만 있던 한규설의 표정도 황제와 다를 게 없다.

"폐하의 목숨은 이미 우리 일본 제국의 손에 맡겨져 있음을 유념하소서."

"이, 이놈이…!"

"허나 아직은 아니옵니다. 아직 폐하께서는 저희와 해야 할 일이 많습니다."

"이놈들이 감히 누구를 겁박하는 게냐!?"

"경은 무엇하고 계시오? 어서 직인을 가져오지 않고?"

잠자코 눈치만 살피던 외부대신 박제순이 품속에서 직인을 꺼내들었다. 황제가 비명을 지르듯 소리쳤지만 더는 움직일 수 없다. 무장한 일본 군인들이 황제의 주변을 에워쌌으니까.

"박제순 네 이놈! 당장 그만 두지 못할까! 내가 너에게 전권을 위임하지도 않았는데, 도대체 무슨 짓을 하는 게냐!"

"폐하, 고정하시옵소서. 이미 끝난 일이옵니다."

학부대신 이완용이 황제에게 다가가 고개를 숙였다. 웃는 낯이었고, 황제는 그 얼굴에 침을 뱉고 싶었다.

"오호라! 네놈들이 일본과 손을 잡고 나라를 팔아넘긴 게로구나! 내가 너희를 가만 두지 않겠다!"

"폐하! 폐하!!"

한규설이 달려가 주저앉은 채 오열하는 황제를 끌어안았다. 그렁그렁 눈물이 매달린 얼굴로 두 사람은 저기 저 웃고 있는 대신들을 똑똑히 보았다. 조약 체결에 찬성한 내부대신 이지용, 군부대신 이근택, 외부대신 박제순, 농상공부대신 권중현, 그리고 학부대신 이완용. 이 다섯 명과 일본 군인들의 위협에 반항하다 끝내 굴복하고 말아버린 탁지부대신 민영기와 법부대신 이하영을 황제는 죽을 때까지 잊지 않겠노라고 다짐했다.

"기어이 이 나라가 남의 손에 떨어졌구나! 이 일을 어찌하면 좋을꼬!"

원하던 일을 마무리하고 모두 썰물처럼 빠져나가 텅 빈 방 안에서 황제는 통곡했다. 바람 앞의 등불 신세가 되어버린 이 나라, 더 이상 할 수 있는 게 아무 것도 없다. 1906년 11월 17일이었다. 외교권을 박탈하고, 통감부를 설치하겠다며 불법으로 강요하여 체결된 이 조약을 역사는 을사늑약(乙巳勒約)이라고 이름 붙였다.

***

그날 일본은 스스로도 잘못된 일이라고 생각했을 거다. 황실을 위협했고, 정부를 겁박하였으며, 황제의 직인이 찍히지 않은 문서를 처리하였으니 이 조약이 무효라는 사실을 그들도 알았을 거란 말이다. 소식이 알려지면 국제 사회는 가만히 있지 않을 것이었다. 아무리 대한제국이 우습기 짝이 없는 약소국일 지라도 아직은 세계의 일원이며, 그래서 적법한 절차에 따라 처리해야 함에도 이렇게 무리한 일을 저질렀으니 곱지 않은 시선을 보낼 게 분명했다. 일본은 나름대로 수습할 필요를 느꼈겠고, 그리하여 자구책을 마련하는 등 물밑작업을 벌였을지 모르지만 아무리 발버둥을 쳐도 이는 절대 불가능한 짓이었다. 한 나라의 일개 대신을 잘못 건드려도 소문이 날까말까 한 판국에 황제를 건드렸

으니 어느 누가 모르겠느냐는 것이다. 아니나 다를까. 을사늑약
이 체결되고 3일 뒤, 이날의 사건이 황성신문(皇城新聞)에 고스
란히 실렸다. 분노를 참을 수 없었던 이 신문사의 대표이자 주필
인 장지연(張志淵)이 이런 글을 썼다.

「(중략) 천만 꿈밖에 5조약이 어찌하여 제출되었는가.

이 조약은 비단 우리 한국뿐만 아니라 동양 삼국이 분열을 빚
어낼 조짐인 즉, 이등(伊藤) 후작(侯爵)의 본뜻이 어디에 있었는
가?

우리 대 황제 폐하의 성의(聖儀)가 강경하여 거절하기를 마다
하지 않았으니 조약이 성립되지 않은 것인 줄 이등 후작 스스로
도 잘 알았을 것이다.

그러나 슬프도다.

저 개 돼지만도 못한 소위 우리 정부의 대신이란 자들은 자기
일신의 영달과 이익이나 바라면서 위협에 겁먹어 머뭇대거나 벌
벌 떨며 나라를 팔아먹는 도적이 되기를 감수했던 것이다.

아, 4천년의 강토와 5백년의 사직을 남에게 들어 바치고 2천
만 생령들로 하여금 남의 노예 되게 하였으니….(중략)

그 무슨 면목으로 강경하신 황제 폐하를 뵈올 것이며 그 무슨
면목으로 2천만 동포와 얼굴을 맞댈 것인가.

아! 원통한지고!

우리 2천만 동포여, 노예 된 동포여! 살았는가, 죽었는가?

단군, 기자 이래 4천년 국민정신이 하룻밤 사이에 홀연 망하고

말 것인가.

원통하고 원통하다.

동포여! 동포여!!」

시일야방성대곡(是日也放聲大哭 1905), 즉 '오늘에 이르러 목놓아 크게 울다'라는 이 글의 제목만 보더라도 장지연이 얼마나 분하고 억울한 심정이었는지 알 수 있다. 사실 이 시절의 언론은 친일 언론이 아닌 이상 모두 일본의 사전 검열을 받아야만 했는데, 이 글이 실린 황성신문은 그들이 뭐라고 하거나 말거나 무시한 채 배포되었더란다. 이런 사태에 직면하니 일본이 가만히 있을 리가 없다. 장지연을 구속하고 신문사는 정간(停刊) 처분을 내려 보복하였더란다. 하지만 민심(民心)이란 건 손바닥으로 하늘 가리듯 한다고 해결될 일이 아니다. 눈 가린 뒤 아웅 거려 보았자 두려워하기는커녕 도리어 반발하고 나설 게 분명하다. 그럼에도 일본은 무리하게 밀어붙였다. 수많은 사람들이 감당할 수 없는 슬픔에 빠져 무얼 하면 좋을지 모른 채로 혼란스러워하는 동안 보란 듯이 체계적으로 움직였다. 사전에 예고한대로 을사늑약을 체결하자마자 다음 해 2월에 통감부를 설치했다. 역시나 민심을 의식한 듯 통감부에선 단지 외교 문제만을 관여할 뿐이라고 선언했지만 입법과 사법, 행정을 비롯하여 군대까지 지휘할 권한을 가졌다. 이제 황제는 사실상 있으나 마나 한 인물일 수밖에 없다. 천황이란 작자는 그저 상징적인 인물일 뿐 막부가 모든 것을 손에 넣고 휘두르던 일본의 역사와 다를 게 없다. 통감부가 설치된 지 한 달, 통감의 자리에 올라 제 집인 양 대한제국의 일거수일투족을 관여하는 이토 히로부미의 저 표독스런 얼굴을 어찌하면 좋을까. 황제는 어떻게든 막아야겠다고 생각했을 거다. 하지만 방법이 없다. 힘을 가진 자만이 살아남는 세상에서 대한제국은 우습기 짝이 없는 약소국이니 말이다. 가슴을 치고 통곡하며 약소국의 신세를 한탄하던 이 때, 하늘이 황제의 속상한 마음을 읽었나 보다. 마침 네덜란드에서 국제회의가 열린다는 소식이 들려온 것이다. 세계 평화를 위해 각국의 대표들이 모여 의견을 주고받는 자리라고 했다. 아마 황제는 무릎을 탁 쳤을 거였다. 그런 큰 행사에는 각국의 언론사에서 파견한 기자들도 참석하니 말이다.

「그들에게 우리의 목소리를 들어달라고 소리쳐보면 어떨까? 별 볼 일 없는 나라의 별 볼 일 있는 하소연을 들어달라고 사정해보면 어떨까? 세계의 모두가 대한제국을 바보로 취급하더라도 그들 중 누군가는 우리를 동정의 눈길로 바라봐주지 않을까? 저들의 잘못을 고발하고, 우리가 처한 상황을 밝히면 도움의 손길을 내밀어주지 않을까? 그래서 만일 그들이 우릴 돕는다면, 그래서 우리가 함정에서 빠져나와 다시금 정상 궤도에 안착한다면 우리는 우리를 도운 그들과 평생을 함께 하는 친구가 될 수 있을 것이다.」

생각이 여기에까지 이르니 이거구나, 싶어 황제는 당장 실행에 옮겼다.

「나 대한제국의 황제는 일본이 제시한 보호조약에 도장을 찍지 않았다.

　내가 그들의 조건에 동의하지 않았음에도 그들은 나를 무시하고, 내 백성들을 무시하여 대한제국에 통감부를 설치하였다.

　현재 대한제국에서 자행되는 통감부의 행위는 내정간섭이며, 불법이라는 사실을 짐은 밝히고 싶다.」

　1906년 1월 29일의 일이었다. 황제는 이렇게 밀서 한 통을 작성하여 영국의 기관지 '트리뷴(London Tribune)'의 한 기자에게 전달한다. 그리고 2월 8일, 황제의 말이 트리뷴에 그대로 실리자 그간 대한제국과 합의 하에 조약을 체결했다고 주장해온 일본은 예상치 못한 사태에 난감한 얼굴이었고, 기자는 한동안 그들로부터 살해 위협에 시달렸으며, 황제의 목소리가 담긴 기사는 지구 한 바퀴를 돌아 우리 백성들의 귀에까지 들어왔다. 이 밀서의 내용을 대문짝만하게 기사화한 대한매일신보(大韓每日申報)를 일본은 역시 가만 두지 않겠다고 위협하니, 이러한 일련의 사건 때문이었는지 초여름에 열리기로 되어 있었던 만국 평화 회의는 결국 무산되고 만다. 그러나 황제는 이대로 멈추지 않았다. 다음 해로 미뤄진 이 큰 행사에 어떻게든 우리의 상황을 알리리라고 다짐하며 조용히 기다렸다. 그나저나 일본은 날이 갈수록 기운이 넘쳐흐르는 모양이다. 어쩜 그렇게 단 한 순간도 가만히 있질 않는지 알다가도 모르겠다. 하루는 대한제국의 화폐를 개편하여 대한의 백성들로 하여금 강제로 사용하게 만들더니 이 과정에 소요된 비용을 모두 우리에게 떠넘겼다. 그게 전부가 아니다. 돈이 돌기 시작하며 은행이 필요해지자 이로 인한 비용 또한 우리 몫으로 돌렸다. 통감부를 설치하는 과정에서 소요되는 비용 처리까지 맡기니 대한제국의 국고는 아예 개털이 되고 만다. 왜? 뭐가 문제야? 우리가 빌려줄게. 나중에 돈 있을 때 갚으면 되잖아? 돈놀이를 하겠다는 일본에게 우리가 무슨 반항을 할 수 있을까? 이 나라를 식민지로 전락시키기 위해 계획적으로 움직이는 저들을 막을 방법이 과연 어디에 있겠느냐는 거다. 그로부터 92년이 지난 1998년 어느 날, 어떻게든 버텨 보려던 대한민국은 결국 IMF라는 국제기구에 손을 내밀었다. 파산직전에까지 내몰린 당시 우리나라의 경제 상황은 끔찍했다. 손에 쥐고 있던 돈이 휴지 조각이 되었을 때, 잘 나가던 사업가가 회사를 버리고 도망쳤다. 가족들은 빚쟁이에 시달렸고, 직원들은 직장을 잃은 채 떠돌았다. 길거리 어느 구석에 숨어들어 노숙자가 된 사람이 있는가 하면, 더 이상 희망이 없다며 스스로 목숨을 끊은 사람도 있었다. 1920년대 경제 대공황으로 회사를 잃어 입에 총을 물고 자살한 사람이 있었다더니 딱 그 꼴이었다. 도저히 견딜 수가 없다고 울부짖는 사람들 사이에서 누군가 두팔을 걷어붙이고 일어나 이렇게 외쳤다.

「금을 모읍시다!」

그간 사두었던 금을 모아 팔자는 것이었다. 그러자 사람들이 이에 호응하기 시작했다. 장롱 속에 고이 모셔 두었던 패물을 꺼내는 사람, 아기의 돌 반지를 꺼낸 사람, 심지어 어느 유명 가수는 시상식에서 받았다는 상패를 들고 아까운 마음에 기부해야할지 말지 고민하다가 지켜보는 눈이 많아 어쩔 수 없이 쾌척했더란 일화는 유명하다. 쓰러져가는 나라를 일으키기 위해 온 국민이 참여한 금 모으기 운동으로 대한민국은 IMF의 늪에 빠진 지 2년 만에 뛰쳐나올 수 있었다. 평소엔 생각 없는 사람처럼 살다가도 무슨 일이 벌어지면 마치 슈퍼맨이나 배트맨이 된 것처럼 모두가 나서 서로를 돕는 게 바로 대한민국 국민이라고 누군가 말했다. 변하지 않는 우리의 뜨거운 피는 이미 구한말에서부터 검증되어 있었던 거다. 어떻게든 우리를 식민지로 삼기 위해 경제권을 틀어쥐고 흔드는 일본을 대한제국의 백성들은 절대 그냥 두고 보지 않았다.

「돈을 모읍시다!」

기특하게도 누군가 그렇게 소리쳤다. 가진 돈을 모아 빚을 갚자고 외쳤더니 사람들이 너도나도 호응하기 시작했다. 남자들은 술과 담배를 줄이자고 했다. 이 사랑스런 기호식품을 단번에 끊기에는 아무래도 어려우니 조금씩 줄이는 게 어떻겠느냐고 제의했다. 이는 세례명 아우구시티노, 우리 식 이름으론 서상돈(徐相燉)이라는 사람이 적극적으로 나서 벌인 일인데, 대구 지역 교회 발전에 몸담았던 사람이라고 했다. 독립협회 회원이자 협회의 재무를 담당할 정도로 여타 독립운동가들 만만치 않게 열정적으로 활동하던 그는 일본의 돈놀이를 도저히 그냥 두고 볼 수 없어 '국채보상취지서'라는 계획서를 작성하여 전국적으로 확대하였다.

「(중략) 우리 이천만 동포는 국가가 이처럼 위난인데도 결심하는 이 없고, 방도를 기획하는 일 한 가지 없으니 나라가 망해도 괜찮단 말씀인지…!

우리의 국채 1300만원은 대한의 존망이 달린 일이라 할지니….(중략)

이천만 동포가 석 달만 담배를 끊어 한 사람이 한 달에 20전씩만 대금을 모은다면 거의 1300만원이 될 것이니, 국민들이 당연한 의무로 여겨서 잠시만 결심하면 갚을 수 있는 일이라!

아, 우리 이천만 가운데 애국사상이 조금만이라도 있는 이가 있다면 반대하지 않을 것이라. (중략)」

이는 서상돈이 작성하였다는 취지문의 일부로, 대구 국채 보상 운동 기념관에서 배포하는 안내 서적에서 좀 더 자세한 내용을 읽을 수 있다. 서상돈의 열정적인 몸짓에 감응한 백성들이 너도 나도 나라를 위기에서 구해내고자 움직이기 시작했고, 이 소식은 얼마 가지 않아 진남포에서 교육자로 재직 중이던 안중근의 귀에도 들어갔다. 차후 김성백이라는 인물을 언급할 때 다시 설명할 이야기이지만 그 시기에 안중근은 무엇이 잘못인지 바로 알지 않으면 그들의 의도에 따라 완전한 식민지 백성으로 추락하게 될 거라는 생각에 돈의학교(敦義學校)와 삼흥학교(三興學校)를 설립하여 교장으로 재직하던 참이었다. 안중근은 지금의 평양, 평안도 일대를 가리키는 관서 지역 지부장으로 나서 내내 운영하던 학교에서도 필요한 금액을 의연(義捐)하기도 했다.

「나라를 구하는 일에 어떻게 남녀 차별이 있을 수 있단 말일까. 여성들은 그간 모아놓은 패물이 있다면 반드시 기부해야 할 것이다」

아직 여성들의 사회 활동에 대한 인식이 바뀌지 않은 시대였기 때문일까? 남자들의 그늘에 가려 감히 나서지 못하고 주저하던 여성들을 향해 대범한 부인들이 경고장을 날렸다. 그러자 그녀들이 남자들 만만치 않은 힘을 발휘하기 시작했다. 각 지역마다 여성단체가 설립되더니 패물과 쌈짓돈을 모으는 일에 적극 나선 것이었다. 그중 안중근의 어머니 조 마리아 여사는 아들 못지않은 열정으로 큰 도움을 주었는데, '삼화항패물폐지부인회(三和港佩物廢止婦人會)'라는 모임에 가입하여 며느리들과 함께 그간 모아놓았던 패물과 기부금을 내놓았다고 한다. 이 거국적 사건에 정말 많은 사람들이 참여했던가 보다. 심지어 머리카락을 잘라 판 돈을 내놓는 사람도 있었더란다. 나라를 위해 희생하겠다는데, 계급이 무슨 소용이냐고 외친 사람도 있다. 양반은 나름대로 모아놓았던 재산을 털었고, 기생들은 화대를 내놓았으며, 산에서 내려온 탁발승들은 신도들에게서 받은 쌈짓돈을 내놓았다. 전 국민이 나서 나라를 구하자고 외치니 이들의 사연을 담느라 언론이 바빠졌고, 모인 돈을 관리하는 회사까지 생겼다. 한 번 빠지면 웬만해선 헤어 나오기 어렵다는 IMF로부터 2년 만에 벗어나 뿌듯해하던 사람들의 표정을 아직 기억한다. 그 시절의 사람들도 혹시 그러지 않았을까? 이제 일본으로부터 벗어날 수 있겠구나! 이런 생각을 하지 않았겠느냐는 거다. '국채보상운동(國債報償運動 1907)'이라고 부르는 일련의 사건을 역시 일본은 그냥 내버려 두지 않았다. 배일운동(排日運動)이라니, 기가 막혀서 말이 안 나온다. 아무 잘못도 없는 총무에게 횡령 혐의를 씌워 잡아가더니 그가 재판에서 무죄로 석방되자 어떻게든 모금 운동을 방해하기 위해 이자를 늘리고, 더 많은 차관을 씌워 감당하기 어려운 지경으로 몰고 갔다. 아예 그간 모은 모금액을 강탈하기까지 했더란다. 실패로 끝나버린 국채보상운동이 한창 진행되던 그해 초여름, 황제에게 마침내 기회가 찾아왔다. 미뤄졌던 만국 평화 회의가 헤이그에서 다시 열린다는 소식이 전해진 것이다. 황제는 아무도 모르게, 아주 은밀히 믿을 만한 신하들을 불렀다. 전(前) 의정부 참찬(議政府參贊) 이상설(李相卨)과 전(前) 평리원 검사(平理院檢事) 이준(李儁)에게 밀지를 내리며 이것을 러시아 황제 니콜라이 2세에게 전할 것을 명령한다. 아직까지도 가장 믿을 만한 나라가 러시아뿐이었단 말일까? 하긴 약소국의 입장으로서는 방법이 없었을지도 몰랐다. 황제의 명령을 받고 두 사람은 외국어가 제대로 통하는 언어 능력자를 찾아 나섰다. 이위종(李瑋鍾), 주 러시아 대한제국 공사관에서 근무한 아버지를 따라 유럽 이곳저곳으로 여행했다는 그는 러시아어를 비롯하여 영어와 불어에까지 능통한 인물이었다. 이로써 역사 교과서에 자주 등장하여 학생들의 머리를 지끈거리게 만든 사건이 시작되었다. 세 사람은 헤이그에 도착하자마자 어째서 대한제국이 회의에 초대되지 않았는지 따져 묻고, 발언권을 얻을 수 있는지 알아보러 다녔다. 하지만 이들의 움직임을 일본이 모를 리가 없다. 1년 전에 벌어진 일을 아직 잊지 않은 일본은 재빨리 러시아 대표단에게 찾아가 당장 저들을 막아달라고 요청한다. 러시아, 대한제국 황제가 믿어 의심치 않았던 그 러시아에게 말이다. 하지만 그들이 옛날의 러시아가 아님을 세 명의 신하들은 알 도리가 없다. 수시로 바뀌는 국제 정세를 약소국의 백성이 감히 어떻게 알 수 있을까? 러일전쟁 이후 제 코가 석 자인 처지에 놓여 지금까지와 다른 외교정책을 펼칠 수밖에 없었던 러시아는 더 이상 대한제국과 친구가 되어주지 않았다.

「대한제국? 그게 어디에 있는 나라요? 아, 일본 옆에 있는 극동의 소국(小國) 말이오? 그 나라에는 외교권이 없으므로 회의에 참석할 수 없소. 이만 돌아가시오.」

국제적으로 대한제국은 이미 없는 나라나 마찬가지라는 걸 알았을 때, 이들의 기분은 어땠을까? 기가 막히고 당혹스러워서 할 말을 잃었을 것이다. 하지만 이대로 물러날 수 없다. 이는 황제의 명령이며, 주권을 잃어가는 나라를 구하기 위한 노력이다. 본 회의가 시작되는 날까지 발언권을 얻지 못한 채 이리저리 흘러 다니는, 투명인간 취급하듯 아무도 관심 가져주지 않아 속상한 약소국의 백성에게 우연히 기회가 찾아왔다. 네덜란드 출신이라는 어느 언론인의 도움으로 마침내 연설할 자리를 얻게 된 것이다. 세 사람의 이야기는 '한국의 호소(a plea fror korea)'라는 제목으로 신문의 한 페이지를 장식한다. 그리고 마침내 만국 평화 회의의 막이 올랐다. 마치 축제라도 벌어진 양 모두가 웃고 떠드는 가운데 발언권을 얻지 못한 극동의 작은 나라는 입장조차 불가능하여 괴로운 표정이다. 내가 학창시절 교과서로 배운 바에 의하면 이때에 이준은 일본의 끈질긴 방해에 분노하여 숙소에서 목을 매달아 자결했다고 한다. 되새길수록 답답한 우리의 역사, 하지만 나라 잃은 사람들의 슬픔을 지금의 내가 어떻게 이해할 수 있을까. 힘이면 다 된다고 생각하며 살았던 무식한 저 열강들의 영향에서 벗어나지 못하여 죽음으로라도 약소민족의 슬픔을 알리고 싶었던 그들을 감히 어떻게 이해할 수 있을까. 실패로 끝나버린 고종 황제의 헤이그 특사 파견은 끝내 파국을 불러왔다.

「대 일본제국의 천황 폐하께서 대한제국 황제에게 명하노라! 지난 을사년의 약속을 일부 수정하니 황제는 영광되게 받들라!」

이제 더 이상 예를 갖추지 않는 이토 히로부미 앞에서 황제는 꿀 먹은 벙어리 꼴이었다.

「대한의 법령 제정 및 사법권을 속히 일본에게 넘길 것을 촉구하는 바이다! 경찰권 역시 마찬가지이며, 하루 빨리 군대를 해산하라!」

이른바 정미늑약(丁未勒約)이라고 불리는, 한일신협약(韓日新協約 1907)이 체결되는 순간이다. 하지만 여기에서 끝이 아니었다.

「지난 헤이그에서 발생한 사건으로 일본이 씻을 수 없는 피해를 입었으니 그 보상으로 대한의 황제를 폐위하겠노라! 명을 어길 시 무력으로 진압하겠으니 그리 알라!」

한 나라의 황제를 강제로 폐위한 일본, 그리고 일본은 그저 눈치만 살필 뿐인 황태자를 황위에 올려 역시 이름뿐인 황제로 만들었다. 우리의 마지막 군주 순종이 마침내 역사에 등장하는 순간이다. 동시에 대한제국은 위태로운 지경에 놓여 언제 침몰할지 알 수 없다. 일본은 완벽한 마지막을 만들어가는 중이었다.

* * *

일단 여기까지 써놓고 나는 그만 원고를 덮어버렸다. 인터넷에서 발췌한 자료들을 읽다 보니 울화가 치밀어 킹콩처럼 쿵쾅쿵쾅 가슴이라도 때려야 할 판이다. 그 시절에 강대국들은 아무래도 우리가 가만히 앉아 있다고 가마니로 보였던가 보다. 아니, 우리 뿐 아니라 아시아 국가 대부분이 그렇게 살았다고 했다. 이렇더란 사실은 지난 작품 <야누스>에 이미 썼으므로 모르는 바가 아니었고, 그 책을 쓰며 나는 힘 있고 돈 있는 그들이 서로 자기가 강하다는 걸 보여주기 위해 약소국들을 인질로 잡고 위협하여 결국 그 약한 나라들이 모든 피해를 떠안은 거라고 생각했다. 그러니까 다시 얘기해서 지난 세기에 벌어진 두 번의 세계대전이 모두 그들의 힘자랑으로 인해 벌어진 일일 것이었다. 고래 싸움에 새우 등 터진다고, 가만히 앉아만 있어도 등이 터져 나갈 지경인데, 조선은 사태에 대한 대처도 잘못했다. 하긴 대국에게만 기대어 사느라 그 대국이 무너질 거란 생각은 꿈에서도 해본 적 없겠지. 나는 손에 들고 있던 펜을 내려놓고 또 한숨을 몰아쉬었다. 사람 속을 뒤집어 놓는 우리의 역사도 그렇지만 지금 당장 내게 닥친 문제가 더 시급했다. 사실 지금은 원고만 붙잡고 있을 때가 아닌 상황이다. 두 달도 되지 않아 해고당한 회사에서 옮겨간 곳으로부터 엉뚱한 일을 겪어서다. 경력자랍시고 들어와 내가 생각해도 기특하다고 느껴질 만큼 정말 열심히 일하는 사람에게 칭찬은 못 해줄망정 입사 한 달 쯤 되었을 무렵 관리자가 이런 말을 했다.

"4대 보험이 안 되는데, 어떡하죠?"

"…?"

나는 이 여자가 무슨 말도 안 되는 헛소리를 하는 건가 싶었다. 지금 우리나라가 아무리 엉망으로 돌아간다지만 이미 기존에 완성된 체계가 있다. 직원을 고용했으면 적법한 절차를 거치는 게 당연하지 않느냐고 따졌다. 도급비가 어쩌고 하는데, 무슨 소릴 하는 건지 하나도 알아들을 수가 없다. 나는 이번에도 외부 용역회사 소속으로 입사하여 아파트 단지 상가 일부의 관리를 맡았다. 역시 비정규직 사원이었고, 계약직이었다. 한 달 전에 이미 근로계약서를 썼으니 별 문제가 없을 거라고 믿었는데, 이제 와서 엉뚱한 소리를 하니 황당하다. 본사에서는 세전 금액이 터무니없어 감당하기 어렵다며 뒷짐만 지고 있다. 어차피 내 통장에 들어올 실 급여액은 최저임금에 불과하고, 그래서 세전 금액도 거기서 거기일 텐데, 감당하기 어렵다는 건 도대체 무슨 말인지 모르겠다. 얼마 되지 않는 그 금액도 주기가 싫다는 뜻일까? 그렇게 할 거면 직원은 뭐 하러 뽑았을까?

"그럼 이렇게 하는 건 어때요?"

아무리 고민을 해봐도 대책이 서질 않았던지 다른 관리자가 와서 이렇게 말했다.

"일단 여기에서 근무는 계속 하되, 내 친구가 운영하는 회사에 이름만 올리는 거예요"

"그건 또 무슨 소리죠?"

나는 이번에도 관리자의 말을 알아듣지 못하고 제대로 설명하라며 따졌다. 그 회사에서 급여를 주는 것으로 할 테니 대신 주민등록 등본과 통장, 그리고 체크카드를 빌려달라는 것이었다. 나는 발끈했다.

"지금 내 이름으로 대포 통장을 만들겠다는 거예요?!"

새로 일을 시작한지 겨우 한 달밖에 되지 않았으니 나는 아직 내게 이 말도 안 되는 설명을 늘어놓는 관리자에 대해 아는 게 별로 없다. 따라서 친구라는 사람은 더 모르고, 그가 어떤 사람인지, 무슨 목적으로 그런 제의를 하는지, 또 그의 회사가 무엇을 하는 곳인지도 알지 못한다. 얼굴조차 모르는 사람의 회사에 내 신변을 고스란히 노출해주면 월급을 주겠다고? 사람을 바보로 아느냐고 와락 소리를 질렀더니 어쩔 수 없지 않겠느냐는 답변이 돌아왔다. 어처구니가 없어 다시 알아보았다. 한 달 전에 제출한 근로계약서는 본사에서 아직 받아주지도 않은 상태였고, 나는 지금까지 아무런 소속도 없이 여기에 넋 놓고 앉아 있었던 것이다. 기가 막히고 코가 막힐 일이었다. 어떻게 하겠느냐고, 며칠 안으로 결정해 달라는 관리자의 말에 나는 바로 고개를 저었다. 경찰에 신고하고 싶은 생각이 굴뚝같았지만 이 사람이 어떻게 반응할지 몰라 일단 꾹 참았다.

"그럼 아르바이트생이라도 구하세요."

"그래야 할까요?"

"제 얘기 잘 들으세요. 제가 여길 그만 두고 나가면 새 직원이 들어올 거고, 회사는 인건비 문제가 해결되지 않는 이상 그 직원에게도 급여 문제에 대해 저와 같은 조건을 제시할 거예요. 그렇죠?"

"……"

"어떤 사람이 대포 통장 얘기를 가만히 듣고만 있겠어요? 그러니 아르바이트생이라도 구하라는 거예요."

아무 대책도 없이 직원을 구하는 회사가 어디에 있느냐고 나는 또 소리쳤다. 그래도 나는 매너가 있는 사람이니 아르바이트로 근무할 사람이 들어올 때까지 자리에 앉아 있겠다고 했다. 대신 내가 원할 때마다 나가서 다른 회사에 면접을 볼 수 있도록 해달라고 제의했다. 그러겠노라며 고개를 끄덕이는 관리자의 뒤통수에 대고 욕이라도 한 마디 쏘아붙이고 싶은 욕구를 꾹 참으며 가뜩이나 헝클어진 머리카락을 두 손으로 마구 문질러댔다. 스트레스 때문인지 요즘 흰머리가 늘었다. 흰머리인지 새치인지 구분되지 않았지만 하여간 미용실에 갈 때가 된 것 같기는 하다. 없는 형편인데, 머리까지 돈을 달라고 아우성이니 더 스트레스 받는다. 나는 지난번에 그랬듯 다시 면접을 보러 다니기 시작했다. 광화문에 갔었고, 여의도에도 갔으며, 명동에도 갔었다. 함께 일하자고 제의해 온 곳은 내가 마음에 들지 않아 거절했다. 또 내 마음에 쏙 들어 꼭 함께 일하자고 소리친 곳에선 두 번 다시 연락이 오지 않았다. 찬 밥 더운 밥 가릴 처지가 아닌 데도 이러고 있다니, 배가 덜 고픈 모양이다. 오래 전부터 그랬듯 일을 하며 틈틈이 원고를 써야 하기에 까다로운 내 조건에 맞는 회사를 뒤지고 뒤지다가 마침내 한 달 치의 급여를 모두 받고 명동으로 옮겨가게 되었다. 선임자를 만나 다시 일을 배우는 동안 나는 내내 한숨만 몰아쉬고 있었다. 또 무슨 일이 벌어질지 알 수 없으나 일단 시작했으니 열심히 해야 한다. 비슷한 근무 환경에 비슷한 보수를 받으며 빠듯하게 살아갈 처지이므로 한눈 팔 여유가 없다. 나와 가까운 어떤 사람들은 왜 그렇게 사서 고생을 하느냐고 묻는다. 그럴 때마다 나는 내 직업이 작가이기 때문이라고 대답했다. 유치하기 짝이 없는 삼류 소설일지라도 생각 없이 쓰다 보면 언젠가는 되겠거니, 그래서 글을 쓰기 위해 일한다고 대꾸하곤 했다. 그렇게 10여 년을 살고 있지만 갈수록 더 어려워지고 있다. 나야말로 힘들지 않게 살고 싶다며 촛불을 들어야 할 판이다. 예술은 원래 배고픈 직업이라며, 배가 고파야 할 수 있는 직업이라고 사람들은 말한다. 하지만 이상하다. 반드시 그래야만 예술이 발전하는 건 아닐 텐데, 아무리 생각해도 이해가 되지 않는다. 여전히 잘못한 것이 없다고 도리질을 치는 대통령, 혹시 그녀는 알고 있을까? 몇 년 전 '한국문예학술저작권협회'에서 전체 메일로 보내온 '저작권법'의 내용과 1년에 한 번씩 보내오는 저작권료 5,200원이 어떤 의미인지, '한국문학진흥재단'에서 역시 주기적으로 보내오는 소식 속 '예술인 복지법'이 현재 어떻게 돌아가고 있는지 말이다. 작가와 출판사간의 계약 시 벌어지는 흔한 잘못, 즉 작가가 누려야 할 저작재산권의 전부 또는 작품의 2차적 이용에 대한 전부를 출판사에 위임하도록 요구하는 경우를 방지하는 저작권법 개정안과 예술인의 사회적 또는 직업적 지위와 권리를 법으로 보호하고, 그로 하여금 예술인의 창작 활동을 고취시키며, 예술 활동으로 말미암은 사회적 혜택을 누릴 권리를 보장한다는 예술인 복지법의 내용과 현실을 말이다. 나의 경우에는 그간 쓰레기나 다름없는 총 여덟 편의 책을 출간한 경험이 있으나 이중에 어떤 작품은 계약금 20만원 말고는 아무런 혜택을 받지 못한 경우가 있다. '인세? 그게 뭔데? 줘야 주는가 보다, 하지!' 라며 받을 수 있을 것 같지 않은 인세를 이제는 남의 돈 취급하는 중이고, 나와 같은 입장의 작가들이 아직 많을 거라고 생각되는 현실에 대해 이러쿵저러쿵 따지고 들었다간 내게 불리한 상황이 닥칠까 두려워할 따름이다. 더 나아가 그녀가 가장 높은 자리에 군림하기 시작한 이후 등장했더라는 예술인들에 대한 블랙리스트는 그나마 모양을 갖춰가는 법체계를 대놓고 개 무시하는 상황이니, 이건 모두 죽이고야 말겠다는 뜻이 아니고 무엇이란 말일까. 아니, 법 따위는 많이 배우신 분들에게나 어울리고, 무식한 내 수준에 맞게 간단히 따져보자. 아주 기본적이랄 수 있을 정규직과 비정규직의 차이가 무엇인지, 현재 최저 임금이 얼마인지, 대중교통 기본요금이 얼마인지, 그게 날이 갈수록 오르기만 할 뿐 내리지는 않고 있더란 사실을 대통령이라는 그녀가 과연 알까? 평생을 살아도 모를 게 분명하다. 알았으면 이대로 내버려 두지 않았겠지. 조금이라도 알았다면 나라 빚이 역대 재임 대통령 가운데 가장 많다는 뉴스도 뜨지 않았을 거다.

"후우…!"

발 디딜 틈 없이 복잡한 명동 거리를 걸으며, 눈과 코를 자극하는 길거리 음식들을 애써 외면하던 나는 한국어 몇 마디를 제법 할 줄 아는 외국인들을 상대로 아무렇게나 지껄이는 포장마차 속 점쟁이 앞에 앉아 보았다. TV 예능 프로그램에 출연하는 연예인들의 말장난처럼 무슨 사과나무를 심네, 배나무를 심네, 하는 정도까진 아니지만 그래도 무엇 하나 제대로 맞지 않는 말들을 마치 외운 듯 술술 이어가던 점쟁이는 한심한 얼굴로 지켜보던 내게 이렇게 말했다. 힘내세요.

"지랄하네."

외국인 무리 사이로 파고들며 중얼거렸으니 그는 알아듣지 못했을 거다. 영어인지, 중국어인지, 일본어인지, 또 어느 나라 말인지 구분할 수 없는 말들 사이에 끼어 있으니 내가 한국어를 하는지, 외계어를 하는지 분별할 수가 없다. 이 넓은 우주에서 먼지만도 못한 내가 할 수 있는 게 아무 것도 없다고 생각하니 내 인생조차 별 볼 일 없는 것으로 보인다. 터덜터덜 사람들 무리를 비집고 마침내 집으로 향하는 4호선 전동차 안에 섰을 때, 나는 앞으로 어떻게 하면 좋을지 고민했다. 원룸으로 이사하며 세운 애초의 계획은 다이어트가 아니었다. 헬스클럽에 내놓을 돈이 없고, 팔자 좋게 운동할 시간도 없다. 단돈 10만원씩이라도 좋으니 조금씩 모아 여름이 되면 하얼빈과 여순에 다녀와야겠다고 생각했었다. 내가 알지 못했던 시절의 이야기를 쓰기 위해 내가 역시 알지 못하는 곳으로의 여행을 계획했단 말이다. 하지만 상황이 너무 좋지 않았다. 글을 쓰고 싶은 인생이지만 현재로서는 도저히 글을 쓸 수 없는 인생으로 살아야 한다. 이대로라면 아직 날짜가 채워지지 않은 적금 통장까지 깨야 할 판이다. 생리대 살 돈이 없어 나야말로 뉴스 속 아이들의 소식처럼 깔창을 속옷에 박아 넣어야 할 형편이란 말이다. 오늘도 SNS는 헬 조선이라며 제 나라를 비난한다. 아무리 생각해도 옛날과 지금의 모습이 크게 다르지 않은 이 나라, 엉망진창으로 망가진 대한민국의 문제점들을 조목조목 짚어가며 설명하는 글에 '좋아요' 버튼을 눌러주고 전동차에서 내렸다. 'N포 세대'라고 했다. 처음엔 연애와 결혼과 출산을 포기했다며 '삼포 세대'로 불리던 말이 이제는 취업과 내 집 마련을 포기했다며 '오포 세대'라고 부르다가 인간관계와 희망을 포기하여 '칠포 세대', 나중에는 외모를 포기하고, 건강을 포기했다 하여 '구포 세대'라고 하더니 끝내 삶까지 포기했다고 '전포 세대'라고 부르던 것을 어느 날에서부터인가 'N포 세대'라고 바꿔 부르게 되었다. 포기해야만 할 것들이 너무나 많은 2, 30대 젊은이들 사이에 내가 있다. 나만 잘못된 인생을 살아가는 게 아니었다. 모두가 그렇게 살고 있었다. 모두가 그렇게 포기하며 살아가는 중이었다.

"인간적으로 너무하네⋯."

뉴스에서 들려오는 그 소식처럼 취임 후 내내 가까운 사람들하고만 어우러져 살았다는 대통령의 흐물거리는 눈빛을 떠올리며 조현병에 걸린 사람처럼 나지막이 중얼거렸다. 이제 한숨은 아예 습관이 되어버렸지만 아무래도 괜찮다. 여느 젊은이들과 달리 나는 불안하게나마 취업이 되었고, 비록 손에 쥘 수 있으리라고 장담하긴 어려우나 좀 더 큰 작가가 되겠다는 희망이라도 꿈꾸며 살아가니 완전한 N포 세대는 아닐 것이었다. 내가 바라는 게 있다면 마음 편히 글 쓸 잠깐의 여유만이라도 주어졌으면 좋겠다. 면접도 이제 그만 보고 싶다. 어차피 글 써서 먹고 살기 힘든 건 옛날이나 지금이나 마찬가지이니 더는 신경 쓸 필요가 없다지만 한 겨울의 취업활동은 정말 끔찍하다. 뼛속까지 스며드는 한파에 발가락이 떨어져 나가는 줄 알았단 말이다. 이런 서러운 비정규직 같으니…!

***

나는 지금 광화문에 가고 있다. 아, 촛불 집회에 가는 게 아니다. 내 목적지는 바로 세종문화회관이다. 퇴근 후 지하철로 이동하여 1층 로비에 도착해 보니 벌써 공연 티켓을 구매하려는 사람들로 가득하다. 나는 이미 보름 전에 예매한 기록이 있으므로 따로 줄을 서지 않고도 쉽게 티켓을 받아들 수 있었다. 무리하게 또 카드 결제를 했다. 할부로 구매했으니 무려 6개월 동안 이 티켓 값을 지불해야 할 것이다. 지금 내 형편에 고가의 공연이 웬 말일까 싶겠지만 정말 보고 싶었던 작품이라 어쩔 수가 없다. 뮤지컬 영웅, 2009년에 초연하여 지금까지 모든 공연에서 매진 기록을 세웠다는 안중근의 이야기를 이제야 보게 되었으니 그저 감개무량할 따름이다. 이 공연에 대해 설명한 책자가 만원이란다. 지갑에 현금이 없어 또 카드 결제를 하고, 여기저기에 나붙은 홍보 포스터로 스마트폰을 들이민다. 업데이트 주기가 들쭉날쭉한 내 SNS에 오늘은 새 게시물을 올릴 생각이다. 맨 처음 이 공연을 시작했을 때부터 안중근 역을 맡았던 배우는 정성화다. 지금은 4년제 대학이지만 옛날엔 2년제 전문대학이었던 서울예술대학교 연극과를 졸업한 그는 1993년에 SBS 공채 3기 개그맨으로 데뷔했다. 중학생이 되었을 무렵 나는 정성화가 그렇게 꼴 보기 싫을 수 없었다. 당시 SBS에서는 잘 나가는 예능 프로그램 하나가 인기리에 방송 중이었다. 그리고 그 프로그램의 메인 출연자는 '틴틴파이브'로, 지금 생각해 보면 정말 유치하기 짝이 없는 개그맨 그룹이었다. 하지만 어린 내 눈으로 보기에 그들은 환상적이었고, 그래서 한 몇 년을 푹 빠져 지냈다. 당시 우리나라 연예인의 대부분은 서울예술대학 출신이었다. 그들의 이야기를 담은 책이 불티나게 팔릴 정도였는데, 그 중에서도 톱스타만 골라 다시 책을 출간할 만큼 서울예술대학 출신 연예인들은 끼가 많았고, 이야기 거리도 많았다. 틴틴파이브 역시 마찬가지다. 오죽했으면 능력도 되지 않는 나 따위가 이 학교에 들어가겠다며 떠벌리고 다녔을까. 그 시절 어린 나에게 틴틴파이브는 좋은 학벌에 능력까지 제대로 갖춘 우주 대 스타였다. 그런데 어느 날 팀에 변화가 찾아왔다. 멤버 홍록기를 빼고 정성화가 들어간다는 것이었다. 중고생들을 상대로 팔아먹던 천 원짜리 싸구려 연예잡지에 이런 제목의 기사가 실렸다.

「홍록기 졸업, 정성화 입학」

흥! 틴틴파이브가 학교인가? 졸업을 하고 입학을 하게? 만일 그 시절에 인터넷이 있었다면 나는 전문 악플러가 됐을지도 몰랐다. 당시에는 흔하지 않았던 비트박스를 선보였고, 동물이나 인물, 대중교통의 소리를 흉내 내는 등 그 분야에서 유명하다고 알려진 옥동자 정종철 만큼이나 능력이 뛰어났다. 아니, 정종철은 그 시절 정성화에 비교도 되지 않았다. 못 하는 게 없는 만능 재주꾼이었음에도 나는 내가 좋아하는 팀에 들어왔다며 온갖 미운 말만 골라 했다. 물론 나 혼자 싫어했으니 당사자는 몰랐겠지만. 어쨌든 그 나이 또래의 여자 아이들이 흔히 그렇듯 어느 날 갑자기 새로운 스타에 빠지면서 틴틴파이브에게는 관심을 버리게 되었고, 이후 정성화가 팀에서 나간 뒤 무얼 했는지 전혀 알지 못했다. 고등학교를 졸업하고, 성인이 된 어느 날 정성화가 뮤지컬에 출연한다는 소식을 우연히 방송으로 접하게 되었다. 개그맨 출신이지만 연기력이 출중하더라며 칭찬을 아끼지 않는 사람들, 하지만 그러거나 말거나 나는 관심이 없었다. 방송에 나오면 보고, 안 나오면 마는 식이었으니 정성화가 뮤지컬 배우로서 입지를 다져가고 있다는 소식을 알면서도 그냥 그런가 보다, 어쩌다 방송을 한 번 보고 성량이 참 풍부하구나, 하는 생각만 들었을 뿐 옛날처럼 좋고 싫고가 없었다. 조금씩 철이 들면서 나에게 그는 흔하디흔한, 점차 연예인에 관심이 없어져버린 나도 아는 유명인일 뿐이었던 거다. 그런 정성화가 주연이라는 뮤지컬을 다시 무대에 세운다고 했을 때 나는 좋아했다. 마침 안중근에 관심을 가진 시점이었고, 정성화의 풍부한 연기력과 성량이

치열하게 살다 간 안중근을 표현하기에 적절하다는 생각이 들어서였다. 로비 곳곳에 늘어놓은 볼거리들을 스마트폰 카메라에 담던 나는 문득 이상한 점을 느꼈다. 안중근으로 변신한 포스터 속 저 얼굴은 정성화가 아닌데? 자세히 살펴보니 역시 다른 이름이 쓰여 있다. 안중근 역에 정성화 말고도 배우 안재욱이 연기한다는 소식을 이미 들어 더블 캐스팅이겠거니 했는데, 그게 아니었던가 보다. 이름이 이지훈이라고 했다. 로비 한 구석에 마련된 포토라인에는 역시 정성화도, 안재욱도 아닌 다른 얼굴이 오늘 안중근으로 출연할 거라며 액자로 걸려 있었다. 아쉬웠지만 그렇다고 당장 정성화를 내놓으라며 발악할 수도 없는 노릇이니 별 수 없다. 저 얼굴은 대체 누구일까. 혹여 인터넷을 뒤졌다간 스포일러의 미끼에 걸려들지 모른다는 생각이 들어 얼른 그 얼굴로부터 돌아서고 말았다.

"…?"

늦은 저녁을 먹으러 세종문화회관 건물 뒷골목으로 돌아가는데, 문득 눈에 띈 것이 있었다. 길 건너 광장 어느 구석에 설치된 천막들 말이다. 천막 속을 은은하게 비추는 저 불빛은 전등이 아니라 촛불인 모양이었다. 대통령의 탄핵을 요구하는 민중의 촛불은 주말과 달리 평일 저녁엔 저토록 작게, 하지만 끈질기게 타오르고 있다. 안중근의 지난 시절이 담긴 어느 인터넷 자료에서 이런 내용을 보았다. 동학농민운동의 진압은 잘못된 것이었다고 말이다. 앞서 언급한 바와 같이 안중근의 아버지 안태훈은 산포군을 조직하여 농민군 진압에 참가했다. 그 무리에 안중근이 있었고, 당시 그는 16세의 어린 소년이었다. 이토 히로부미를 저격하고 재판에서 사형 선고를 받은 뒤 세상을 떠나는 날까지 안중근이 감옥에서 썼다는 '안응칠 역사'와 '동양평화론'에 이 동학농민운동과 관련된 이야기가 있다. 내가 갖고 있는 <안중근 평전>이란 책을 살펴보자.

「한국의 여러 지방에서는 이른바 동학당이 곳곳에서 봉기하였다.

외국인을 배척한다고 청탁하면서 고을마다 횡행했다.

관리를 살해하고 백성의 재물을 약탈하였다.

(중략) 아버님께서는 동학당의 포악한 행동을 참을 수 없어서 뜻을 같이 하는 사람들을 모으고 거의(擧義)를 알리는 격문(檄文)을 띄워 포수들을 불러 모았다」

또한 '동양평화론'에도 역시 비슷한 내용이 보인다.

「그때 조선국의 서절배(鼠竊輩 좀도둑) 동학당이 소요를 일으킴으로 인해서 청일 양국이 함께 병력을 동원해 건너와서 무단히 전쟁을 일으켜 서로 충돌한 전쟁이다」

범우사에서 출간한 <안중근 의사 자서전>에는 동학당에 대한 설명을 '한일합병 전 일진회(一進會)의 근본 조상'으로 썼고, 동학당이 저지른 짓을 두고서는 '한국이 장차 위태롭게 된 기초'이자 '일본, 중국, 러시아가 전쟁하게 된 원인을 낳은 병균'이라고 표현했다. 미안한 얘기지만 나는 안중근의 그 의견이 잘못되었다고 생각한다. 동학군은 폭도가 아니었으며, 그들의 반란이 청나라와 일본의 군대를 끌어들였다는 생각에 반대한다. 그들 군대를 끌어들인 건 백성들이 아니라 기득권 세력이다. 그 시절을 살아가던 민초들 치고 서럽지 않은 인생을 사는 사람이 없었겠고, 모두가 그렇게 살아야 했기에 참을 수밖에 없었다지만 아무리 그래도 정말 너무한다는 생각이 들 만큼 기득권층의 패악은 도가 지나쳤다. 백성들은 그저 태어났으니 살고 싶었을 뿐이다. 좀 더 편안하게 살 수 있도록 도와달라고 외쳤을 뿐이다. 하지만 저들은 귀를 막았고, 눈을 감았으며, 입을 다무는 것으로도 모자라 아예 등을 돌려 앉았다. 제발 들어달라고 소리쳐도 모르는 척 하니 들고 일어난 것뿐이다. 우리의 살 길을 우리가 열어가겠다고 했을 뿐이다. 동학군의 수장이었던 전봉준(全琫準)이 요구한 것은 단지 백성들을 옭아맨 신분제도를 철폐하고, 탐관오리를 엄벌하며, 토지를 개혁하는 등의 사회 문제였다. 물론 동학군이란 이름으로 움직였던 사람들 중에는 애초의 의미와 다른 목적을 드러낸 사람도 있었을 것이다. 동학군의 잔당이 일진회라는 친일 단체를 만들어 일제의 식민지화에 앞장섰다는 얘기는 어느 책을 뒤져도, 인터넷 어느 곳을 뒤져도 근거가 나오니 물론 사실일 것이다. 하지만 그들 모두를 그렇다고 싸잡아 비난할 수는 없다. 만일 동학당의 모두가 폭도라면 황해도에서 동학군을 이끌었다는 백범 김구도 폭도라고 매도하겠다는 것이다. 김구의 본명은 김창수로, 당시 19세의 황해도 지역 동학군 접주(接主)

였다. 그러니까 다시 얘기해서 동학군의 무리를 물리치려던 안중근의 아버지 안태훈과 지역의 동학군을 앞장서서 이끈 김구는 서로 적이었다는 거다. 비록 적으로 만났지만 김창수의 인물 됨됨이를 알게 된 안태훈은 그를 아껴 어려울 때 도울 것을 약속한다. 정말로 그들이 잡아 죽여야 할 폭도였다면 안태훈이 김창수를 그렇게 예뻐하지 않았을 것이다. 몇몇 못 돼 먹은 인간들 때문에 그동안 살기 힘들어 일어날 수밖에 없었던 애꿎은 민초들까지 모두 폭도라고 규정한다면 그건 분명 잘못 되었음을 나는 다시 말하고 싶다. 그때 안중근은 16세였고, 아직 어린 나이였으므로 어쩌면 어른들에게서 들은 말이 모두 옳다고 생각했을지 모른다. 그들을 폭도라고 규정한 건 안중근이 아니라 안중근에게 그런 생각을 가르친 기득권 세력이었을 것이다. 아직 열여섯 살밖에 되지 않은 아이에게 '쟤들은 폭도야. 그러니 잡아 죽여야해'라고 가르친 어른들의 잘못이었을 것이다. 자기들 힘으로는 도저히 진압할 수 없을 만큼 거대한 덩어리로 불어난 폭도들이니 중국과 일본이 도와야 한다고 끌어들인 바로 그들의 잘못일 것이다. 백성이 어째서 폭도인가. 내 사정을 들어달라고 소리쳤을 뿐인데, 그런 말을 하면 폭도란 말인가. 민주주의를 내놓으라며 시위한 광주 사람들이 폭도인가. 추운 겨울에 광화문 한복판으로 뛰쳐나와 촛불을 들고 있는 저들이 폭도인가. 차가운 바다에 수장된 아이들을 구해달라고 울부짖는 평범한 부모들이 과연 폭도란 말인가. 할 말이 있으면 떳떳하게 나와서 해명하라고 대통령을 향해 소리치는 촛불 든 평범한 시민들을 과연 폭도라고 규정지을 수 있을까. 일부 잘못된 행동을 하는 사람들로 인해 애초의 의미가 변질되고 퇴색되니 그것을 핑계로 내부 갈등을 조장하는 기득권 세력의 하는 짓은 예나 지금이나 다를 게 없는 것 같다.

"아, 진짜…!"

나는 광화문 광장을 수놓은 천막들을 오래 보지 못하고 고개를 돌렸다. 내 개인의 사생활을 핑계로 한 번도 나가지 않은 집회였다. 무슨 염치로 저들의 편을 들려고 할까. 부끄러워 얼른 눈에 보이는 아무 식당이나 찾아 들어갔다. 김치를 우물거리며 좀 전에 산 안내 책자를 펼쳤다. 아무리 들여다보아도 오늘 만나게 될 이 배우가 누구인지 모르겠다. 연극 뮤지컬로 유명한 사람일까? 인터넷을 뒤지면 나올 그의 프로필을 나는 이번에도 찾아보지 않는다. 정성화를 보지 못하게 되었다는 실망감 때문일 것이다. 어쩌면 모르는 사람을 경계하고 싶은 낯가림 심한 성격 때문인지도 모른다. 그렇다면 까다롭기 짝이 없는 내 성격부터 고쳐야 옳겠지. 식사를 마치고, 공연장으로 돌아온 지 채 몇 분 지나지 않았을 때, 마침내 공연이 시작되었다. 안내책자는 안중근과 11인의 동지가 모여 왼손 네 번째 손가락을 잘라 흐른 피로 태극기에 대한독립(大韓獨立)을 새긴 '단지동맹(斷指同盟)'에 대해 '하늘의 뜻을 바로 한다.'는 뜻이니 '정천동맹(正天同盟)'으로 부르는 게 옳다고 설명한다. 대형 태극기를 흔들며 조국을 위해 싸우겠노라고 당당하게 노래하는 그들의 목소리를 듣고서 울지 않을 사람이 과연 있을까? 저녁을 먹고 챙긴 휴지가 여기에서 필요하게 될 줄은 미처 몰랐다. 가운데 앞자리에 앉아서 아이처럼 훌쩍거리는 내 모습이 부끄러워 얼른 눈물을 닦는데, 나 같은 사람들이 언뜻 몇 보였다. 넘치는 조국애에 감격한 사람들일 거다. 공연을 보며 내내 느꼈지만 우리나라 사람들, 착하고 순수하면서 나라를 사랑하는 마음씨가 참으로 고운 것 같다. 완성도 뛰어난 이 작품을 보며 매 순간마다 박수를 쳐도 누가 뭐라 하지 않을 텐데, 조선을 반드시 제 손에 넣고야 말겠다며 으름장을 놓는 이토 히로부미 등 악역들의 사나운 노래엔 절대 박수를 치지 않는다. 이토 히로부미의 잔인한 웃음소리와 일본 군인들의 칼날 같은 몸짓과 그들의 발아래에서 눈물짓는 사람들의 연기가 가슴을 울린 모양이다. 안중근 역할을 맡은 저 배우, 이지훈인지 김지훈인지 이름조차 잊어버린 그의 연기가 마음에 든다. 조국을 위해 벼락같이 일어섰지만 한편으론 어머니의 눈물을 떠올리며 인간적인 모습을 드러내고, 자신의 종교적인 신념까지 내세우며 십자가 앞에 성호를 그리는 연기가 전혀 어색하지 않았다. 누구인지는 모르겠지만 죽음 앞에서도 초연하게 웃으며 간수 치바 도시치(千葉十七) 상병을 위로하는 안중근으로의 변신에 박수를 보낸다. 그나저나 안중근은 10대 후반에 이미 세 아이의 아버지가 된 사람인데, 이 작품에는 전혀 언급이 없다. 오히려 독립투사들을 돕는 중국인 남매 중 여동생이 안중근을 짝사랑하고, 그와 함께 거사에 참여했던 열여덟 살의 유동하(劉東夏)가 또 그녀를 짝사랑한다. 아니 이런 생뚱맞은 삼각관계를 보았나! 실제로 안중근 아내의 이름은 김아려(金亞麗)이다. 인터넷과 책을 아무리 뒤져도 국채보상운동 시절 조 마리아 여사와 부인회에 가입하여 패물을 기부했다는 짧은 내용 말고는 어떤 인물인지 전혀 나오지 않아 몇몇 소설책들에서는 작가의 상상으로 그려진, 그저 남편에게 순종하는 수동적인 여성으로 등장한다. 반면에 안중근의 어머니 조 마리아 여사는 독립을 위해 몸 바친 투사들의 뒤에서 보이지 않게 헌신했다는 기록이 있고, 내세에서는 만날 생각이 없으니 저 세상에 가서 다시 만나자고 사형 선고를 받은 아들에게 보낸 편지가 남아 있으며, 뮤지컬에서도 어진 어머니의 모습으로 나타나 강해지라고 다독인다. 시어머니에 비교하면 별다른 기록이 남아있지 않아 김아려는 결국 아이들과 찍은 사진만 달랑 한 장 남긴 채 창작된 인물에게 묻혀버렸다. 귀여운 중국인 아가씨가 안중근의 열혈투쟁에 홀딱 반하여 첫사랑이라고 고백하는 설정이라니, 느닷없이 의문의 1패를 당한 김아려에 대해 좀 더 알아봐야겠다고 생각하며 밤늦은 시간이 되어서야 집으로 향했다. 그리고 전동차 안에서 나는 마침내 스마트폰을 뒤적여 이지훈인지, 김지훈인지 하는 배우를 찾아보았다.

"…!"

나는 깜짝 놀라 잘못 본 줄 알았다. 내가 고등학교에 다닐 즈음 '왜 하늘은'이라는 발라드 곡이 있었다. 사랑하는 여자 친구를 빼앗아 갔다며 하늘을 원망하는 가사의 슬픈 노래로 기억한다. 당시 이지훈은 스무 살도 되지 않은, 나보다 겨우 두 살 위의 아이돌 가수였다. 당시에는 하이틴이라고 표현됐던 곱상한 미모의 그 가수가 나이를 조금 더 먹었을 때에는 그 시절 최고의 아이돌 그룹이었던 'H.O.T'의 강타와 '신화'의 신혜성이 함께 모여 'S'라는 프로젝트 그룹으로 활동했었다. 프로필 목록에 'S'가 없었다면 난 이지훈을 아주 몰라볼 뻔 했다. 곱상하고 여리여리하던 모습만 기억해온 탓에 이미지 변신을 할 거라고 전혀 생각해본 적 없었던 바로 그가 오늘 안중근의 강한 카리스마를 연기했다니, 기가 막혀서 말이 안 나온다. 피곤했는데 잠이 싹 달아나 버렸다. 공연의 여운으로 누리꾼들의 감상평을 뒤지느라 자정을 넘겨버리기까지 했으니 아무래도 오늘 밤에는 이래저래 잠들 수 없을 것 같다. 그리고 이지훈에게는 못 알아봐서 미안하다.

5. 단지동맹

네덜란드 헤이그에서 만국 평화 회의가 열린다는 소식을 들었을 때, 고종 황제는 신하들을 불러 밀서를 러시아 황제에게 전달하라는 명령을 내렸다. 그러나 세 명의 신하들은 러시아 황제의 얼굴은커녕 회의에도 참석하지 못했고, 주권을 잃어가는 조국의 현실에 분노하여 이준은 결국 숙소에서 자결했다. 이 사건으로 일본은 고종을 강제 폐위하였으며, 그의 아들 순종이 우리 역사의 마지막 군주가 되었다. 앞서 늘어놓은 장광설을 요약하면 바로 이러할 텐데, 그나저나 러시아는 어째서 그간 일본과의 적대적인 관계를 청산하고 지금까지와 전혀 다른 모습을 보이게 된 걸까? 이는 아마 제국주의 사상에 심취한 열강들과 마찬가지 입장이었기 때문일 거다. 사실 그때 러시아는 일본과의 아시아 쟁탈전도 중요했지만 한편으론 유럽에서의 위치 확보에도 신경 써야 하는 처지였다. 당시 민족주의 사상으로 무장한 독일이 열강의 식민지 침탈 경쟁에서 어마어마한 존재감을 드러내 그냥 두고 볼 수 없었던 탓이다. 전 세계를 돌아다니며 오지랖 넓게 땅따먹기를 해대는 영국과 프랑스에 맞서겠다며 독일은 체코를 식민지로 삼았지만 별다른 영향력을 행사하지 못하는 오스트리아와 에티오피아나 리비아를 식민지 삼아 지중해 연안까지 나아갔지만 오스트리아 만만치 않게 있으나 마나 한 힘을 보이는 이탈리아를 끌어들여 세력 확장에 열을 올렸다. 그런 독일을 견제할 목적으로 러시아는 영국, 프랑스의 옆구리를 쿡쿡 찌르며 기어이 동맹을 맺는 데에 성공했으나 수지타산을 맞춰 보자니 어쩐지 그들보다 좀 더 우위에 서고 싶은 욕심이 든다. 나름의 완벽한 계획을 세웠다지만 이것이 실현되려면 우선 아시아의 평화가 절대적으로 필요했고, 스스로 동양의 맹주라고 자부하는 일본에게 밉보일 수 없어 러시아는 결국 대한제국을 배신하고 말았다. 자국의 이익에 따라 어제의 친구가 오늘 적이 되고, 평생의 원수지간이 한 순간 친구로 뒤바뀌는 시절이었으니 이들 열강의 힘겨루기에 애꿎은 약소국만 동네 북 취급당했음을 부정할 수 없다.

「우선 만주 지역을 남북으로 나누어 각각 할양받기로 합시다. 이 지역은 우리 중 누구도 포기할 수 없지 않소?」

「동감하오. 그럼 우리 러시아는 대한제국에서 일본의 자유로운 활동을 보장할 테니, 일본은 외몽골에서 러시아가 갖는 이익을 인정해 주시오.」

1907년에 체결된 러일협약은 즉 앞으로도 당분간 계속 될 두 나라의 약속이었다. 십년 후 러시아 혁명으로 파기되는 순간까지 이들의 협약은 무려 세 차례나 더 이루어지는데, 자국의 반갑지 않은 역사를 공부하는 후손으로써 이쯤에서 잠시 무언가 짚고 넘어가는 심술을 부려보고 싶다. 러일협약 문서에서도 드러났지만 당시 반도 땅에 눈독을 들이던 열강들이 주고받은 문서들을 살펴보면 하나같이 특정적인 표현이 사용되었다는 걸 알 수 있다. 예컨대 1901년 제1차 영일동맹에서 영국이 일본의 조선에 대한 보호권을 '인정'한다는 내용이라든지, 1905년의 가츠라 태프트 밀약에서 미국이 한국을 일본의 보호국으로 만드는 것을 '승인'한다고 쓴 내용, 1905년 포츠머스 조약에서도 일본이 한국에서 우월권이 있음을 러시아가 '인정'한다는 등의 내용 말이다. 떡 줄 사람은 생각도 않는데, 김칫국부터 마신다더니 약소국의 입장 따위야 안중에도 없다는 듯 자기들끼리 북 치고 장구 치고 난리가 났다. 도대체 우월함을 증명해 보이는 것도 정도가 있어야지, 뭘 승인하고 인정한다는 말인가? 중고나라도 이렇게 평화로울 수는 없을 거다. 저들의 우월의식이 도무지 이해되지 않아 고민하던 나는 다시 인터넷을 뒤져보았다. 백인 우월주의, 나무위키는 이것을 간단하게 정리하였다.

「유럽 국가들은 과거 제국주의 시절 전 세계 곳곳을 식민지로 삼고 현지 유색 인종 주민들을 노예로 부리며 떵떵거린 역사가 있어서 그런지 다른 인종의 우월주의보다 그 영향력과 목소리가 좀 더 거대한 경향이 있다」

우월함이란 감정은 민족주의와 선민사상(選民思想)에서 비롯되었으며, 제국주의 시대의 기준으로 보면 너무나 당연하고 보편적인 사회 현상이라는 설명이다. 그런데 어째서 백인도 아닌 일본이 우리 앞에서 그토록 우월함을 증명하려 애썼을까? 지배자로서의 심리가 그 시절 제국주의 사상에 물든 백인들과 같았기 때문일 거라고 추측된다. 선민사상이란 단어부터가 '신적 존재에게 선택받은 민족이라고 믿는 생각'을 뜻하는데, 하필 일본에는 쌍둥이 남매 신이 하늘에서 내려와 일본 땅을 만들었다는 개국신화가 존재하기까지 하니 우월의식이 없으려야 없을 수가 없다. 어쨌거나 그 잘나신 열강들 중 마음이 꼭 맞은 두 나라의 대표가 밀실에 모여 이렇게 대형 사건을 저질렀으니 대한제국 백성들의 입장에선 또 한 번 눈 뜨고 코 베인 꼴이었다.

「일반 국민의 보통 지식을 계발하며, 국권을 회복하여 독립을 완전하게 하기로 목적함」

이는 1908년 러시아 블라디보스토크에서 창간한 해조신문(海朝新聞)의 발족취지문으로, 타국살이에 지친 동포들을 위하여 순 우리말로 인쇄한 신문이다. 우월감에 사로잡힌 열강들의 개념 없는 행위를 고발하고, 독립투쟁으로 여념이 없는 항일 애국지사들의 가슴에 불을 지피는 글을 실어 일본을 놀라게 만들기도 했으니 칭찬하지 않을 수 없다. 아무리 일본의 시비로 3개월 만에 폐간되었다지만 그 잠깐 사이에 해조신문은 어마어마한 존재감을 드러냈다. 을사늑약 이후 시일야방성대곡을 지었다가 폐간 당한 황성신문의 대표 장지연이 이 신문사의 주필로 있었기 때문인데, 이름만 들어도 조국이 처한 현실에 젖 먹던 힘까지 모두 실어 울분을 토할 것 같은 믿음직한 장지연을 일본은 분명 경계하였을 것이다. 게다가 안중근의 의병 활동에도 직접적인 관계가 있다. 일제의 폭압에 굴복하여 마치 피난하듯 조국을 떠나온 연해주 지역 동포들에게 부디 항거하자며 호소할 때 이 해조신문이 결정적인 역할을 했던 것이다.

「사람이 세상을 살아가며 취해야 할 일은 바로 자기를 단합하고, 가정을 단합한 뒤 나라를 단합하여 보호하는 것이다. 하지만 슬프다. 우리나라가 이토록 고통스런 지경을 겪는 이유는 서로 화합하지 않고, 단결하지 않았기 때문이다.」

인심단합론(人心團合論 1908), 해조신문에 실린 안중근의 글을 두고 '안중근 평전'은 '나라를 적에게 빼앗긴 건 서로가 단합하지 못하고 화합하지 않았기 때문이니 모두가 합심해야 한다는 주장'이라고 설명했다. 조국애로 똘똘 뭉친 안중근의 필사적 투쟁은 여기에서 멈추지 않았다. 지역마다 한국인이 모인 곳이라면 어디든 뛰어다니며 이토 히로부미의 만행과 조국의 참상을 고발하는 연설도 이어갔던 것이다.

「만일 그대들이 타국 시민이 되었다고 해서 조국을 모른 척하고 살면 이 나라 사람들이 우릴 어떻게 생각하겠습니까? 도대체 한국인은 조국도 모르고 동족도 모르는가! 그렇다면 이 나라가 어려움에 빠져도 관심 갖지 않겠구나! 이따위 인정머리 없는 인간들은 아무 짝에 쓸모가 없으니 치워버리자! 라고 하면 여러분은 과연 무어라고 반박하시겠습니까? 당신들은 이러자고 여기에서 살고 있습니까? 나 같으면 자괴감에 빠지겠구려!」

　안중근의 강력한 호소가 동포들의 마음을 움직였다. 자진해서
의병에 지원하겠다는 사람이 나타났고, 의병이 되지는 못하더라
도 지원금을 내놓거나 집안에 모셔두었던 무기류를 후원하는 이
도 있었다. 마침내 의병 부대가 꾸려지고, 의병군 참모 중장으로
나선 안중근과 동포들이 조국을 위한 여정을 떠났을 즈음, 바다
건너 미국에서 느닷없는 사건 하나가 벌어졌다.

　「동양의 영원한 평화를 위해서는 우선 한국이 독립을 해선 안
됩니다. 현재 한국이 일본의 보호를 받으며 각종 이득을 취하고
있음을 모두 잘 아시지요? 헌데 이전의 정부로부터 받았던 학대
를 기억하지 못하고 독립을 염원하다니, 이 얼마나 멍청한 짓입
니까?」

　아니, 이게 도대체 무슨 말도 안 되는 궤변인가? 일본의 한국
지배가 과연 정당한지를 묻는 기자들에게 대한제국 외교고문
이 내놓은 답변인데, 더 황당한 건 그가 한국인도 일본인도 아
닌 미국인이라는 사실이다. 이름이 스티븐스(Durham White
Stevens)라고 했던가? 일본의 식민지 정책을 정당화할 뿐 아니
라 동시에 미국의 반일감정을 무마할 목적으로 미국 샌프란시스
코에 나타난 그, 하지만 역시 한국의 입장 따위는 생각하고 싶지
않았던 모양이다. 스티븐스의 망언을 좀 더 살펴보자.

　「한국의 황제는 무능력하고 무식하여 백성들의 재산을 쉽게
약탈합니다. 일본의 보호는 이를 방지하기 위한 노력이며, 만일
일본이 아니었다면 한국에는 러시아가 침략하여 식민지 삼았을

겁니다. 미국으로서는 불합리한 일이겠죠.」

내가 가진 자료에 의하면 스티븐스는 '한국의 황제가 백성들을 상대로 암매(暗賣)하였다'라고 말했다는데, 평소에 잘 알지 못했던 단어이고, 한자어로 설명하니 딱히 가슴에 와 닿지 않아서 영어사전을 찾아보았다. buy in the blackmarket, 즉 암거래 또는 암시장이란 뜻일 텐데, 그래서 그의 망언을 다시 정리하자면 '임금이 허가 받지 않은 물건들을 비정상적인 방법으로 사들여 백성들과 거래했다'는 설명이 된다. 정말 그가 이런 의미로 말했다면 죽어도 싸다. 다른 누구도 아닌 한 나라의 황제가 그랬다는 거짓말을 어떻게 할 수 있단 말일까? 이 나라를 얼마나 깔보았으면 몇 십 년 내전으로 몸살을 앓는 후진국보다 못한 취급을 했는지 황당하다. 아무리 생각해도 제정신이 아닌 것 같은 스티븐스의 망언으로 샌프란시스코 한인 사회가 발칵 뒤집혔다. 스티븐스와 그를 취재한 신문사를 찾아가 당장 사과하라고 요구했는데, 단호하게 거절했다는 스티븐스의 말을 다시 들어보자.

「아직도 이렇게 현실을 받아들이지 못하는 사람이 있다니, 놀랍기 그지없소. 당신들은 평생 일본에게 고마워해야 합니다. 통감부의 이토 히로부미 씨가 한국을 위해 얼마나 고생하는지 제발 생각 좀 하란 말이오. 하긴, 무지한 나라의 백성이 뭘 알겠소?」

생각할수록 화가 나는 말이지만 이것도 최대한 순화해서 썼다. 실제로 스티븐스는 이완용을 충신으로 표현하고, 이토 히로부미 덕분에 한국이 아직 행복하게 살아가니 다행이지 않느냐고 따졌다. 하지만 그는 이틀 뒤에 닥칠 자신의 마지막을 알지 못했다. 1908년 3월 23일, 전명운(田明雲)은 샌프란시스코에서 일정을 마친 스티븐스가 배를 타고 워싱턴으로 이동한다는 소식을 듣고 아침 일찍부터 선창(船艙)에서 기다리는 중이었다. 그의 품에는 권총이 숨어있었고, 오전 9시 30분, 마침내 모습을 드러낸 스티븐스에게 방아쇠를 당겼다. 안타깝게도 탄환은 스티븐스를 맞히지 못했다. 다급한 전명운이 달려가 그의 면상에 권총 자루를 휘둘렀고, 이어 두 사람은 서로 엉겨 붙어 치고 박기 시작했다. 순간, 어디선가 총탄 두 발이 날아왔다. 평양 출신 장인환(張仁煥)의 총에서 발사된 것이었다. 한 발은 전명운의 어깨를 관통했고, 나머지 한 발은 정확히 스티븐스의 가슴을 꿰뚫어 그는 결국 사망한다. 두 사람이 합심하여 벌인 일이라고 생각하기엔 뭔가 어설펐던 이 특이한 사건은 이후 열린 재판 과정에서 전말이 드러났다. 애초에 두 사람이 함께 거사를 모의한 건 아니었다고 한다. 스티븐스의 망언에 분노하여 직접 나서야겠다고 생각했을 뿐인데, 생각이 겹친 두 사람이 우연히 같은 자리에서 마주친 거다. 훗날 '스티븐스 저격 의거'라고 불릴 이 사건은 이승만과 안창호를 중심으로 만들어진 '대한인국민회(大韓人國民會)' 등 미국의 한인 단체들이 적극적으로 투쟁하는 계기가 되었다고 한다. 또한 전명운과 장인환은 1962년, 각각 건국 훈장 대통령장(建國勳章大統領章)이 추서되었다.

* * *

비가 쏟아진다. 소나기인가? 아니, 한치 앞도 가늠하기 어려운 지경이니 장대비라고 불러야 옳을 것이다. 중근은 바위에 풀썩 기대어 앉아 하늘을 올려다본다. 저 잿빛 하늘에 구멍이 난 모양이라고 생각하던 중근, 문득 저도 모르게 픽 웃음을 터뜨렸다.

"처참하군…."

아예 부수고 말 듯 세찬 빗줄기가 사납게 얼굴을 후려갈기지만 여전히 중근은 잔뜩 심통을 부리는 하늘을 그저 바라볼 뿐이었다. 머리를 때리고, 눈가를 때리고, 콧등을 때리고, 입술을 때린 빗줄기가 목선을 타고 흘러내리며 온몸을 적신다. 며칠째 씻지 못했고, 먹지 못했으며, 잠들지 못한 데다, 폭우까지 얻어맞으니 그는 만신창이였다. 아니, 그는 이미 오래 전부터 엉망이 되어 있었다. 아마 의병이라는 이름으로 다시 총을 들었을 때부터일 거다. 그러니까 다시 얘기해서 조국을 떠나 러시아라는 낯선 나라에 도착하여 의병군을 조직할 테니 들어오라고 동포들을 설득하던 바로 그때부터였을 것이다. 흔쾌히 중근의 손을 잡은 사람도 있었지만 반대로 더 이상 희망 없는 나라에 기대고 싶지 않다며 문전박대하던 사람들, 그들로부터 날아든 험한 욕설에 갈가리 찢겨 진작 상처 투성이였다. 충분히 그들을 이해할 수 있다. 하긴 이미 남의 손에 떨어진 나라를 의병 활동만으로 어떻게 돌려받을 수 있단 말일까? 허무맹랑한 꿈이라며 제꺽 비난이 이어졌지만 그때 중근은 단호하게 고개를 저었다.

"콰르르…!"

"…?"

행여나 품에서 놓칠까. 총신을 고쳐 잡던 중근은 하늘 저편에서 부르짖는 천둥소리에 도로 고개를 들어올렸다. 아무래도 저 잿빛 하늘에 정말 구멍이 뚫린 모양이다. 다시금 번개가 번쩍, 허공을 휘젓더니 어디인지 알 길 없는 울창한 숲에 천둥을 내다 꽂는다. 문득 중근은 지축을 흔드는 이 소리가 마치 나라 잃은 설움으로 통곡하는 황제 폐하의 애통한 울음소리처럼 느껴졌다. 반만년을 살아온 역사가, 남부럽지 않던 기름진 우리의 강토가 주저앉아 울부짖는 황제의 눈물인 양 맥없이 스러져간다. 중근은 조용히 눈을 감았다.

"콰르르르…!"

어금니를 깨물며 분을 삭이던 중근, 도로 귓가를 때리는 천둥소리에 눈을 떴다. 겹겹이 쌓인 먹구름이 제멋대로 흘러가는 중이었다. 저 구름 사이에서 쏟아지는 빗줄기는 또한 오래 전에 죽어 사라진 황후 마마의 애타는 눈물이진 않을까? 감히 입에 담을 수 없었던 비참한 죽음, 중근은 하늘에 가닿았을 황후의 명복을 빌었다. 주여, 부디 우리 황후 마마의 아픔을 달래주소서! 허망하게 무너져가는 이 나라를 부디 도우소서!

"쿠르르…. 콰쾅!"

또 한 번 천둥소리가 요란하게 온 산을 헤집어 놓는다. 총을 들지 않은 다른 손으로 묵주를 움켜쥐고서 중근은 조용히 한숨을 몰아쉬었다. 자손만대 영원토록 지탄 받아 마땅한 저들의 죄악이 그때가 겨우 시작에 불과했음을 진작 알았더라면 혹시 나는 좀 더 빨리 움직이지 않았을까? 만일 그랬다면 겨우 2~300

명으로 시작한 의병 부대는 애초에 더 큰 집단이었을지 몰랐다. 그들로부터 살아남은 패잔병의 숫자가 어느 정도인지 가늠할 수 없는 이때, 중근은 황후의 잔혹한 죽음과 이 땅을 오랏줄에 매달아 옴짝달싹 못하게 만든 을사년의 강제적인 약속과 하루아침에 조국을 빚더미에 앉혀놓은 수치와 지엄하고 강경하신 황제 폐하를 폭력으로 다스려 폐위한 저들의 악행을 떠올리고 부르르 치를 떨었다.

"…?"

중근은 문득 엉거주춤 일어나 바위 뒤를 살폈다. 사납게 퍼붓는 빗줄기 사이로 슬쩍 동지들의 그림자가 드러난다. 그 중 나무 수풀에 몸을 숨긴 채 이쪽을 지켜보는 한 사내와 눈이 마주쳤다. 이글이글 타오르는 그의 눈빛이 중근을 다시금 웃게 한다. 벌써 수많은 동지들이 적의 총탄에 쓰러졌고, 남은 동지들도 언제 죽을지 알 수 없다. 조국 아닌 타국에서, 그것도 이름조차 모르는 산자락에 뼈를 묻을 각오로 일본 군사들과 싸워온 저 사내의 용기에 경의를 표한다.

"동지, 괜찮소?"

가까이에 반쯤 부러진 고목이 있다. 이미 죽은 나무였고, 잘못 건드리면 바스러져 사라질 나무였으나 거기에 기대어 앉은 동지에겐 지금 그게 문제가 아닌 것 같다. 어제 오후, 불쑥 나타난 일본 군사들과 교전을 벌이던 중 부상을 입었기 때문이다. 다행히 살짝 스친 정도였고, 중근이 옷을 찢어 상처를 단단히 압박해 놓았지만 그래도 조심하지 않으면 안 될 것이었다.

"괜찮소. 이 정도야 뭐…."

요란하게 퍼붓는 빗줄기 사이로 그의 미소가 떠오른다. 제대로 먹지 못해 바싹 말라버린 그, 지금 모두가 같은 꼬락서니였다. 따끈한 아랫목에 누워 잠든 날이 언제인지, 따스한 공깃밥한 그릇 배불리 먹어본 날이 언제인지 기억나지 않는다. 아, 며칠 전 우연히 마주친 산중 오두막집에서 감자 몇 알과 쌀죽 한 그릇을 여럿이 나누어 먹은 적이 있기는 하다. 오두막 노인은 일본군에게 들키면 사살 당할 거라며 손에 든 그릇을 채 비우기도 전에 우릴 개 쫓듯 내쫓았다. 이후 음식이라고는 쌀 한 톨도 구경하지 못했다. 이대로라면 피골이 상접한 우리는 곧 죽을 것이다. 도저히 견딜 수 없다며 먼저 곁을 떠나 버린 동지들의 말대로 개죽음을 면치 못할 것이었다.

"대장! 저쪽을 보시오!"

망을 보던 동지가 소리쳤다. 그의 손가락이 가리킨 방향에서한 무리의 시커먼 사내들이 다가오고 있다. 빗줄기가 서서히 잦아들며 가랑비로 바뀐 이때, 중근과 동지들의 눈빛이 사납게 돌변한다. 저들은 과연 누구인가. 산을 내려간 뒤 소식이 끊긴 동지들이 돌아온 건가? 아니면 의병군 참모중장 안중근의 명성을듣고 제 발로 찾아온 새로운 동지들인가? 비가 완전하게 그칠기미는 보이지 않고, 그래서 짚을 엮어 만든 망토를 걸친 저들의정체를 알아볼 수 없다. 고요히 저들의 움직임을 살피던 의병대원들, 그리고 누군가 소리쳤다.

"일본군이다!"

"전열을 정비하라! 전투를 준비하라!"

각기 다른 장소에 몸을 숨겼던 동지들이 우르르 움직이기 시작하고, 중근은 재빨리 탄창에 남은 탄알의 개수를 셌다. 아직 제법 남아있고, 주머니에 여분도 쟁여놓았으니 괜찮다. 이 정도면 원 없이 싸울 수 있을 것이었다.

"타앙!"

뒤늦게 이쪽을 발견한 일본군 무리에게서 먼저 총성이 울렸다. 빗줄기 때문일까? 조준점이 정확하지 않은 일본군의 총탄은 전혀 엉뚱한 방향으로 날아가 사라졌다.

"탕! 타앙!"

의병대원들의 총에서도 불꽃이 튀며 양측 간에 교전이 벌어졌다. 피융, 총탄 하나가 목표물을 맞히지 못하고 나무 등걸에 박혔다. 흙바닥에 처박히거나 겨우 옷깃만 스치는 총탄도 있다. 빗줄기를 가르고 날아간 어떤 것은 운 좋게도 적의 복부에 박히며 그를 쓰러뜨렸다. 나무 뒤에 숨어 연신 방아쇠를 당기던 검은 그림자, 제법 많은 적을 쓰러뜨렸지만 그뿐이다. 은신처를 알아챈 적의 총탄에 머리를 맞고 즉사했으니. 순식간에 숲은 사방에서 날아드는 총성과 총탄과 비명으로 아수라장이었다.

"…!"

중근은 눈앞에서 쓰러진 사내가 적인지 동료인지 구분하지 못했다. 아직 비가 그치지 않았고, 저녁이 오려는지 가뜩이나 볕이 들지 않는 숲에 어둠이 깔리며 시야 확보가 더욱 어려워졌다. 아군에게 마냥 불리한 전장이었으므로 누가 어떻게 다쳤는지, 누가 죽고 누가 살았는지 살필 겨를이 없다. 그들의 죽음을 애통해하다 내 목숨까지 잃을 판이다.

"으아아악!"

바로 옆에서 들려오는 비명소리에 중근이 고개를 돌렸다. 아까 고목나무에 기댄 채 가쁜 숨을 몰아쉬던 동지가 도로 쓰러져 피를 쏟고 있다. 왼쪽 가슴이 붉게 물들었으나 다행히 심장은 비켜간 것 같다.

"대장! 내가 돕겠소!"

"좋소! 내가 엄호할 테니, 그를 도와주시오!"

마구잡이로 쏟아지는 총탄처럼 고함소리도 처절하게 허공을 찢는다. 아니, 고함인지 비명인지 빗소리인지 천둥인지 당최 구분할 수 없다. 수만 가지의 소리가 뒤섞여 이명처럼 들려오니 이제는 본능대로 움직일 따름이다. 문득 중근의 총탄이 빗줄기를 가르고 날아가 적의 심장에 파고들었다. 적은 쓰러져 즉사하였고, 숨진 동료의 시신을 넘어 또 다른 적이 엄습해온다.

"쿠르르르르…!"

"타앙! 탕!"

천둥이 울부짖었을 때, 다시 총탄이 날아들어 가까이에 서 있던 동지가 쓰러졌다. 중근은 숨을 거둔 동지의 눈을 감겨주지도 못하고 다른 동지들을 따라 물러난다. 적병의 숫자가 그리 많지 않았지만 그래도 위협적으로 느껴지는 건 아마 오랫동안 먹지 못하고, 오랫동안 쉬지 못해 전의를 상실한 탓일 거다.

"타앙!!"

"탕!"

동시에 두 개의 총 소리가 들리더니 아군과 적군 양쪽에서 한 사람씩 쓰러졌다. 그리고 중근과 동지들은 보았다. 자기들끼리 무슨 말인가를 주고받으며 사라지는 적들의 뒷모습을 말이다. 저들은 곧 거대한 무리를 이끌고 도로 들이닥칠 요량이었다.

"대장! 여기 좀 보시오!"

누군가 부르기에 돌아보니 아까 가슴에 총탄을 맞고 쓰러진 동지가 거기에 있다. 쿨럭쿨럭 기침할 때마다 총상 자리에서 울걱울걱 피가 솟구치는 중이었다.

"괜찮소? 다행히 심장은 피해간 것 같소."

"내, 내가…. 아무래도…. 죽으려나 보오."

"죽다니? 그게 무슨 소리요? 살 수 있으니 힘내시오."

"내가 죽을 거라는 사실…. 어제부터 알고 있었소. 하지만…. 괜찮소. 나라를 위해 싸우다 죽으니…. 이 얼마나 영광이오?"

그가 또 기침을 시작했다. 총상 자리에서 다시 피가 튀어 올랐고, 더 참지 못하겠던지 그가 울컥 핏덩이를 게워냈다.

"대장, 부탁이…. 하나 있는데…. 들어주시겠소?"

"말해보시오"

고통스러워하면서도 웃음 짓는 그, 중근의 손목에 걸린 묵주를 가리켰다.

"나는 사실…. 천주가 누구인지 모르오. 그것이 어떤 종교인지도…. 알지 못한다오. 그동안 관심이 없었으니까…."

"그랬소?"

"그런데 묵주를 손에 쥐고…. 줄곧 하느님을 찾는 당신이…. 그렇게 아름다워 보일 수가 없었소. 예수쟁이라고…. 비난하던 내 지난날들이…. 부끄러웠소."

"허허, 내게 고해성사를 하는 게요?"

중근이 웃었다. 참 이상하기도 하지. 죽음을 앞둔 그의 얼굴이 왜 이다지도 편안해 보이는 걸까? 정말 고해성사를 하듯 속마음을 털어놓고 있기 때문일까?

"당신이 믿는 그 천주에게…. 내 죽음은 신경 쓰지 않아도 좋으니…. 부디 우리나라의 독립만은 지켜 달라고…. 빌어주시오."

"당신을 위해 내가 늘 기도하겠소."

그의 손등을 가볍게 두드리며 중근이 또 웃었다. 입가에 엷은 미소가 그려진 그의 눈에 문득 눈물이 흘러내렸다. 눈물은 눈썹께가 찢어지며 흐른 피와 뒤섞여 피눈물로 변하고 만다.

"약속하겠소. 나는 천주께 우리나라의 독립 뿐 아니라 당신도 지켜달라고 할 것이오. 그분은 이 세상 모두를 사랑하는 분이라오."

"당신 덕분에…. 지금이라도 천주를 알아서…. 다행이오. 고맙소. 진심으로…."

그가 웃으며 사라졌다. 아직 온기가 가시지 않은 손에 묵주를 쥐어주며 중근은 아주 작은 목소리로 천주에게 속삭였다. 주여, 당신을 몰랐던 이 사람의 죄를 부디 사하여 주소서. 또한 우리나라가 저 간악한 자들로부터 벗어나 독립을 쟁취하는 그날까지

이 사람을 당신 곁에 두고 지켜주소서.

"이보시오, 대장!"

누군가 중근을 소리쳐 불렀다. 조용히 성호를 그리고 일어서는 중근에게 저벅저벅 다가온 그, 벌컥 욕설을 내뱉으며 느닷없이 중근의 멱살을 틀어잡는다. 중근도, 지켜보던 동지들도 놀라 당황하는 얼굴이었다.

"이건 순전히 당신 탓이오! 알고 있소?!"

"그게 무슨 소리입니까?"

"당신이 어제 그 포로들을 놓아주지만 않았어도 우리가 이 꼴을 겪지 않았을 거란 말이오!"

"······."

중근은 할 말이 없다. 일본군과의 전투 끝에 붙잡았던 포로들을 소득 없이 놓아준 어제의 사건이 역시 문제였을까? 동지들 사이에서 여러 차례 설전이 오간 뒤라 중근도 고민이 많았었다. 하지만 중근은 어제 그랬듯 이번에도 그들을 설득할 생각이다. 조국의 독립에 이견이 있어선 안 될 것이므로.

"놓고 얘기합시다. 우린 서로 적이 아니잖소?"

중근이 그의 손을 뿌리쳤다. 순순히 중근을 놓아주는 그의 눈빛이 사납다. 자칫하면 주먹이라도 날릴 기세다.

"내가 누차 말하지만 어제 그들에겐 죄가 없었소. 죄가 있다면 우리를 침략한 나라의 백성이란 사실 뿐이오. 이는 의병군 참모 중장으로써…."

"그게 말이 된다고 생각하시오? 나는 도저히 납득할 수 없소.

포로로 잡힌 자들 중엔 당신 말대로 죄 없는 상인도 있었지만 군인도 있었소. 그들이 자기 부대로 돌아가 우리 위치를 토설하지 않으리라고 어떻게 장담할 수 있소? 오늘의 전투가 어제의 그 중대한 실수로 벌어진 걸 수도 있다는 생각을 한 번도 해본 적 없소? 그래서 그리도 당당하게 반박하는 거요?"

"……."

"이보시오, 대장! 당신이 말하는 만국공법(萬國公法)이란 게 대체 뭐요? 포로는 죽이지 않는다고? 돌려보낼 때 돌려보내더라도 배상을 받아야 한다고? 그건 정식 군대로 인정받은 정규군에게나 가능한 거란 말이오! 우리가 도대체 언제부터 정규군이었소? 황제 폐하께서 당신을 의병군 참모중장으로 임명한 게 아니잖소?!"

그가 빽 소리쳤고, 중근은 대꾸할 말이 없어 입을 다물었다. 우리에게 평화는 과연 불가능한 꿈이란 말일까? 중근은 그렇게 생각했다. 가장 합리적이고, 가장 합법적인 방책만이 독립을 쟁취할 수 있으리라고 결론 내렸을 뿐이다. 그래서 의병을 모집하였고, 그래서 함께 모인 사람들과 의기투합하여 소소하지만 알찬 부대를 만들었으며, 그랬기 때문에 사로잡은 포로를 고문하거나 죽이지 않고 그대로 풀어준 거란 말이다. 야만스럽고 폭력적인 저들로부터 벗어나겠다며 저들과 똑같이 야만적인 모습을 보였다간 두 번 다시 국제 사회의 관심을 받지 못하게 될 것만 같았다. 우리는 저 사나운 침략자들과 다르다는 걸 보여주고 싶었다. 평화롭게 독립하여 행복한 우리를 보여주고 싶었다. 하지만 다른 동지들의 생각은 그게 아니었던 모양이다.

"만국공법인지 뭔지, 당신이 줄곧 내세운 그 시답잖은 지식 때문에 오늘만 벌써 여럿이 죽었소. 한 번 생각해 보시오. 우리가 아무리 국제 법을 앞세운들 저 무식한 일본 놈들이 우릴 절차대로 상대해 주겠소? 저들은 우리를 짐승으로 취급하는 놈들이란 말이오! 그렇지 않으면 황제 폐하께 그런 수모를 끼칠 수 없지 않소?!"

"……."

"도저히 안 되겠소. 앞으로도 이런 식일 거라면 나는 당신과 함께 싸우지 않겠소."

"동지…!"

돌아서려는 그의 어깨를 붙잡으며 중근이 소리쳤다. 두 사람의 사나운 시선이 허공에서 부딪힌다. 어느 한쪽도 양보하고 싶지 않은 표정이다.

"당신의 의견 잘 들었소. 하지만 우리는 나라의 독립을 위해 모인 사람들이오. 내분은 전의만 상실하게 만들 뿐이고, 도리어 저들을 돕는 꼴이 될 것이오."

"아니, 독립도 중요하지만 나는 우리를 이토록 비참하게 만든 저들을 당장 찢어 죽이고 싶소! 지금 당장 다 죽여 없애야 속이 시원하겠단 말이오!"

"……."

중근이 또 입을 다물었다. 조국을 향한 서로의 생각이 너무나 다르다는 걸 중근은 처음 알았다. 아니, 알았지만 인정하고 싶지 않았다. 중근의 기준으로 그건 절대 말이 안 됐으니까.

"그럼 동지, 무엇을 원하시오? 당신 말대로 당장 저들의 소굴로 달려가 학살이라도 벌였으면 좋겠소?"

"아니, 됐소. 하더라도 나 혼자 할 테니 당신은 끼지 마시오."

"⋯⋯."

"내 생각이지만 당신은 아무래도 환상에 젖어 사는 것 같소. 서로 맞지 않는 우리가 함께 있으면 앞으로도 내분은 끝나지 않을 거요."

그가 돌아섰다. 두 사람의 말싸움에 자극을 받은 걸까? 조용히 듣고만 있던 몇몇 사내들이 그의 주변으로 우물쭈물 모여들었다. 중근은 그게 너무나 안타까웠다.

"그래서 어디로 가겠다는 겁니까? 일본군이 지척에 깔렸소. 이대로 산을 내려가면 당신은 죽는단 말이오!"

"이래 죽으나 저래 죽으나!"

그가 중근을 돌아보고 또 고함을 질렀다.

"지금 이 상태로는 말라 죽으나 일본군의 총에 죽으나 어차피 매한가지 아니오?"

"⋯⋯."

"마지막으로 경고하겠는데, 나는 당신처럼 하지 않겠소. 내 방식대로 독립을 쟁취할 것이니 더 이상 그따위 말장난으로 날 붙잡지 마시오! 아시겠소?"

그들 무리가 뚜벅뚜벅 멀어져 간다. 단호한 저들의 뒷모습을 가만히 지켜보던 중근은 문득 가슴 한 구석에서부터 치밀어 오르는 뜨거운 통증을 느꼈다. 마치 칼에 베인 듯, 무거운 바위에 짓눌린 듯, 세찬 파도에 휩쓸린 듯 아프고 쓰라렸으며 고통스러웠다.

"내가…. 내가 만일 당신 말대로 환상에 사로잡혀 있었다면 사과하겠소!"

"…?"

중근이 벌컥 소리치자 저들 무리 중 몇이 우뚝 멈추어 고개를 돌렸다. 하지만 그는 돌아보지 않는다. 두 번 다시 중근을 보지 않으려는 생각이다.

"모두가 나와 같을 거라고 생각했던 내 이기심도 사과하오! 하지만 잃어버린 조국을 되찾자는 뜻은 모두가 같지 않소? 이대로라면 아무 것도 할 수 없게 되오! 조국의 독립은커녕 외지에서 아무도 모른 채 죽어 사라질 거란 말이오!"

男兒有志出洋外(남아유지출양외)
事不入謀難處身(사불입모난처신)
望順同胞警流血(망순동포경유혈)
莫作世間無義神(막작세간무의신)
사나이 뜻을 품고 나라 밖에 나왔다가
큰일을 못 이루니 몸 두기 어려워라.
바라건대 동포들아, 죽기를 맹세하고
세상에 의리 없는 귀신은 되지 말자.

의병 활동으로 조국을 되찾겠다는 계획이 수포로 돌아갔을 때, 안중근은 이런 시를 읊었다고 한다. 동지들은 떠나가고, 투쟁에 실패하여 낯이 서질 않으니 부끄럽고 서러웠을 것이다. 내가 무슨 대단한 놈이라고 이처럼 큰일을 도모하였을까! 아마 중근은 이렇게 탄식했을지도 몰랐다. 그리고 다짐했을 것이다. 수렁에 빠진 조국을 구하려면 좀 더 강력한 방법을 모색해야 한다고. 설령 그것이 내 남은 삶을 좀먹는 길일지라도 그것으로 반드시 조국의 평화를 완성해야 한다고. 자신보다 소중했던 조국을 위해 몸 바친 한 남자의 고집스런 투쟁은 바로 지금부터가 시작일 것이었다.

***

토요일, 벌써 정오가 넘어가고 있었다. 지하철 1호선 서울역에서 내려 402번 남산 도서관 행 시내버스를 잡아 탄 나는 지금 안중근 의사 기념관에 가는 중이다. 주말인데다 서울역 주변이라 유동인구가 상당히 많다. 혹시 이들 중에 시청이나 광화문이 목적지인 사람이 있을까? 태극기를 손에 든 어른들의 모임과 촛불을 켠 사람들의 축제 말이다. 겨우 시간이 생긴 나도 오늘은 촛불집회에 가려고 한다. 따져보니 벌써 열여섯 번째 행사이다. 인터넷엔 언제 끝날지 알 수 없는 싸움을 오늘도 계속 이어가겠다는 소식이 올라오고, 말솜씨가 뛰어난 개그맨 출신의 어느 연예인은 본업인 방송 일을 제쳐두고 아예 시민 혁명가처럼 변모하여 헌법을 줄줄 외우는 등 서울을 시작으로 전국 투어 콘서트를 여는 가수라도 된 양 매주 지역 집회에 참석하더니 급기야 오늘은 시민들과 대 토론회를 벌이겠다며 장충체육관을 통째로 빌렸다. 우리나라 최고의 대기업이 흔들리고 있었다. 회장이란 사람은 병상에 누워 죽었는지 살았는지 알 길이 없고, 부회장은 대통령을 비롯하여 그녀의 측근과 희희낙락 놀자 판을 벌이다 결국 구속 수감되었다.

처음이야 내가 드디어 내가
사랑에 난 빠져 버렸어
혼자인 게 좋아
나를 사랑했던 나에게
또 다른 내가 온 거야

라디오 방송에서 흘러나오는 노래를 흥얼거리다 나는 픽 웃고 말았다. 누가 풍자와 해학의 민족 아니랄까 봐 반가운 소식을 접한 사람들은 제각 각종 라디오 방송 게시판으로 달려가 이 노래를 신청했다. '아름다운 구속'이라니, 제목 한 번 기가 막힌다. 국내외 가릴 것 없이 대통령과 대통령 가족 또는 측근의 비리는 오래 전부터 있어 왔지만 이번엔 스케일이 남다르다. 대통령과 언니 동생 하는 사이인지, 서로 친구 먹는 사이인지, 아니면 그저 무당일 뿐인지 알 수 없는, 남자들의 아랫도리를 단숨에 꼬드러지게 만들만큼 눈빛 한 번 부리부리한 여인이 우주의 기운으로 말미암아 대통령의 일을 대통령과 나눠 하고, 대기업을 떡

메 치듯 때려잡고, 말 한 마리 잘 키워 보겠다고 온갖 짓을 벌이다 구속된 후 주변 인물들이 저지른 일들까지 모두 파헤쳐지며 뉴스는 말 그대로 매일 '새로운 소식'을 전하니 국민들은 답답한 가슴을 풀 길이 없어 막막하다.

"저기요! 안중근 의사 기념관이 어느 쪽에 있는지 아세요?"

남산 도서관 정류장에 내려 노점 상인에게 물었더니 건너편을 가리킨다. 주문한 카페라떼 한 잔을 받아들고 횡단보도를 건너는데, 눈앞에 조선시대 실학자 다산 정약용 선생의 동상이 보였다. 한 손에 커피 잔을 든 채 다른 손으로 스마트폰을 조작하여 사진을 찍어보았다. 거리가 너무 가까워서인지 영 마음에 들지 않는다. 차라리 길을 건너기 전에 찍을 걸 그랬나 보다. 도서관 주차장의 직원에게 다시 길을 물어 방향을 잡은 나는 연신 찰칵 찰칵 스마트폰을 들이대고 있다. 아직 찬바람이 귓가를 스치지만 봄이 오려는지 낮에는 햇볕이 제법 따갑다. 커피도 손에 들었겠다, 두꺼운 나무판자를 엮어 만든 계단 위에서 열심히 '얼짱 각도'를 찾아다닌다. 여자라면 흔히 하듯 이렇게도 찍어보고, 저렇게도 찍어보고, 마치 연예인이라도 된 것처럼 별 해괴한 포즈를 다 잡아가며 마음에 드는 사진을 골라내지만 오늘만큼은 사진이 잘 나오지 않아도 상관없다. 긴 겨울 끝에 만난 오랜만의 나들이가 마냥 즐거워서다.

"와아…!"

안중근의 동상을 발견했다. 대한국인 안중근(大韓國人 安重根)이라고 쓴 글씨체가 그의 기개를 대변하는 것 같다. 2010년

10월 경 재 건립 되었다는 이 동상은 이토 히로부미를 저격한 후 태극기를 흔들며 대한 독립 만세를 외친 그 당당한 모습을 상징한다고 했다. 하루라도 책을 읽지 않으면 입안에 가시가 돋는다는 명언을 비롯하여 안중근이 남겼다는 주옥같은 문장들이 곳곳에 박힌 커다란 바위에 새겨져 있다. 내 시선은 이제 기념관 건물 정면에 걸린 추모의 문장에 닿는다. 2018년 3월 27일이면 그가 조국을 구하고 떠난 지 108년이 된다고 한다. 겨우 한두 줄이었을 뿐인 교과서 말고는, 뒤늦게 그를 공부해 보겠다며 뒤적인 책 몇 권 말고는 아는 게 없어 무식한 내 머리에 지식을 채우러 이제 기념관 안으로 들어서 보았다. 아르바이트생인지 교복 차림으로 안내 데스크에 앉아 있던 학생은 기념관 내에서 사진을 찍어도 상관없다고 대꾸한다.

"찰칵, 찰칵…!"

정면에 펼쳐진 안중근의 자태에 감격한 소리다. 그저 태극기를 등지고 앉아있을 뿐인데, 어쩜 저리도 위엄이 느껴질까. 수의를 입은 채였고, 곧 죽게 되리라는 사실을 알면서도 당당한 눈빛으로 정면을 응시하는 그의 절제된 표정에 절로 고개가 숙여진다. 한동안 나는 거기에 서서 감히 내가 입에 담을 수 없는 안중근의 조국애를 느껴 보려 안간힘을 썼다. 멀지 않은 거리에서 수많은 사람들이 시위를 벌이고 있는데, 우리의 이런 현실을 보고 그는 과연 뭐라고 말할까? 자길 보고 있다면 정답을 알려달라며 아버지를 외치는 어느 대중가요처럼 혼란에 빠진 우리에게 부디 무슨 말인가를 해주었으면 좋겠다는 생각이 들었다. 내 목숨 희생하여 구해낸 이 나라에서 도대체 무슨 짓을 하는 거냐고 욕이라도 해주면 차라리 마음이 편할 것 같다. 그의 거친 성격대로라면 정말 그냥 넘어가지 않을 게 분명하다. 천천히 화살표를 따라간 곳에서 안중근의 손바닥 도장을 발견했다. 대부분의 박물관이 그렇듯 극히 일부 공간에만 조명을 켜두었고, 그 어둠 속에서 하얗게 빛을 뿜는 손도장이 티끌 한 점 없는 바닥에 반사되어 시각적인 효과를 드러낸다. 관람객이 그리 많지 않아 사색하며 그를 기리기에 적당하다. 격동의 시대, 이제 그 정신 사나운 시절의 이야기가 넓은 공간을 모두 할애하며 펼쳐진다. 일본의 강압에 못 이겨 체결한 강화도 조약과 을사늑약, 그리고 한일협약이라고 부르는 정미늑약의 복사본이 어느 구석에 전시되어 있었다. 할 수만 있다면 갈기갈기 찢어버리고 싶은 욕구를 참으며 다시 걸음을 옮겨간다. 인터넷에서 사람들은 고종 황제의 무능을 탓하며 그가 우리나라 역사를 그렇게 만들었다고 주장한다. 하지만 나는 앞서 밝힌 바와 같이 그 의견에 반대한다. 그 시절의 열강들이 저지르고 다닌 사건 사고들을 살펴보면 고종으로서도 별 수 없었음을 알 수 있으니 말이다. 그때에 우리나라는 너무나 약했고, 그래서 고종이 아니라 그 어떤 사람이 황제였어도 결국 그리 될 수밖에 없었을 거다. 그러니 제발 욕을 하려면 고종이 아니라 그 시절에 온갖 행패를 부리고 다닌 열강들에게 하자.

"어…?"

내 시선을 확 잡아끄는 것이 있었다. 1990년 12월, 당시 대통령이던 노태우가 안중근과 5촌간이자 중국에서 독립 운동을 했다는 안봉생에게 추서한 훈장이었다. 이뿐 아니라 1962년 3월, 당시 대통령이던 윤보선이 안중근에게 추서한 건국공로훈장증서도 거기에 보였다. 안중근의 후손들이 기증했다는 훈장과 증서들 중 가장 최근에 수여된 것이 있다. 2008년 8월 15일과 2009년 4월 13일에 각각 안중근의 어머니 조 마리아 여사와 안중근의 숙부이자 러시아에서 독립운동을 한 안태순이 받은 건국 훈장 애족장으로, 이것을 수여한 사람은 다름 아닌 이명박 전(前) 대통령이다. 혹시 요즘 말 많은 그녀의 이름으로 수여된 훈장이 있지는 않을까 하여 찾아보니 역시 없다. 그럴 만도 하다고 생각한다. 안중근이 투옥된 감옥이 하얼빈에 있는지, 뤼순에 있는지도 모르는 주제에 안중근의 가족에게 훈장을 수여할 리 있을까? 또한 일본으로부터 해방되었던 1945년 8월 15일을 대한민국의 건국절이라고 우기는 사람에겐 더 따져봤자 입만 아프다. 그녀가 주도했다는 국정 교과서엔 이승만 집권 이후를 대한민국의 시작이라고 했다는데, 아무리 생각해도 제정신이 아닌 것 같다. 간단하게 생각하자. 안중근은 이토 히로부미를 쓰러뜨렸을 때 태극기를 흔들며 이렇게 외쳤다. '꼬레아 우라!' 그런데 내가 학창시절에 공부했던 교과서에는 안중근이 '대한 독립 만세'라고 외쳤다고 쓰여 있었다. '꼬레아(Корея)'는 '코리아'의 러시아식 발음이고, '우라(ypa´)'는 '만세'라는 뜻이니 이걸 '대한 독립 만세'라고 해석하는 건 분명 잘못된 것이다. 안중근을 공부하는 동안 읽었던 어떤 책에는 '대한 만세'라고 쓰여 있었고, 또 어떤 책에는 '한국 만세'라고 쓰여 있었으며, 북한의 소설가 림종상이 쓴 '안중근 이등박문을 쏘다'란 책엔 '조선 만세'라고 쓰여 있었다. 안중근이 이토 이로부미를 저격하던 당시는 고종이 대한제국을 선포한 후였고, 남북한이 갈라지기 전이었으므로 '대한 만세', 또는 '한국(韓國) 만세'라고 해석하는 게 옳다고 생각한다. 안중근을 '대한국인(大韓國人)'이라고 부르는 이유가 바로 여기에 있는 것이다. 고대 한반도에는 삼한(三韓)이 있었다. 마한(馬韓), 진한(辰韓), 변한(弁韓)이라는 고조선 시대의 세 나라 말이다. 대한제국을 선포하던 날, 고종 황제가 이렇게 말했다.

「우리나라는 곧 삼한(三韓)의 땅인데, 개국 초에 천명을 받고 하나의 나라로 통합되었으니 지금 천하의 호칭을 대한으로 정한다고 해서 안 될 것이 없다. 앞으로 모두 대한으로 쓰도록 하라.」

대한제국의 정통성을 이어 받았으므로 대한의 시작은 바로 대한제국 선포 이후일 것이며, 이는 북한까지 포함한 한반도 전 국토를 아우른다. 대한민국이라는 우리나라의 국호가 그냥 나온 게 아니란 말이다. 어떻게든 나라를 일으키기 위해 고심한 사람, 대한민국의 뿌리를 만든 사람, 이래도 고종 황제를 나라 잃게 만든 장본인이라며 병신 취급할 것인가?

"와, 잘 만들었네, 여기…!"

'관람 방향'이라고 쓰인 표지판을 따라 이동해보니 얼마 없는 관람객들의 발길을 잡아끄는 것이 있었다. 의병운동을 벌이던 안중근이 만국의 법에 따라 일본인 포로를 놓아 주었다는 이야기를 디오라마(diorama) 형태로 꾸며 놓은 것이다. 사람이 가까이 다가가면 조명이 켜지고, 성우들의 녹음된 목소리가 당시의 상황을 현실감 있게 재현한다.

「너희가 도적이나 강도와 다른 것이 무엇이냐?」

미동 없는 안중근의 마네킹이 그렇게 소리쳤다

「제발 목숨만 살려 주십시오!」

역시 움직이지 않는 일본군 포로의 마네킹이 애원한다. 살려 주면 뭐든지 하겠다고, 두 번 다시 총을 잡지 않겠다고 빈 소리를 늘어놓는 포로를 점잖게 타이르는 안중근의 목소리에서 감히 대적할 수 없는 풍채가 느껴진다. 그러나 의병 동료들, 역시 만국공법이라는 단어가 나오자 발끈하여 소리쳤다.

「대장님! 저들을 풀어주면 또 다시 우리에게 폭행과 살육을 저지를 겁니다!」

저들과 같은 행동을 해서는 안 된다고, 포로지만 평화를 이루기 위해 노력하겠다는 약속을 하면 돌려보내 주겠다고 단호하게 자신의 신념을 밝힌 안중근은 그들 역시 사람이고, 만일 우리가 인간적인 모습을 보여주면 그들도 지금까지와 다른 모습을 드러낼지 모른다는 일말의 기대감을 가졌던 건지도 몰랐다. 나라 잃은 백성이었고, 그래서 우리에게 피해 입힌 자들을 원망하는 건 아무래도 당연했을 테지만 안중근은 그런 과격한 몸짓은 애초부터 동양의 평화에 도움이 되지 않는다고 생각했다. 철천지원수이니 무조건 죽여 없애자고 주장하는 동료들을 교양인의 자세로, 지성인의 마음 씀씀으로 다독이는 안중근의 입장이야 충분히 이해할 수 있으나 한편으로 생각하면 그를 반대한 이들의 의견에도 일리가 있다. 인간성을 상실할 수밖에 없는 전쟁터에서 교양은 무엇이고, 지성은 또 무엇이란 말일까. 살려준 은혜도 모르고 뒤통수에 비수를 꽂은 포로의 배신으로 안중근은 이상과 현실의 괴리감에 오랫동안 괴로워했을 것이다.

「단번에 패전을 겪었다고 이렇게 좌절하거나 분열되어 있어서는 안 됩니다」

디오라마 작품은 곳곳에 있다. 이번엔 창호지를 바른 불발기 문 안쪽에서 안중근과 열한 명의 동지들이 모여 앞으로 무엇을 어떻게 하면 좋을지 논의하는 중이었다. 바로 단지동맹의 순간이다.

「생각건대, 특별한 단체가 없는 한 무슨 일이든 목적을 이루기가 어렵습니다. 그래서 지금 이 자리에 모인 동지들과 조국 독립을 맹세하는 결의를 다졌으면 합니다.」

조국 독립이라는 하나의 목표로 의병 활동을 시작했다지만 그 안에서도 서로 다른 생각이 존재했고, 그래서 의병 지도부가 있었다는 블라디보스토크에서는 그들 사이에서 벌어진 대립으로 패가 갈려 서로가 서로를 경계하고 비난하다 급기야 지도자의 추종자들이 자기와 다른 생각을 가진 또 한 명의 지도자를 살해하는 사건이 벌어졌으며, 그들의 의병 활동을 모른 척했던 러시아 정부에 불만을 품은 일본의 항의까지 이어지면서 더 이상 의병군은 러시아에서의 활동을 제대로 할 수 없는 사태에 직면했다. 안중근이 나머지 열한 명의 동지들과 왼손 약지를 끊고, 그 피로 태극기에 대한독립을 쓴 이 날의 사건은 아마 이처럼 단합되지 않는 무리를 하나로 모아 애초의 목적을 달성하자는 뜻일 것이다. 이를 두고 『안중근 평전』에서는 "국가를 위해 자신의 몸을 바치고 한 마음으로 단체를 이루겠다는 다짐을 널리 보여주는 상징적인 행위"라고 설명한다. 그나저나 인터넷을 찾아보니 '손가락을 뼈까지 절단하면 기절할 정도의 극심한 고통이 수반되어 혈서를 쓸 수 없을 것'이라는 의학계 인사의 설명이 있다. 아무리 빼앗긴 조국을 되찾으려는 목적이라지만 스스로 손가락을 절단할 생각을 하다니, 평범하고 무식하기 이를 데 없는 나로선 감히 상상할 수 없는 일이다. 새삼 안중근의 용기와 조국애에 감동하게 된다.

"…?"

에스컬레이터를 타고 3층에 오르자 벽 한 구석에 매달린 옛날식 전화기가 눈에 들어왔다. '하얼빈 역 찻집에서 걸려온 전화'라고 쓰여 있었는데, 역사적인 거사를 앞둔 안중근의 심경과 각오를 들어보라며 만들어 놓은, 아주 의미 있는 전시물이었다.

「나는 지금 이토를 기다리기 위해 하얼빈 역 찻집에 있소.」

수화기를 들었더니 안중근 역을 맡은 성우의 떨리는 음성이 들려온다. 실제로 안중근이 자신의 거사를 최측근이 아닌 다른 누군가에게 전화를 걸어 알리진 않았지만 이렇게라도 그 순간에 처한 안중근의 심리상태를 느낄 수 있어 마음에 들었다.

「그가 기차에서 내릴 때 쏠지, 아니면 마차에 올라탈 때 쏠지 고민 중이오. (중략) 반드시 이 거사를 성공시켜 이 머나먼 외국 땅에서 당당하게 대한 만세를 외칠 것이오.」

수화기 저 너머로부터 기차의 기적소리가 들려온다. 이제 가 봐야겠다며 안중근이 마지막 인사를 전했고, 전화도 곧 끊어졌다. 나는 멍하니 허공을 견주어 보다가 뒤늦게 수화기를 내려놓는다. 외로운 투쟁을 벌이는 그에게 다가가 손이라도 잡아주고 싶은 충동이 문득 들었다. 그때에 안중근은 이토 히로부미의 얼굴을 전혀 알지 못했다. 게다가 인파로 북적이는 기차역에서 그를 쓰러뜨려야 하니 여간 부담스러운 게 아니었을 것이다. 여러 가지로 불리한 조건에 맞서 끝내 목적을 이룬 그가 새삼 대단하게 느껴졌다.

「탕! 탕! 탕!」

텅 빈 전시관에 들려오는 세 발의 총소리, 거기에도 디오라마 작품이 설치되어 있다. 움직이지 않는 마네킹들이 모여 역사의 순간을 재현하고, 만세를 외치는 녹음된 목소리가 안중근의 처절한 심경을 대변한다. 조금 더 이동해 보니 법정에 선 안중근이 보였다. 역시 디오라마 형태의 전시물이었는데, 이번엔 좀 다르다. 직접 방청석에 앉아 터치스크린을 조작하여 상황 설명을 읽을 수 있도록 배려해 놓는 등 마치 그날의 현장에 닿은 듯 꾸며져 있으니 아직 어린 학생도 쉽게 이해할 수 있을 것 같다. 문득 나는 하얼빈에 가보고 싶다는 생각이 들었다. 사실 이 생각은 안중근의 일대기를 담은 서적을 구매했을 때부터 떠오른 생각이지만 그때까지만 해도 그저 막연한 '생각'에 불과했다. 1년 전, <1박 2일>이라는 KBS 예능 프로그램에서 출연자들이 안중근의 흔적을 찾아 하얼빈과 여순에 간 일이 있었다. 그들은 하얼빈 역사(驛舍)에 만들어 놓은 안중근의 기념관에 찾아갔고, 하얼빈 역 승강장에서 이토 히로부미의 저격 장면을 재현했으며, 여순으로 이동하여 법원에서의 재판 과정을 살펴보고, 그의 유해가 묻혀 있으리라고 추정되는 곳에서 눈물을 뿌렸다. 그런데 이 프로그램의 출연자들이 지나갔던 길을 나도 가고 싶어진 거다.

"갈 수 있으려나…?"

흔히 '텅장'이라고 부른다. '텅 빈 통장'을 줄인 인터넷 용어일 텐데, 현재 내 통장이 딱 그렇다. 아니, 갈 수 있기는 하다. 다녀온 후가 문제일 뿐이다. 한 번 '이거다!' 싶으면 반드시 해내야 직성이 풀리는 성격이라 여행을 결심하고 보니 절레절레 뿌리쳐도 자꾸만 머릿속을 돌아다닌다. 선생님과 아이들이 둘러앉아 안중근의 이야기를 주고받는 훈훈한 광경을 뒤로 하고 바깥으로 나왔다. 머릿속이 복잡했는데, 찬바람을 맞으니 한결 편안해지는 기분이다. 부정적인 생각보다 모든 게 가능하리라고 긍정적으로 장담하는 편이 낫겠지. 아직 시작하지도 않은 여행에 벌써부터 겁먹을 필요는 없다. 그리고 나는 서울 시내가 내려다보이는 곳에 서서 가야 할 방향을 짚어보았다. 멀지 않은 거리로부터 마이크에 대고 외치는지 웅웅거리는 소리가 들려온다. 광화문의 목소리가 여기에까지 들릴 수도 있다니, 좋은 장비를 쓰는 모양이다. 아까 지나쳤던 정류장으로 돌아가 402번 버스를 잡아탔다. 광화문까지는 그리 멀지 않으니 중간에 환승하면 될 거였다.

* * *

"집회 때문에 운행할 수가 없습니다! 여기에서 내리세요!"

"…?"

겨우 한 정거장 지나왔을 뿐인데, 버스가 멈춰버렸다. 시청에서 태극기를 흔드는 무리 탓이다. 이제 보니 버스 뿐 아니라 거리의 모든 차량이 다른 길로 우회하는 중이었다. 그제야 태극기였든 촛불이었든 집회가 있는 토요일마다 이 지역의 차량 통행을 금지한다는 사실을 떠올렸다. 잊을 게 따로 있지, 이런 걸 잊어버리다니. 멍청하기 짝이 없는 이 머리로 무슨 글을 쓰겠다는 건지 나도 참 한심하다. 시청이 이런 상황이라면 어차피 광화문도 마찬가지일 테니 결국 버스가 멈춘 힐튼호텔 앞에서부터 목적지까지 걸어갈 수밖에 없을 것이다. 흔하디흔한 대중교통을 이용하지 못한다는 사실이 이렇게도 불편할 줄은 미처 몰랐다. 다시 스마트폰을 조작하여 인터넷 지도를 펼쳐 본다. 내가 선 곳에서 광화문까지 가려면 저쪽 '한화'라고 쓴 간판이 달린 건물을 지나야 한다. 하지만 거기엔 태극기 물결이 일렁이고 있다. TV로만 보았던 바로 그들이다.

"어떡하지…?"

입술이 마르는 게 느껴졌다. 생각해보니 아까 남산에서 들었던 소리의 출처는 광화문이 아니라 이곳 시청 앞이었던가 보다. 대통령의 탄핵에 반대하는 목소리가 자꾸만 커져가는 요즘, 탄핵하자고 외치는 이들을 가만 두지 않겠다며 그들 중 누군가 군복 차림에 야구 방망이를 들고 무서운 표정으로 서서 찍은 사진을 본 터라 긴장하지 않을 수 없다. 사실인지 아닌지 나로서는 확인할 길 없는 그들의 주장과 이에 호응하는 목소리가 뒤섞여 가까이 갈수록 더욱 크게, 더욱 사납게 내 귀를 때린다. 군부독재에 맞서 시위하던 옛날과 다른데도 계엄령을 선포하라고까지 외치니 그 단어로부터 느껴지는 살의에 전율하게 되고, 그래서 살기등등하게 타오르는 눈빛들을 애써 외면하며 마치 경보하듯 빠른 걸음으로 그들 무리 사이를 파고들었다.

"…?"

문득 한 가지 궁금한 것이 떠올랐다. 태극기를 흔드는 것 까지는 나라를 위한 일이라고 주장한다면 얼마든지 이해할 수 있겠지만 미국 국기인 성조기는 왜 등장한 걸까? 인터넷을 뒤져 보아도 궁금증을 해결해줄 만한 자료가 나오질 않으니 결국 우리나라가 겪었던 지난 사건들을 떠올려 내 기준으로 판단하는 수밖에 없다. 지금으로부터 15년 전인 2002년 어느 날, 한국과 일본에서 월드컵이 열렸다. 우리나라 대표 팀의 생각지도 못한 선전에 흥분하여 우리는 경기도 어디에서 작은 소녀 둘이 미군의 장갑차에 깔려 죽는다는 사실을 전혀 알지 못했다. 뒤늦게 소식을 접한 국민들은 분노했다. 911테러 이후 아프가니스탄과의 명분 없는 전쟁으로 사방팔방에서 욕을 얻어먹던 미국은 전쟁 반대를 외치는 우리에게도 잔소리를 듣고 있었는데, 그 와중에 이런 대형 사건이 터지니 또 한 번 우리 사회는 난장판이 되어야 했다. 나는 그 시기에 광화문 세종문화회관 인근에서 근무했다. 하필 미국 대사관이 위치한 지역이라 매일같이 그들을 향한 항의 시위를 접할 수밖에 없었는데, 그 바람에 마치 민중가요처럼 시위대가 툭하면 틀어놓았던 '비치 보이스(The Beach Boys)의 'Surfing USA'를 개사한 곡 'Fucking USA'의 가사를 거의 외울 지경이었다. 그런데 어른들은 반미감정에 휩싸인 젊은이들의 심리를 이해하지 못했나 보다. 현재 아흔이 넘은 나의 고모할머니가 도대체 왜 그러느냐며 반미시위와 아무 관련 없는 내게 따져물을 정도였다. 그 옛날 우리나라를 위해 공산당과 싸운 미국을 미워하면 안 된다는 거다. 나는 반박했다.

「그때는 그때일 뿐 지금과는 달라요. 아무리 미국이라도 잘한 일과 잘못한 일은 구분해야죠. 왜 무조건 미국 편만 들어요? 그거 사대주의 아니에요?」

1.4 후퇴 때 남쪽으로 할아버지와 함께 내려왔다는 우리 고모할머니, 그 후 60년이 넘었지만 동네에서 '이북 할머니'라는 별명을 얻을 정도로 아직까지 서울말을 못하신다. 평양 사투리로 내게 욕을 어찌나 하시던지, 그 억양이 재미있어 웃었다가 더 혼났다. 나는 그때 처음으로 미국을 바라보는 어른들의 시각과 젊은이들의 시각이 확연히 다르다는 걸 알았다. 이때의 일을 기준으로 두고 따져 본다면 태극기 집회에 참여한 사람들이 어째서 성조기를 들었는지 대충 이해할 수 있을 것 같다. 먹고 살기 어려운 시절의 대통령이었던 그녀의 아버지를 대하는 어른들의 심리가 우리나라를 위험으로부터 구해준 미국을 바라보는 심리와 비슷하기 때문이라고 생각되지만 이는 단지 나의 추측일 뿐 진실은 알 수 없다. 내 멍청한 머리로는 도저히 이해하기 어려우니 더 골치 아파지기 전에 당장 여기에서 나가야 할 것 같다. 느려

터진 내 걸음걸이가 무슨 축지법이라도 쓰는 듯 빨라지던 그때, 눈앞에 차벽이 보였다. 덩치 한 번 산만한 경찰 버스가 비엔나소시지처럼 줄줄이 서있는 것이다. 마침내 이들 무리의 끝에 다다랐지만 이 장벽을 넘으려면 또 저 멀리까지 돌아가야 한다. 시청에서 광화문, 그저 직진하면 될 거리라는 사실이 오늘따라 왜 이리도 새삼스러울까? 알다가도 모르겠다.

"...?"

그러다 나는 웃음이 튀어나오려는 걸 가까스로 참았다. 인터넷 뉴스에서 본 영상들이 떠올라 웃지 않을 수가 없다. 촛불집회 초반에 사람들은 평화롭게 시위하자며 꽃 그림이 그려진 스티커를 버스에 붙였다. 무뚝뚝한 얼굴로 시위대를 지키고 선 차벽이 화사하게 뒤바뀌는 순간이었다. 그리고 사람들은 집회가 끝날 무렵 차벽에 붙인 스티커를 도로 떼어냈다. 손톱으로 긁어내도 잘 되지 않자 지갑에서 신용카드나 교통카드 등을 꺼내 상처가 나지 않도록 조심조심 긁었다. 그걸 본 몇몇 사람들이 절대 그러면 안 된다고 주장했다. 어차피 다음 주 토요일에 또 붙일 것이고, 흔적을 말끔하게 지우려면 경찰들이 쉬는 날 쉬지 못하고 세차해야 하니 그들을 위해서라도 모든 집회가 끝나는 날 떼어내자는 것이었다. 일리가 있다고 생각하여 사람들은 하던 일을 멈추고 돌아섰다. 결국 다 떼어내지 못해 흔적만 남은 버스는 토요일마다 평화 집회의 상징처럼 거기에 서서 시위대를 지켜보게 되었다. 그런데 그 버스가 오늘은 대통령을 탄핵하자고 외치는 무리가 아닌 탄핵하면 안 된다고 외치는 무리를 막고 서 있다.

뭔지 모를 아이러니가 느껴져 나는 그렇게 웃고 말았다.

"여기가 어디지?"

어느 골목에 들어섰을 무렵 나는 당황하여 걸음을 멈추었다. 이 길이 저 길 같고, 이 골목이 저 골목 같다. 한강철교를 지날 때면 으레 들려오는 굉음 때문에 시끄러운 전동차 안에서도 옆자리 여자의 가방 안에서 울어대는 휴대폰 벨소리를 알아들을 만큼 끝내주는 청력의 소유자인 내 귀에 탄핵을 찬성하는 사람들과 그렇지 않은 사람들의 구호가 마구 뒤섞여 들려오니 헷갈려서 갈피를 잡을 수가 없다. 이상한 나라에 빠진 만화영화 주인공처럼 여긴 어디? 난 누구? 멍청한 얼굴로 사방을 둘러보고 있으니 어쩐지 바보가 된 기분이기까지 했다. 세상에! 서울 시내 한복판에서 길을 잃는다는 게 말이 될까? 이럴 땐 아무 생각 없이 앞만 보고 가는 게 상책일 것 같아서 차도가 나올 때까지 골목을 무작정 걸었더니 아니나 다를까. 마침내 큰 사거리가 드러났다. 1호선 종각역 영풍문고 앞이다. 인터넷 지도와 도로 표지판은 여기에서 왼쪽으로 꺾어지면 광화문이 나온다고 쓰여 있다. 또 걷기 시작했다. 유산소 운동이 다이어트에 좋다는데, 서울 시내를 이런 식으로 한 바퀴 돌고 나면 내 뱃살은 쏙 들어가고 말 것이다.

"다 왔다…!"

눈에 익은 광경이 펼쳐지자 그제야 안도의 한숨을 쏟아낼 수 있었다. 광화문을 이토록 힘들게 찾아올 줄은 미처 몰랐다. 무료로 나눠주는 피켓과 종이컵에 고정한 초를 챙겨들고 나는 주변을 살폈다. 시끄럽고 어수선하여 시장 통이 따로 없는 듯 보였지만 나름의 질서가 있다. 못난 정부로부터 미움 받아 블랙리스트에 올랐다는 예술가들의 책을 홍보하는 사람, 아직도 차가운 바다에서 건져내지 못해 애태우는 실종자 가족들의 이야기가 쓰인 피켓을 들고 선 사람, 대기업으로부터 불평부당한 대우를 받아 억울함을 호소하는 사람들을 위해 서명하는 테이블이 있는가 하면, 노란 리본을 만들어 함께 나누는 풍경도 보였고, 인파 사이를 비집고 들어앉은 노점상들도 많았다. 갖가지 풍경을 스마트폰 카메라에 담아내고 나는 잠시 광장을 빠져나와 커피숍으로 들어갔다. 구매한지 2년이 지난 내 스마트폰은 지금 정상이 아니다. 배터리도 곧 폭발할 듯 부풀어 오른 통에 제 역할을 거의 할 수 없으니 수시로 충전해 주지 않으면 금세 방전되고 만다. 가뜩이나 이런 꼴인데, 안중근 의사 기념관에서 그렇게 열심히 괴롭혀 놓았으니 이 고물 스마트폰이 멀쩡하게 살아있을 리 없다. 겨우 자리를 잡고 앉아 돼지 콧구멍에 스마트폰을 연결한 뒤 마치 서울에 처음 올라온 촌년처럼 사람들을 구경했다. 서울 도심 한복판에서 길을 잃고 헤맨 뒤라 이미 촌년이나 다름없게 되어버린 내 눈은 어느새 특이한 광경을 목격하고 픽 웃음을 터뜨렸다. 스타벅스에도, 엔젤리너스에도 사람이 바글바글하지만 그 옆 세종문화회관 역시 아직 공연 기간이 끝나지 않은 뮤지컬 '영웅'을 보러 온 사람들로 북새통을 이루고 있다. 유명 관광지에라도 온 듯 발 디딜 틈 없이 붐비는 곳, 그래서 옆 사람과 어깨를 부딪치거나 발을 밟기도 하는 등 예기치 않은 실수들이 종종 일

어나지만 그저 웃을 뿐이다. 못난 짓을 저지른 대통령을 탄핵하
자며 시위하러 나온 사람들인데도 그렇게 웃기만 한다. 이제는
영상으로만 남아 굳이 찾아보지 않으면 모를 그 옛날의 과격한
시위가 아니기 때문일 것이다. 하긴, 한층 성숙한 민주주의 국가
의 시민으로서 시위도 축제처럼 즐기러 나왔으니 인상을 찌푸리
기보다 차라리 웃는 게 더 나을지도 몰랐다. 그나저나 다이어트
어쩌고 하면서도 생크림을 잔뜩 얹어 쿠키앤크림 프라푸치노를
빨아 마시는 내 꼴 좀 보라. 나 어떡하지?

사랑도 명예도 이름도 남김없이
한 평생 나가자던 뜨거운 맹세…!

커피숍에서 나와 광화문이 넘겨다보이는 메인 무대 방향으로
걸어가는데, 귀에 익은 민중가요가 흘러나온다. 시골에서 돈 벌
러 찾아온 노동자들과 공부할 생각으로 야학을 설립한 뒤 노동
운동을 시작했다는 한 여자, 그녀의 선배이자 대학 졸업 후 귀
향하여 야학 교사가 되었다는 한 남자. 남자는 어느 날, 불시에
닥친 후배의 죽음이 그렇게 안타까울 수 없었다. 그리고 2년 뒤,
광주에서 민주화 운동이 벌어졌을 때 남자는 계엄군의 총에 맞
아 사망한다. 두 사람은 그들을 기억하는 친구들의 주선으로 영
혼결혼식을 올려 부부가 되었다. 그리고 사람들은 계엄군의 총
탄에 쓰러진 이들과 부부의 넋을 기리고자 노래극을 만들기로
결정한다. 군부 독재로 살벌하기 짝이 없는 사회 분위기 속에서

마침내 태어난 이 노래 '임을 위한 행진곡'은 이후 매년 5월이 되면 불러야 할지 말아야 할지를 두고 정치인들끼리 옥신각신 다툴 만큼 우리나라 민주화 운동의 상징이 되었고, 국가 또는 기업을 상대로 벌이는 시위에서 반드시 등장하는 대표곡으로 자리매김하였으며, 우리나라 뿐 아니라 영어, 일본어, 태국어, 캄보디아어로 재탄생되거나 심지어 중국에선 원곡 그대로가 아닌 농민들을 위한 곡으로 개사하여 불릴 만큼 힘없는 사람들의 위로곡이 되었다. 1981년 11월에 태어난 나로서는 1980년 5월 18일, 그것도 서울 아닌 광주에서 무슨 일이 있었는지 알지 못한다. 그래서 그날의 사건이 얼마나 충격적이었는지 전혀 모르고, 단지 말로만 전해 들어 대강 짐작할 뿐이었다. 어느 날, 그러니까 지금으로부터 10여년 쯤 전 나는 그날의 사건을 담았다는 영화를 접하게 되었다. '화려한 휴가'라는 제목의 그 영화, 나는 기겁을 하고 놀랐다. 물론 두 시간여에 불과한 이 영화가 그날의 참상을 모두 대변할 수는 없겠지만 나처럼 옛 시절을 전혀 모르는 젊은 이들에겐 제법 충격을 줄만한 이야기라고 생각한다. 그날 죽은 사람이 너무 많아 산처럼 쌓인 시신을 공사 현장에서나 볼 법한 중장비로 퍼 날라야 했다는 인터넷 게시 글에 나는 참지 못하고 내 아버지에게 소리쳤다.

「도대체 왜 그래야 했는데? 다른 나라와 전쟁을 한 것도 아니고, 어떻게 자국민을 그런 식으로 죽일 수 있어요? 이건 학살이잖아요! 도저히 이해가 안 된다니까!」

하지만 내 아버지를 포함하여 주변의 가까운 어른들 누구도 이 의문에 제대로 답해 주지 않았다. 어른들도 직접적으로 겪어 보지 않아 잘 모르기 때문이라고 생각해야 할까? 정말 이해할 수 없는 일이다. 폭동이라고? 북한의 간첩들이 사주했다고? 수중에 29만원밖에 남지 않았다는 할아버지의 주장을 어디까지 믿어야 할까? 앞으로 그 시절을 전혀 모른 채 살아갈, 조선시대 역사를 교과서로밖에 공부할 수 없는 지금의 세대처럼 그날의 참상을 그저 객관적으로 판단해야 할 먼 미래의 후손들에게 29만원 할아버지는 과연 어떤 모습으로 비춰질지 생각해 본다. 우선 나는 아마 그 먼 미래의 세대에 절대 해당할 수 없을 것이다. 그 시절을 살아본 적이 없으니 아주 먼 옛날처럼 느껴지지만 사실 따지고 보면 군 출신만 모인 이들로 이루어졌다는 정부의 영향으로 중학교를 졸업하던 날까지 체육시간만 되면 제식훈련을 받아야 했던 세대, 도대체 그걸 왜 해야 하는지, 왜 모든 국민들을 군인처럼 키우려고 하는지 내내 궁금했으면서도 선생님이 시키니까 생각 없이 따라했던 세대였으니 아마 그게 맞을 거다. 내가 아주 어렸을 때, 그러니까 다시 얘기해서 군인 출신 대통령과 정부를 상대로 시민들이 화염병을 던지는 모습을 TV 뉴스로 목격했을 때, 왜 저렇게 전쟁하듯 싸우는 거냐고 물어보면 여전히 모를 어른들은 얼렁뚱땅 이렇게 대답했다.

「응. 크면 알게 돼.」

하지만 마흔이 다가오는 나이를 먹고서도 나는 아직 모르겠다. 정말 이해할 수 없어서 지난 작품 <야누스>를 쓰는 동안에도 엄청난 분량의 자료를 뒤졌으나 그저 이야기를 지어내기만 했지, 그것이 진실이라고 자부할 수 없다. 다만 요즈음 청와대에 틀어박혀 코빼기도 보이지 않는 그녀처럼 '손에 쥔 것을 놓지 않으려는 욕심' 때문일 거라고 그저 짐작할 뿐.

처음이야 내가 드디어 내가
사랑에 난 빠져버렸어!

촛불을 들고 대통령의 퇴진을 요구하는 행진이 시작되었을 때, 또 그 노래가 흘러나왔다. 그녀를 향해 당장 자리에서 내려오라며 구호를 외치던 사람들로부터 키득키득 웃음소리가 흘러나오고, 구속된 대기업의 부회장에게 제대로 된 벌을 주라는 요구에 이어 눈빛으로 기자들을 공격하는 검사 출신의 남자를 당장 철창에 가두라며 함성을 질러댄다. 광화문 광장에서부터 경복궁역을 지나 경찰 병력이 지키고 선 청와대 백 미터 앞까지 목이 터져라 고함을 지르지만 사람들은 착하게도 예정된 시간이 되자 썰물처럼 빠져나갔다. 어째서 즐거워야 할 토요일 밤에 우리가 이토록 힘들여 싸워야 하느냐고, 그 한 사람만 잘못을 시인하면 다 끝나지 않느냐는 인터넷 게시판의 어느 글이 떠올라 나는 문득 속상해졌다. 다시 내가 아직 한참이나 어렸던 어느 날로 돌아가야겠다. 아무 것도 모르고 나들이를 하러 나왔다가 시위대와 마주친 우리 가족은 졸지에 안전한 곳으로 대피해야 하는 도망자 신세가 되었다. 화염병이 나뒹구는 장면을 목격했고, 최루탄이 날아들어 숨을 쉴 수 없었다. 그 매캐한 최루탄 냄새를 아직도 기억하다니, 우연히 목격한 어린 날의 순간이 강렬하게 내 머릿속에 남은 모양이다. 화염병을 던지는 어른들의 시위는 내가 고등학교 1학년인지 2학년인지 기억나지 않는 시기까지 모 대학을 지나며 마지막으로 목격한 후 더 이상 볼 수 없게 되었다. 나는 그 과격한 시위가 내가 어른이 되면 없어지기를 간절히 바랐다. 시대가 변하여 문명이 발달한 만큼 보는 눈도 많아졌으니 앞으로는 편안하고 조용하게 살았으면 좋겠다고, 내 기억 속 어른들의 함성은 그저 추억으로 남았으면 좋겠다고 학창시절 내내 소망했다. 그저 전쟁뿐인 것만 같은 20세기가 지나고 어느덧 21세기가 되어버린 세상, 하지만 세상은 우습게도 시간이 흐를수록 내가 원하지 않아도 많은 것을 변화하게 만들었다. 그래서 386 세대 이후 그들을 가리키는 별다른 수식어가 생겨나지 않았을 것이고, 그렇기 때문에 시간이 갈수록 더 이상 운동권일 필요가 없는 세대가 등장했을 것이며, 또한 그랬기 때문에 요즈음의 대학생들이 어린 아이나 다름없이 해맑게 웃을 수 있는 거라고 추측했다. 하지만 인터넷에 수시로 등장하는 우스갯소리처럼 역시 인간의 욕심은 끝이 없고 같은 실수를 반복한다. 광화문으로 돌아가는 군중 사이에 상처입어 노랗게 얼룩진 이들의 힘없는 어깨가 보였다. 그들의 황망한 표정을 물끄러미 바라보다가 나는 집으로 향하는 지하철에 올랐다. 어쩐지 곧 다시 와야 할 것 같은 기분이다.

6. 파면

"너무하네, 진짜…!"

인터넷 기사를 들여다보며 또 나는 그렇게 짜증 섞인 목소리로 중얼거렸다. TV 뉴스에 시선을 돌려도 내 속을 뒤집어 놓은이 결과는 달라지지 않았다. 한국 여행을 자제하자고 외치는 저들, 한국산 물건을 사지 말자고 외치는 저들, 심지어 한 구석에선 그들 특유의 붉은 깃발을 흔들며 특정 기업으로 납품되는 물건들을 중장비를 동원하여 모조리 파기하기까지 하니 그 폭력성에 소름이 돋지 않을 수 없다. 사드(THAAD) 때문이라고 했다. 고고도 미사일 방어 체계(Terminal High Altitude Area Defense)라는, 미국에서 들여온 무기 말이다. 아무리 북한의 위협으로부터 스스로를 보호하기 위한 수단일지라도 지역 주민들이 농사일까지 제쳐두고 나와 시위를 벌일 정도라면 시간을 좀 더 두고 결정했어야 옳지 않았을까 싶다. 중국은 한국을 거부하는 이유에 대해 자기들을 위협하는 무기를 수입했기 때문이며, 그 무기 배치에 필요한 땅을 제공했다는 기업의 모든 제품을 그래서 규제하겠다고 알려왔다. 이 사태를 지켜보던 전문가들은 그들의 규제가 앞으로 계속 될 뿐 아니라 좀 더 강하게 이루어질 거라고 예측했다. 상황이 이런데, 우리 정부는 도대체 무얼 하고 있단 말일까? TV 뉴스는 베이징 시내 식당에 찾아온 한국인 손님을 다짜고짜 내쫓는 자료화면을 예로 드는 등 안전의 위험성을 경고하며 중국 여행을 자제하자고 말한다. 그 모습은 하얼빈과 여순으로의 여행을 계획하는 나로 하여금 아무래도 실현될 수 없을 거라고 단정 짓게 만들었다. 사실 이렇게 되리라고 아주 예상하지 못했던 건 아니다. 이미 작년 여름, 나는 결국 실패로 끝난 티베트 여행에서 사드에 대한 중국인들의 거부감을 온몸으로 느꼈다. 티베트 지역을 일컫는 서장자치구(西藏自治區)의 중심 도시인 라싸(拉薩)보다 좀 더 높은 어느 작은 마을에서 화장실에 들를 겸 잠시 쉬어 간 일이 있었다. 아직도 독립을 꿈꾸는 무리가 있어 군사 지역에 해당하며, 일반적인 관광지가 아닌 터라 개인의 자유로운 움직임이 어려워 서로 낯모르는 여럿이 뭉쳐 갈 수밖에 없었던 여행. 운전기사를 제외하면 조선족 가이드까지 모두 여자였음에도 겁 없이 떠난 여행이었다. 좌판에 과일을 늘어놓고 시시덕거리던 한 무리의 사내들이 우리 일행을 보고 어슬렁어슬렁 다가오더니 다짜고짜 한국인이냐고 물었다.

「한국인들이 여긴 뭐 하러 왔어? 우리랑 싸우려고 왔어? 어디

한 번 싸워 볼까?」

일행 중 중국어를 할 줄 알았던 사람이 저들의 말을 통역해 주었다. 이후로도 그들은 무어라고 계속 떠들었지만 그녀에게 한계가 찾아왔는지 더 이상 알아듣지 못했다. 여행 중 위험이 닥치면 적극 도와야 할 조선족 가이드는 통역 한 마디 없이 그저 피식거리고만 있었는데, 아마 그들이 동네 껄렁패쯤으로 보였기 때문일 거다. 덩치 작은 여자들만 여섯이나 모여 있으니 괜히 장난 한 번 걸어보려는 남자들 특유의 허세가 눈에 보였고, 잠시 뒤엔 중국 남자들과 '다들 의외로 잘 생겼는데, 어쩐지 당신은 중국 사람이 아닌 것 같다'는 둥 실없는 농담을 주고받을 정도가 되었다지만 그 순간엔 정말 무서웠다. 이런 일이 벌어진 건 순전히 사드 때문이었겠으나 그에 앞서 한국의 어느 정치인이 생각 없이 내뱉은 한 마디가 직접적인 원인이었다.

「20년 전 그 11억 거지 떼들이 어디 이렇게 겁도 없이 우리 한국에…!」

사건이 벌어지자 한국에서도 말이 많았다지만 중국에서는 아예 당 간부라는 사람이 방송에 출연하여 '그동안 한류다 뭐다 해서 예쁘게 봐주었더니 이것들이 하늘 높은 줄을 모르고 기어오른다. 계속 그러면 어떻게 되는지 두고 보자.'라고 말했더란다. 상황을 자세히 알지 못했던 나로서는 조선족 가이드의 설명을 곧이곧대로 믿을 수밖에 없었는데, 로밍 설정을 하고도 폭탄 투하하듯 과금 될지 모르는 요금이 무서워 꺼내지 않았던 스마트폰을 뒤늦게 뒤져보니 과연 그 말도 안 되는 정치인의 언사들이 인터넷에 잔뜩 깔려있었다. 한국에는 자세히 알려진 바가 없으나 그 정치인이 비공식 루트를 이용하여 중국 정부에 사과했다는 이야기가, 우리로 따지면 사실인지 아닌지 확인하기 어려운 '썰'들이 카톡으로 떠돌 듯 웨이신(微信 위챗wechat)으로 한동안 돌아다녔다고 한다. 그리고 며칠 뒤, 고산병으로 쓰러진 나는 일행과 헤어져 라싸로 돌아와 잠시 요양하고, 2박 3일 동안 기차로 달려 베이징에 도착했다. 혼자 공항까지 이동할 수 없어 급하게 소개 받은 가이드는 한국인이었는데, 사드 문제가 어떻게 되었느냐고 물었더니 표정에서부터 이미 겁에 질려 어쩔 줄 몰라 하는 반응을 보였다.

「도대체 그 정치인이란 사람은 제정신인가요? 중국인들이 얼마나 자존심 강한 사람들인데…?」

사드와 정치인의 망언으로 중국이 화가 나 있는 상태이며, 이로 인해 중국에서 사업하는 사람들이 불안에 떨고 있고, 사회적으로 제법 영향력을 행사하는 한류가 가장 먼저 제재 당할 거라고 그는 말했다.

「한국 사람들, 제발 알았으면 좋겠어요. 옛날의 중국이 아니거든요. 행동도, 사고방식도 옛날과 달라요. 메이드 인 차이나라고 적힌 물건도 마찬가지예요. 더 이상 옛날과 똑같이 취급하면 안 돼요. 이 사람들도 알거든요. 옛날처럼 대충 만들어 팔고 보자는 게 아니라 하나를 만들어도 제대로 만들자. 이미 오래 전에 마인드가 바뀌었어요. 하지만 한국의 일부 국민들은 아직도 바보 같은 소리만 한다니까요!」

내게 고산병이란 체험은 그렇게 실패한 여행으로부터 얻은 값진 수확이지만 한편으론 우리의 사고방식이 아직도 과거에 머물러 있다는 사실까지 알아서 씁쓸했다. 그때가 2016년 8월이었다. 그러나 촛불과 태극기가 서울 시내를 뒤덮은 지금, 뉴스에서 정부는 사드 문제로 한국이 피해를 입게 되리라는 사실을 2016년 10월에 들어서야 알았다고 밝혔다. 참으로 대책 없는 사람들이다. 그 와중에 대통령은 세상에 둘도 없는 사이로 수십 년을 지냈다는 지인과 돈 잔치를 즐겼는지, 기업을 등쳐먹었는지, 마약을 했는지, 피부 관리를 했는지, 머리를 틀어 올렸는지, 밤마다 남자들과 어우러졌는지, 먹고 마시고 입을 것과 먹거나 마시거나 입지 말아야 할 것을 구분하지 못하고 아무렇게나 먹고 마시고 입었는지, 더 밝혀지지 않은 또 무언가를 했는지, 국민들은 더 이상 희망이 없다며 주저앉았을 때, 그렇게 흥청망청 지냈다고 하니 답답하다. 그리고 2017년 3월 10일, 마침내 대한민국의 역사를 새로 쓸 그날이 다가왔다.

「(중략) 대통령의 지위와 권한을 남용한 것으로써 공정한 직무 수행이라고 할 수 없으며, 헌법과 국가공무원법, 공직자 윤리법 등을 위배한 것입니다.」

헌법재판소에서 어느 재판관이 대통령의 탄핵을 결정짓는 문서를 낭독하고 있었다. 단지 민간인일 뿐인 은인에게 국가의 기밀을 전했던 대통령이 그녀의 존재와 그렇다는 사실을 오래 전부터 부정하였고, 의심의 눈초리로 바라보던 사람들을 비난한 행위에 대해 명백한 잘못이라고 밝혔다. 또한 재판관은 대통령이 대국민 담화문을 발표하며 언론을 통해 해명하겠다던 약속을 지키지 않았으며, 특검의 수사를 위한 청와대 압수수색도 허락하지 않았다는 사실 역시 잘못이라고 했다. 이 대목은 사실 누리꾼들 사이에서도 말이 많았다. 뭐가 어찌 되었건 청와대는 국가 기밀 시설인데, 함부로 건드리면 안 된다는 거다. 그 생각과 대립하던 이들처럼 나 역시 마찬가지였다. 설령 대통령이 잘못을 하지 않았더라도 국민들이 해명을 요청하면 받아들이는 수고를 보여주어야 하지 않았을까? 머리에 말아 고정해 두었던 헤어 롤을 뺄 틈도 없이 아침부터 바쁘게 움직였다는 재판관, 대통령이 헌법에 명시된 대의 민주제와 법치주의를 훼손했다며 단호히 지적하였다. 백과사전에서 대의 민주제는 '국민들이 스스로 선출한 대표자를 통해 법률 제정 및 정책 결정에 참여하는 정치제도'이며, 법치주의란 '사람이나 폭력이 아닌 법이 지배하는 국가원리이자 헌법원리'라고 설명했다. 생각해 보니 이것은 내가 초등학생 시절 사회 과목 시간에 배운 내용인 것 같다. 열 살 남짓한 어린 아이가 쉽게 이해하기 어려운 내용이라 기억하지 못했을 뿐인데, 이렇다는 사실은 이미 우리나라 국민들이 민주주의 국가의 일원으로 살기 위한 기본적인 상식을 모두 알고 있다는 뜻이었다. 어린 아이도 아는 기본 질서를 대통령이 나서서 위반해 왔다니, 이건 정말 말도 안 된다.

「(중략) 피청구인의 위배 행위가 헌법 질서에 미치는 부정적 영향과 파급효과가 중대하므로 피청구인을 파면함으로써 얻는 헌법 수호의 이익이 압도적으로 크다고 할 것입니다. 이에 재판관 전원의 일치된 의견으로 주문을 선고합니다. 주문, 피청구인 대통령 박근혜를 파면한다.」

"...!"

순간, 온몸에 소름이 돋아 오르고 있음을 느꼈다. 한 여름의 공포영화도 이보다 짜릿할 수 없다. 이는 당장 사라져 주었으면 하던 그녀가 탄핵 되어서가 아니라 우리나라의 지난 역사에서 이 같은 결과에 직면한 대통령이 없었기 때문이다. 부정선거와 독재정치를 반대하는 학생들의 시위로 대한민국 초대 대통령 이승만이 스스로 하야하겠다고 선언한 1960년의 전례가 있고, 2004년에 노무현 대통령을 탄핵하려다 헌법재판소의 기각 판결로 그를 반대하던 세력이 결국 원하던 일을 하지 못한 채 어수선한 자기들 당의 분위기처럼 이리저리 휩쓸려 다니다가 결국 총선에서도 패배하는 수모를 겪었던 사건이 있다지만 이번처럼 정당하고 공정한 민주적 절차대로 탄핵을 결정하여 제 임기를 채우지 못하고 자리에서 물러나게 된 대통령은 그녀가 처음이었다. 감전이라도 된 듯 이토록 전율하는 또 하나의 이유가 있다면 그건 아마 독재 정치를 반대하는 이에게 저격당해 불명예 퇴진을 할 수 밖에 없었던 아버지에 이어 그 딸마저 같은 길을 걷게 된 운명이 너무나도 닮아 보였기 때문일 거다. 마지막으로 재판관은 보수와 진보라는 이념의 문제보다 헌법 질서를 수호하여 정치적 폐습을 청산할 목적으로 파면 결정을 할 수밖에 없다는 다른 재판관의 보충 의견을 전하는 것으로 역사적인 판결을 마무리했다. 기자들이 바빠졌다. 오전부터 시끌벅적 떠들던 뉴스 속보는 내가 퇴근하여 집에 도착한 순간까지 이어지고 있었다. 일에 치여 지내느라 소식을 접하지 못한 사이 헌법재판소 앞은 그녀를 지지하는 무리의 시위로 난장판이었고, 그 과격한 시위에서 70대 어르신 두 명이 사망하였으며, 고인의 명복을 빈다는 촛불집회 관계자들의 SNS 페이지가 사람들의 입소문을 타고 나돌았다. 그러다 문득 나를 다시 어리둥절하게 만든 소식이 전해졌다. 대한민국 헌법에 탄핵 선고를 받은 대통령은 선고 즉시 청와대에서 떠나야 한다는 조항이 있다. 그러나 그녀는 선고 이후 몇 시간이 지나도록 모습을 보이지 않았고, 새로운 소식을 보도해야 할 기자들만 청와대 인근에 모여 진실을 찾느라 고군분투하는 와중이었다. 그렇게 정신 사나운 하루가 지나 토요일이 되었을 때, 광화문에서 스무 번째 촛불집회가 열렸다. 마지막일지 모를 이번 집회에 대해 주최 측은 아직 묵묵부답으로 일관하는 그녀에게 청와대에서의 빠른 퇴거를 요구할 것이며, 민주주의의 승리를 자축하는 이벤트도 있을 거라고 예고했다. 광화문 광장에 도착했을 때, 내가 제일 먼저 찾아간 곳은 그 커다란 배에서 아까운 목숨을 잃은 고인들의 분향소였다. 헌법재판소는 대통령이 그들의 죽음에 잘못이 있지 않았다고 판결했는데, 그 대형 사건이 터지고 몇 시간이 지나도록 모습을 보이지 않았던 이유를 대통령이 제대로 밝히지 않아 모두 궁금해 하는 와중이어서 이 판결이 다소간에 논란을 불러일으킬 수 있겠으나 한편으론 완벽하게 드러나지 않은 의혹을 섣불리 판결했다가 오히려 더 큰 파장에 휩싸일 위험이 있지 않겠느냐고 누군가 주장했다. 냉정하게 생각해 보자면 이것이 가장 정확한 의견이라고 생각되지만 유가족의 입장에서는 보통 섭섭한 일이 아닐 수 없을 거다. 눈물로 호소하는 그들의 외침을 다시 모른 척해야 하는 상황이라니, 그들의 아픈 마음을 함께 나누고 싶었던 사람들이 그래서 분향소에 가득 모여 있었다. 수학여행을 떠났다가 집으로 돌아가지 못한 아이들, 아름다운 도시로 나아가 새로운 삶을 살고 싶었던 가족들, 더 나은 행복을 그리며 묵묵히 일하던 사람들이 그날 너무나 많은 것을 잃고 스러졌다. 분향소 앞 자원봉사자는 말없이 국화만 내밀 따름이고, 또한 말없이 국화를 건네받는 사람들에게서 굵은 눈물이 쏟아졌다. 나 역시 그들과 다르지 않았다. 누군가로부터 터져 나온 울음소리에 귀 기울이자니 그때 그 위험천만한 공간에서 조금만 기다리면 어른들이 달려와 구해줄 거라며, 아직은 죽고 싶지 않다고 우는 친구를 놀리는 아이들의 철없는 웃음소리와 두려움을 이기고 싶은 의미 없는 손장난과 몸조차 가누기 어려운 와중에도 주변 친구들을 챙기는 기특한 마음씨와 이제 더 이상 희망이 없다고 본능적으로 생각했는지 언제 다시 빛을 볼지 모를 자신의 스마트폰에 대고 엄마 사랑해, 아빠 사랑해, 동생아 사랑해, 라며 웃는 인간적 고통이 떠올라 나는 그저 한숨만 쏟아냈다. 분향소를 가득 채우던 사람들이 물러나왔을 때, 이제 내 차례가 되었다. 그들의 영정에 국화를 내려놓고 묵념하며 이렇게 중얼거렸다.

"지켜주지 못해서 미안해요."

아직 어린 당신들의 삶을 지켜주지 못해서 미안해요. 꿈 많은 당신들의 사랑을 지켜주지 못해서 미안해요. 당신들의 외로운 죽음을 그저 보고만 있어서 미안해요. 이기적인 그들을 대신해서 내가 미안해요.

"후우⋯!"

무겁게 쏟아지는 한숨을 뒤로 하고 분향소에서 나왔다. 아직 차례를 기다리는 사람들이 많다. 길게 이어진 줄은 끝이 보이질 않았고, 그들 사이로 파고드는 무례를 저지르며 나는 메인 무대 방향으로 걸어갔다. 풍자와 해학의 민족, 어느새 전임 대통령이 되어버린 그녀와 그녀의 측근들을 갖은 말장난으로 비꼬는 각종 피켓 사이에 눈에 띄는 무리가 있었다. 국제적 해킹 단체 어나니머스(Anonymous)를 상징한다는 가이 포크스(Guy Fawkes) 가면과 그녀의 얼굴을 본뜬 가면을 얼굴에 걸쳐 쓴 남자들이었다. 어나니머스를 상징한다고 해서 저들이 정말 어나니머스 소속이거나 또 무슨 특별한 의미를 지닌 집단은 아닐 것이다. 우리 손으로 지켜낸 민주주의를 자축하고 싶은 젊은이들의 단순한 일탈이겠지. 가이 포크스 가면 정도는 인터넷에서 쉽게 구할 수 있으니 말이다. 그들과 키득거리며 셀카를 찍고, 쿨하게 헤어진 나는 이미 가득 메운 무대 앞 인파를 비집고 들어가 빈자리에 앉았다. 지나가던 자원봉사자가 반갑다고 웃으며 내게 폭죽을 건네주었다. 오늘의 이벤트를 위한 소품이라고 했다. 승리를 자축하는 불꽃놀이, 나중에 TV 뉴스로 보니 어두운 하늘에 쏘아올린 폭죽은 참으로 아름다운 광경을 연출하고 있었다. 이 순간을 내 페이스북 라이브 방송으로 촬영하였는데, 폭죽과 스마트폰을 양

손에 하나씩 들고 찍느라 엉망진창이다. 평생을 살아도 사진작가는 절대 될 수 없을 거란 교훈을 처음으로 얻었으니, 이 영광을 아직까지 코빼기도 비추지 않는 그녀에게 바친다.

「도대체 무슨 짓을 하고 있기에 아직도 나오지 않는 거죠?」

일요일 낮이 되었을 때, 그러니까 판결 후 이틀이 지나도록 그녀가 모습을 보이지 않고 있다며, 도대체 어떻게 된 거냐고 따져 묻는 인터넷 뉴스 말미에 이런 댓글이 달렸다. 그리고 사람들은 추측했다. 혹시 그녀가 아직 소식을 듣지 못한 건 아닌지, 또는 드라마에 빠져 시간 가는 줄 모르는 건 아닌지 하고 말이다. 그녀라면 충분히 가능할 추측이지만 그중 헌법재판소의 결과를 받아들일 수 없어 시위하는 게 아니냐는 가장 현실적인 주장도 있었다. TV 뉴스 속에서 전문가들도 어떻게 대통령 출신이란 사람이 헌법까지 무시해 가며 그럴 수 있느냐고 따졌는데, 나중에 어느 유명 언론인이 전한 소식으로는 그녀가 후임 대통령에게 인수인계를 해주고 떠나야 한다는 생각 때문에 시간을 지체한 거라고 했다. 탄핵이 무슨 말인지 몰랐다는 뜻일까? 생각할수록 이해되지 않는 그녀, 금요일 오전에 모든 상황이 종료되고 이틀이 훨씬 지난 일요일 저녁이 다 되어서야 기어이 모습을 드러냈다. 그것도 텔레비전 방송사들이 시청률 경쟁으로 눈에 쌍심지를 켜는 황금 시간대에 말이다. 폐지의 위기에서 벗어나 새로운 모습으로 다시 한 번 달려 보겠다고 약속했던 런닝맨이 그녀 때문에 결방 되었다. 새 앨범 준비를 하는지 출연하는 방송이 줄어 일주일에 한 번 겨우 보는 김종국을 못 보게 됐단 말이다. 입 밖으로 튀어나오려는 욕설을 가까스로 참으며 이리저리 채널을 돌려 보았다. 그녀로 인해 결방된 프로그램은 런닝맨 뿐만이 아니었다. 청와대에서 벗어나 도심을 가로질러 삼성동 자택으로 달리는 그녀와 경호원들, 그 시커먼 고급 차량들을 뒤쫓는 방송사들의 무한 경쟁으로 모든 예능 프로그램들이 일시에 방송을 중단해버린 거다. 생중계로 전달된 한밤의 도피 행각이라니, 야반도주가 따로 없다. 이 전대미문의 추격전을 지켜보던 어느 누리꾼이 불쑥 이렇게 말했다.

「오늘 런닝맨 결방이라고 하지 않았어요? 지금 방송하고 있는데?」

아, 어느 방송사가 더 빠르게 달려 그녀의 이름표를 쥐어뜯는지 알아보는 게임인가 보다. 아니나 다를까. 삼성동에 도착했을 때 그녀는 전 국민의 5퍼센트라는 지지자들에게 둘러싸여 마침내 이름표가 뜯겼다. 박근혜 아웃!

***

소설이었든 역사였든 어떤 이야기가 되었건 간에 멋진 주인공의 곁에는 반드시 그를 시기하고, 질투하고, 미워하거나 경계하는 라이벌이 존재하기 마련이다. 작가의 능력에 따라 라이벌의 등장은 주인공을 좀 더 돋보이게 만들어 주는데, 창작자의 정체를 모르는 고전일수록 권선징악을 다루는 경우가 많아 주인공과 라이벌의 만남은 필연적이라고 해야 할 것이다. 그런데 여기, 작가의 상상으로 만들어진 이야기가 아닌 실재 역사임에도 불구하고 권선징악의 교훈을 알려주는 인물이 있다. 안중근을 다룬 이야기에서 당연히 등장해야만 하는 인물, 어릴 적 이름이 하야시 도시스케(林利助)라고 했던가? 모두가 알다시피 그는 우리나라를 자기네 식민지로 전락하게 만든 인물로써 한국인에겐 철천치 원수이지만 일본에서는 자국의 역사적 의미 때문인지 왕릉 못지않은 거대한 묘지를 조성하여 그를 기릴 정도라고 한다. 그렇다면 그가 도대체 어떤 인간이기에 안중근으로 하여금 정의를 실현하도록 이끌었는지 알아보자. 우선 막장 드라마 못지않게 어설픈 능력을 드러내던 무사들의 시대, 도쿠가와 이에나리(德川家齊)라는 남자가 에도시대의 11대 쇼군에 임명되었을 즈음으로 돌아가야겠다. 흔히 '네 시작은 미약하였으나 그 끝은 창대하리라.'라는 말이 있다. 그런데 이 사람에게는, 아니, 도쿠가와 가문 전체를 두고 말하자면 우리에게 원수였던 도요토미 히데요시를 물리치고 정권을 잡았으므로 창대하다 못해 '역대급' 가문이라고 추켜세울 만하겠으나 가면 갈수록 멍청한 짓만 골라 하니 누가 옆에서 쿠데타를 일으켜도 할 말이 없어야 할 처지였다. 도대체 도쿠가와 이에나리에게 무슨 잘못이 있다고 이리도 장황한 설명을 하는 걸까? 털어서 먼지 안 나는 사람 없다고, 굳이 잘못을 들추자면 그 정신 사나운 시절에 태어난 죄 뿐일지 모른다. 그가 나고 자란 18세기는 앞서 설명한 바와 같이 줄곧 극동 지역에 눈독을 들인 서방 국가들이 나타나 어서 개화하라며 옆구리 쿡쿡 찌르던 시기였고, 그들의 영향으로 상업 경제가 발달하여 돈이 돌기 시작했지만 한 평생 전장에서 싸움질이나 하고 살던 막부의 능력으론 대처하기가 어려운 상황이었으며, 그래서 백성들의 삶이 팍팍하게 돌아가던 와중이었다. 엎친 데 덮친 격이랄까? 하필 쇼군의 자리에 오른 도쿠가와 이에나리가 너무 어려 어른 흉내조차 낼 수 없는 지경이니, 이젠 될 대로 되라는 듯 막부는 대책 한 번 세울 생각도 하지 못한 채 아무렇게나 흘러 다녔다. 하지만 이 꼴을 도저히 두고 볼 수 없었던 사람이 있었다. 마쓰다이라 사다노부(松平定信)라는 인물로, 지금의 후쿠시마현(福島県)에 해당한다는 시라카와(白河)라는 작은 도시를 다스리는 지도자였다. 8대 쇼군 도쿠가와 요시무네(德川吉宗)의 둘째 아들이기도 한 그는 도쿠가와 이에나리를 대신하여 섭정이 되었으니, 과거에 아버지가 시행했던 정책, 즉 농민들의 세금 부담을 줄이거나 고리대금업자 노릇을 일삼던 빚쟁이들로부터 백성들을 구제하는 등의 교호 개혁(享保改革)을 바탕으로 그간 좀비처럼 흐물거리며 살아온 막부를 되살리기 위해 부단히 노력했다고 한다. 공직자들의 해이해진 기강을 바로 잡은 건 물론이요, 백성들의 등골 브레이커 탐관오리를 때려잡아 세금을 줄였으며, 화재나 기근 등 재해가 닥쳐 어려움을 겪을 시에 사용하기 위해 미리 구호금을 모아두었다가 돕기도 했다. 이를 간세이 개혁(寛政改革)이라고 하는데, 여기까지만 보면 참으로 선량하고, 아름다운 정책이었겠으나 문제는 이를 휴지조각으로 만들만큼 망가져버린 막부의 몰락이었다. 게다가 간세이 개혁을 어떻게든 성공시켜 보고자 강압적으로 이끈 시도가 도리어 백성들을 분노하게 만들었으니 마쓰다이라 사다노부로서는 힘 빠지는 일이 아닐 수 없을 것이다. 그런데 그게 다가 아니다. 나이를 먹고 일선에서 물러난 마쓰다이라 사다노부, 마침내 친정(親政)을 시작한 도쿠가와 이에나리의 엽기적인 행각에 뒷목 잡고 쓰러질 판이었다. 돈 귀한 줄도 모르고 사치를 일삼는 쇼군이라니…! 정권에 아첨하는 이들과 매관매직 하는 것도 모자라 제 아들 도쿠가와 이에요시(德川家慶)가 12대 쇼군의 자리에 오른 뒤에도 권력을 틀어쥐고서 큰소리를 뻥뻥 쳐댔다. 일본 역사에서 섭정이나 관백의 아버지로서 실권을 잡은 사람을 가리켜 '오고쇼(大御所)'라고 하는데, 하여간 도쿠가와 이에나리가 그랬다고 한다. 막부가 망가지거나 말거나 내 배만 채우면 된다는 생각이었을까? 쇼군이지만 쇼군 같지 않은 쇼군 도쿠가와 이에요시는 아버지가 하는 대로 그저 지켜만 볼 뿐이었고, 그래서 도쿠가와 막부는 도쿠가와 이에나리가 세상을 떠나는 순간까지 망가지고 또 망가져 도저히 구제하기 어려운 지경에 이르렀다. 그런 아버지가 죽자마자 쇼군 도쿠가와 이에요시가 단행한 정책이 바로 덴포 개혁(天保改革)이라는 거다. 앞서 언급한 바와 같이 덴포 개혁은 결론만 말하자면 실패작이었으나 대책 없는 현실에서 어떻게든 살아남고 싶었던 몸부림이라는 게 더 중요하다. 교호 개혁과 간세이 개혁에 이어 에도시대 3대 개혁으로 일컬어지는 이 정책은 어디에서부터 손을 대면 좋을지 몰라 고민 많았던 막부의 재정을 정리하고, 정치를 안정화하며, 불안한 치안을 해결하고, 근검절약하여 잘 먹고 잘 살아보자는 의도였다. 정말 의도는 좋았다. 이론만 보면 확실히 무너진 나라를 다시 일으켜 세우기에 충분했단 말이다. 그러나 이 모든 정책들이 간세이 개혁 시기에 그랬듯 강압에 의해 이루어졌고, 그래서 백성들이 반발하였으며, 고압적인 명령에 불복하는 이들과 대립하는 일까지 벌어졌다. 이 와중에 외국 선박이 나타나 당장 잠근 문을 열지 않으면 햇볕에 구워 먹으리라고 위협하니 도저히 살 수가 없었다는 거다. 그 어수선하고 살벌한 시기에 이번 이야기의 주인공이자 안중근의 총에 쓰러진 하야시 도시스케가 태어났다. 그는 소년 시절엔 망해 가는 나라를 그저 구경만 하던 권력자들과 다름없이 순진한 철부지 아이였다. 아홉 살이 되던 해에 하야시 주조(林十藏)라는 농민 출신 아버지가 하급 무사 가문에 양자로 들어가기 전까진 정말 그랬다. 무사 가문의 일원이 되자 아이는 신분에 어울릴 전혀 새로운 이름으로 불리게 된다. 듣기만 해도 속 터지는 그 이름 이토 히로부미(伊藤博文) 말이다. 이토 히로부미가 어떤 인간이었는지 설명하려면 그의 인생 전반에 영향을 끼친 아주 중요한 인물 한 사람을 먼저 알아보는 게 순서일 것이다. 쇼군이라는 사람부터 권력에 취해 나이를 먹고도 자신의 지위를 내려놓지 못하던 시대, 나라가 엉망으로 돌아가지만 누구 하나 책임지지 않는 막부를 불편한 얼굴로 지켜보던 한 사람이 있었다. 다름 아닌 요시다 쇼인(吉田松陰), 하급 무사 가문의 차남으로 태어나 군사학자라는 숙부의 양자가 되어 병법을 배우고, 이후 제 숙부가 그랬듯 역시 군사학자가 되어 활동한 인물이다. 사실 그도 처음에는 막부의 타락을 그저 지켜보고만 있었을 것이다. 저러다 곧 정신 차리겠지, 하고 생각했을까? 그런데 정말 정신 똑바로 차리고 상황을 들여다보아야 할 순간이 닥치니, 그때가 바로 미국 페리(Matthew Calbraith Perry) 제독의 등장이었다. 앞서 장황하게 설명한 대로 막부는 천조국의 일방적인 요구를 조건 없이 들어주기로 합의한다. 그러자 일본에 서양의 문물이 쏟아지고, 오랜 시간 지켜왔던 봉건체제가 뿌리 째 흔들리기 시작했다. 그런데도 막부는 위기의식을 느끼지 못한 채 바람이 불면 부는 대로, 구름이 가면 가는 대로, 이래도 흥, 저래도 흥, 비오는 날 동네 바보 길바닥에서 지렁이 주워 먹듯 하고 있으니 요시다 쇼인은 도저히 참을 수가 없었다는 거다. 혹시 서양 오랑캐들의 본 모습이 궁금했던 걸까? 아니면 그들이 지닌 힘의 원천이 궁금했을까? 요시다 쇼인은 가나가와 조약, 즉 미일 화친 조약이 체결되자 미군의 함선에 잠입하여 밀항을 시도한다. 하지만 어떻게 알았는지 막부가 발 빠르게 움직여 그를 감옥에 밀어 넣었다. 그리고 수감 중에 요시다 쇼인은 일본을 구할 방법을 모색했다.

「민중이 단결하면 되지 않을 일이 없다. 서구식 무기를 도입하여 무력으로 주변국을 정복한 뒤 좀 더 힘을 길러 서양 오랑캐들과 맞서자.」

유수록(幽囚錄)이라는 책을 바탕으로 요시다 쇼인을 평가하자면 정한론(征韓論)과 대동아공영론(大東亞共榮論)을 주장한 가장 첫 번째 인물이며, 일본 제국주의의 기틀을 마련한 사람이고, 그래서 극우 세력의 끝판 왕이라고 볼 수 있다. 그는 출옥 후에도 고향에서 유폐 생활을 하였는데, 송하촌숙(松下村塾)이라는 학교를 세워 새로운 일본의 지도자를 양성하는 데에 힘썼다. 여기에서 배출된 인물들이 제국주의 시대 일본의 정치와 국제 정세에 엄청난 영향을 끼치니, 그들 중 한 사람이 바로 이토 히로부미였다는 거다. 그러니까 다시 얘기해서 이토 히로부미는 제 나라를 구하기 위해 모든 걸 새로 배워 강해지자고 가르친 요시다 쇼인의 완벽한 제자이자 뼛속까지 우익인, 우리의 입장에선 당연히 죽어 마땅한 원수일 수밖에 없다. 처음에 이토 히로부미도 일본의 전통적인 생각으로만 판단하여 양이론(攘夷論), 즉 서양 오랑캐와는 친해지지 말자는 봉건적 주장을 펼치고, 영국 공관에 불을 지르는 등 과격한 모습을 보였는데, 이 공로로 얻은 영국 유학길에서 일본과 전혀 다른 근대 서구 문화에 감명 받아 개화하자고 주장하는 대표적인 인물로 바뀌어 버렸다. 그렇게 시작된 이토 히로부미의 정치적 행보는 도쿠가와 막부가 무너지고 메이지 시대(明治時代)가 열린 시점부터 좀 더 구체적으로 변화하였다. 메이지 정부 헌법 제정의 관여는 물론이요, 유럽 열강과 맞설 목적으로 내각을 조직하여 새로운 일본 제국의 헌법을 반포한다. 그간 얼굴 마담이나 다름없었던 천황을 전면에 내세워 천황제 국가라는, 얼토당토하지 않은 나라로 만든 것이다. 일본을 동아시아의 강자로 만들고 싶었던 이토 히로부미의 계획은 결국 조선에서 실현되고 만다. 갑신정변이 일어났을 때, 조선을 손에 쥐고 내놓지 않겠다며 으르렁거리던 청나라를 위협하여 톈진조약을 체결하고, 의화단사건을 빌미로 청나라에 들이닥친 러시아가 만주 지역에 철도를 건설한 뒤 아예 눌러앉을 낌새를 보이자 러일전쟁을 일으켰다. 미국을 끌어들여 포츠머스 조약을 체결한 건 물론이고, 영국과 프랑스와 독일까지 모두 일본의 편으로 두는 등 국제무대에 엄청난 존재감을 드러내니, 기세가 오른 이토 히로부미는 눈치만 살피며 전전긍긍하던 대한제국으로 찾아가 황실을 위협한 끝에 을사늑약을 체결하고, 아예 대한제국 사회의 모든 것을 들여다보는 통감이 되었다. 새로운 화폐를 만들어 강제로 사용하게 하거나 일본식 교육을 시행하고, 네덜란드 헤이그에서 벌어진 사건을 빌미로 대한제국 황제를 강제로 퇴위하게 만든 장본인이었다. 을사늑약에 이어 흔히 정미 7조약이라고 불리는 정미늑약까지 체결한 뒤 사법권을 빼앗아 대한제국의 법령을 뜯어고친 인물, 언론을 탄압하여 친일 언론이 아니면 모두 폐간하는 만행을 저지르고, 군대까지 해산하여 무력화 시키는 등 대한제국을 일본의 손아귀에 넣기 위한 모든 계획이 그의 손에서 시작되었다. 도저히 참을 수 없다며 대한제국 백성들이 항일운동을 일으켰지만 잔혹하게 진압하여 누구도 일본의 정책에 반발하지 못하도록 두 손 두 발 묶어버린 사실은 둘째 치고, 명성황후가 잔인하게 살해당하던 을미사변의 배후에 이토 히로부미가 있었다는 자료를 발견했을 때, 이 나라를 살다 간 조상들이 얼마나 분노했을지 나는 짐작조차 할 수 없었다.

「코코프체프가 동청철도의 관리 운영 상태를 점검해 보겠다는 것은 한가한 소리고, 내막은 이등박문과 만나 조선 문제를 흥정하고 하얼빈을 거쳐 블라디보스트크에 이르는 시베리아 횡단철도의 안전을 확보하려는 수작일 겁니다.」

이는 소설가 이청 님이 역사소설 <대한국인 안중근>에서 표현한 문장으로, 그가 어째서 한국 땅도, 일본 땅도 아닌 중국에 들어와 죽게 됐는지 설명하는 과정에서 쓴 대목이다. 그때에 일본은 이미 러시아와의 전쟁에서 승리하여 우위에 있었고, 그래서 조선 문제에 대해 유리한 입장을 러시아에게 재확인 받아야 할 의무가 있었으며, 극동지역에서 취할 권리를 좀 더 구체적으로 상의하고 싶었다. 차후에 다시 설명할 이야기이지만 하얼빈에는 그들이 아끼는 731부대가 있다. 게다가 그로부터 멀지 않은 거리인 여순에 러시아와 격렬하게 싸웠다는 전적지가 있으니 이토 히로부미가 시찰하러 오지 않을 수가 없었던 거다. 통감의 자리에서 물러나 추밀원(樞密院)의 의장, 즉 정책을 처리하거나 재정과 법령을 관리 감독하는 위치에 앉아 말 한 마디로 필요한 모든 자금을 움직이기까지 하니 러시아의 재무장관이라는 코코프체프(V. N. Kokovsev)와의 회담도 그럭저럭 나쁘지 않았을 거였다. 하얼빈에 도착하고도 구경꾼들에게 손을 흔들어 보일 만큼 여유가 넘쳐흐르던 이토 히로부미는 그러나 그곳이 인생의 마지막 목적지가 되리라고 전혀 예상하지 못했다. 스스로 생각하기에도 워낙 국제적 위상이 대단한 인물이었으므로 그런 말도 안 되는 죽음에 직면하리란 상상이 도저히 불가능했겠지. 안중근이 사실은 그 유명한 자신의 얼굴도 몰라 주변에서 수행하는 인물들에게까지 총을 쐈다는 걸 알면 아마 이토 히로부미는 격살당한 건 둘째 치고 억울해서라도 죽었을지 모른다. 안중근이 아니었어도 누군가에게는 결국 죽임을 당해야만 했던 이토 히로부미, 혹시 그는 자신의 행위가 어느 정도로 최악이었는지 몰랐을까? 나는 문득 궁금해졌다. 모든 게 자기 나라의 잘못된 사회 분위기를 타파하려는 욕구에서 비롯되었더라도 다른 나라를 침략하여 주권을 빼앗는 비양심적 행위를 어떻게 시도할 수 있었단 말일까? 일본 뿐 아니라 그 시절 패권주의 성격을 띠었던 모든 열강에게 다시 묻고 싶다. 스스로 인간이기를 포기한, 무식한 우월주의를 내세운 결과는 과연 무엇이었는가? 두 차례의 세계대전이 끝나고, 말도 많고 탈도 많은 세월을 보낸 지금에 이르러 부끄럽지 못한 과거를 드러내 후대에 두 번 다시 이 같은 짓을 저지르지 않겠다고 반성할 만큼 용기 있는 자가 과연 얼마나 있단 말일까? 과거에는 그토록 담대하고 강건한 척 약한 이들을 학대하더니 왜 지금은 비겁하게 숨어드는가? 역사에 '만약'은 존재하지 않는다지만 그건 상상력과 창의력에 족쇄를 채우려는 짓이라고 생각한다. 그래서 무식하기 짝이 없는 내 머리로 만약이라는 단어를 대입하여 그때 그 시절을 생각해 보고 싶다. 지난 날 도요토미 히데요시가, 도쿠가와 막부가 만약 이기적이기보다 이타적인 마음으로 백성들을 보살펴 나라를 위기에서 구했다면 과연 어땠을까? 또한 일본이, 유럽의 열강들이 만약 우월함을 내세우지 않고 모두와 어우러져 살아갔더라면 과연 어땠을까? 만약 그랬다면 지금의 세상은 안중근이 평화라는 단어를 입에 올리지 않을 만큼 행복할까? 아무도 전쟁을 일으키지 않고 아름답게 살아갈까? 아마 과거사 문제보다 더한 새로운 난제들이 인간 세상을 휩쓸었을지도 모르겠다. 본성이 선한지, 악한지,

둘 모두인지 구분할 수 없는 인간이란 반드시 그렇게 사고를 쳐야 직성이 풀리는 존재이니까.

***

나는 불교 신자다. 개신교 집안에서 태어났지만 어쨌든 난 불교 신자다. 개신교 집안에 불교 신자가 있다니, 어떻게 그럴 수 있느냐고 물었을 때, '역사 과목을 좋아하기 때문'이라고 얼렁뚱땅 대답하면 보충 설명 없이는 쉽게 받아들이기 어려울 것이다. 우리나라 역사에서 불교는 떼려야 뗄 수 없는 종교이다. 우리나라의 역사가 곧 한국 불교의 역사이기에 관심을 갖지 않을 수가 없다. 다시 말해 종교가 아닌 역사나 철학으로 바라봤더니 불교라는 이 종교가 그렇게 좋을 수 없었던 거다. 심심할 때 남들이 클럽에 가서 노는 동안 나는 절에 가서 셀카를 찍거나 그 절의 역사를 알아보는 등 나만의 재미를 느끼곤 한다. 사람이 많아 시끄럽고 북적여서 정신 사나운 곳보다 조용히 사색할 수 있는 곳을 더 좋아하기 때문인데, 그렇다고 내가 이 종교에 대해 잘 아는 것도 아니다. 안중근을 자세히 모르는 것과 마찬가지로 나는 불교를 잘 모른다. 단지 내 취향일 뿐이다. 그 취향이란 것 때문에 언젠가 불교 이야기를 쓰고 싶다는 생각을 했고, 그래서 인도를 동경한 적이 있었으며, 파드마 삼바바(Padma sambhava)가 불교를 알리기 위해 인도를 넘어 티베트에 도착했을 때 무슨 일이 있었는지 궁금했다. 티베트 여행을 준비했던 것도, 티베트 역사를 공부하기 위해 불교 공부를 시작했던 것도 바로 그 이유 때문이다. 따지고 보면 공부를 많이 한 것도 아니다. 티베트에 가려면 그래도 기본은 알아야 하지 않을까 하는 생각이 들어 조계사에 가서 기본 교육만 겨우 수료했다. 기어이 티베트까지 갔지만 고산병에 걸려 죽다 살아나는 바람에 목적지인 수미산을 코앞에서 포기하고 발걸음을 돌려야 했고, 내가 원하는 이야기를 쓸 수 없게 되어 공부를 포기하였으며, 그 시기에 공부하던 불교 교리 책은 그래서 아예 덮어버렸다. 일제강점기에 태어나 일본인 친구를 따라 교회에 갔다가 그때부터 신자가 되었다는 우리 고모할머니 때문에 집안 식구들이 교회에 다니기 시작했지만 역시 나는 별종이었던가 보다. 개신교 집안사람이면서 불교 신자가 됐다고? 사탄이네? 누군가 이렇게 말했을 때 나는 대꾸했다. 사탄이 아니라 사탕인데요?

"스님, 저는 원래 개신교 신자입니다. 물론 개신교라는 종교가 나쁜 건 아니지만 몇몇 개신교 신자들이 보여준 못돼 먹은 행동들이 싫어서 불교로 귀의하고 싶습니다. 어떻게 생각하세요?"

20대 마지막에 출간됐던 내 작품 <진성(眞聖)>을 쓰려고 해인사에 갔다가 어느 스님에게 이렇게 말했다. 그러자 스님이 벌컥 화부터 내는 것이었다.

"야, 너 웃긴다!"

"...?"

"종교는 결국 사람이 만들어 가는 거야. 사람이 바뀌면 종교도 바뀌게 되어 있다는 뜻이야. 개신교에서 본 못난 사람들을 불교에서도 볼 수 있을 텐데, 만일 불교 신자가 됐다가 그런 사람들을 다시 만나면 어떡할래?"

"……."

"개신교가 싫어서 불교로 왔어? 그럼 불교가 싫어지면 천주교로 갈래? 천주교가 싫어지면 또 어디로 갈래? 무당한테 가서 굿하겠네? 그 따위로 하느니 차라리 당분간 종교 없이 살아봐라. 그럼 알게 될 거다."

제사보다 젯밥에 더 관심이 많다고 했던가? 그날 해인사에 갔던 이유는 책을 쓰기 위해서였지만 한편으론 내가 아직까지 팬클럽에 몸담고 있는 가수 김종국 때문이기도 하다. 해인사 아랫동네가 그의 대가족이 모여 사는 집성촌 아닌 집성촌이라 겸사겸사 구경하러 찾아갔던 거란 말이다. 서울로 돌아와 팬클럽 카페에 후기를 남기면서 나는 이런 이야기를 썼다.

「세상에 어떤 신이 사람의 목을 자르라고 명했겠고, 세상에 어떤 신이 종교 전쟁을 일으키라고 명했을까? 신은 애초부터 그 자리에 있었을지 모르지만 그 신에게 의미를 부여한 건 사람의 몫이다. 그래서 사람이 서로를 이해할 줄만 안다면 이 세상은 더없이 평화로울 것이다.」

그로부터 9년이 지났지만 나는 아직 스님의 말씀을 완전하게 이해하지 못했다. 도저히 알 수 없어 고민하던 어느 날, 친구를 따라 성당에 갔다. 짝짜꿍 박수 치고 노래하던 교회와 전혀 다른 분위기에 나는 친구에게 물었다. 개신교나 천주교나 똑같이 하느님을 그리워하는 종교인데, 어째서 그렇게 구분하지? 하느님과 하나님은 무슨 차이야? 개신교는 십자가만 벽에 걸어두는

데, 왜 천주교는 십자가에 예수가 매달려있지? 교회에선 부활절에만 떡이랑 포도주를 먹는데, 성당에서도 그렇게 해? 찬송가랑 복음성가는 무슨 차이야? 왜 교회에선 목사라고 부르고, 성당에선 신부라고 불러? 왜 교회에선 예배를 드린다고 하고, 성당에선 미사를 집전한다고 해? 외국 천주교에서 말하는 교회는 우리로 따지면 성당인데, 왜 우리는 교회와 성당을 따로 구분하지?

"아, 시끄러워! 그만 좀 떠들어!"

댓살 먹은 어린 애도 아니고, 이게 뭐야? 저게 뭐야? 하고 있으니 친구가 짜증을 부릴 만도 하다. '개신교는 기독교의 일부이며, 기독교는 개신교와 정교회와 천주교로 나뉜다.'라는 네이버 지식인의 친절한 설명이 있었지만 나는 당최 무슨 소리인지 이해하지 못했다. 전 작품인 <야누스>에서 종교와 관련된 이야기를 쓰는 동안에도 눈에 들어오지 않는 자료를 억지로 읽어내려가느라 머리 아파 죽을 뻔 했단 말이다. 집에 걸어놓은 십자가와 어느 절에 갔다가 기념으로 사온 부적을 번갈아 들여다보고도 아무 생각이 없었던 걸 생각하면 역시 난 종교와 맞지 않는 인간임이 분명하다. 그럼 내가 원하는 종교는 과연 어디에 있을까? 스님의 설명대로 결국 사람이 만들어 가는 것이라면 사람이 완벽한 존재가 아닌 이상 완전한 종교는 세상에 없을 것이었다.

「개화사상을 품었던 선비 안태훈이 자신 및 친족의 기반을 천주교로 전환한 것이다.」

한겨레 출판이 출간한 <안중근 평전>에선 안태훈의 가족이 어째서 천주교에 몸담게 되었는지 쓰고, 마지막은 저런 문장으로 마무리했다. 이 문장은 즉 안태훈과 그의 가족이 천주교의 교리와 하느님의 말씀에 감격하여 개화사상을 갖게 된 것이 아니라 반대로 개화사상을 가졌다가 천주교라는 종교를 알게 되었다는 말일 것이다. 이 종교를 모르는 나로선 이번에도 역사를 좋아하기 때문에 관심 갖는다는 소리를 지껄일 수밖에 없다.

「어째서 저들은 우리 땅에 들어와 제 나라의 이익을 추구하려는 걸까?」

어수선한 나라 안팎의 사정을 접한 안태훈이 만일 이토록 깊은 고민에 잠겼다면 그는 어떤 결론을 내렸을까? 안중근의 지난 시절을 담은 책들 중 몇 작품은 안태훈이 천주교와 인연을 맺은 경위를 지난 동학농민운동 이후 벌어진 사건에서 찾고 있다. 동학군으로부터 탈취한 곡식을 국가로 귀속시키지 않고 무단 사용하였더라는 의혹을 누군가 제기했는데, 오해를 풀기 위한 과정이 도리어 안태훈에게 불리한 상황으로 연결되어 종교의 힘을 빌리고자 종현성당(鐘峴聖堂), 즉 지금의 명동성당(明洞聖堂)으로 찾아가 사건을 해결하였고, 이후 도움을 준 그들과 자연히 어우러지게 되었다는 이야기 말이다. 안중근의 집안은 앞서 설명한 바와 같이 대대로 무반(武班) 가문이고, 안태훈의 대(代)에 들어서는 문반(文班) 가문으로 전환한, 지금으로 말하자면 금수저 집안이다. 지역에서 제법 힘을 쓰는 세력권에 속하고, 그들을 반대하는 세력에 맞서기 위해 천주교를 끌어들였을지 모른다고 책들은 설명한다. 그렇다면 왜 하필 천주교일까? 나는 다시 생각에 잠겼다. 애초에 그는 어떤 이유로 개화사상을 갖게 됐을까? 어째서 그는 조선의 인습과 반대되는 주장을 하던 천주교에 입교하게 되었을까? 도대체 무엇 때문에 우리나라 천주교는 안중근의 거사에 그토록 예민했을까? 안태훈은 사건이 정리된 후 자신의 모든 가족을 천주교에 입교하도록 설득했는데, 그의 요청으로 청계동에 찾아온 프랑스인 신부 니콜라스 조셉 마레 빌렘(Nicolas Joseph Mare Wilhelm), 한국 이름 홍석구(洪錫九)가 이때부터 안중근의 인생에 중요한 역할을 하게 된다. 줄곧 무슨 뜻인지 몰랐던 안중근의 호(號) '도마'는 그가 지어준 세례명 토마스의 한자식 표현 '다묵(多默)'에서 따온 것인데, 안중근은 단순히 세례를 받은 것으로 끝나지 않고, 아직 믿음이 없는 사람들에게 직접 나서 복음을 전파하였으며, 좀 더 신실한 마음으로 하느님을 사랑하기 위해 불어 공부를 한데다, 사제(司祭)의 예식집전을 보조한다는 복사(服事)가 되어 오랜 시간을 빌렘 신부와 함께 보냈다. 한 번 일을 시작하면 열정적으로 파고들어 끝장을 보고야 말았던 안중근의 마음 가득 하느님의 말씀으로 채워주고, 가족과 인근 마을 사람들까지 하느님의 자녀로 뒤바꾸었다는 빌렘 신부. 심지어 안중근이 이토 히로부미를 살해하고, 결국 사형 당해 세상을 떠나는 날까지 성호를 그으며 하느님을 부르짖을 만큼 독실한 천주교 신자로서 살아가기까지 깊은 영향을 끼친 사람이었다. 그런데 빌렘 신부는 간혹 사제답지 않은 모습을 보여줄 때가 있었다고 한다.

「그는 크게 분노하여 나를 무수히 때렸다. 그래서 분한 마음을 품은 채 욕스러움을 견뎌야 했다.」

이 역시 <안중근 평전>에 소개된 문장의 일부로, 소설가 이문열 님이 쓴 <불멸>과 북한 작가 림종상 님이 쓴 <안중근, 이토 히로부미 쏘다>, 소설가 이청 님이 쓴 <대한국인 안중근>에는 작가의 상상력을 덧붙여 빌렘 신부가 교인들에게 보여준 폭력성에 대해 좀 더 자세히 설명해 놓았다. 교인들이 제 마음에 들지 않는 짓을 해 보이면 그들을 말로써 모욕하고, 몽둥이를 들어 때리는 일을 자주 벌였으며, 이를 참지 못한 안중근이 조선교구장이라는 뮈텔 주교(Mutel, Gustave-Charles-Marie 한국 이름 민덕효閔德孝 1854~1933)에게 알리고, 만일 그가 들어주지 않는다면 로마의 교황에게까지 알려야 한다며 의견을 제시하자 발끈하여 안중근을 죽지 않을 만큼 때렸다는 것이다. 비록 얼마 지나지 않아 안중근에게 용서를 구하여 화해했다지만 이 부분에 대해서는 그가 종교인이기 보다 당시 식민지 쟁탈을 일삼던 열강들의 제국주의적 성격을 드러낸 건 아닌지 의심된다. 또 한 가지 비슷한 예를 들어보자.

「만일 한국인이 학문을 깨우치면 하느님 말씀을 듣는 일에 소홀히 할 것이니 다시는 이런 건의를 하지 말라.」

이는 한국의 교인들이 학문을 제대로 익히지 못했으니 학교를 세우고, 그들을 가르칠 뛰어난 인물을 초빙하는 게 어떻겠느냐는 안중근의 건의에 뮈텔 주교가 한 말이다. 이게 도대체 무슨 소리일까? 빌렘 신부와 뮈텔 주교는 정말 종교인이 아닌 식민주의적 사고방식으로 안중근을 대한 걸까? 여러 번 건의해도 받아주지 않는 그들에게 실망하여 안중근은 이렇게 생각했다고 한다. 천주교의 교리는 믿을 수 있지만 외국인의 심리는 믿을 수 없다!

「일본말을 배우는 자는 일본의 종놈이 되고, 영어를 배우는 자는 영국의 종놈이 된다. 내가 불어를 계속 배우다가는 프랑스의 종놈을 면하지 못 할 것이다.」

안중근이 불어 공부를 그만 둔 이유가 종교 뒤에 숨은 채 차마 보여줄 수 없었던 침략자의 심리를 파악했기 때문이라고 이해해도 될지 모르겠다. 하지만 안중근은 그렇다는 사실과 관계없이 앞으로도 계속해서 하느님의 아들로서 살아가고 싶었던 모양이다. 침략자들의 손에 짓밟혀 위태롭게 되어버린 조국을 구하려면 반드시 누군가 나서야 한다고 생각했을 때, 그 엄청난 일을 제 손으로 해내야 한다고 생각했을 때, 또 그 엄청난 일을 기어이 해내고 세상을 떠나게 되었을 때, 안중근은 줄곧 하느님을 생각했다.

「뮈텔 주교가 조선에 천주교가 뿌리내리는 데 큰 공헌을 한 것은 사실입니다. 하지만 한국 천주교회 총 책임자였던 뮈텔 주교가 바란 것은 천주교 선교 그 이상은 아니었습니다.」

이것은 '반기독교 시민운동 연합'이란 사이트 게시판에 김종택 님이 올린 글의 일부이다. 안중근의 거사 후 난리가 난 일본으로부터 한국 천주교에 토마스라는 사람이 있느냐는 질문을 받았을 때, 그저 교회의 안전만을 생각한 뮈텔 주교는 절대 그가 천주교인이 아니라며 딱 잘라 말했더란다. 노예로 전락한 자신의 백성들을 구하기 위해 애굽을 탈출하여 홍해를 건넜다는 모세의 심정이 바로 안중근과 같았을 진대, '한국 기독일보' 블로그에 올라온 윤광식 기자님의 기사대로 당시 한국의 천주교는 안중근을 암살범 또는 살인범이라며 비난했을 뿐만 아니라 교황청의 칙령대로 신사참배를 하였으며, 심지어 이토 히로부미의 장례식엔 조화까지 보냈더란다. 그나마 안중근의 거친 성격과 조국을 걱정하는 마음을 알았던 빌렘 신부가 감옥에 갇힌 그의 고해성사를 받아주고, 사형이 집행되는 날 명동성당에서 그를 위한 미사를 진행하였으나 이 문제를 두고 뮈텔 주교는 빌렘 신부에게 미사 정지 처분이라는 징계를 내렸다고 한다.

「그 분의 행위는 정당방위이며, 의거(義擧)로 보는 것이 마땅하다. 안중근 의사의 살인죄를 면한다.」

이는 1994년, 고(故) 김수환 추기경이 언론에 발표한 한국 천주교의 입장으로, 이후 한국 천주교는 안중근 탄신 100주년 추모 미사와 과거사를 참회하는 미사를 진행하며 안중근에 대한 잘못을 반성한다고 발표했다. 천주교에서 설명하는 시복(諡福)이란 단어는 그들 종교가 인정하는 성인(聖人)의 반열에 오르기 직전의 단계를 가리킨다 하고, 다음 백과사전은 '하느님의 종이 공식적으로 보편 교회의 성인 반열에 오르게 되는 최종적인 시성(諡聖)을 준비하는 하나의 예비행위'라고 무슨 소리인지 이해하기 어렵게 설명해 놓았다. 2009년, 한국 천주교는 안중근을 조선 후기 정부에 탄압 받았던 천주교도들과 더불어 교황청에 시복 청원서를 제출했다고 발표했다. 여기까지의 소식을 뒤늦게 접했을 때, 문득 내 머릿속에 떠오른 것이 있었다. 2017년

2월에 개봉한 사일런스(SILENCE)라는 영화를 말이다. 일본인 작가 엔도 슈사쿠의 <침묵>이란 소설이 원작인 이 영화에서 어느 날, 로드리게스 신부와 가루프 신부는 스승이었던 페레이라 신부가 선교를 위해 떠난 일본에서 신앙을 버린 채 살고 있다는 소식을 듣게 된다. 그를 찾아야 한다는 임무와 함께, 일본 백성들을 선교하리라고 떠난 그곳에서 두 사람은 천주교 박해라는 참극을 목격하고 경악을 금치 못한다. 지역 정부는 백성들의 믿음을 잘못으로 간주하여 당장 그 믿음을 버리지 않으면 고문하거나 살해하였는데, 차마 배교(背敎)할 수 없었던 신자들은 비밀스러운 곳에 숨어 자기만의 신앙을 지켜간다. 참상을 더 지켜볼 수 없었던 가루프 신부는 끝내 일본을 떠나게 되고, 홀로 남은 로드리게스는 어떻게든 자신의 신념과 하느님의 말씀을 전하려 하지만 결국 그의 숭고한 믿음은 산산이 부서지고 말았다. 하느님은 내내 침묵하였으며, 영화의 말미에 로드리게스는 배교하지 않아 죽어가는 사람들을 구하기 위해 신앙을 버리기로 마음먹는다.

"도대체 왜 저럴까…?"

나는 영화를 보는 내내 그렇게 중얼거렸다. 천주교를 끝까지 거부하는 저들에게 한 말인지, 단호한 그들의 거부 의사에도 어떻게든 하느님의 말씀과 자신의 신념을 지키려는 로드리게스에게 한 말인지, 신앙을 버리지 않으면 죽게 되리라는 사실을 뻔히 알면서도 믿음을 지켜냈던 백성들에게 한 말인지, 내 입에서 나온 말이지만 나조차도 이해할 수 없었다. 이 영화를 보고 며칠이

지나도록 나는 내내 고민하고 있었다. 영화가 제시한 인간적인 갈등과 고뇌, 그리고 조선에 상륙한 그들의 마음속에서 안중근은 과연 어떤 존재였을까? 나는 인터넷에서 찾아낸 국내 가톨릭 신부님들의 이메일 주소로 궁금한 질문들을 정리하여 전송했다.

안녕하세요.

저는 가톨릭 무식자입니다.

불교 신자이지만 내 종교에 대해서도 잘 모르는 나일론 신자인데요.

궁금한 질문 몇 가지가 떠올라 이렇게 실례를 무릅쓰고 글을 쓰게 되었습니다.

민폐 끼쳐드려 죄송합니다.

질문 1.

엔도 슈사쿠라는 일본 작가가 쓴 <침묵>이란 책이 있습니다.

이 책을 재구성하여 만든 작품이 <사일런스>라는 영화인데요.

도대체 왜 저렇게까지 해야만 했을까 하는 생각이 들었습니다.

일본이든 어디든 그 나라의 역사가 있고, 질서가 있으며, 그들 나름대로의 신념과 사상이 있었을 것이고, 그들 나라가 처한 상황이 있었을 텐데, 왜 그들의 생각은 틀리고, 나의 생각만이 옳다고 생각했을까요?

다름을 인정할 줄 알았더라면 조선에서도, 일본에서도 선교사들이 그렇게 고통 받지 않았을 텐데요.

각자 생각이 다르고, 언어도 다르기에 전달 과정에서 문제가 있었을 거라는 생각이 들기도 합니다.

이것이 기독교가 살아온 역사일 거라고 감히 짐작해 보는데, 하느님은 애초에 무엇을 말하려고 했을지 궁금합니다.

질문 2.

안중근 의사와 그의 가족들을 천주교인으로 만들어 주었다는 빌렘 신부와 뮈텔 주교는 종교인의 눈으로 보기에 어떤 인물이 었나요?

이 두 사람 말고도 지난 역사에서 조선 여기저기로 나아갔던 가톨릭 신부들과 일본이나 중국에서 모진 박해를 당한 선교사들은 혹시 당시 제국주의 사상에 물든 서양의 침략자들과 비슷한 입장이지 않았을까 하는 궁금증이 있습니다.

빌렘 신부와 뮈텔 주교의 모습은 종교인의 입장이었는지, 침략자의 입장이었는지, 아니면 개인의 사사로운 입장이었는지 궁금합니다.

질문 3.

가톨릭 뿐 아니라 어떤 종교였든, 종교를 떠나 모든 인간의 세계에서 살인은 중죄에 해당합니다.

당연히 지탄 받아 마땅하겠지만 안중근의 살인에 대해서는 위의 질문 1의 내용과 같은 맥락에서 당시 조선이 처한 상황이 있었고, 그렇게 할 수밖에 없었다고 생각합니다.

그런데 오랫동안 한국 천주교에서는 안중근의 살인죄에 대해 용서 받지 못할 짓이었다고 생각했던가 봅니다.

하지만 어째서 그러한 살인이 일어났는지, 그 이유와는 관계 없이 그저 '안중근은 살인자'라고만 생각했었다면 이는 단순히 일차원적인 생각이 들지 않을까 느껴집니다.

사건 이후 한참의 시간이 흐른 뒤에 안중근의 죄를 사한다는 발표를 했던 건 조금 전 말씀 드린 질문 1의 내용과 또 한 번 비슷한 맥락에서 그 시기가 안중근 탄신 백주년이라는 국내의 상황이 있었겠지요.

이 부분에 대해 한국 천주교의 입장은 무엇인지 궁금합니다.

제 질문은 여기까지입니다.

쓰다 보니 안중근 '빠순이'가 된 것 같아서 부끄럽네요.

혹시나 제 글에서 예민한 부분을 건드렸거나 무례한 부분이 있었다면 부디 용서하여 주십시오.

명쾌한 답변 기다리고 있겠습니다.

감사합니다.

그러나 며칠이 지나도록 아무도 답장을 보내주지 않았다. 종교적으로 예민한 문제였기 때문인지, 아니면 나중의 일이지만 익명의 누군가가 전한 말처럼 '어떤 의도'가 있었다고 생각했기 때문인지는 알 수 없다. 만일 후자라면 내가 그들에게 나의 정체를 밝히지 않았고, 이러한 접근 방식이 그들을 불편하게 했을지 모른다는 생각이 든다. 뒤늦게 겁을 집어먹고 나는 스마트폰 속 카톡 친구 리스트를 뒤져 김종국 팬클럽의 한 동생에게 연락을 취해보기로 마음먹었다. 정통하지는 않지만 오랜 시간 이 종교에 대해 공부했다는 녀석, 팬클럽에 가입할 정도로 김종국을 좋아하지만 정작 소설가 김탁환 님에게 더 마음을 두고 그의 사인회와 독자들을 모신 자리에 꼬박꼬박 참석하는 열의를 보이는 녀석이었다. 대학교와 대학원에서 국어국문학과 국어교육학을 전공하기까지 했으니 혹시 도움이 되지 않을까 생각했는데, 역시 내 선택은 옳았다.

「쉽지 않은 내용인 것 같아 제 얕은 밑천으로 뭐라 말씀드려야 할지 모르겠지만….」

한밤중에 자다 일어났기에 심신이 온전치 않다며 엄살을 부리던 녀석, 오래지 않아 내가 생각하지 못했던 이야기들을 술술 꺼내주었다.

「프랑스를 중심으로 당시 서구 가톨릭 선교사들은 동양에 가톨릭을 전한다는 의미를 중시했던 것 같아요. 어쩌면 일본에서의 실패 경험이 그들에게 본보기가 됐겠죠. 이는 일본의 문화를 가톨릭 선교사들이 이해하지 못했기 때문일 텐데, 사실 일본인들에게 하느님은 그저 '태양신' 신사에 있는 여러 신들 중 하나일 뿐이었어요. 애초에 개념을 잘못 받아들인 거죠. 그런데 한국은 일본과 달리 자생적으로 가톨릭 신앙이 퍼져나갔어요. 그 중요한 이유가 조선 후기 신분제 사회의 붕괴와도 연관이 있다고 조심스럽게 짐작하는데, 신분에 관계없이 만민이 평등하다는 사실이 일반 백성들이나 중인들, 심지어 일부 깨어있는 양반들에게까지 중요한 가치로 받아들여진 것이 아닌가 생각해요. 분명 서구 열강의 가톨릭 전파가 그들의 문화를 전수하는 데 목적이 있지만 가톨릭의 본질은 사랑과 평화, 희생에 있고, 그래서 안중근의 동양 평화론과도 일맥상통한다고 생각해요. 그런 본질적인 가치에 조선 민중들이 마음을 쏟은 게 아닐까요? 약자들을 대변하고, 부당한 것에 항변하거나 희생하는 모습들 말이에요.」

녀석의 뼈있는 답변에서 정답을 찾았다. 일본과 다를 수밖에 없었던 조선 사회의 모순된 구조가 안태훈으로 하여금 하느님의 아들로 태어나게 만든 계기일 것이라고, 또한 그것이 안태훈의 가슴에 개화사상을 심어준 계기라고 나는 결론 내렸다.

「헌법과 종교법에도 부득이 일어나는 자신과 가족, 형제, 친척, 이웃들의 생명과 재산을 보호하기 위한 방어 행위를 인정하고 있지 않은가요? 안중근 의사의 일본인 저격도 그와 같지 않을까 하는 개인적 소견을 적어 봅니다.」

장문의 질문을 올려놓은 지 며칠 뒤, '빠다킹 신부와 새벽을 열며'라는 다음 카페에서 익명의 누군가 이런 답변을 적어주었다. 이는 앞서 고 김수환 추기경이 밝힌 대로 역시 정당방위에 해당할 텐데, 하지만 한국 천주교는 그동안 안중근의 행위를 인정하지 않았다. 그런데 어째서 뒤늦게 지난날의 잘못을 고백했을까? 나는 다시금 인터넷을 뒤져 보았다. 여기저기 헤매고 다니다 발견한 단어 '바티칸 공회의', 네이버 지식 백과사전에서는

19세기 중후반경에 있었던 1차 공회의가 '신앙과 이성의 권위와 새로운 교회법을 확립하기 위한 목적'이었다면 2차 공회의는 '현대 사회와 세계에 맞춰 넓게 문호를 개방하려는 목적'이었으며, '교회 전례 사상 드물게 보는 근본적 혁신의 시작'이라고 설명했다. 종교 무식자인 나로서는 어려운 설명이었지만 간단하게 풀어보자면 내가 <야누스>에서 표현한 것처럼 '기준에 따라 달라지는 인간의 양면성'과 비슷한 맥락으로 이해하면 좋지 않을까 하는 생각이 들었다. 그렇다면 좀 더 간단한 한 마디로 이 길고 복잡한 내용을 정리할 수 있을 것이다. 인생을 뒤바꿀 만큼 종교는 당연히 중요했지만 안중근에게 더 중요했던 건 조국 독립이라는 자신의 가치관이자 세계관이었다고 말이다.

***

마침내 다가온 역사적인 날의 아침 7시, 자다 말고 깨어나 시계를 들여다보던 나는 턱이 달아날 듯 시원하게 하품을 늘어놓으며 자리에서 일어났다. 새로운 대통령을 뽑는 날이라 늦잠을 자도 괜찮을 텐데, 왜 이렇게 일찍 일어난 건지 모르겠다. 한 번 깨고 나니 다시 잠이 오지 않아서 이리 뒹굴 저리 뒹굴, 게으름을 피우던 나는 결국 이불을 팽개치고 다시 일어나 멍청히 벽시계를 확인했다.

"지금 가? 말아?"

옹알이를 하는 건지, 하품을 하는 건지 알 수 없는 말을 웅얼웅얼 늘어놓으며 쥐어뜯듯 산발한 머리카락을 정돈했다. 기왕에 일찍 일어났으니 얼른 해치우고 보자는 생각이다. 느릿느릿 고양이 세수를 하고, 옷을 갈아입은 뒤 집에서 멀지 않은 거리의 주민센터로 찾아갔다. 인터넷으로 전입신고를 하려다 뭐가 잘못된 건지 실패하여 직접 방문한 이후 처음인데, 의외로 한가하다. 지금쯤이면 아침 잠 없는 어르신들로 대기 줄이 꽤 길어야 하는데 말이다. 일주일 전에 있었던 사전투표 때문일까? 무려 이틀이나 진행된 사전 투표를 두고 어느 누리꾼이 이런 말을 했다. 사전 투표일 이후 본 투표일이 되려면 1주일의 시간을 기다려야 하는데, 그 사이 자신의 표가 엉뚱하게 조작될 것 같아 걱정이라고. 과거에 우리나라 정부가 선거와 관련하여 저질렀던 각종 사건 사고들을 떠올리면 쉽게 수긍이 간다. 나 역시 비슷한 생각이긴 하지만 사실 그보다는 근로자의 날, 부처님 오신 날, 어린이날 등등 5월의 첫날부터 주말까지 이어진 징검다리 연휴로 띄엄띄엄 쉬다 보니 '귀차니즘'이 발동한 탓에 사전투표일을 얼렁뚱땅 넘겨버렸다. 귀차니즘, 인터넷 용어이지만 참 잘 만든 것 같다. 가열차게 세웠던 애초의 계획이 무너져 풀죽은 내 모습을 설명해주는 아주 적절한 단어임에 분명하다. 아닌 게 아니라 처음에 나는 한중관계가 어떻게 되거나 말거나 일단 부딪혀 볼 생각이었다. TV 뉴스는 한국인들이 연일 중국에서 사드 문제로 갖은 봉변을 당하는 것처럼 보도하지만 설마 정말 그럴까 싶었던 거다. 아무리 작년에 비슷한 경험을 했더라도 뉴스 속 상황처럼 최악으로 치달을 정도는 아닐 거란 안일한 생각까지 들었다. 징검다리 연휴 사이에 비정규직 근로자로서 고맙기 짝이 없는 연차를 사용하고, 평소에 잘 알고 지내던 여행사 사장님께 부탁하여 하얼빈과 대련에서 함께 할 가이드와 차량을 수배하고, 인터넷을 뒤져 저렴한 숙박업소와 지역 맛집을 알아보고, 유명 항공사와 저가 항공사 홈페이지를 뒤져 적당한 가격의 비행기 편을 알아보는 등 티베트 여행 이후 1년 만에 새로운 곳으로의 여정을 계획해놓고 뿌듯해 했었다. 하얼빈에 도착하면, 하얼빈에서 기차를 타고 대련까지 이동하여 다시 차로 한 시간 반 거리라는 여순에 도착하면 내가 만든 스케줄대로 쉴 틈 없이 움직일 생각이었단 말이다. 그런데 전혀 생각지도 못한 곳에서 문제가 생겼다. 안중근 의사가 투옥되었다는 여순 감옥이 2016년 10월부터 2017년 5월 초까지 내부 공사를 하느라 관람을 금한다는 기사를 발견한 거다. 게다가 하얼빈의 그 기념관이 하얼빈 역 개축 공사를 이유로 인근의 조선 민족 예술관으로 이전했다는 소식은 또 뭐란 말인가. 여순감옥은 공사가 마무리 되어가는 시점에야 알았으니 그나마 위로였으나 하얼빈의 경우엔 너무나 늦게 접한 소식이었고, 언제쯤 끝날지 아무도 모르는 상황이어서 당혹스럽기 짝이 없었다. 이 소식을 전한 인터넷 기사는 역시 중국 정부의 사드 보복 때문일 거라 추측했다. 몇 년 전부터 추진하던 사업을 왜 갑자기 지금 시작했느냐고 따져 묻는 것이었다. 그게 사실일까? 직접 가서 확인하지 않으면 안 될 이 상황이 나는 너무나 답답했다.

"찰칵, 찰칵…!"

투표를 마친 이들이 흔히 그렇듯 나도 투표소 외부 기둥에 임시로 붙인 안내 표지판을 붙잡고 서서 '인증샷'을 찍었다. 그간 다른 유권자의 선택에 영향을 끼칠 수 있다는 이유로 금지했던 손가락 포즈를 이번엔 허용하겠다는 소식이 들려와 부담 없이 엄지손가락을 추켜올리거나 검지손가락을 볼에 찍는 등 갖가지 여우 짓을 스마트폰에 남길 수 있게 되었다. SNS를 찾아보니 벌써 투표 인증샷을 남긴 사람들이 꽤 많다. 지난 정부로부터 느낀 실망감 때문일까? 대한민국이 품어온 지난날의 문제들을 시원하게 해소해줄 인물에게 제 마음을 전했다며 자랑하는 이들의 게시물에서 희망을 찾는 적극적인 움직임이 느껴졌다. 집으로 돌아온 나는 적당히 보정한 사진을 페이스북과 인스타그램 계정에 게시한 뒤 TV를 켰다. 오늘은 아무래도 종일 뉴스만 보게 될 것 같다. 우리나라에는 대통령이 피치 못할 사정으로 자리를 채울 수 없게 되면 반드시 두 달 안에 새 대통령을 선출해야 하는 법이 있다. 겨우 두 달, 어쩌면 가혹하게까지 느껴졌을 그 시간 동안 너무나 많은 일이 일어났다. 각 정당은 급히 경선을 치러 본선에 출마할 최종 후보를 선출하였고, 후보들은 자신을 알리기 위해 수단과 방법을 가리지 않았는데, 잘못된 언사로 국민들의 지탄을 받거나 때로는 설득력 부족한 표현으로 안타까운 모습을 보이는 이도 있었다. 사실 어느 나라가 되었든 정치인들 중에는 늘 그렇게 망언을 일삼는 이가 있다. 이를 테면 국민들의 세금으로 먹고 사는 주제에 자기를 먹여 살리는 국민을 깎아내리고 무시하거나, 이성과의 스캔들로 세간의 입길에 오르내리지 않으면, 그렇게 갖고도 더 갖고 싶은 욕심에 시커먼 돈을 깨끗이 빨아 쓰는 경우 말이다. 이번 대선에서도 마찬가지였다. 정치인들의 각종 기행은 갈수록 뉴스 채널을 예능 프로그램 보듯 착각하게 만들었고, 어느 날부터인가에는 정치인이 코미디를 너무 잘하면 개그맨들이 더 이상 먹고 살 수가 없지 않느냐며 비아냥거리는 소리까지 들려왔다. 국민들을 울고 웃게 만든 대선 후보들의 지난 두 달을 정리하며 보도국 기자들은 이제 끝이 다가왔다고 말했다. 아직 투표를 완료하지 않은 이들의 최종 결정만 남은 거다. 이전 정부가 얼렁뚱땅 처리한 위안부 협상 문제에 대해 다시 검토하겠음을 밝힌 파란 넥타이의 후보는 한반도의 비핵화를 공약으로 내세웠고, 정치보다 공부가 더 어울려 보이는 어느 후보는 역시 이전 정부가 처리하다 만 사드 배치를 완료한 뒤 일자리 창출에 힘써 청년 실업률을 낮추겠다고 약속했으며, 붉은 넥타이의 후보는 한국과 미국의 동맹을 강화하여 동북아시아의 평화를 위해 노력하겠다고 약속했다. 근로자들의 칼 퇴근을 보장하겠다고 약속한 네 번째 후보는 비정규직을 점차 축소한 뒤 여전히 말 많고 탈 많은 최저임금 문제를 해결하겠다며 사람 좋은 미소를 지어 보였고, 열 명이 훨씬 넘는 대선 후보 가운데 유일한 여성 후보 그녀는 그 말 많았던 국정 교과서 제도와 젊은이들의 노동 의지를 꺾는 열정 페이를 없앤 뒤 취업 특혜를 근절하겠다고 약속했다. 대통령이 되겠다고 나선 만큼 모든 후보들이 훌륭한 인품을 가졌고, 그래서 어느 누가 대통령이 되더라도 반드시 자신의 공약을 실천해야 마땅하겠지만 이미 투표를 마친 나는 자료화면으로 다시 등장한 그들의 목소리를 듣는 둥 마는 둥 그저 스마트폰만 뒤적일 뿐이다. 사실 나는 두 달 전, 그러니까 각 정당에서 치른 경선으로 대선에 출마할 최종 후보가 확정되었을 때부터 이미 내가 선택할 인물을 결정해 두었다. 그래서 그가 TV 토론회에 출연하여 다른 후보들로부터 공격을 받거나 불리한 입장이 되어도 크게 신경 쓰지 않았고, 지하철에서 그의 이름을 외치며 한 표 행사를 부탁하는 선거 운동원들에게 주머니 속 사탕을 꺼내 내밀었으며, 퇴근길 지하철 역 앞 운동원들의 화려한 군무를 스마트폰 카메라에 동영상으로 담다가 앞을 가로막은 낯모르는 이의 방해로 결국 삭제하고 말았을 땐 어찌나 아쉬운지 화가 날 지경이었다. 내가 선택한 그는 오랜 시간 국민 위에 군림하느라 단 한 번도 손대지 않았던 정치인들의 잘못을 이제는 바로 잡겠다며 온 마음 다해 소리쳐왔다. 직접 낮은 곳으로 내려가 꼼꼼히 살펴보지 않으면 자칫 허공에 흐트러져 버렸을 목소리에 귀 기울인 건 물론, 젊은이들의 취향까지 파악하는 센스를 갖추어 그들에게 좀 더 다가가고자 자신의 얼굴을 요즘 유행하는 각종 이모티콘으로 만들기까지 했으니 도저히 관심 갖지 않을 수가 없다. 정치인 특유의 권력욕과 자만과 오만과 위선을 내려놓고 진심으로 다가가자 마침내 국민들이 박수로 화답했다. 운동원을 대거 투입하지 않아도 유세 현장이 마치 유명 아이돌 가수의 콘서트 무대처럼 연일 성황을 이룬 것이다. 사람들은 그의 모든 행동거지와 사고방식이 이미 세상을 떠나고 없는 노무현 전 대통령을 닮았다고 했다. 그가 한때 노무현 대통령의 최측근인 청와대 민정수석으로 살았기 때문일까? 아니, 정치인으로 거듭나기 훨씬 이전부터 천하에 둘도 없이 가까운 사이였기에 그렇다고 했다. 노무현, 국민들의 사랑으로 무럭무럭 자라나 비로소 대통령 후보에 오른 그에게 쌍둥이처럼 붙어 다니는 이름이었다. 변호사 출신으로써 평범한 이들의 아픔을 위로할 줄 알았던 이름, 권력을 손에 쥐고 놓지 못하는 이들의 욕심에 분노하여 온몸으로 맞선 이름, 솔직하고 당당한 인품으로 무장했기에 도리어 더 많은 공격을 받아야 했던 그 이름. 하지만나는 노무현이란 인물을 잘 모른다. 그래서 이번 대선의 선두에섰다는 그 후보가 어째서 인터넷 속 지지리 궁상을 떠는 인간들로부터 그토록 사나운 공격을 받아야 하는지 제대로 알지 못하고, 또한 그가 대통령이 되면 노무현 대통령의 죽음과 관련된 악역들이 자칫 보복을 당할 거라며 두려워하는 심리와 그 속마음을 감추고자 비난의 수위를 높이는 이들의 전투적 행태를 나는알지 못한다. 핑계를 대자면 노무현이라는 인물이 대통령으로살아가던 시절에 나는 참 어렸다. 20대 초중반이었고, 정신연령은 아직 어린 10대에 불과해서 꿈과 현실을 구분하지 못하고 살았다. 글만 쓰면 무조건 소설가가 되는 줄로만 알았던 그 철없는아이가 정치를 알면 얼마나 알았을까. 그래서 노무현 대통령이취임 1년 만에 탄핵의 위기에 처했을 때 그냥 그런가 보구나, 했고, 이번에 쫓겨난 그녀가 그때 국회에서 생각없이 세운 볼펜 한자루에 국회의원은 원래 저런가 보구나, 했으며, 촛불 든 시민들이 탄핵 반대를 외치며 광화문에 모였을 땐 아예 피시방에 처박혀 온라인 게임에 몰두했다. 5년의 시간이 지난 뒤에도 나는 여전히 그대로여서 진지한 작가이기보다 장난기 가득한 어린 아이처럼 굴었고, 대통령 임기를 마친 뒤 고향으로 돌아간 그가 자기를 극도로 혐오하는 세력에 의해 조리돌림 당했을 땐 왜 저럴까라고만 생각했을 뿐 이도 저도 아니었으며, 그가 결국 하늘과 맞닿은 바위 위에 머물다 꽃잎처럼 사라졌을 땐 대통령 출신 정치인이 어째서 그렇게 죽어야 하는지 몰라 당황해 했다. 지금 와서 생각해 보면 그때 나는 그 어수선하고 정신없이 돌아가는 시간을 이용하여 선동하는 무리에게 속아 넘어갔던 건지 몰랐다. 그래서 진실과 거짓이 난무하는 그 순간에 옳고 그름을 구별하지 못한 채 그저 내 입맛에 맞는 이야기만 찾아 헤매고 다녔을지 몰랐다. 어디서부터 어디까지 잘못된 건지 당최 알 수 없는 이 나라를 구하고 싶었던, 그런 대한민국에서 살아가느라 힘겨운 국민들을 모두 품어 안고 싶었던 그의 속도 몰라주고 이리저리 폭풍처럼 흘러 다녔을 것이다. 정치를 모르는 사람들 모두가 그랬을 것이었다.

「제가 생각하는 이상적인 사회는 더불어 사는 사람 모두가 먹는 것, 입는 것 걱정 안 하고, 더럽고 아니꼬운 꼬라지 안 보고, 그래서 하루하루가 신명나게 이어지는 그런 세상이라고 생각합니다. 만일 이런 세상이 지나친 욕심이라면 적어도 살기가 힘이 들어서, 아니면 분하고 서러워서 스스로 목숨을 끊는 그런 일은 없는 세상이라야 할 것입니다.」

<무현, 두 도시 이야기>라는 영화에서 1995년, 부산 지역 선거구에 시장 후보로 출마한 노무현이 이동 중에 차량에서 인터

뷰했던 내용이다. 나는 지금 마흔이 얼마 남지 않은 나이를 먹었고, 그래서 세상 돌아가는 이치도 어렴풋이 알게 됐지만 내가 아직 어리다는 이유로 관심 갖지 않았던 세상의 잘못을 한참 먼저 깨달은 그를 여전히 모른다. 그가 너무나 당연한, 너무나 교과서적인 말만 골라 했기에 알아듣지 못했을 거다. 권력을 가진 이들의 요망한 심리를 내가 알 수 없으니 대한민국이 겪어온 지난 역사도 알지 못하고, 민주주의를 지키기 위해 줄곧 싸웠다는 노무현의 생각도 이해하지 못하며, 그래서 나 같은 소인배는 국민들을 위해 진심으로 드러낸 마음조차 그저 정치인의 입 발린 소리로밖에 받아들이지 못할 것이었다.

「사람이 먼저다!」

지난 두 달 동안 대통령이 되고자 내세운 그의 슬로건은 어쩌면 노무현 대통령이 하고 싶은 말이었을 거라고 사람들은 추측했다. 권력에 아첨하고 살아온 이들이 만들어낸 비정상적이고 비상식적인 일상에 적응하고 살다 보니 그것이 마치 정상이고 상식이라 착각했던 거라고 사람들은 자괴감에 빠져 한탄했다. 대통령 후보로 나선 모든 이들이 그래서 바른 세상을 만들겠다는 약속을 하지만 그중 한 사람만이 오직 노무현 대통령이 생각한 민주주의를 실현할 수 있으리라고 사람들은 믿었다. 많은 이들의 생각에 동조한 내 한 표 행사가 과연 옳은지 나는 모르겠다. 진실과 거짓을 구별하지 못한 채 또 다시 구름 따라 바람 따라 아무렇게나 흘러 다녔던 건 아니었을지 걱정될 뿐이다. 공부가 부족한 나는 그저 세상에 죄송스럽다.

「국민들의 간절한 소망과 염원, 결코 잊지 않겠습니다. 정의가 바로 서는 나라, 원칙을 지키고, 국민이 이기는 나라, 나라다운 나라. 꼭 만들겠습니다.」

2017년 5월 9일 밤 11시 경, 2위와의 득표수 차이가 현저하게 벌어져 더 이상 결과를 기다릴 필요가 없게 되었을 때, 대통령에 당선된 문재인 후보가 광화문에 나타났다. 내내 국민들과 함께 촛불로 싸워온 바로 그 남자가 대통령이 된 것이다. 그는 국민들이 무엇을 말하고 싶어 하는지 잘 안다고 했다. 국민들이 어째서 그렇게 아파했는지, 어째서 그토록 험한 길거리에 나와 눈비 맞으며 싸웠는지 잘 안다고 했다. 비정상적으로 돌아가는 모든 문제들을 정상화하겠다고 약속하자 사람들은 박수로 화답했고, 늘 함께 촛불을 들고 칼바람에 맞선 이의 진한 뽀뽀 세례에 키득키득 환호했다. '씨리얼 C-Real'이라는 페이스북 페이지는 그 아름다운 밤을 그린 영상에서 이렇게 말했다.

「당장 오늘부터 우리의 일상은 어떻게 바뀔까? 광화문에서 타올랐던 촛불, 대통령 하나 바꾸려고 들었던 건 아니었을 거야. 국민에게 희망이 생길 수 있도록, 국민과의 약속을 지킬 수 있도록, 계속 그래왔듯이 지켜보자.」

대한민국 역사상 최초로 대통령이 탄핵됐고, 마침내 새로운 대통령이 선출됐다. 지켜보자고 외치는 국민의 목소리는 이제 곧 여유롭고, 편안하며, 행복한 삶을 살게 되리라는 믿음일 것이다. '이니'라는 애칭이 그 믿음을 대변해 주고 있다. '잘생긴 게 죄라면 이니 청와대 5년 형', 지난 유세 현장에서 누군가 건넨 피켓 속 문구조차 바로 그러했고, 심지어 이제 여당의 입장이 된 더불어민주당 인스타그램 관리자조차 대통령의 취임식에 쫓아 가 마치 아이돌 스타에게 환호하듯 '이니! 하고 싶은 거 다 해!' 하고 소리치니 도저히 웃지 않을 수가 없다. 권위를 버리고 친구 처럼 다가온 문재인 대통령, 우리가 그에게 원하는 건 희망이다. 더 이상 희생되지 않기를 바라고, 더 이상 슬프지 않기 바란다. 그저 우리는 행복하게 살고 싶다. 국민들의 이 소소한 소망, 그 는 결국 이루어줄 거라 믿어 의심치 않는다.

7. 안중근, 마침내 쏘다

"후우…!"

가만히 제 손가락을 내려다보던 중근이 문득 한숨을 몰아쉬었다. 나는 지금 무얼 하고 있는가. 느닷없이 떠오른 이 원초적인 질문에 중근은 답을 내리지 못했다. 반드시 무언가를 이루고 말 것처럼 모두가 모여 성스러운 의식을 치르듯 손가락 한 마디를 잘라버렸지만 그게 전부였다. 몇 개월이 지나도록 중근은 딱히 하는 일이 없었고, 함께했던 동지들도 각자의 자리로 돌아가 살 궁리에 몰두했다. 그 사이 일본은 얄궂도록 위풍당당하게 움직였다. 언론 통제의 수위를 높이는 건 물론이고, 반항하는 자들을 잔인하게 학대하였으며, 외국에 나가서는 우리가 마치 자기들의 보호를 받지 않고서는 도저히 살 수 없을 것처럼 호도하였다. 이대로 저들을 내버려 두어야 하는가! 중근은 그렇게 분노했다. 그리고 자신에게 소리쳐 물었다. 나는 무엇을 해야 하는가! 내가 무엇을 해야 이 분노를 잠재울 수 있는가! 도대체 무엇으로 저들의 악행을 멈추게 할 수 있단 말인가!

"어? 동지, 어디 가시오?"

느닷없이 자리에서 일어나 짐을 챙기는 중근을 보고 한 동지가 소리쳐 물었다.

"아무래도 안 되겠소."

"안 되다니? 뭘 말이오?"

"이대로 방구석에 앉아서는 할 수 있는 게 아무 것도 없소."

"그럼 어쩌겠다는 것이오?"

신발을 꿰어 신다 말고 중근이 도로 제 손가락을 들여다본다. 이렇게 손가락 한 마디를 잘라낸 이유는 우릴 마구잡이로 짓누르는 저들을 단지 위협하기 위해서가 아니었다. 말로만 항일운동을 하러 다닌다며 유세를 떠는 것도 아니었고, 치기 어린 젊은이들의 허장성세도 아니었다. 조국이 처한 현실에 중근은 진심으로 분노했고, 진심으로 저들을 심판하고 싶었다.

"내가 직접 나설 것이오. 내가 이 나라를 구하겠소."

"어떻게요? 어디로 가서요?"

따져 묻는 동지의 얼굴에서 두려움이 느껴졌다. 비록 무언가를 하겠다고 나섰지만 힘없는 우리가 과연 무엇을 할 수 있을지 의문을 갖던 와중이어서 그는 혼란스러웠다.

"일단 블라디보스토크로 가겠소. 그곳에 우리 동지가 많다고 들었소."

"그럼 가서 언제쯤 돌아오겠소?"

"돌아올 생각이 없소."

"...?"

알아듣지 못한 얼굴로 동지가 쳐다보지만 중근은 단호하게 돌아섰다. 내가 지금 무슨 말을 한 것인가. 자기가 생각해도 우스워서 중근은 픽 웃음을 터뜨리고 말았다. 돌아올 생각이 없다니, 아무래도 내가 저들의 끝을 보러 떠나는 모양이다. 그러지 않고서야 돌아오지 않겠다는 말을 아무렇지 않게 내뱉을 수는 없다. 그래. 나의 이 새로운 여정으로 그들이 끝에 다다를지, 아니면 도리어 내가 죽음에 이를지, 어디 한 번 두고 보자. 내 잘라낸 손가락을 걸고 다짐한다. 우리를 핍박한 저들을 내가 용서하지 않으리라!

***

"어서 오십시오. 반갑습니다."

대동공보사(大東共報社) 대표 유진률(兪鎭律)이 중근을 보고 환하게 웃었다. 서로 마주잡는 두 남자의 손에 힘이 느껴진다.

"신문에서 이토 히로부미가 만주에 간다는 소식을 보았소. 사실이오?"

중근이 블라디보스토크 기차역 가판대에서 산 신문을 내밀었다. 통감부를 그만 두고 추밀원의 의장이 되었다는 그가 곧 하얼빈에 나타날 거란 소식이 1면 머리기사로 실려 있었다.

"사실입니다. 러시아 재무장관이라는 코코프체프와 회담을 하러 하얼빈에 당도할 예정이오."

회의실로 꾸며놓은 밀실에 네 남자가 앉아있다. 중근과 유진률, 기사를 처음 개제한 기자 이강(李剛), 그리고 중근과 의병부대에서 함께 활동하여 전우나 다름없는 우덕순(禹德淳) 말이다.

"마침 좋은 기회가 찾아왔소. 그를 이대로 내버려 둘 수는 없지 않겠소?"

"그렇습니다. 제가 생각하기에도 호기(好期)입니다. 그래서 이렇게 자세한 기사를 쓴 겁니다."

이강이 웃었다. 기특하다며 중근이 그의 어깨를 쓸어내렸고, 우덕순과 유진률이 까르르 웃음을 터뜨렸다.

"우리가 합시다. 그가 더 많은 일을 저지르기 전에 우리가 나서서 멈추게 합시다."

"옳은 생각이오. 그를 죽이지 않고서는 우리에게 독립은 오지 않을 겁니다."

중근의 입가에 미소가 흘러든다. 돌아오지 않겠다던 그 한 마디는 바로 이때를 염두에 두었기 때문인지 몰랐다. 그의 목숨을 빼앗는 순간 내 목숨도 온전치 않을 테니까.

"내가 하겠소. 내가 그를 죽여 조국을 구하겠소."

"허허, 나도 끼워주시오."

지켜보던 우덕순이 소리쳤다. 좋은 일을 혼자서만 하려 든다며 얄미운 표정을 지어보이는 덕순, 이토 히로부미의 소식을 접하자마자 찾아온 이곳에서 운 좋게 전우를 만났다. 미친 듯 달려드는 일본군 병사의 머리로 가차 없이 방아쇠를 당기던 중근의 비장한 표정을 그는 아직 기억한다.

"그렇다면 우리가 최대한 도움을 제공하겠습니다. 그를 죽이려면 우선 이것이 필요하겠지요?"

잠시 회의실 밖으로 나갔던 이강이 작은 상자 두 개를 들고 돌아왔다. 탁자 위로 내려앉은 상자에 시선이 집중되고, 곧 중근과 우덕순의 눈에 타오르듯 불꽃이 번뜩였다.

"브라우닝 M1900, 최신 모델이오. 무겁지 않으니 쓸 만할 겁니다."

중근이 허공에 총구를 겨누었다. 제법 가벼워서 다루기에 부담스럽지 않았는데, 마치 처음부터 자기 물건이었던 것처럼 느껴졌다.

"하지만 문제가 한 가지 있소."

"말씀하시오. 원하는 건 다 들어주겠소."

"러시아어 통역이 필요하오. 그간 언어가 통하지 않아 애먹었소."

중근의 말에 덕순이 고개를 끄덕였다. 그 역시 중근과 공통된 목적으로 여기까지 오는 동안 언어 소통에 크나큰 난관을 겪은 터라 쉬이 무시할 수 없는 문제였다.

"혹시 유동하(劉東夏)를 아시오? 한의원 집 아들인데…."

"유동하? 유승렬(劉承烈) 형님 말씀하시는 겁니까?"

"아는 사람이오?"

"잘 아오. 항일 운동하는 사람 치고 그 형님을 모르는 사람이 없다고 들었소."

"허허, 그것 참 잘 되었소."

유진률이 웃었다. 블라디보스토크로부터 그리 멀지 않은 곳에서 약재상과 한의원을 운영하는 남자, 항일운동으로 동분서주하는 한국인들을 돕느라 바쁘다는 그를 언젠가 만난 적이 있다. 그에겐 스무 살도 되지 않은 어린 아들이 있었는데, 유진률이 말하는 유동하가 바로 그의 아들일 것이다.

"잘 아는 사이라니, 더 말할 필요가 없겠군요. 내 생각에 동하 녀석이 도움이 되지 않을까 싶은데, 동행하는 게 어떻소?"

"좋은 생각이오. 바로 출발할 테니, 그쪽으로 연락 부탁드리겠소."

마침내 새로운 여정이 시작되었다. 돌아오지 않겠다는 말을 남길 만큼 애국 애족의 마음으로 떠난 중근으로썬 순간순간이 의미 있는 모험일 것이다. 아침 일찍 기차를 타고 블라디보스토크에서 출발하여 우수리스크(Ussuriysk)를 지나 수분하(綏芬河)에 도착했을 때, 두 사람은 그렇게 새로운 동지를 만났다. 유동하였다.

"아저씨! 오랜만이에요!"

"그래. 이게 얼마만이냐? 잘 지냈니?"

"네. 보고 싶었어요. 아저씨이~!"

어리광을 부리는 동하를 토닥이며 두 사람이 웃었다. 이제 겨우 열여덟 살 먹은 녀석이라 그런지 아직 얼굴에 솜털이 보송보송하다.

"아저씨, 하얼빈에는 무슨 일로 가세요? 유진률 사장님이 두

분을 매부와 만나게 해주라고 하더라고요."

"김성백 씨가 매부야?"

"네. 제 여동생이 김성백 씨 넷째동생과 약혼했어요. 사돈지간
이지만 그냥 매부라고 불러요."

"복잡한 관계로구먼."

주전부리 거리를 가득 실은 수레에서 알사탕과 초콜릿을 집어
들며 동하가 웃었다. 두 사람이 품은 마음과 달리 동하는 그저
기차여행에 들뜬 표정이다. 도토리에 욕심을 부리는 다람쥐처럼
빵빵해진 녀석의 양 볼을 쿡 눌렀더니 녹다 만 사탕 하나가 입
밖으로 톡 튀어나온다. 그게 뭐 그리도 재미있는지 동하가 숨넘
어가도록 웃어대고, 옆에서 덕순이 기가 막힌 표정을 짓는다. 시
집간 동생을 챙겨주지 못했다며 만나면 놀아줄 거라는 둥 한국
여자와 중국 여자와 러시아 여자 중에 누가 더 예쁘냐는 둥 한국
남자와 중국 남자와 러시아 남자 중에 자기가 가장 잘 생겼다는
둥 쉬지 않고 떠들던 녀석은 오래 가지 못하고 식곤증에 잠들어
버렸다. 꾸벅꾸벅 흔드는 녀석의 머리를 쓰다듬으며 중근은 생
각해 보았다. 이토록 어린 녀석에게 위험한 임무를 맡겨도 되는
걸까? 아무리 조국을 위해서라지만 어른들의 전쟁을 깨닫기에
녀석은 아직 어리다. 이번 일에 깊이 연루되지 않도록 그와 적당
한 거리를 두어야 할 것이다.

"매부!"

와락 엉겨드는 동하를 보고 김성백이 환하게 웃음을 터뜨렸
다. 한민회 회장 김성백, 그가 바로 동하의 매부 김성기의 큰형

이다.

"허허, 이 녀석 좀 보게? 누가 보면 원숭이인줄 알겠다."

"원숭이요? 히히, 저 귀여워요?"

맛있는 걸 먹고 신난 원숭이, 온천욕을 즐기느라 느긋한 원숭이의 표정을 짓는 녀석을 보고 세 남자가 웃음을 터뜨렸다. 문득 중근은 참 다행이라고 생각한다. 거사를 앞두고 무겁게 짓눌린 가슴을 달래주는 녀석, 동하가 없었다면 어찌할 뻔 했을까?

"유진률 사장에게 얘기 들었소. 내가 최대한 도울 테니 걱정하지 않아도 되오."

"고맙소."

맞잡은 김성백의 손에서, 힘 있는 목소리에서, 눈빛에서 중근은 떼려야 뗄 수 없는 동질감을 느꼈다. 모두가 이렇게 한 마음으로 응원하니 나의 조국은 슬프지 않을 것이었다.

"이토를 태운 배가 여순에 닿으면 그는 자기네 전적지를 시찰하러 다닐 예정인가 봅니다."

"코코프체프와 만나면 우리나라를 두고 흥정할 거면서 쓸데없는 짓을 하는군요."

"각자 자기 나라의 일에만 신경 쓰고 싶은 것처럼 보일 필요가 있겠지요."

하얼빈 시내를 둘러보던 덕순과 중근은 문득 너른 공원 하나를 발견했다. 아름드리나무와 알록달록 꽃들이 화사하게 피어난 곳, 먹고 먹히느라 숨 가쁘게 돌아가는 인간 세상과 전혀 다른 분위기를 연출하고 있었다. 멀지 않은 거리에선 술래잡기라도 하는지 아이들의 웃음소리가 요란하다. 데굴데굴 굴러온 공 하나를 걷어차는 동하, 고맙다고 소리친 아이들에게 동하가 웃어 보이지만 중근과 덕순은 여전히 심각한 얼굴이다.

"여순에서 기차를 타려면 대련으로 이동할 수밖에 없겠소."

"그렇소. 하지만 대련에서 하얼빈까지 얼마나 걸릴지 알 수 없고, 또 정확한 날짜를 모르니 답답하구려."

"하얼빈역에 가서 노숙자가 되어 보는 건 어떻소?"

덕순의 농에 중근이 픽 웃음을 터뜨렸다. 의병 활동으로 노숙 생활이라면 산골짜기에서 질리도록 했으니 시내 한복판에서의 노숙이야 누워서 떡 먹기보다 쉽다. 먹다 체할 수도 있다는 게 문제일 뿐.

"어디를 다녀오는 길입니까? 기다리고 있었소."

"도움이 되지 않을까 하여 주변을 살펴보았소. 무슨 일이 있소?"

외출에서 돌아온 그들에게 김성백이 신문 한 부를 내밀었다. 원동보(遠東報)라는 중문판 소식지였다.

「음력 9월 12일, 양력 10월 25일 밤에 추밀원 의장 이토 히로부미가 장춘(長春)을 출발하여 하얼빈에서 러시아 장관과 회담을 가질 예정.」

"…?!"

두 남자의 시선이 마주쳤다. 마침내 정확한 날짜를 알았으니 반갑지 않을 수가 없다. 10월 25일은 오늘로부터 사흘 후이다. 한밤중에 장춘을 출발한다면 하얼빈에는 26일 쯤 도착할까? 중근과 덕순은 고개만 갸우뚱거릴 뿐 쉬이 답을 내리지 못하고 있다. 좀 더 구체적인 정보가 필요하다.

"우리가 살펴보니 하얼빈역은 현재 경비가 매우 삼엄했소. 자칫하면 얼굴도 보지 못하고 떠나보낼지 모르오."

"하얼빈역 말고도 거사에 적합한 곳이 또 있는지 찾아봐야겠소. 혹시 도움을 줄만한 사람들이 있소?"

"있지요. 그 정도 정보라면 얼마든지 알아낼 사람들을 내가 잘 아오."

김성백을 따라 간 곳이 있었다. 대동공보 하얼빈 지부, 그곳에서 두 사람은 김형재(金衡在)를 만났다. 김성백의 말로는 동생 김성옥(金成玉)이 하얼빈 시내에 있는 동흥학교(東興學校)에서 교장으로 재직 중인데, 한때 김형재가 그 학교에서 교사로 근무하다 지금은 대동공보의 기자로 활동한다고 했다. 중국어와 러시아어에 능통한 인물, 원동보와 대동공보의 기사를 번역하여 서로의 신문에 도움을 주기까지 한다니, 두 사람은 반가웠다.

"혹시 채가구(蔡家溝)역이 어디인지 아십니까?"

김형재가 물었다. 처음 듣는 지명이기에 고개를 흔드는 두 사람, 종이와 펜을 꺼내든 김형재의 얼굴이 사뭇 비장해 보였다.

"일본의 남만철도(南滿鐵道)와 러시아의 동청철도(中東鐵道)는 영어 알파벳 대문자 'T'의 형태입니다."

하얼빈을 중심으로 시베리아와 블라디보스토크까지 오목하게 한 줄, 대련에서 장춘을 지나 하얼빈까지 세로로 한 줄, 이 의미심장한 그림 하나가 지켜보던 두 사람을 웃게 만들었다.

"러시아로서는 시베리아 철도를 블라디보스토크까지 이어야 하니 만주를 횡(橫)으로 가로 지를 수밖에 없지요. 그런데 일본의 경우에는 좀 다릅니다."

"일본은 이미 한국 영해에서부터 여순(旅順)까지 항로를 개척했으니 대련에서 출발하면 하얼빈까지는 당연히 세로선일 수밖에 없군요."

"예. 정답입니다."

전쟁에서 승리한 대가로 대련을 손에 쥔 일본은 남만철도를 건설하여 러시아의 동청철도와 연결하였다. 시베리아를 출발하여 만저우리(滿洲里), 하얼빈, 수분하를 지나 블라디보스토크로 이어지는 노선이 대련과 장춘과 채가구, 즉 만주지역을 종단하는 남만철도와 만난 것이다.

"두 개의 철도 노선을 가만히 살펴보면 기막힌 사실 하나를 발견할 수 있지요. 러시아의 동청철도 노선은 대련에서부터 올라오는 일본의 남만철도와 마주치게 되어 있습니다. 남만철도의 종착역인 채가구역이 바로 그것인데, 이는 동청철도가 하얼빈까지 연결하여 관리하는 구역입니다."

"그 채가구역이 어쨌기에 이리도 자세한 설명을 하십니까?"

"남만철도를 이용하여 대련을 출발한 이토 히로부미가 하얼빈에 가려면 동청철도 소유의 채가구역에서 내려 열차를 바꿔 타야 합니다."

"…!"

두 사람의 눈이 번뜩였다. 김형재는 그곳이 하얼빈과 다르게 아주 작은 시골 마을이라고 귀띔했다. 일본과 러시아의 철도가 엇갈리는 곳, 이 사실을 잘만 이용하면 거사는 충분히 해낼 수 있을 것이었다.

"채가구역을 답사할 필요가 있겠소."

"……."

덕순이 말했지만 중근은 아직 대꾸가 없다. 아무리 생각해도 여전히 무언가 부족하다. 완벽하지 않으면 결코 해낼 수 없을 우리의 단 한 번뿐인 기회, 오랫동안 침묵하던 중근이 다시 김형재에게 말했다.

"러시아어를 통역해줄 사람이 필요하오."

"러시아어요? 동하 군은 어쩌시고요?"

"이토 히로부미의 최종 목적지는 하얼빈이지만 채가구역에서 끝낼 가능성도 열어두어야 하오. 그러니 우리가 각각 다른 장소에서 대기하려면 역시 통역도 두 사람이어야 하지 않겠소?"

일리가 있다고 생각했는지 김형재가 고개를 끄덕였다. 두 사람을 도울 적당한 인물이 또 있을까? 김형재의 고민은 오래 걸리지 않았다.

"혹시 조도선(曺道先)이라는 사람을 아십니까?"

"조도선? 아니, 모르겠소. 처음 듣는 이름이오."

"함경도 출신인데, 러시아로 넘어가 세탁업과 통역 일을 하던 중 하얼빈에 정착한 사람입니다. 러시아어에 능숙하여 우리도 그 친구 도움을 많이 받고 있지요."

저녁에 그를 김성백의 집으로 보낼 테니 해결해 보라고 김형재가 말했지만 새로운 생각에 빠진 중근은 대꾸 없이 고개만 끄덕일 뿐이다. 우리의 일과 전혀 관계없는 사람, 통역관에 불과할 그가 과연 우릴 제대로 도울 수 있을까? 또한 김형재의 말대로 채가구라는 곳에 다녀오려면, 모든 일을 무탈하게 해내려면 자금이 필요한데, 어찌 하면 좋을지 모르겠다. 지금으로썬 남의 손을 빌리는 방법뿐이다.

「안녕하십니까. 안중근입니다. 도움을 주신 덕에 오늘 10월 22일, 김성백씨 댁에 머무르고 있습니다. 원동보에서 보니 이토 히로부미는 러시아에서 특별히 배려한 열차를 타고 하얼빈으로 향할 모양입니다. 우리는 적당한 시간에 맞추어 결행할 생각입니다. 자금이 필요한 터라 김성백씨에게 돈 50원을 차용하게 되었습니다. 미안한 말이지만 선생께서 저 대신 갚아 주시기를 부탁드립니다. 대한 독립 만세!」

"아저씨, 손님이 오셨어요."

"…?"

블라디보스토크의 이강에게 보낼 편지를 쓰는데, 동하가 손님을 모셔왔다. 편지를 고이 접어 동하에게 발송을 부탁한 뒤에야 중근은 비로소 손님을 맞이했다.

"김형재 기자에게 말씀 많이 들었소. 나, 안중근입니다."

"내래 조도선입네다."

중근이 그와 손을 마주잡고 웃었다. 제법 강인하게 생긴 얼굴이었다.

"내가 당신을 만나겠다고 한 이유를 알고 있소?"

"잘 아오. 고저, 항일 운동을 하는 사람이 안중근을 모르면 큰 일 난다고 들었디."

억센 함경도 사투리가 중근을 다시 웃게 한다. 피식 입술을 비틀어 웃는 조도선, 중근은 어쩐지 믿을 만한 사람이라고 느꼈다. 동포였기 때문만은 아닐 텐데, 어째서 그를 이리도 쉽게 믿고 싶은 걸까? 중근은 조도선의 이글이글 타오르는 눈빛에서 정답을 찾았다.

"이미 들어서 잘 알겠소만 우리는 이토 히로부미의 목숨을 빼앗으러 갈 예정이라오. 허나 당신은 우리의 곁에서 러시아어 통역에 힘써 주기만 하면 될 것이오."

"고저 나를 통역관으로만 생각할 모양인데, 일없소. 나도 우리나라 국민이오."

"…?"

무슨 뜻인지 금세 알아차리지 못한 중근의 표정을 보고 조도선이 다시 웃었다. 탁자 위에 얹어놓은 총을 가리키며 조도선, 사뭇 비장한 눈빛으로 소리쳤다.

"내게도 우리나라의 복수를 할 기회를 달라 이 말이오. 동포들이 우는 꼴을 내래 더 이상 못 보갔소."

"그렇소? 나보다 더 많은 사연을 접했나 보구려."

"밖에 나와 사는 사람 치고 사연 없는 사람이 어데 있갔소? 이거이 전부 그놈들 탓이라고 생각하오. 그러니 끼니 나를 외교관처럼 대하지 말라 이 말이오. 알갔소?"

"하하하하…!"

중근이 웃음을 터뜨렸다. 혼자 모든 책임을 짊어지려 하지 말라고 단호하게 외치는 조도선의 목소리가 중근은 재미있었다. 다시 손을 맞잡는 두 사람, 뼈가 으깨질 듯 꼭 잡아 쥐니 조국과 동포를 수렁에서 구하려는 강렬한 의지가 느껴진다. 이로써 대한의 사내들이 모두 모였다. 운명의 시간을 얼마 남겨두지 않은 이 밤, 중근은 분노로 가득하던 마음이 어느새 편안해졌음을 느낀다. 모든 일이 수월하게 풀려 가리라고 중근은 장담했다.

***

비행기가 마침내 하얼빈 공항 활주로에 닿았다. 오랜만의 여행에 들뜬 나는 비행기가 완전히 멈출 때까지 기다렸다가 여태 꺼두었던 스마트폰의 전원 버튼을 눌러 본다. 주중 한국 대사관에서 보내오는 형식적인 문자 메시지 탓에 삐용삐용, 시끄럽지만 아무래도 괜찮다. 이 별 것 아닌 소음이 비로소 내가 여기에 도착했음을 알려주는 증표였으니까. 입국 심사대를 지나고, 컨베이어 벨트 위로 흘러나오는 짐을 챙기며 잠시 주변을 둘러본다. 하얼빈의 첫 공기는 나쁘지 않다. 국제공항 치고 소박한 느낌마저 감도는 이 공항이 마음에 쏙 들었다.

"저기요! 김연정 작가님 맞으시죠?"

"…?"

공항의 크기만큼이나 앙증맞은 가방을 끌고 입국장을 통과하는데, 한 남자가 다가와 내게 말을 걸었다.

"아, 맞으시구나! 안녕하세요? 한국 사장님 소개로 나왔습니다!”

아침부터 여행사 사장님이 오늘 어떤 차림으로 나왔느냐며 사진을 보여 달라고 카톡을 보냈는데, 이럴 때 쓰려고 했던가 보다.

“제가 시간을 잘못 알았는지, 아무리 기다려도 보이질 않아서 걱정 많이 했어요. 반갑습니다.”

말투나 억양으로 들어보아 그는 조선족이다. 나를 제대로 안내하기 위해 KBS 예능 프로그램 1박 2일 ‘하얼빈을 가다’ 편을 인터넷으로 다운받아 두 번이나 봤더라며 다시 웃는 그, 선량한 표정에 감격하여 나까지 웃게 되니 어쩐지 좋은 사람을 만났다는 생각이 든다. 유명 여행사의 일방적인 스케줄에 맞춰 움직이는 전문 가이드가 아니어서 더 마음이 편안했다.

“안중근의 이야기가 아주 감동적이었어요. 나는 조선족이고, 한국 사람과는 동포일 텐데, 왜 그동안 제대로 몰랐는지 속상했다니까요.”

“그 정도였어요?”

“예전에 한국 배우들이 하얼빈에 와서 공연을 했는데요. 그게 생각나더라고요. 제목이…. 영웅이라고 했나?”

“…?”

공항을 벗어나 하얼빈 시내를 향해 달리는 승용차 안에서 나는 눈이 휘둥그레졌다.

“영웅? 뮤지컬이요?”

“예, 맞아요. 뮤지컬이요. 내가 그때 그걸 보고 어찌나 감격했는지…!"

서울을 시작으로 2017년 상반기 내내 전국을 돌며 공연했던 뮤지컬 영웅, 그날 세종문화회관에서 산 안내 책자엔 이 작품이 2015년 하얼빈 현지 무대에서도 공연하여 많은 이들의 박수갈채를 받았다고 했는데, 그게 사실이었던가 보다.

"우리 부부와 제가 아는 조선족 소학교 선생 부부, 이렇게 넷이서 봤거든요. 아주 좋았어요. 그 안중근 역이었던 배우도 잘생겼고…."

"그 배우가 잘생겼다고요?"

한 번도 생각해본 적 없던 한 마디에 나는 픽 웃었다. 주인공인 만큼 배우의 생김새야 당연히 중요하지만 그보다는 연기력을 칭찬하고 싶은 마음의 다른 표현이었을 거다. 타국인의 심장까지 뒤흔든 배우 정성화의 연기 솜씨라니, 이렇게 또 한 명의 한류스타가 태어나는 모양이다.

"한 가지 아쉬운 점이 있다면, 그게 조선족만을 위한 공연이었다는 거예요. 중국어로도 했더라면 더 많은 사람들이 봤을 텐데…."

"……."

"게다가 가격이 말도 안 됐어요. 20위안이었던가?"

"20위안이라고요? 4천원…?"

2017년 6월 기준으로 위안화 환율은 약 175원 정도였고, 그래서 20위안이면 대충 계산해도 4천원이 채 못 되는 금액이다. 그 대작을 이토록 싼 가격에 판매했다니, 이유가 무엇이었건 간에 놀랍기 그지없다.

"그래도 완성도가 높은 작품이었어요. 참 멋졌고, 감동적이어서 기억에 남았는데, 작가님 덕분에 또 안중근을 생각하게 됐잖아요. 고마워요."

슬며시 미소 짓는 그의 순수한 표정에 민망해져서 나도 웃고 말았다. 차창 밖으로 비가 내리기 시작했다. 구름 없는 하늘에서 쏟아지는 빗줄기라니, 게다가 쌀쌀하기까지 하다. 하얼빈은 중국에서 가장 추운 곳이라는데, 추위에 약한 나로서는 걱정이 이만저만이 아니었다.

"작가님 가시겠다는 조린공원(兆麟公園)이랑 기념관에 미리 다녀왔어요. 답사하고 보니 저한테도 공부가 되더라고요"

그가 내게 이리저리 휘갈겨 쓴 종이 한 장을 보여주었다. 없던 일도 만들어서 해내는 내 성격상 잠시도 쉴 틈 없이 움직이도록 일정표를 작성하여 서울의 사장님께 보냈었는데, 그 내용이 중국어로 번역되어 돌아왔다. 하얀 종이 위에 빽빽하게 적힌 한자라니, 읽기를 포기하고 슬쩍 창밖으로 시선을 돌렸다.

"하얼빈역에 있던 기념관이 이사 갔다고 들었어요. 조선 민족 예술관인가…?"

"네 맞아요. 이사 갔죠."

"한국에선 그게 사드 보복 때문이라는데, 정말이에요?"

"네? 아뇨! 아니에요!"

전혀 엉뚱한 소리라며 그가 절레절레 고개를 흔들었다. 그리고 나는 궁금해졌다. 한국에서 귀에 못이 박히도록 들었던 사드 문제 말이다. 정말 중국에서 한국인을 그렇게 박대하는지, 내가 작년에 티베트에서 겪은 일을 어떻게 생각하는지 묻고 싶었다. 정치적인 문제이고, 그래서 예민한 문제이니 그와 좀 더 가까워질 때까지 기다려야 순서에 맞을 것이다.

"내일 그 기념관에 가면서 잠깐 지나칠 텐데, 하얼빈 기차역을 모조리 뜯어서 공사 중이에요."

"뜯었다고요? 모조리? 싹 다?"

"네. 전부 뜯어버렸더라고요. 공사를 얼마나 크게 하는지, 주변 도로까지 다 막아놓아서 저도 길을 잃을 뻔 했다니까요."

100년 전엔 러시아 관할 지역이었기 때문인지 하얼빈 시내는 전체적으로 유럽풍의 건물들이 많았다. 여기가 중국인지, 러시아인지 구분되지 않을 지경이다.

"작년 여름에 시진핑 주석이 하얼빈을 방문했었거든요."

"아, 그래요?"

"중국은 공산국가예요. 주석의 말 한 마디면 모든 게 다 되죠. 한국엔 그런 거 없죠?"

"그렇죠. 이 사람 저 사람 얘기 듣느라 해야 할 일을 못할 때가 많아요."

"주석이 방문했다는 건 곧 그 지역의 발전을 뜻해요. 하얼빈 기차역이 대표적이죠. 백 년 전 건물이니 노후한 시설이 분명 있을 거예요. 비용 부분도 중요하지만 역사적으로는 더 중요하기 때문에 국가 차원에서 해결하지 않으면 안 됐던 거예요."

쉽게 설명하자면 바로 이런 뜻이다. 민주주의 국가랍시고 이

쪽저쪽 사정 따지느라 시간만 보내는 우리나라와 달리 공산주의 국가인 중국에선 지역 주민들이 필요로 하는 문제가 있으면 주석이 직접 나서 비용과 인력을 원하는 대로 모두 공급하겠다고 약속한다. 주석의 명령은 곧 법과 같고 절대적이므로 실무자가 얼렁뚱땅 넘어가거나 중간에 비용을 빼돌려 유용, 착복하는 일은 거의 불가능하니 그래서 일처리가 똑부러질 수밖에 없다. 하지만 이 나라의 사정을 알 리 없는 외국인들은 자기들의 기준에서만 생각하고 행동하니 서로 간에 오해가 생기는 거다. 아무리 우리의 백 년 전 역사가 담겼다지만 하얼빈역은 중국 땅에 있고, 그래서 옛 건물을 개축하는 건 당연히 중국의 소관이다. 하필 사드 문제로 시끄러운 와중에 일이 벌어졌지만 냉정해지자. 하얼빈 기차역 개축 공사로 인한 안중근 의사 기념관 이전은 사드와 전혀 관계가 없다.

"조린공원에서 매년 겨울에 빙등제(氷燈節)를 한다면서요? 인터넷에서 봤어요."

"아, 빙등제요?"

시내의 작은 호텔에 짐을 내려놓고 간편한 복장으로 다시 차에 올랐다. 안중근이 우덕순, 유동하와 함께 거사를 모의했다는 곳으로 갈 생각이다.

"네. 겨울만 되면 아주 화려하게 행사를 치르죠. 송화강(松花江)의 얼음을 가져다 만드는, 조린공원에서 좀 떨어진 곳이에요. 좀 있다가 한 번 가볼까요?"

현대식 아파트들이 즐비한 구역에 들어서니 가뜩이나 좁은 3

차선 도로가 양편 갓길을 따라 주차해둔 차들 탓에 더 혼잡하다. 주변을 어슬렁거리는 제복 차림의 주차요원을 불러다 주차요금을 흥정하고, 우리는 곧 걸음을 옮겼다. 그 오래 된 어느 날, 11인의 동지와 손가락 마디까지 끊어가며 반드시 뜻을 이루고자 하였지만 딱히 당장 할 수 있는 일이 없어 막막해하다가 안중근은 블라디보스토크로 떠나야겠다고 마음먹는다.

「그럼 동지, 언제 돌아올 생각이오?」

「돌아올 생각이 없소.」

자기가 말하고도 어떻게 이런 대답을 했는지 놀라웠다는데, 안중근을 다룬 어떤 책들은 이에 대해 그가 어쩌면 자신의 운명을 본능적으로 예측했던 거라 주장하고, 또 어떤 책들은 거사 이후 재판을 앞둔 안중근이 그간 자기를 도운 이들을 숨기거나 보호하기 위해 꾸며낸 이야기라고도 주장한다. 하지만 내 생각에 이 부분은 전자의 경우처럼 이토 히로부미를 향한 적개심과 애국심에서 비롯된, 이를테면 복선이라고 표현하는 게 좋을 것 같다. 죽음을 앞둔 자가 자신의 마지막을 정리한다는 의미로 말이다. 러시아 블라디보스토크로 떠난 안중근은 우연히 대동공보(大東共報)와 원동보(遠東報)에서 이토 히로부미가 만주 시찰을 하러 곧 하얼빈으로 향할 거라는 소식을 접하게 된다. 앞서 안중근은 의병 활동을 목적으로 해조신문에 인심단합론이란 글을 남겼다고 밝힌 바 있다. 해조신문이 3개월 만에 일본의 방해로 폐간당한 후 새로 창간된 신문이 바로 대동공보인데, 이 신문사에서 안중근은 우덕순을 만나 거사를 계획한다. 이후 수분하에서 만난 유동하가 두 사람을 하얼빈으로 안내하며, 여기에서 안중근의 거사에 중요한 역할을 했다는 인물을 만난다. 바로 김성백이었다. 하얼빈시(哈尔滨市) 도리구(道里區) 삼림가(森林街) 34호, 김성백의 집에서 조린공원까지는 그리 멀지 않다고 가이드 아저씨가 귀띔했다.

"자, 손바닥 도장이 찍힌 비석을 찾아보세요."

"…?"

가이드 아저씨가 시험 문제를 출제하듯 말했다. 처음에는 이 동네의 이름을 따서 도리공원(道里公园)이라고 부르다가 중국의 항일 영웅 이조린(李兆麟) 장군을 기념하기 위해 지금의 이름으로 바꾸었다는 공원, 한 눈에 보아도 이 공원의 부지는 상당히 넓다. 화려하게 조성된 화단과 울창한 나무 숲 하며, 구불구불 길게 이어진 인공 호수 위로 여러 개의 아치 다리가 보이고, 저쪽에는 회전목마를 탄 아이들의 놀이시설이 펼쳐져 있으며, 돗자리를 깔아놓은 풀밭엔 일가족이거나 연인으로 보이는 이들이 둘러앉아 도시락을 먹는 중이다. 더할 나위 없이 평화롭고 일상적인 풍경이었다.

"아, 저쪽이요!"

별다른 표시가 없었지만 나는 쉽게 찾았다. 네 번째 손가락 한마디가 잘려 기형적으로 보일 수밖에 없는 안중근의 붉은 손바닥 도장을 말이다. 비석의 앞면에는 청초당(靑草塘), 뒷면에는 연지(硯池)라고 적혀있어 주변으로 흐르는 인공 호수와 기막힌 조화를 이룬다. 서울 남산 안중근 의사 기념관에도 이 청초당이

란 단어가 액자로 걸려 있었는데, 이는 '풀이 푸르게 돋은 언덕'
이라는 말로 이해할 수 있으며, 다시 얘기하자면 '봄에 푸르게
풀이 돋아나듯 우리나라의 독립도 곧 다가올 것'이라는 뜻으로
조국을 향한 안중근의 염원이라고 설명했다. 안중근은 바로 이
자리에서 우덕순, 유동하와 함께 거사를 위한 좀 더 세밀한 계획
을 논의했다.

"저쪽으로 나가면 그 사진관 자리가 있어요."

세 사람이 나란히 사진을 찍었다는 그곳으로 가려면 왕복 4차
선 도로를 건너야 한다. 승용차와 버스가 내달리는 대로변에 어
쩐지 횡단보도는 보이질 않는다. 예전에 그랬듯 여전히 무단횡
단을 일삼는 이들, 어떻게 하면 좋을지 눈치만 살피는 나를 끌고
가이드 아저씨가 당당하게 차도를 건너간다.

"와…!"

유럽풍의 오래된 건물 하나가 눈에 들어왔다. TV로 보았던 바
로 그 건물이다. 가이드 아저씨가 바깥에서 담배를 피우는 노인
과 몇 마디 주고받는 동안 나는 스마트폰을 꺼냈다. 중국과 러시
아의 문화가 뒤섞인 이 도시가 어딘지 모르게 새로워 보였다.

"자기가 집주인이래요. 들어가 봐도 되겠느냐고 물었더니 빈
집이라 볼 게 없다고 하네요."

많이 낡아서 손보고 싶지만 역사적 가치와 보존을 이유로 지
역 정부에서 증개축을 허가하지 않는다고 한다. 또한 집주인은
한국의 방송 팀이 찾아와 수선을 피우고 갔던 어느 날을 기억하
고 있지만 그들이 무슨 일로 촬영한 건지는 모른다고 했다. 이

건물의 역사에 대해 전혀 모른다는 뜻이었다. 이제는 사진 한 장과 몇 마디 기록으로만 남아있는 역사의 흔적을 뒤로 하고, 우리는 아까 차를 세워놓았던 곳으로 돌아갔다.

"김성백 씨의 집이 근처에 있어요. 알아볼 수 있죠?"

"아, 저기에 있네요!"

짙은 남색 대문을 발견했다. 비록 철거되고 현대식으로 다시 지어져 옛날의 모습을 찾아볼 수 없지만 바로 이 자리에 김성백의 집이 있었던 건 확실해 보인다.

"여기에서 조린공원까지의 거리가 어느 정도일 것 같아요?"

"…?"

대각선 방향으로 조린공원의 측면 출입구가 보였다. 눈짐작으로 대충 계산해 보아도 약 100미터 쯤 되는 것 같다. 현대사회로 접어들며 백 년 전의 가치가 사라져버린 이곳, 옛날엔 공관으로 쓰였다지만 지금은 러시아인 자녀들의 초등학교로 운영한다는 오래된 건물만이 높이 솟은 고층 건물들 사이에 남아 역사를 증명할 뿐이다. 복잡한 이 거리 한복판에서 나는 문득 생각했다. 우리 민족의 특징은 뭘까? 참으로 생뚱맞은 생각이 아닐 수 없지만 조국을 위해 싸운 선조들의 심리를 이해하려면 반드시 짚고 넘어갈 문제일 것이다. 우리 민족의 특징은 과연 무엇인가. 작은 땅 한반도에서 살다 간 선조들과 그들로부터 물려받은 우리만의 도드라진 특이점 말이다. 우수한 반만년 역사? 단 한 번도 다른 나라 땅을 침범하지 않았다는 도덕적이거나 윤리적인 가치관? 이 당연한 정답에 대부분 고개를 끄덕이겠고, 나조차 동의하지만 그래도 한 가지 더 보태고 싶은 역사적 진실이 있다. 결코 평화롭지 않았던 수천 년의 세월, 그러니까 다시 얘기해서 조공하지 않으면 가만 두지 않겠다며 중국이 내내 눈을 부라리고, 무식하게 힘만 센 몽골이 다짜고짜 불을 질러대고, 미국이 개화하라며 시비를 걸고, 프랑스가 찾아와 싫다는 종교를 자꾸만 들이대고, 멍청하기 짝이 없었던 자기네 잘못된 역사를 보상 받고 싶은 일본이 결국 식민지 삼아버린 그 긴 시간 동안 우리 조상들은 이기적이기보다 이타적인 마음으로 살아온 것 같다. 물론 당장의 사리사욕에 눈이 뒤집혀 민족적 자존심이고 인간적 양심이고 뭐고 다 팔아먹은 매국노들도 있기는 하다. 민족을 배신한 대가로 죽을 때까지 잘 먹고 잘 살았다는 사실이 가히 충격적이어서 이목을 집중했을 뿐 잘 찾아보면 어딘가에는 침략자의 폭압으로 등허리가 휘어버린 백성들을 위해 헌신한 인물이 더 많을 것이었다. 독립 자금에 보탤 목적으로 가산을 탈탈 털었다는 이회영(李會榮)의 가족이 그 예일 텐데, 이 부분은 대련에 가서 다시 생각해볼 문제겠고, 쓰러진 조국을 일으켜 세우기 위해 활약했다는 미국 샌프란시스코의 대한인국민회처럼 이 집에서 살다 간 김성백이 바로 그러했을 것이다. 공부가 부족하여 안중근을 제대로 알지 못했던 나는 한국 국적자도 아닌 이 인물을 뒤늦게나마 알게 되어 참 다행이라고 생각한다.

「두 살 때 부모의 손을 잡고 함경북도 종성읍을 떠나 러시아 연해주 우수리스크에 이주해 갔던 김성백은 러시아에 귀화하여 '치혼이바노비치 김'이라는 러시아 이름을 가졌고 러시아의 동방정교(東方正敎)를 믿고 정식세례를 받았습니다.」

서울 남산 안중근 의사 기념관 홈페이지에 질문 글을 남겼더니 이토록 친절한 답변이 돌아왔다. 한국에서 태어났지만 아직 어린 두 살에 이주하고, 귀화하여 이름을 바꾼 뒤, 우리와 전혀 다른 종교까지 가졌다는 남자. 냉정하게 생각하자면 김성백은 이미 그 나라 백성이라고 생각해도 좋을 것이었다. 강대국들이 서로의 힘을 과시하느라 약소국은 목소리도 낼 수 없는 삭막한 시대, 너무나 매정하고 냉정하여 내 뱃속 채우기에도 벅찬 세상인데, 어릴 때 떠나온 조국은 이제 곧 존재하지 않을지도 모른다. 만일 내가 그 시절 김성백이었다면 나는 과연 어떻게 살았을까? 수전노가 되어 인간성을 여실히 드러냈을까? 아니면 타인을 돕는 헬렌 켈러가 되었을까? 심각하게 고민해 보지만 답을 내놓기가 쉽지 않다. 솔직하게 얘기해서 내 진짜 모습을 나도 잘 모르겠다.

「하얼빈에 찾아오는 한국인들 대부분은 이곳을 잘 모르기에 길거리에서 방황하는 경우가 많습니다. 그들을 돕기 위해 내가 회장이 된 겁니다.」

한민회(韓民會)라는 민간자체조직을 만들었을 때 김성백이 한 말이다. 한국인보다 더 한국인 같은 열정으로 살았다는 그가 생각하기에도 타국에서 살아가는 한국인들의 처지는 도저히 그냥 보아 넘길 수 없을 지경이었다. 아닌 게 아니라 집도 절도 없이 노숙자처럼 아무렇게나 흘러 다니다 추운 하얼빈 길바닥에 쓰러져 그대로 사망하는 사람이 너무 많았다는 거다. 하지만 죽어서도 그들은 갈 곳이 없다. 어쩌다 마음씨 좋은 사람이 땅에 묻어 주었어도 비가 오면 쉽게 침수되거나 배고픈 들개들의 먹이로 전락하니 이대로 내버려 둔다는 건 국적을 떠나 너무나 비윤리적인 짓이다. 나라 잃고 떠돌아다닌 사람들의 가슴에 대못을 박을 수 없다며 직접 두 팔 걷어붙이고 나섰다는 김성백에게 내가 다 고맙다. 러시아어에 능통한 건 당연하고, 동청철도 건설에도 제법 영향력을 끼친 인물이라 자금력으로만 따져도 러시아 정부가 함부로 건드리지 못했기에 김성백이 안중근을 도울 수 있었을 것이다. 그리고 나는 다시 김성백의 집에서 지내는 며칠 동안 안중근이 과연 무슨 생각을 했을지 상상해 보았다. '1박 2일'에서 어느 출연자는 진지한 목소리로 이렇게 말했다. 아무리 조국을 구하기 위해서라지만 어쨌거나 사람을 죽이는 일이었고, 그 역시 인간이니 일말의 두려움은 있지 않았겠느냐고 말이다. 함께 출연했던 이들은 모두 그 의견에 동조하는 표정이었지만 전문가는 고개를 저었다. 그때 안중근은 오롯이 조국을 향한 사랑만을 가슴에 품었으며, 지금까지 전해 내려오는 유묵(遺墨)이 그 증거라고 단호히 말하는 것이었다. 하지만 나는 다르게 생각해 보고 싶다. 저녁이 가까워 올수록 점점 더 추워지는 이 하얼빈에서, 그리고 뤼순에서 안중근은 무슨 생각을 했을까? 그의 인간적인 고뇌는 과연 어떤 의미였을까? 내 머릿속은 정리되지 않은 생각들로 복잡해졌다.

* * *

좌회전을 한 차량이 어느 식당 앞 빈자리에 멈추었다. 바깥에 나와 줄담배를 피우는 저 식당 주인이 잔소리를 할 거라며 가이드 아저씨가 양해를 구하러 간 사이 나는 잠시 주변을 둘러보았다. 주말을 앞둔 금요일 오후, 시시콜콜 떠들어대던 거리의 낯선 소음과 관계없이 비좁은 이 골목은 그저 한가롭다. 가로수 아래에서 노닥거리는 어린 아이들의 손장난만이 마치 이름 없는 관광지구의 메타세쾨이어 거리처럼 고즈넉한 풍경을 연출하고 있었다.

"찰칵, 찰칵…!"

담장 너머 아담한 건물을 향해 나는 연신 스마트폰을 들이댔다. 하얼빈시 도리 조선족 중심 소학교(哈尔滨市道里朝鮮族中心小學校), 하얼빈에 찾아온 안중근이 김형재를 만나 구체적인 거사 계획을 준비했다는 동흥학교(東興學校)였다. 그간 말로만 들었던 곳에 와보니 감개가 무량하여 나는 한동안 이 학교 주변을 서성이고만 있었다.

"잠깐 들어가 볼까요? 경비 아저씨한테 허락 받았어요."

"아. 그래요?"

반쯤 열린 철문 안쪽에서 마냥 지켜보던 경비 아저씨가 우릴 반갑게 맞이했다. 하교시간이 지났기 때문일까? 오전 내내 아이들의 수다로 시끌벅적했을 학교가 지금은 고요하다. 창밖에서 비춰 들어오는 빛이 아니면 전등을 모두 꺼놓은 채여서 음침하기까지 했다. 교육 목적으로 사용하는지, 아니면 그저 전시용인지 알 수 없는 지구본과 동상 너머에 이 학교의 역사가 벽걸이로 붙어있다. 1909년 4월 개교 이후 동흥학교는 세월의 흐름에 따라 조선총독부가 직접 운영하였더라는 '하얼빈 영실학교', 1915년엔 '하얼빈 보통학교'로 불렸으며, 해방되기 직전까지는 '하얼빈시 공립 금강 국민 우급학교'라는 이름으로, 이후 '하얼빈 금강 소학교', '하얼빈 조선민 소학교' 등으로 부르다 지금에 이르렀다고 한다. 그러나 이 연혁사(沿革史)에 따르면 애초에 동흥학교가 있던 곳은 여기가 아니었다. 주소만 보아도 그 사실을 알 수 있다. 초창기 동흥학교의 위치는 하얼빈시 도리구(區) 홍하가(街) 34호, 일본인이 교장을 맡았다는 영실학교 시절엔 도리구 경찰가, 매매가, 14도 가 등으로 옮겨 다니다가 보통학교라는 이름이 붙자 상무가로, 나중에는 도리구가 아닌 도외구로 옮겨가는 등 일본의 식민지로 전락했던 짧지 않은 세월 동안 이 학교는 그렇게 오래토록 시달렸다. 지금에 이르러서는 운영난을 겪는지 뒷마당에 마냥 방치된 운동장 하며, 군데군데 녹이 슬어 보기 흉한 시설물, 심지어 컴퓨터실엔 지금은 찾기도 어려운 586 컴퓨터가 잔뜩 먼지를 뒤집어쓰고서 남아있다. 인근 한족 자녀들의 소학교와 비교하면 턱없이 열악한 시설이지만 앞서 보았던 사진관 건물처럼 한편으로는 역사적 가치와 중요성을 내포하기에 함부로 건드리지 못할 것이었다.

"2층에 가면 더 자세히 볼 수 있어요."

계단 끝에 오르자 회의실이라고 소개하며 경비 아저씨가 여닫이문을 열었다. 그리고 나는 탄성을 지르고 만다. 내일 기념관에 가면 만나리라고 생각했던 안중근을 여기에서 먼저 마주치게 된 것이다. 그와 결코 무관하지 않을 인물이 학교를 설립했기 때문일 거다. 인터넷을 아무리 뒤져도 제대로 된 설명을 찾기 어려운 이름 김성백, 역시 알려지지 않은 인물이어서 일까? 아니면 내가 공부를 게을리 했던 걸까? 나는 지금껏 이 학교를 김성백이 세워 운영했던 것으로 착각했다. 1층의 게시판에서 만난 학교 연혁에서도, 이 학교를 좀 더 자세히 설명하는 회의실 내부에서도 줄곧 발견하게 되는 김성옥이란 인물을 나는 도저히 알 수가 없었다. 서울 남산 안중근 의사 기념관에서는 이에 대해 이렇게 답변했다.

「하얼빈 시내에 있는 동흥학교를 세운 사람은 김성백의 둘째 동생 김성옥이 맞습니다. 다만 김성백은 하얼빈 한민회 회장으로서 동흥학교를 설립하는 데에 재정적인 후원을 한 것은 사실입니다.」

타국에 나와 어렵게 살아가는 동포를 구하기 위해 한민회를 만들고, 그들의 교육에까지 힘쓴 아름다운 동포 김성백. 형의 영향력이 동생에게 미쳤으리라는 추측 한 번 할 줄 모르는 주제에 작가랍시고 잘난 척을 했다니, 멍청한 내 스스로가 원망스러웠으며, 동시에 자기보다 남을 위해 살았다는 그가 새삼 존경스러웠다.

"어? 이영애다!"

박물관에라도 들어온 듯 한참을 회의실에 머물던 나는 문득 사진 하나를 발견하고 깜짝 놀랐다. 한국인 배우 이영애와 이 학교의 학생이 함께 찍은 사진이었다. MBC 드라마 대장금이 중국에서 한창 인기를 구가하던 시기였는지 아이는 드라마 속 한복을 곱게 차려입은 이영애의 포스터를 품에 안고 있었다.

"그 한국 배우가 10만 위안을 학교에 주고 갔어요."

"10만 위안이요?"

"좋은 일 했죠. 곱기도 하고."

경비 아저씨가 흐뭇한 얼굴로 말했다. 역사가 살아 숨 쉬는 학교와 자타공인 한류스타의 만남이니 혹시 한국에도 알려지지 않았을까? 인터넷을 다시 찾아보니 정말 있다. 2007년 1월, 무려 10년 전의 일이었다. 동포 학생들에게 도움이 되었으면 좋겠고, 한국과 중국의 문화 교류가 좀 더 활발해졌으면 좋겠다며 선뜻 거금을 기부하고 갔다는 거다. 안중근 의사 기념관에 들러 민족적 자긍심으로 뿌듯해하는 그녀, 게다가 당시 8회 째였던 빙등제의 글로벌 홍보대사이기까지 했더란다. 그날 이영애가 보여준 기특한 마음씨를 증명하듯 앙증맞은 태극기와 오성홍기가 나란히 서서 방문객을 맞으니 절로 웃게 된다.

"자, 이제 송화강으로 갈 거예요."

아직 교실에 앉아 나머지 공부를 하는 아이들을 뒤로 하고 우리는 걸음을 옮겼다. 학교에서 멀리 떨어지지 않은 곳에 중앙대가(中央大街)가 있다. 안중근과는 관계가 없지만 하얼빈 여행을 떠난다면 반드시 들러야 한다는 누리꾼의 글을 보고 스케줄 목록에 채워 넣었다. 젊은이들이 왁자하게 모여 다니는 곳, 피로에 찌든 여행객들이 제멋대로 떠드느라 정신 사나운 동네였다. 상점마다 국적을 알 수 없는 요란한 음악으로 시선을 사로잡으니 언뜻 서울 명동 거리와 크게 다르지 않아 보인다. 다만 한 가지 첫눈에 발견되는 특징이 있다면 그것은 시멘트 건물 일색이던 명동과 다르게 중앙대가는 그 오래된 어느 시절 러시아의 지배를 받았다는 사실을 온몸으로 보여주려는 듯 옛 모습을 그대로 남겨놓았다는 사실이다. 유럽 국가 왕궁의 것이라고 짐작될 화려한 문양의 창문에서 앞치마 차림의 아저씨가 양꼬치를 굽고, 마치 교회인 듯 높이 솟은 첨탑을 배경으로 젊은 여자가 만두를 빚는다. 아무래도 로코코 양식인지, 고딕 양식인지, 바로크 양식인지 학창시절 미술 시간에 배웠던 유럽의 예술세계를 모두 쏟아 부었나 보다. 여기가 도대체 중국인가, 러시아인가? 유럽의 귀족들이 모여 카드 게임이라도 즐길 것만 같은 문양의 테라스에서 이른 초저녁부터 부어라 마셔라 맥주병을 잔뜩 쌓아놓은 시끄러운 사내들 하며, 세계대전에 차출되는 군인을 태웠으리라고 상상할만한 오래된 기차 모형의 건물에는 유니클로와 아디다스와 나이키가 입점하여 손님을 끌어당긴다.

"중국에는 대형견을 많이 키우나 봐요."

추적추적 내리던 빗줄기가 폭우로 뒤바뀌었다. 잠시 비를 피하러 어느 백화점 처마 밑으로 들어온 나는 곁에 가만히 앉아 주인의 장난에 어리둥절 갸우뚱거리는 스탠더드 푸들을 보고 키들키들 웃었다.

"언젠가 말레이시아에 간 적이 있어요. 거긴 여러 가지 종교가 있지만 그중에 무슬림이 가장 많아요. 이슬람교에선 개를 더럽다고 생각한대요."

"그래요?"

"그런데 개 데리고 산책 나온 사람이 있어서 가까이 가보면 전부 한국사람 아니면 중국 사람이라고…."

"하하하…!"

가이드 아저씨가 왈칵 웃음을 터뜨렸다. 요즘 중국에선 대형견이 부의 상징처럼 받아들여지는 모양이다. 간혹 소형견도 보이지만 대부분 대형견이 눈에 띄었고, 견종은 말라뮤트, 셰퍼드, 래브라도 리트리버 등이 가장 많았다. 과시하기 좋아하는 중국인의 특성상 대형견이야 말로 욕구를 충족해 주기에 가장 적당할 텐데, 안에서 새는 바가지가 밖에서도 새지 않을 리가 있겠느냐고 가이드 아저씨가 귀띔했다.

"겨울이 되면 여기 송화강이 꽁꽁 얼어요."

"이 강의 얼음으로 겨울 축제를 한다는 거죠? 제가 추위를 심하게 타는 편이라 얼마나 추울지 도저히 상상이 안 돼요."

송화강이 중앙대가에 있는지 전혀 몰랐다. 쉬지 않고 계속된 폭우로 무려 120센티미터까지 잠겼다는 어느 날을 기억하기 위해 기념탑을 세운 송화강변 광장에 관광객이 가득하다. 이름 없는 동네 가수와 동네 춤꾼과 동네 악기쟁이들이 모여 한껏 재주를 부리다 갔는지 제법 커다란 무대가 아직 철거되지 않은 채였다. 이리저리 눈을 주던 나는 문득 한기에 부르르 몸을 떨었다. 비가 온 뒤라 기온이 내려갔는데, 강바람까지 불어 서늘하다. 저녁이 되면 더 추울 텐데, 반팔 티셔츠 차림으로 돌아다니는 내 모습은 내가 봐도 걱정이었다. 인터넷에서 어느 누리꾼이 하얼빈의 겨울 날씨를 가리켜 '쇼킹하다'라고 표현했다. 영하 30도에 육박하는 추위라니, 12월이 오기도 전에 폭설로 마을이 고립될 정도면 중국에서 가장 추운 도시라는 수식어가 절대 틀리지 않을 것이었다. 세계적으로도 유명하다는 이 도시의 축제가 진심으로 궁금하지만 서울 기온 영하 14도에 동상으로 고생했던 기억을 떠올리면 영하 30도는 도저히 상상할 수가 없다. 나에게 한 겨울의 하얼빈 여행은 절대 불가능한 도전일 것이다.

"작가님, 궁금한 게 있는데요."

관광객을 상대로 장사하는 송화강 인근 식당들의 무자비한 물가에 기겁하여 결국 호텔과 가까운 저렴한 식당으로 가서 자리 잡았다. 양꼬치 한 개에 20위안은 현지인이 보기에도 정신 나간 가격이다.

"안중근에게 동양 평화는 어떤 의미였을까요?"

설화 맥주를 잔에 따르며 가이드 아저씨가 물었다. 안중근 덕분에 처음으로 한국 역사에 관심을 가졌는데, 아무리 생각해도 그 시절 제국주의 유럽인들이 주장하던 그들의 입장을 도무지 이해할 수 없다는 거다. 전쟁이나 갈등 없이 평온한 상태, 사전적 의미로 '평화'는 이렇게 간단한 단어였으나 안중근이 가슴에 품었던 평화는 절대 그렇지 않았을 것이다.

"안중근은 내내 동양의 평화를 언급했지만 결국 세계의 평화를 말하고 싶었을 거예요."

"그렇겠죠. 서로 조화를 이루어야 평화가 올 테니까요."

맥주를 다시 잔에 따르며 나는 생각해 보았다. 지금 우리가 처한 현실을 말이다. 어떻게 설명해야 그 옛날과 다르지 않은 지금을 우리가 쉽게 이해할 수 있을까?

"혹시 태국 역사 알아요?"

"태국…?"

"태국이요. 타일랜드. 타이궈(泰國)…?"

"아, 네. 알아요."

가끔 한 번씩 쓰게 되는 중국어가 엉망이라며 자책하자 그가 웃었다. 타이궈의 성조는 나쁘지 않았다고 칭찬한다.

"1700년대에 태국에는 아유타야 왕조가 있었대요. 그런데 이 왕조는 가난하고 약해서 옆 나라 미얀마가 우습게 본 모양이에요."

"음, 그랬군요."

"군사적으로 강했던 미얀마가 결국엔 태국을 침략했대요. 전쟁이 일어났지만 태국 사람들은 철저하게 훈련된 미얀마의 군대를 이길 수 없었어요. 그 전쟁에서 승리하기 위해 만든 게 무에타이였대요."

"무에…. 뭐라고요?"

그가 되물었지만 무에타이의 중국어 발음을 모르니 나도 고개를 갸우뚱거릴 수밖에 없다. 주먹을 불끈 쥐고 그들 특유의 주먹질을 했더니 그가 '아!' 하고 탄성을 질렀다.

"무에타이를 만든 사람 이름이 '나이카넘뚱'인데요. 이 사람의 소문을 들은 미얀마 왕이 얼마나 강한지 자기 나라 복싱 선수 열 명을 데리고 와서 겨뤄보라고 했대요."

"10대 1로요?"

"네. 치사하죠? 그런데 그 열 명과 싸워서 나이카넘뚱이 완승을 거뒀대요. 미얀마 왕이 감격해서 돈과 여자 두 명을 선물로 주고 고향에 내려가 살게 했더래요."

이 이야기는 무에타이 체육관이라면 서울 시내 어느 곳에서든지 접할 수 있는 그들의 역사였다. 태국에 가서 현지인에게 나이카넘뚱을 안다고 말해보라. 그들은 감동적인 눈빛으로 당신을 쳐다볼 것이다.

"당시에 미얀마는 강했지만 태국은 약한 나라였어요. 그런데 현재 두 나라의 입장은 완전히 바뀌었죠. 태국은 관광 사업으로 동남아시아 지역에선 제법 이름 있는 부자 국가가 됐지만 미얀마는 군부독재로 오랫동안 세계 최빈국이었어요."

"그렇죠. 맞아요."

"태국은 미얀마에게 큰소리치는 위치에까지 서게 된 거예요. 국제무대에서 마주치면 옛날의 국명을 들먹이며 '버마, 이 나쁜 놈들아! 너희는 옛날에 우리나라 침략해서 괴롭혔지? 이 죽일 놈들!' 하고 자국 대표로 나온 사람들 앞에서 대놓고 욕을 하거나 망신을 준다는 거죠. 그런데 비슷한 역사를 가진 한국과 일본은 이 두 나라에 비교하면 과연 어떨까요?"

조용히 듣고만 있던 그가 웃었다. 쓸쓸하게 웃는 내 표정에서 아마 많은 것을 생각할지 몰랐다.

"어렸을 때 저는 주유소에서 아르바이트를 한 적이 있어요. 어느 날 외국인 노동자 한 사람이 석유를 사러 왔죠. 어느 나라에서 왔느냐고 물었더니 미얀마래요. 괜히 아는 척 한 번 해보고 싶어서 별 생각 없이 '나 미얀마 역사 잘 안다. 태국이랑 전쟁했지?' 했더니 이 사람이 정색을 하는 거예요."

"그런 얘기가 싫었나 보죠?"

"지금 와서 생각해 보면 미얀마 사람은 태국과 관련한 자국의 역사 문제에 대해 부끄러워하는 것 같았어요. 물론 그 한 사람만 보고 판단할 문제는 아니겠지만요."

"일본과의 문제를 두고 생각해 보면 얘기가 달라지겠군요."

"그렇죠. 똑같이 침략의 역사를 가졌지만 국제 사회에서 태국과 한국, 미얀마와 일본의 위치는 전혀 달라요. 완전히 반대의 입장이죠."

아까 무에타이를 설명할 때처럼 나는 다시 주먹 두 개를 허공에 들어보였다. 오른 주먹을 위에, 왼 주먹은 아래에 두는 것으로 현재 각자가 처한 상황을 설명했다.

"옛날에 미얀마는 위에 있었고, 태국은 아래였어요. 하지만 지금은 위치가 이렇게 바뀌었죠."

내 양 주먹의 위치가 달라졌다. 설명을 이해한 그가 고개를 끄덕이고 있다.

"이렇게 바뀐 위치에서 태국은 자기보다 아래에 있는 미얀마를 닦달하는 거예요. 그러면 미얀마는 쪼그라들 수밖에 없죠. 그런데 한국은…."

다시 내 주먹 두 개가 위치를 달리했다. 일본을 가리키는 오른 주먹은 위에, 한국을 가리키는 왼 주먹은 아래에 있다.

"경제적으로나 군사적으로 우위에 있을 일본에게 한국이 '야, 이 나쁜 놈들아!' 하고 소리쳐요. 그럼 일본은 어떻게 반응할까요? 아래에서 뭐라고 하거나 말거나 위에서는 무시하면 그만이에요. '어디서 개가 짖나?' 이런다는 거죠. 이게 과연 공평한 관계일까요? 절대 아니거든요."

천천히 고개를 끄덕이는 그의 표정이 심각하다. 아마 중국의 입장은 어떨지 생각하고 있을 거다.

"그런데 유럽은 또 달라요. 독일의 나치 정권에 핍박 받은 주변 유럽 국가들도 옛날엔 우리처럼 독일과 위치가 달랐겠죠. 그런데 지금은 어떤가요?"

내 두 개의 주먹이 한 자리에 나란히 섰다. 공평한 관계라는 뜻이다.

"지금 독일은 매년 지도자들이 과거에 피해를 입은 국가로 찾아가 사죄의 메시지를 남겨요. 아예 무릎까지 꿇죠."

"네. 맞아요."

"그러면 사죄 받는 당사국은 어떻게 행동할까요? 콧대 세우고, 턱을 치켜들까요? 아니에요. 독일의 손을 맞잡고, '네. 당신을 이해합니다. 우리는 옛날에 슬펐지만 이렇게 친구가 되어주시니 감사합니다. 우리 서로 잘해봅시다.' 이러거든요."

그가 고개를 다시 끄덕였다. 독일의 대통령이, 총리가, 여타 지도자 그룹의 고위 인사가 옛 나치 정권에 핍박 받고 살았던 나라들로 찾아가 무릎을 꿇고, 고개를 숙이며 두 번 다시 과거의 불합리했던 짓을 저지르지 않겠다고 다짐하는 사진과 영상 등을 그 역시 보았을 거다. 그리고 궁금해 할 것이다. 왜 일본은 그들과 똑같이 하지 않는가!

"독일이 사죄를 하고 주변 유럽 국가들이 시원하게 받아주는 그림은 아직까지 유럽에서만 가능해요. 왜냐하면 그들은 한일관계, 태국 미얀마 관계와 다르게 경제적, 사회적, 군사적으로 비슷한 위치에 있으니까요."

"서로 공평한 위치에서 대화를 나누니 통한다는 거죠?"

"그렇죠. 제가 볼 때 한일관계는 너무 불공평하고요. 같은 맥락에서 태국과 미얀마의 관계도 마찬가지예요. 우리보다 먼저 잘못된 역사를 겪었던 유럽이 본보기가 되어야 하는 거죠. 그게 평화라고 생각해요."

중국에는 자작하는 문화가 있나 보다. 그의 빈 잔에 맥주를 채워주려고 했더니 그가 손을 내젓는다. 대신 한국 사람인 나에게는 직접 채워주겠다며 얼른 술잔을 비우란다. 서로 다른 음주문화가 재미있어 웃었더니 그도 따라 웃는다.

"사드 문제에 관해서도 마찬가지라고 생각해요. 양국은 서로의 입장만 주장하고 있는데, 제가 볼 때 지금은 그 문제로 싸워선 안 되거든요."

"그러게 말이에요. 저도 참 걱정이 많아요."

"최근 우리 주변에서 돌아가는 문제들을 보세요. 2017년 현재 북한은 스스로 고립되고 싶어서 안달이 난 것 같고요. 미국은 대통령부터 정상이 아닌 것 같고요. 일본은 자꾸만 과거로 돌아가고 싶어 하는 것 같고, 러시아는 시리아와 싸우느라 바빠 보여요."

자작하던 그가 또 고개를 끄덕였다. 예전에 인터넷에서 어느 누리꾼이 동북아시아를 가리켜 화약고라고 표현했다. 이는 누가 보더라도 공감할 표현이라고 생각한다.

"이제 남은 건 한국과 중국인데요. 한국은 그동안 정상이 아니었고, 중국의 경우에는 언뜻 멀쩡해 보여도 곧 돌아올 당 대회를 앞두고 내부적으로 권력 암투가 진행되고 있을 테니 겉만 보고 판단할 문제는 아니라는 거죠."

"그렇게 서로가 정상이 아닌데, 자기들의 비정상적인 모습을 감추기 위해 서로 싸우라고 부추기는 것처럼 보여요. 그게 걱정이라니까요."

"아뇨. 걱정하지 않으셔도 돼요. 한국은 새 대통령이 선출됐어요. 저는 우리 대통령을 믿거든요. 지금 당장으로서는 한 번에 바뀔 수 없어요. 그동안 잘못된 일이 너무 많아서 정리하는 데에 시간이 걸리니까요. 변화라는 건 원래 그렇다고 생각해요."

중국인이지만 조선족이고, 동포이기 때문에 한국을 사랑하며, 한국과의 관계를 걱정한다고 말하는 가이드 아저씨의 애족심에 감동 받았다. 이제 배가 불러 더 이상 못 먹겠다고 말하는 내 목소리에 아쉬운지 아직 남은 맥주병들을 힐끔거리지만 그도 결국 일어나고 만다. 731 부대 유적지에 가야 하니 아침 일찍 만나자고 약속한 뒤 헤어졌다. 창밖으로 초겨울처럼 쌀쌀한 하얼빈의 밤을 내다보던 나는 문득 깜빡하고 전하지 않은 한 마디가 떠올랐다. 역사적으로 우리는 서로 얼굴 붉히며 살았지만, 그래서 불쾌한 사건 사고들이 많았지만 한편으로는 떼려야 뗄 수 없을 만큼 가까운 사이였다고. 책상 앞에 앉아 말싸움하기 좋아하는 정치꾼들만 아니라면 한국과 중국은 언제든 친구로 살아갈 수 있다는 말을 말이다. 아마 못할 것이다. 원래 취중의 진담이란 술이 깨면 기억나지 않으니까.

***

번쩍, 중근이 눈을 떴다. 아직 동이 트지 않은 새벽이다. 세상을 바꿀 만큼 운명적으로 사랑했더라는 무성영화 속 어느 주인공처럼 아주 천천히, 하지만 의미심장한 몸짓으로 일어나 침대에 걸터앉는다. 밤사이 온몸 구석구석으로 흘러 다녔을 세포의 운신을 느끼며 그는 가만히 생각해 보았다. 역시 마음이 편안했기 때문일까? 걱정과 달리 꿈 한 번 꾸지 않은 채 깊은 잠을 이루었으며, 그래서 이른 시간에 깨어나고도 정신이 또렷했다. 세안을 하고, 검은 정장으로 갈아입는 동안 중근은 내내 침묵했다. 소원을 비는 이가 떠놓은 정화수처럼 그의 가슴은 청정하였고, 고요하였다.

"…?"

중근의 시선이 문득 탁자 위로 옮겨 닿는다. 쓰고 남은 종이와 붓이 거기에 굴러다니고 있다. 이틀 전의 깊은 밤, 조국 독립을 목표로 달려온 날들을 정리하며 덕순과 서로 경쟁하듯 써내려간 글씨들이었다.

丈夫處世兮(장부처세혜) 其志大矣(기지대의)

時造英雄兮(시조영웅혜) 英雄造時(영웅조시)

雄視天下兮(웅시천하혜) 何日成業(하일성업)

東風漸寒兮(동풍점한혜) 壯士義熱(장사의열)

念慨一去兮(염개일거혜) 必成目的(필성목적)

鼠竊伊藤兮(서절이등혜) 豈肯比命(기긍비명)

豈度至此兮(기도지차혜) 事勢固然(사세고연)

同胞同胞兮(동포동포혜) 速成大業(속성대업)

萬歲萬歲兮(만세만세혜) 大韓獨立(대한독립)

萬歲萬萬歲(만세만만세) 大韓同胞(대한동포)

장부가 세상에 처함이여 그 뜻이 크도다.

때가 영웅을 지음이여 영웅이 때를 지으리로다.

천하를 크게 바라봄이여 어느 날에 업을 이룰꼬.

동풍이 점점 차가워짐이여 장사의 의기는 뜨겁도다.

분개함이 한번 뻗치니 반드시 목적을 이루리로다.

쥐 도적 이토여 그 목숨 어찌 사람 목숨인고.

어찌 이에 이를 줄 알았으리. 도망 갈 곳 없구나.

동포여, 동포여. 어서 빨리 큰일 이룰지어다.

만세, 만세, 대한독립이로다.

만세, 만만세, 대한동포로다.

중근은 저도 모르게 쿡, 웃고 만다. 운명적 만남을 앞둔 자의

긴장한 심리였을까? 아니면 조국애로 가득한 투사의 비장함이
려나? 장부가(丈夫歌)라고 이름 지은 글을 수차례 되뇌며 중근
은 허공으로 눈을 준다. 마침내 때가 왔다. 내 나라 내 조국을 손
에 쥐고 아무렇게나 흔들어대던 그를 심판할 날이 기어이 도래
했단 말이다. 중근은 흥분한 심장이 제멋대로 날뛰고 있음을 느
낀다. 찬란한 역사만큼이나 고우신 황후를 잔인하게 유린한 날
들의 복수를, 존엄한 황제의 권위를 짓밟은 것으로 모자라 그 엄
숙한 자리마저 빼앗는 수치심을 안긴 날의 복수를, 더 이상 누구
에게도 보호받지 못한 채 발가벗겨지운 듯 처참하고 비참하며
참담한 삶으로 고꾸라진 백성들의 복수를 꿈꾸니 중근은 오늘
아침이 더 그럴 수 없도록 즐거웠다. 혹시 덕순도 그랬던 걸까?

만났도다. 만났도다. 원수 너를 만났도다.
평생 한 번 만나기가 어찌 그리 더디더냐.
너를 한 번 보기 위해 수륙(水陸)으로 기만리(幾萬里)를
윤선(輪船) 화차(火車) 갈아타길 천신만고 거듭하여
노청양지(露淸兩地) 지날 때나 앉을 때나 섰을 때나
하늘 향해 기도하길 살피소서. 살피소서.
주 예수여 살피소서. 동 반도에 대한제국
부디 우릴 도우시어 그 원대로 구하소서.
간악한 노적(老敵)놈이 우리민족 이천만을
멸한 뒤에 금수강산 삼천리를 소리 없이 뺏으려고
궁흉극악(窮凶極惡) 수단으로 열강들을 속이고

내장까지 다 빼먹고 또 무엇이 부족하여

또 한 욕심 채우려고 쥐새끼 모양처럼

이리저리 오가며 또 누구를 속이고서

또 누구 땅을 뺏으려고 저렇게 다니는가.

대한민족 이천만 모두 이리 애련하여

간활한 노적 만나기를 천만 번 기도하며

주야를 잊고 만나고자 원했던 이토를 만났구나.

오늘 네 명(命)이 나의 손에 달렸으니

네 명이 끊어지면 너 역시 원통하리.

갑오년 가 독립 시켜놓고 을사년에 늑약체결 후에

양양자득(揚揚自得)하고 보니 오늘 이리 될 줄 몰랐느냐.

죄 범하면 죄가 오고, 덕 닦으면 덕이 온다.

너 뿐만이 아니리라. 너의 동포 오천만 인구

오늘부터 하나 둘씩 내 손으로 죽이리라.

우리 동포들아, 한 마음으로 단합하여

왜구를 물리치고 우리 국권 회복하고

국부민강(國富民强) 이룰 때면 세계 뉘가 압박하랴.

우리를 하등(下等)하게 냉우(冷遇) 취급 못 벗어나니

어서 빨리 합심하여 이토 노적 죽이듯

용감하게 거사하여 국민 의무 다해보세.

거의가(擧義歌), 이토 히로부미 뿐 아니라 일본인 모두를 죽이
겠다며 시에서조차 분기탱천한 모습을 드러낸 덕순은 지금 조도

선과 채가구역에 있다. 이름 없는 산골마을 간이역에 닿은 듯 한가로운 풍경만이 펼쳐졌던 곳, 세상이 어떻게 되거나 말거나 제 목숨줄만 붙어 있으면 걱정할 것 하나 없는 늙은 황소가 하릴 없이 풀이나 뜯으며 돌아다닐 작은 마을이었다. 세상만사 제쳐두고 장기라도 한 판 두며 쉬었음직한 그 아담한 기차역을 서성이던 중근은 문득 멀지 않은 거리에 창고처럼 쓰이려나 싶은 지하실을 발견하고 비로소 웃었다. 여기가 좋겠다고 하였다. 바로 여기에 숨어 그를 기다리자고, 만일 여기에서 실패하면 하얼빈에서 결행하겠노라며 단호하게 웃었더니 덕순도 웃었다. 그 밤, 장담할 수 없는 성공을 기약하며 비장한 얼굴로 끌어안고 대한의 사내들은 그렇게 헤어졌다. 그리고 다시 하루가 지나 마침내 오늘이다.

"주여…."

깨끗하게 방을 정돈하던 중근이 문득 무릎을 꿇었다. 가슴 위로 성호를 그리는 그, 손에 쥔 묵주의 무게를 느끼며 가만히 읊조렸다.

"마침내 심판의 날입니다. 조국을 걱정하는 이 마음을 부디 헤아려 주소서. 쓸모를 다하였을 때, 비로소 하느님 곁으로 나아가겠나이다."

아멘, 눈을 뜨는 순간 중근은 빛을 보았다. 방안을 비추는 전등의 맹목적인 충성과 다른 전혀 새로운 빛이다. 하얼빈의 살인적인 추위마저 녹여버릴 그 하얀 빛을 끌어안으며 중근은 미소 지었다. 마침내 오늘, 비로소 나는 내 조국의 포근한 빛이 되리라.

"…?"

인기척을 느끼고 돌아보던 김성백이 2층에서 내려오는 중근과 마주쳤다. 무표정한 얼굴로 서로를 바라보는 두 사람, 침묵했지만 그들은 벌써 많은 이야기를 주고받은 듯 보였다.

"지금 출발하시겠소?"

김성백이 낮게 한 마디를 건네자 중근은 고개를 끄덕였다.

"그동안 고마웠소."

중근이 손을 내밀었다. 투박하지만 부드러운 손을 잡고 미소 짓던 김성백이 그를 와락 끌어안았다.

"잘 다녀오시오. 부디 성공을 기원하오."

중근은 이번엔 대꾸하지 않았다. 김성백을 놓아준 뒤 곁을 지나 현관으로 다가서던 중근, 그 찰나의 시간에 무슨 생각을 한 걸까? 잠시 뒤를 돌아본다. 채 어둠이 가시지 않아 삭막한 공간, 무려 열하루를 지낸 이곳이 오늘따라 낯설게 느껴졌다. 반가이 인사를 나눈 김성백 마저 그를 돌아보지 않고 있다. 애초부터 존재하지 않았던 것처럼 더 이상 아무도 나를 지켜봐 주지 않는 것이다. 어찌 이러는가! 중근은 스스로에게 다그쳤다. 무슨 미련이 남았기에 그리 돌아보는가. 헤어짐을 서운해 하지 말 것이며, 절대 돌아보지 말라! 나는 그저 조국을 위해 살다 조국을 위해 죽을 따름이다.

"달깍"

잠금 쇠가 고리에 걸리며 철문이 닫혔다. 순간, 중근은 온몸으로 훅 끼쳐오는 찬바람을 느꼈다. 칠흑같이 어두운 새벽의 바람은 낯선 땅에 뿌리 내리지 못한 이방인을 가만히 두고 보지 않았다. 뼛속까지 파고드는 추위를 견딜 수 없었을까? 가죽 장갑을 손에 끼우고, 코트 깃을 세워 올리며 중근, 가까이로 다가온 인력거를 잡아탔다.

"去哪儿? (어디로 가십니까?)"

중근을 자국민으로 착각한 인력거꾼이 자기 말로 물었다.

"哈尔滨站. (하얼빈역이오.)"

"…!"

순간 인력거꾼의 얼굴이 사색이 된다. 오늘 하얼빈 기차역에서 무슨 일이 있는지 알기 때문일 거다. 일본인이었느냐며, 연신 죄송하다고 어설픈 일본어로 사과하는 인력거꾼의 굽은 어깨로부터 두려움이 느껴진다. 중근은 안타까웠다. 얼마나 오랫동안 핍박받았기에 어깨가 저토록 굽었단 말일까? 도대체 얼마나 오랜 세월을 탄압받고 박해 당하였기에 저토록 두려운 몸짓을 보이며, 눈조차 마주치지 못한단 말일까? 추위를 이기지 못하고 붉게 달아오른 그의 얼굴처럼 내 조국도 저들의 구둣발에 채여 밤새 휘청거렸으리라. 중근은 뿌득, 저도 모르게 이를 갈았다.

"謝謝(고맙소)."

하얼빈역 인근에 다다랐을 때, 인력거에서 물러나오며 중근이 그에게 말했다. 중근의 입가에 떠오른 미소를 그는 혹시 보았을까? 꾸벅 절을 하는 얼굴에서 어느새 긴장한 빛이 사라져 있었다. 인력거꾼의 차가운 손에 지폐를 쥐어주고, 중근은 홀연히 돌아선다. 희붐하게 밝아오는 하얼빈역 주변이 벌써 인파로 북적이고 있다. 일본인으로 짐작되는 잘 차려입은 양복쟁이 신사들과 그들 특유의 억양으로 까르르 웃음을 터뜨리는 기모노 차림의 여인 무리를 지나쳐 중근은 역사(驛舍)로 들어섰다. 일본과 러시아의 군 병력이 눈에 띄었지만 아무도 기차역으로 모여드는 인파를 제지하지 않았다. 러시아 관할이지만 중국인과 한국인이 더 많이 사는 지역, 하지만 그 힘없는 바보들은 결코 일본의 고위 인사를 환대하러 나타날 리 없으리라고 생각했을까? 아니면 러시아인의 눈으로는 도저히 구별하기 어려울 한국인과 중국인과 일본인을 각각 통제하기엔 시간이 너무 촉박했던 걸까? 아무렇게나 뒤섞인 인파에 파묻혀 중근이 중얼거렸다. 다행이군. 소지품 검사조차 하지 않는 저들의 안일한 태도가 그는 다행스러웠다.

"一杯茶給我(차 한 잔 주시오)."

승강장이 훤히 건너다보이는 찻집으로 들어가서 중근이 종업원에게 말을 건넸다. 키가 작고 몸집도 아담한 여 종업원은 아무리 봐도 중국인이다. 웃으면 귀여울 얼굴인데, 그녀는 잔뜩 얼어붙어 눈치만 보는 형편이었다. 그럴 만도 하다. 집총한 군인들로 가득한 기차역이 아무렇지 않을 사람은 없으니까. 게다가 다른 이도 아닌 일본의 그가, 조선을 무너뜨리고 대국 땅까지 난도질하려는 그가 가까이로 모습을 보일 예정이라면 까무러치지 않고선 도저히 견디지 못할 것이었다.

"…?"

창가 자리에 앉아서 중근이 벽에 걸린 시계로 시선을 돌렸다.

9시 10분, 원동보의 기사가 확실하다면 이토 히로부미는 지금으로부터 20분 후에 도착할 것이다. 찻잔을 입에 가져가며 중근은 슬쩍 바깥으로 눈을 준다. 시간이 갈수록 군인들의 움직임이 심상치 않았다. 일본군과 러시아군이 승강장에 모여 있고, 의장대는 제 손의 장비를 점검하며, 주변으로 일장기를 손에 든 이들이 서로 좋은 위치에 서겠다고 자리다툼을 벌이는 게 보였다. 중근은 가만히 찻잔을 내려놓았다. 시계를 보니 아직 더 기다려야 한다. 이제 겨우 5분이 지났을 뿐이다. 지나가던 종업원에게 같은 차를 한 잔 더 주문하고 중근은 도로 창가에 시선을 던졌다.

"후우…!"

깊은 한숨을 쏟아내며 중근이 왼쪽 가슴으로 손을 얹는다. 품 안에 권총이 숨어있다. 대동공보 사무실에서 이강 기자가 건네준 그 총 말이다. 하얼빈의 공기만큼이나 차가운 이것, 중근은 특유의 살기를 느끼고 잠시 몸을 떨었다. 아니, 내가 몸을 떤 게 아니다. 총이었다. 이 총으로 느껴지는 진동은 도대체 무엇인가. 중근은 한참 만에 깨달았다. 이는 심장의 고동소리였다. 총신으로도 느껴질 만큼 심장이 미친 듯 뛰고 있었던 것이다. 당장에 죽여 없애고 싶은 도적과 비로소 만나게 되었으니 긴장해서 그러거나, 우리를 비참하게 쓰러뜨린 원수의 마지막 순간을 상상하여 흥분했거나, 또는 그로 인해 더 이상 보장받을 수 없는 내 남은 삶이 서글펐기 때문인지 몰랐다. 중근은 다시 한 번 깊은 숨을 쏟아내며 날뛰는 심장을 진정시키려 애썼다. 긴장하지 말라. 기회는 오직 한 번뿐이다.

"빠아앙…!"

"…?"

그때, 멀지 않은 거리에서 기적 소리가 울려왔다. 창밖의 흥분한 사람들이 더욱 가까이 모여들고, 군인들은 처음보다 긴장한 얼굴로 상관의 눈치를 살핀다. 마침내 그가 도착하려는 모양이다. 그리고 중근이 자리에서 일어났다.

"큰일이군…."

찻집에서 나와 승강장으로 들어섰을 때, 중근이 중얼거렸다. 이토 히로부미는 어떻게 생겼지? 생각이 여기에 닿자 그는 스스로가 우스웠다. 얼굴도 모르는 이를 죽이려 하다니, 내가 지금 무슨 짓을 하려는가! 스스로를 책망하며 중근은 인파 사이로 파고들었다. 빠아앙, 다시 기적을 울리며 달려오던 기차가 승강장에 다다르자 속도를 줄였다. 일장기를 손에 든 인파가 더욱 함성을 지르며 다가들고, 의장대가 절도 있는 몸짓을 보인다. 그리고 운명처럼 기차가 완전히 멈추었다.

"…?"

출입문이 열리더니 붉은 카펫 위로 누군가 모습을 드러냈다. 키가 크고 젊은 얼굴의 사내, 내릴 채비를 서두르는 안쪽의 누군가에게 시선을 주고 있다. 그는 혹시 수행원일까? 중근은 가만히 생각해 보았다. 이토 히로부미, 일본이라는 제 나라의 정치판을 쥐고 흔드는 베테랑 정치인이다. 그러므로 그는 왜놈들 특유의 작은 키에 노쇠한 늙은이일 거였다. 비칠비칠 제 몸뚱이를 제대로 가누지 못하는 인물이 나타날 순간을 기다려야 한다.

"와아아아…!"

모여선 인파가 함성을 지르며 일장기를 더욱 세차게 흔들었다. 의장대의 몸짓이 거칠어지고, 수행원으로 보이는 젊은이가 한 사람 더 내리더니 이윽고 흰 수염을 늘어뜨린 늙은이가 모습을 드러냈다. 지켜보던 중근이 품속으로 손을 넣었다. 총신은 그저 차가웠다. 마중 나온 일본인 대표단에게 다가간 노인이 악수를 건네며 환하게 웃는다. 품에라도 안기고 싶은 건지 구경꾼들이 미친 듯 함성을 질렀을 때, 노인은 재미있다는 얼굴이 되어 그쪽으로 시선을 돌렸다. 눈을 마주치고 어쩔 줄 몰라 하는 이들에게 손을 흔드는 노인, 그가 천천히 걸음을 옮기며 이쪽으로 다가선다. 그리고 중근이 품에서 총을 빼어들었다.

"탕! 탕! 탕!!"

마침내 중근의 총이 불을 뿜었다. 늙은이의 기운 없는 몸뚱이가 나동그라지고, 중근은 순간, 어쩌면 그가 이토 히로부미가 아닐지도 모른다고 생각했다. 그의 총구가 주변에서 얼어붙은 듯 놀라 주춤거리는 이들에게 향했다. 탕, 탕, 탕, 타앙…! 이 광경을 지켜보던 인파가 비명을 지르며 도망치기 시작했다

"꼬레야 우라(Коreя ypa´)!"

한국 만세, 총을 내던지고 중근이 소리쳤다. 그의 손에 대한독립 네 글자를 피로써 새겨 넣은 태극기가 들려있다.

"꼬레야 우라! 꼬레야 우라!!"

"퍼억!"

태극기를 휘날리며 소리 지르던 중근에게 누군가 달려와 개머

리판을 휘둘렀다. 뒷머리를 얻어맞고 쓰러진 중근, 우르르 달려든 군인들이 다짜고짜 그를 걷어차기 시작한다. 하지만 중근은 제 머리만 감쌀 뿐 반항하지 않는다. 하늘에서 내려다보시는 천주님, 마침내 끝났습니다. 내 할 일을 모두 마쳤으니 주여, 이제는 당신께서 원하는 대로 하소서!

"퍼억!"

어느새 피로 흥건해진 그의 몸뚱이를 러시아 헌병대가 일으켜 세웠을 때, 한 일본 군인이 저벅저벅 다가와 주먹을 날렸다. 중근의 고개가 꺾이더니 입안의 여린 살이 터지면서 허공으로 피가 흩뿌려졌다. 다시 그가 고함을 지르며 주먹을 날리려는데, 주변의 무리가 흥분한 그를 뜯어말렸다. 러시아인 헌병들이 수갑을 채우고 연행해 가는 동안 중근은 웃었다. 조국을 구할 수 있어서 중근은 그저 웃을 뿐이었다.

8. 마루타

그 시절, 힘깨나 쓴다는 열강들이 중국 대륙을 조금이라도 더 많이 차지하기 위해 눈치싸움을 벌였다지만 그 와중에 일본은 대륙의 일부가 아닌 그 거대한 땅의 모든 것을 손에 쥐고 싶었나 보다. 하나를 얻으면 또 하나를 얻고 싶은 인간의 끝없는 욕망이라니, 결국 1931년 9월, 만주 지역에서 일본은 또 사고를 쳤다. 흔히 만주사변(滿洲事變)으로 불리는 일련의 사태는 앞으로도 계속될 일본의 만행 중에서도 그저 일부일 따름일 텐데, 이것을 제대로 설명하려면 우선 1920년대로 돌아가야 한다. 중국 근대사에는 빼놓으면 섭섭한 인물이 한 사람 있으니, 그의 이름은 바로 장작림(張作霖)이었다. 평범한 농민의 아들이던 그는 1894년 청일전쟁이 일어나자 군에 입대하여 나름의 능력을 인정받았다고 한다. 당시 중국에는 자기 나라의 어수선한 시절을 가만히 두고 볼 수 없었던 사내들이 뜻을 같이 하는 이들과 군벌(軍閥) 집단을 형성하여 활약했다. 자신이 관리하는 지역의 주민들과 어우러져 농사를 돕거나 학교를 짓거나 인재를 양성하는 등으로 국가 발전에 이바지하던 집단들 말이다. 그렇게 비슷한 생각을 하는 이들이 많았던지 우후죽순 늘어난 군벌 집단은 나중엔 손가락으로 세기에도 어려울 지경에 이르렀다. 사실 군벌이 형성되던 초기의 중국은 이미 오래 전부터 갖가지 수난을 당해온 터라 능력 있는 한두 사람만으론 도저히 감당하기가 어려웠는데, 차라리 능력이 부족해도 애국심과 애족심과 이타심으로 무장한 이들이 군벌 집단으로 모여 민심에 영향을 끼쳤을지 몰랐다. 언뜻 보면 중국에는 나라를 걱정하는 기특한 남자들이 많았다고 생각할 만하지만 그들 또한 인간이어서 시절의 흐름에 따라 인간 특유의 본성 역시 드러났음을 부정할 수 없을 것이다. 어느 동네 뒷골목 양아치 노릇이나 일삼다 왔는지 모를 이들이 군벌이랍시고 뻐기고 다니며 지역 백성들을 학대하거나 주머니를 털지 않으면 외세를 끌어들여 돈벌이 수단으로 이용하는 일이 많아지면서 이들 군벌 집단의 이미지는 차츰 날강도, 또는 쓰레기처럼 변화하고 말았다. 청일전쟁이 끝나자 군에서 인정받은 능력을 바탕으로 장작림 역시 고향에서 자기만의 군벌 집단을 형성했는데, 그 말 많고 탈 많은 군벌 무리 중 가장 모범이 되는 집단이었다. 아무래도 청나라 정부가 그를 눈여겨보았던 걸까? 장작림의 무리는 그들에게서 지원을 받으며 성장했고, 어느새 만주 지역 3개 성을 지휘하는 거대 세력으로 확대되었다. 복잡하기 짝이 없는 중국의 역사를 다시금 들먹이는 이 시점에 반드시 등장해야만 하는 인물을 한 사람 더 설명해야 할 것 같다. 한국에서도 중국의 근대사를 배울 때면 반드시 언급되는 인물이 있으니, 그는 중국식 발음으로 '쑨원', 즉 손문(孫文)이었다. 이 대단한 인물은 어느 날, 그러니까 구체적인 시점을 논하자면 장작림이 활약하기 훨씬 전인 1910년대 초반, 청나라라는 군주제 정부를 멸망시켜 중국 역사에 획을 그은 엄청난 사건의 중심축이라고 이를 만하다. 서태후(西太后)가 말아먹은 청나라가 위태로이 명맥을 이어가던 그때, 이리저리 흔들리는 황실을 바로 잡고 싶은 이들과 입헌군주제(立憲君主制)를 들먹이는 세력과 아예 황실을 뭉개버리고 민주공화정(民主共和政)이라는 새로운 정치 제도를 내세우자는 세력이 일어나 서로 자기가 옳다고 싸우니, 가뜩이나 외세의 닦달에 아무렇게나 굴러다니던 대륙은 이제 두개골이 두 개가 될 지경에 처했다. 청나라 정부는 그래도 어떻게든 살아남아야겠다고 생각했을 것이다. 무려 2천년이나 이어온 대륙의 자존심을 이대로 포기할 수 없었으니까. 그런데 가진 돈이 한 푼도 없다. 살아있는 내내 부어라 마셔라 너 죽고 나 죽자 열심히 펑펑 써대던 서태후가 죽고 보니 완전하게 알거지가 되어버려 어디 가서 빚이라도 지지 않으면 안 될 상황이었다는 거다. 이리 뛰고 저리 뛰던 청나라 정부는 마침 자국의 민영 철도가 눈에 띄어 이걸 국유화하자고 제안한다. 정부가 철도 국유화를 조건으로 미국, 독일, 영국, 프랑스 등 열강에게 차관을 얻으러 다닌다는 소문이 돌자 이에 반대하는 세력이 들고 일어났다. 저들에게 철도 이권을 내주면 나중엔 주권까지 내놓으라며 위협할 거라고, 이미 열강에 의해 엉망진창으로 망가진 나라를 아예 들어다 바치겠다는 거냐고, 사천성(四川省)을 시작으로 호북성(湖北省)과 호남성(湖南省)과 광동성(廣東省)의 백성들이 흔히 보로운동(保路運動 1911)으로 불리는 반청(反淸) 움직임을 보이니 청나라 정부는 강경하게 대응했다. 시위를 주도한 인물들을 체포한 것 까지는 이해하겠는데, 군중을 학살하기까지 했다는 기록에는 도무지 편을 들어주고 싶지 않다. 혹시 청나라 조정엔 온통 분위기 파악이 안 되는 관료들만 모여 있었던 걸까? 더 이상 옛날의 영광을 누리기 어려운 시대임에도 대국이랍시고 여전히 큰소리만 뻥뻥 쳐대니 보로운동을 일으킨 중심세력은 급기야 조정으로부터 독립을 선언하기에 이르렀다. 혁명집단의 전투적인 봉기를 시작으로 독립을 선언한 지역이 무려 14개 성으로 늘어나자 당황한 청나라 정부는 감히 맞대응할 엄두를 내지 못했고, 그렇게 주춤하는 사이 14개 성은 마침내 통일하여 중화민국임시정부(中華民國臨時政府)를 수립한다. 이 거대한 사건을 중국 역사에선 신해혁명(辛亥革命 1911)이라고 부르는데, 이 정부의 초대 총통이 다름 아닌 손문이었다는 거다. 과거 청일전쟁의 패배와 의화단 사건으로 무능함을 있는 대로 드러낸 청나라 정부에 반발하여 혁명을 주도한 인물, 세계 곳곳을 다니며 중국의 혁명을 거론하거나 혁명단체의 당위성을 주장한 인물이었다. 특히 그가 혁명의 근본으로 내세운 삼민주의(三民主義)는 생각할수록 참으로 기가 막힌다. 국어사전을 뒤지면 손문주의(孫文主義), 또는 쑨원주의로도 불린다는 이것은 민족주의(民族主義), 민권주의(民權主義), 민생주의(民生主義)를 표방하는 중국 근대 혁명의 기본 이념이며, 한 마디로 '황실을 중심으로 돌아가던 옛 봉건체제를 버리고 백성이 중심인 세상으로 바꾸자.'라는 뜻이었다. 그 무엇보다 백성을 위해 살아야 한다는 호소에 감격한 무리가 도처에서 모습을 드러내니 그는 혼란한 대륙에 반드시 필요한 정치가였을 것이다. 그런데 청나라 정부가 정신을 못 차리고 철도를 가지고 이러쿵저러쿵 따지니 반청운동(反淸運動)을 벌여 정면으로 싸웠다는 거다. 독립을 주장한 14개 성이 임시 정부를 만들고 손문을 초대 총통으로 내세운 바로 이때가 중화민국(中華民國)의 시작일 것이다. 손문은 청나라 정부를 어떻게든 제거하고 싶었다. 하지만 아무리 황실이 개판 오 분 전의 위기에 처해 있더라도 그간 이룬 업적이 있기에 맞장을 뜨자며 함부로 나설 순 없는 노릇이다. 자, 이쯤에서 또 한 명의 역사적 인물이 등장하니 바로 원세개(袁世凱)였다. 손문으로서는 함께 움직이기엔 다소 골치 아픈 인물일 수 있을 텐데, 아닌 게 아니라 원세개는 앞서 설명했던 변법자강운동(變法自强運動) 시절 광서제(光緒帝)와 강유위(康有爲)를 중심으로 일어난 혁명을 누르고자 내린 서태후의 명령으로 쿠데타를 일으켰고, 이후 벌어진 의화단(義和團) 사건에서는 주동자를 확실하게 처벌하여 열강의 눈도장을 찍는 등 손문이 추구해온 이념과는 전혀 반대의 입장에 놓인 인물이다. 지난 날 태평천국의 난(太平天國之亂)을 때려잡아 존재감을 드러냈다는 이홍장(李鴻章)의 세력을 바탕으로 그의 군대는 시간이 흐를수록 한 번 두 번 '윗분'들의 마음을 사로잡았으니 이제 누구도 건드리지 못할 거대한 집단으로 자리매김하게 되었다. 이렇게 청나라 정부 곁에 원세개가 돌 벽처럼 막고 서 있으므로 손문으로서는 난처하기 짝이 없는 상황이지만 그래도 어떻게든 손을 내밀어 볼 수밖에 없었다. 중화민국 임시정부의 총통 직을 걸고 청나라의 멸망을 소원하자 원세개는 청나라의 열두 번째 황제이자 마지막 황제, 겨우 세살에 즉위하여 황위에 오른 지 4년밖에 되지 않은 선통제(宣統帝)를 끌어내리는 것으로 끝내 손문과의 거래를 마쳤다. 약속대로 마침내 총통의 자리에 오른 원세개, 그런데 문제가 생겼다. 중화민국 임시정부를 세우면서 손문은 의원내각제(議員內閣制)를 구성하였는데, 권력을 손에 쥔 원세개가 이를 파기하고 대통령 중심제로 바꿔놓은 것이다. 국회가 중심이 되어야 한다는 손문과 모든 걸 대통령을 중심으로 돌려야 한다는 원세개의 주장이 엇갈리게 되었으니 오래 전부터 은근 슬쩍 드러내온 원세개의 권력욕이 마침내 폭발하게 된 것이다. 국가의 모든 권한을 부여받겠다는 원세개와 독재를 방지하고 입법과 사법의 이원적 지배구조로 국정을 운영하겠다는 손문의 싸움으로 중화민국은 내분이 벌어졌다. 권력의 맛을 잘 아는 원세개의 만행은 가관이었다. 대통령이고 나발이고 다 필요 없다! 나는 내게 주어진 모든 권력을 내 마음대로 행사하겠다! 급기야 스스로 황제가 되겠다고 선언하는 원세개, 누구도 감히 맞설 수 없는 막강한 군벌이더라도 이건 정말 너무했다. 제정신이 아닌 원세개에게 무력으로 맞섰으나 손문은 결국 실패하였고, 목숨이 위태로워지자 일본으로 망명한다. 마침내 기회가 왔지만 원세개는 자기 고집대로 황제의 자리에 오를 수 없었다. 과거의 봉건제도를 버리고 새로운 중국을 만들자는 생각이 주류인 분위기에서 홀로 황제가 되겠다는 이를 그냥 두고 볼 사람이 과연 얼마나 있을까? 주변 군벌 집단 뿐 아니라 평소에 원세개를 잘 따르던 최측근 부하까지 이를 반대했고, 심지어 그들의 돌아가는 모양을 지켜보던 외세 무리도 결사반대를 외치니 결국 원세개는 황제가 되겠다는 야심찬 계획을 취소하고 말았다. 한편, 원세개의 위협을 피해 망명한 일본에서 손문은 중화혁명당(中華革命黨)을 창설했다. 헛소리 그만하고 당장 총통의 자리에서 내려오라! 손문을 따르는 당원들이 어떻게든 자기 권력을 지킬 생각만 하던 원세개에게 압력을 행사하였는데, 그들의 의지와 관계없이 원세개는 병으로 사망하고 만다. 개인적으로나 국가적으로나 가장 껄끄럽고 위협적이던 인물이 사라지자 손문은 비로소 제자리로 돌아오려 했지만 하필 이때에 중화민국 최고의 권력자는 단기서(段祺瑞)라는 사람이었다. 원세개가 청나라 정부를 압박할 때 뒤에서 협조하고, 또한 그가 이룬 독재정권에서 국무총리를 역임한 인물이었다. 가뜩이나 권력에 욕심을 부리느라 할 짓 못할 짓 구분 못하고 제멋대로 발악하던 원세개 옆에 딱 붙어 독재를 부추긴 인물, 한 마디로 원세개나 단기서나 거기서 거기라는 거다. 그간 원세개로부터 핍박 받았던 손문은 또 한 번 단기서의 위협에 굴복하여 광동성으로 옮겨갔고, 혁명당과 지역 군벌의 추대로 광저우에서 대원수(大元帥)의 자리에 오른다. 손문은 앞서 밝힌 대로 그들의 집단을 '중화혁명당'에서 '국민당'으로 바꾸었는데, 이는 오래 전 원세개로부터 축출당한 후 강제로 해산된 국민당을 재건하려는 움직임일 것이다. 과거의 봉건제도를 버리고 국민을 위한 나라를 만들겠다며 중화민국을 창건했지만 원세개 덕분에 중화민국은 그렇게 중화제국으로 변질되었고, 이에 따른 영향인지 권력을 나눠가진 이들은 민국이든 제국이든 상관없이 제 배만 부르면 그만이었으며, 사라지지 않는 군벌의 난립으로 중국은 그렇게 분열되었다. 현대 중국에서 흔히 '국내 혁명전쟁'이라고 부르는 북벌(北伐)은 역시 손문의 삼민주의를 지향한다고 보면 좋을 것이다. 다만 모두가 손문과 같은 생각으로 사태를 바라보지 않는다는 게 가장 큰 문제였다. 하긴 그 복잡한 시기에 스스로 제 배를 채우지 않으면 누가 자기를 챙겨주었을까? 살아남기 위해서라면 무슨 짓이든 저질러야 했던 시절이었으므로 그 마음을 충분히 이해할 수 있지만 그 잘못된 세상을 바로 잡겠다며 마구잡이로 날뛴 정도가 너무 심했다는 것이다. 자기들 군벌에 얽매여 제 욕심껏 살겠다고 마음먹은 이들 중 한 사람이 바로 진형명(陳炯明)이란 인물일 텐데, 손문의 북벌전쟁에 반대하고, 광동(廣東)과 광서(光緒)를 장악할 작정으로 그 지역의 군벌과 결탁한 뒤 손문을 가로 막았다고 한다. 손문은 다시 상하이로 떠났다. 진형명으로부터 피난하여 상하이로 옮겨간 손문을 도운 이가 바로 장작림이었다. 손문을 도와 결국 혁명을 이루게 하였으니 장작림을 믿을 만한 인물이라고 생각할 수 있겠으나 그 역시

민족보다 개인의 이익을 더 중요하게 여긴 군벌이라는 사실을 잊어선 안 될 것이다. 앞서 원세개의 군대가 이홍장의 세력을 바탕으로 성장하였다고 했는데, 이들 군벌 세력이 그 유명한 북양군벌(北洋軍閥)이고, 여기에는 지역에 따라 세 개의 파로 나뉜다. 이홍장의 군대에서 직접적으로 뿌리를 내린 안복파(安福派), 원세개의 서양식 군대를 본따 만들었다는 직례파(直隸派), 만주 지역이 본거지인 봉천파(奉天派)가 그것이며, 장작림은 초반의 설명대로라면 봉천파에 해당할 것이다. 이 세 파벌 중 장작림의 봉천파를 조명하는 이유가 있다면 그것은 당시 일본이 러일전쟁으로 얻어낸 남만철도(南滿鐵道)의 이권과 이를 보호할 명목으로 창설한 관동군(關東軍) 때문이다. 관동군을 관리하는 일본으로부터 무기와 물자, 전쟁에 필요한 경비 등을 지원 받으니 이들의 도움으로 장작림은 베이징까지 진출하여 중앙 정부의 요직에 앉는데 성공한다. 장작림은 동북을 넘어 대륙의 주인이 되고 싶었다. 이를 장개석(蔣介石)의 국민혁명군(國民革命軍)이 내버려 둘 리 없겠고, 장작림은 주변의 군벌 무리를 모두 모아 장개석과 싸웠다. 앞에서 내내 설명했지만 군벌에는 개인의 사사로운 욕심을 채우려는 이들이 너무 많았으며, 그래서 장작림은 그들과 다르지 않은 자신의 소원을 이루기 위해 무언가 대책을 세우지 않으면 안 되는 상황이었다. 바로 이때에 일본이 끼어들었다. 일본은 남만철도를 두고 잠시 고민해 보았을 거다. 전쟁에 필요한 물자와 인원을 대량으로 이동시키는 장점이 있으니 이 지역을 관리하는 장작림을 이용하면 끝내 만주가 제 손에 들어올 수 있으리라고 믿었다. 그런 일본에게 난처한 상황이 벌어졌다. 지금까지의 역사를 살펴보면 대부분의 인물들이 자기를 도운 대가로 결국 일본의 꼭두각시로 전락하고, 본의 아니게 친일파라는 오명을 얻고 마는데, 장작림은 전혀 그렇지가 않았던 거다. 철도사업을 반드시 해결해야만 하는 일본으로선 장작림을 입바른 소리로 회유하거나 으름장을 놓았지만 그는 중국인의 자존심을 세워 만주 지역 철도 이권에 대해 양보하지 않겠다고 선언한다. 뒤늦게 그가 만주지역 3개 성의 지배를 인정하는 대가로 장개석과 손잡았다는 사실을 알아챈 일본은 분노하여 보복하기로 마음먹는다. 마침 일본의 고위 인사들 사이에서도 만주에 대한 직접 통치가 거론되던 와중이라 그들의 계획은 차질 없이 진행되었다. 결국 장작림은 장개석과의 만남 이후 기차를 타고 돌아가던 중 일본이 설치한 폭탄이 폭발하여 사망한다. 이를 황고둔 사건(皇姑屯事件 1928)이라고 하는데, 그의 죽음을 확인한 일본은 재빨리 자기들 입맛에 맞춰줄 인물을 찾아 나섰다. 장작림의 최측근 수하가 거론되는 듯 했으나 결국 장작림의 아들 장학량(張學良)이 아버지의 자리에 앉아 권력을 장악하니 일본은 잠시 물러나 추이를 지켜볼 수밖에 없었다. 장학량은 곧 장개석의 국민당 정부에 합류하였고, 이들은 반일 정책으로서 일본에 대항할 뜻을 밝혔다. 먼저 움직인 쪽은 일본이었다. 1931년 9월, 요녕성(遼寧省) 선양(沈陽)에서 멀지 않은 거리의 유조구(柳條溝)에서 관동군이 관리하는 철도가 폭발했다. 자작극을 벌이고도 관동군은 책임을 중국에게 물었으며, 이를 빌미로 일본은 군사행동을 시작하였으니 바로 만주사변(滿洲事變 1931~1932)의 시작이었다. 세계적으로 유럽의 열강들이 약소국을 상대로 무슨 짓을 저지르는지 알고, 그래서 중국 땅을 차지하고픈 일본의 심리를 뻔히 아는데 저러고 있으니 시민들은 분노했다. 제격 항일운동이 벌어졌고, 분위기가 애초에 생각한 대로 돌아가지 않게 되자 일본은 민중의 시선을 돌리기 위해 또 한 가지 새로운 음모를 꾸몄다. 중국인을 매수하여 일본의 승려들을 습격하라! 이 사건은 일본의 해군이 급파되어 중국군과 충돌하는 상황으로 변질된다. 이를 상하이 사변(上海事變 1932)이라고 하는데, 사실 이 사건은 일본이 만주에서 벌어지는 거대한 음모를 숨길 방패막이에 불과했다. 상하이 사변으로 중국인의 시선이 모두 그쪽으로 향한 1932년 3월, 마침내 일본은 만주국(滿洲國)의 성립을 선포한다. 앞서 원세개에 의해 무너진 청나라의 마지막 황제가 선통제라고 밝혔는데, 그는 열 살도 되지 않은 어린 나이에 산전수전 공중전 다 겪더니 이번엔 일본에게 휘둘려 말도 안 되는 상황에 처하고 만다. 만주국의 초대 황제라니, 비록 1945년 소련군의 개입으로 만주국이 무너질 때까지 아주 잠깐이었다지만 아무런 힘도 없이 그저 이름뿐인 황제가 되었을 때 그는 무슨 생각을 했을까? 비참하기 이를 데 없었겠지만 일본은 그따위 것에 신경쓸 겨를이 없다. 만주를 손에 넣었으니 이제 중국 대륙을 삼키는 문제야 식은 죽 먹기에 불과하다고 생각했으려나? 사람들은 이제 중국이 일본의 식민지로 전락하리라고 수군거렸다. 이대로 가만히 두어선 안 된다고 분노했다. 그리고 반일운동이 또 한 번 벌어지던 어느 여름날, 일본군 부대에서 느닷없이 총성이 울리더니 아군 병사 하나가 사라졌다며 한바탕 난리가 났다. 일본군은 실종 병사 수색을 핑계로 중국군 주둔지에 들어가게 해달라고 요청했지만 중국군은 당연히 반대했다. 그러자 자국 병사를 납치했다며 일본은 중국을 상대로 포격을 시작했고, 양측은 그렇게 충돌하였다. 각 군이 대치한 지역에 노구교(蘆溝橋)라는 금나라(大金) 시절에 건설된 다리가 있었다. 중국군 부대를 휩쓴 뒤 노구교를 점령한 일본은 당장 이 사태의 사과와 보상을 요구했다. 대륙 침략을 명분화하려는 일본의 조작을 알아챈 중국 정부가 단칼에 거부하니 일본군은 그제야 전면전을 시작하여 노구교사건(蘆溝橋事件 1937)이 벌어진지 한 달여 만에 북경을 함락한다. 피 튀기는 전쟁이 벌어진 지 3개월, 남경까지 진출한 일본은 마을마다 돌아다니며 남녀노소 구분 없이 움직이는 모든 것을 죽여 없애는 만행을 저질렀다. 남경대학살(南京大屠殺 1937)이었다. 지금까지도 거론되는 중국의 끔찍한 역사임에도 일본은 혹시 그 정도 희생이야 별 게 아니라고 생각했을까? 국제무대에서 막강한 영향력을 행사하는 위치에 있었으므로 한반도를 거쳐 중국을 점령하고, 나아가 세계를 지배하여 지구의 모든 문화를 일본화 하겠다고 생각했을까? 그 모든 전쟁에서 수월하게 승리하고 싶었던 일본은 어느 날, 자꾸만 늘어나는 중국 내 모든 무장 세력을 무력화할 방법으로 화학전(化學戰)을 떠올렸다. 그리고 일본은 생화학 무기 개발의 적임자로 이시이 시로(石井四郎)라는 인물을 불러들인다. 생물학을 전공하여 박사 학위를 거머쥐고, 유럽으로 유학을 떠나 생물학 연구소에서 일했다는 남자였다. 그리고 남자는 이미 자기네 땅이나 다름없는 만주로 달려가 전문 연구 시설을 갖추고, 실험 재료로 조선인과 중국인을 납치하여 감금했다. 세계의 누구도 특수무기를 개발하는 연구소의 존재를 알지 못했다. 일본은 전문 지식으로 무장한 이 특수부대를 731부대라고 이름 지었다.

***

아침이다. 거울에 비친 퉁퉁 부운 얼굴을 보고 나는 땅이 꺼져라 한숨을 내쉬었다. 다른 여행객들이 이틀이나 사흘 동안 진행할 스케줄을 시간이 부족하다는 이유로 하루에 몰아쳤더니 영 몸이 남아나질 않는다. 좀 더 자고 싶지만 오늘도 어제처럼 들러볼 곳이 많아 이제 일어나야 한다. 피곤하다.

"아으, 추워!"

생각 없이 창문을 열었다가 기겁을 하고 놀랐다. 어제 하얼빈에 도착한 이후 내내 여우비가 내리더니 지금은 아예 작정하고 들이붓는 중이다. 찬바람은 또 어찌나 불어대는지, 오늘도 반팔 티셔츠를 입었다간 얼어 죽고 말 거였다.

"각오는 했지만 이정도일 줄은 몰랐어요!"

가이드 아저씨가 트렌치코트 차림으로 소리치는 나를 보고 픽 웃었다. 바깥을 돌아다니는 사람들 대부분이 한 겨울에나 볼 법한 패딩 점퍼를 입고 있었다. 하얼빈의 날씨가 얼마나 징그러운지는 대강 들어 알았고, 그래서 나름의 준비를 철저히 했다지만 여름이 다가오는 6월에 이리도 칼바람이 불 줄은 미처 예상하지 못했다. 게다가 비까지 내리니 패딩과 장갑과 털모자로 무장하고 아무렇지 않게 쏘다니는 현지인들 사이에서 멋모르는 외국인만 죽어날 판이다. 어제 중앙대가에서 두꺼운 점퍼라도 하나 사 입을 걸 그랬나 보다.

"731 부대 박물관의 공식 명칭은 '침화 일군 제 731 부대 죄증진열관(侵华日軍第七三一部隊罪證陳列館)'이에요."

히터를 틀어 차 안의 공기가 따뜻해졌을 즈음 가이드 아저씨가 그렇게 말했다. 오전까지 들이 붓던 빗줄기는 이제 가랑비로 바뀌어 있었다.

"박물관이 만들어진지는 채 몇 년 안 됐어요. 워낙 오랜만이라 저도 답사 왔을 때 많이 헤맸죠."

"옛날엔 유적지로만 남겨져 있었다고 인터넷으로 본 것 같아요."

"731 부대가 뭔지 한국에서도 배우나요?"

"그럼요! 학교에서 국사나 사회 시간에 배우고요. 역사 서적이라든가 인터넷으로도 접할 수 있어요. 직접 와보지 않는 이상 제대로 알 수 없겠지만요."

주차장이라고 적힌 안내판을 못 보고 그냥 지나치는 바람에 멀리까지 돌아갔던 우리는 뒤늦게 적당한 자리를 찾아 주차한 후에야 차에서 내릴 수 있었다. 또 한바탕 장대비를 쏟아 부으려는지 하늘이 도로 어두워졌지만 우산 속 내 스마트폰은 오늘도 열심히 주변의 풍경을 담아낸다. 말로만 들었던 731 부대, 잔혹하게 학대당한 이들이 하소연 한 번 늘어놓지 못한 채 죽어간 곳이었다. 그들의 억울한 죽음이 오늘도 하늘을 눈물짓게 하는 모양이다. 잔뜩 찌푸렸지만 그래서 나는 저 하늘을 이해할 수 있다.

"이쪽으로 오세요."

이름 모를 이들의 가여운 죽음을 목격하러 가는 발걸음이 어쩜 이리도 무거울까. 침통한 하늘빛에 반사되어 음침하기까지 한 유적지를 마냥 건너다보는 나를 끌고 가이드 아저씨가 박물관으로 향했다. 비 오는 토요일 오전이기 때문인지 아직 박물관에는 관람객이 그리 많지 않다. '비인도적 잔학행위', 그들의 만행을 고발한 곳이라고 중국어와 영어와 일본어로 적힌 안내판에 반가운 한글이 보였다. 비록 한글 안내판은 여기뿐이지만 특별한 설명이 없어도 전시된 물건과 그림들이면 충분할 것이었다. 하얼빈 시내에서도 외곽에 위치하여 세인의 이목이 집중되지 않을 이곳, 그들은 혹시 자기들이 저지른 행위가 스스로도 야만적이라고 생각했을까? 일본은 731 부대의 공식 명칭을 '관동군 방역급수부(関東軍防疫給水部)'라고 지었는데, 이는 전쟁 지역의 방역을 담당하는 평범한 부대처럼 보일 의도였다. 한반도와 중국 전역에서 잡혀온 이들은 1941년이 다 되도록 존재조차 몰랐던 이곳에서 엄청난 고통을 당했다. 세균과 물, 바닷물과 동물의 피 등을 각각 신체에 주입했을 때 변화하는 장기의 움직임과 색깔을 관찰했더란 이야기가 731 부대의 만행 중 가장 많이 알려졌을 텐데, 이때에 쓰인 세균은 페스트, 콜레라, 장티푸스, 탄저

균 등이었으며, 실험 대상은 어른과 아이를 구분하지 않았다. 임산부에게 매독 균을 주사하여 감염 과정을 알아보고, 태내 아기가 어떻게 반응하는지도 살폈으며, 사망 시에는 전염을 우려하여 화장했다고 전해진다.

"이렇게 희생된 사람들을 마루타라고 하는데, 중국에선 어떻게 불러요?"

"중국어로도 마루타예요. 정확한 발음으로는 마루따(馬路大)죠."

일본어로 마루타는 통나무라는 뜻이다. 즉 생체실험에 동원된 피해자들은 저들의 필요에 따라 잘라내어 원하는 대로 이용당한 뒤 더 이상 쓸모가 없어지면 버려지는 '도구'에 불과했던 거다. 나무위키를 살펴보니 '대전 액션 게임 속 트레이닝 모드에서 샌드백 역할을 하는 캐릭터를 지칭하는 말로 쓰이기도 한다.'라는 문장이 있다. 지금도 좋지 못한 의미라는 뜻이다.

"너무하네, 진짜…!"

오늘 아침 이곳에 들른 외국인은 나 혼자 뿐이어서 일까? 간혹 이쪽을 힐끔거리는 현지인들의 시선을 느끼며 그렇게 중얼거렸다. 어느 날, 24세에서 25세 쯤 되는 임산부가 납치되어 왔다. 두려움에 비명도 지르지 못한 채 눈치만 살피는 그녀를 힐끔거리며 방역복 차림의 남자들이 오늘 시도할 실험에 대해 간단한 설명을 주고받는다. 저 피 실험자는 임산부이니 일거양득이라고 생각했을까? 무표정한 얼굴로 다가오는 남자를 보고 임산부는 뒷걸음질 쳤을 것이다. 하지만 실험실 어디에도 도망갈 곳이 없고, 방역복 차림의 또 한 남자가 다가와 발악하지 못하도록 붙잡았을 것이다. 그들은 마취제가 잔뜩 묻은 수건으로 입을 틀어막았고, 저항하던 그녀는 이내 축 늘어져버렸다. 수술대 위의 그녀를 내려다보는 남자들, 연민의 표정이라거나 미안한 마음 따위는 전혀 없다. 그들에게 통나무는 다만 실험실의 쥐새끼와 다르지 않았으니까. 수술용 메스가 그녀의 목을 찌르더니 가슴을 갈랐다. 가슴을 지나 배를 가르고, 국부까지 갈랐다. 배를 가르는 과정에서 너무 깊이 찔렀는지 뱃속 아기가 움찔한다. 상처 입은 아기가 바깥에 나오자마자 자지러지게 울음을 터뜨렸다. 아기의 처절한 울음소리를 들었을까? 임산부가 마취에서 깨어나 아이를 찾는다. 그리고 그녀는 온몸을 휘젓는 엄청난 고통에 몸부림쳤다. 생체실험을 당한 뒤 산모와 아이는 시체 소각실로 옮겨져 곧 사라졌다. 비슷한 이야기는 또 있다. 어느 날 실험실에 열 살 남짓한 사내아이가 납치되어 왔다. 여기가 어디인지, 무엇을 하는 곳인지, 호기심이 차오르지만 한편으론 두려운 소년에게 방역복 차림의 남자가 사탕을 건네며 웃었다. 배시시 웃음 짓는 꼬마가 사탕을 다 먹어갈 즈음 옆에서 조용히 기다리던 남자는 마취제가 잔뜩 묻은 수건을 꺼내 녀석의 입을 틀어막았다. 느닷없는 상황에 놀란 아이가 남자의 팔을 때리며 저항하지만 오래 가지 못하고 그만 축 늘어졌다. 수술대 위에 드러누운 아이의 목으로 메스가 다가왔다. 목을 가르고, 가슴을 가르고, 배를 가르고, 연약한 성기 주변까지 가른 뒤 남자는 어린 몸뚱이 속에서 장기를 꺼내 살폈다.

"와…!"

당시의 상황이 담긴 글을 번역해주다 말고 가이드 아저씨가 그렇게 탄식했다. 더 말하지 않아도 무엇인지 알 것 같다. 주변에 전시된 실험 기구와 보고서들이 관람객으로 하여금 충격으로 몰아넣으니 말이다. 장기를 밖으로 끌어내는 도구라고 설명한 전시물을 지나치던 나는 어느 순간 눈이 휘둥그레져서 그만 걸음을 멈추고 말았다. 피 칠한 수술대 위의 피 실험자를 내려다보는 한 남자, 그의 광기 어린 뒷모습을 그린 그림이 너무나도 사실적이어서 욕지기가 치밀었다. 정상 반응을 보이는 인체를 실험해야 하기에 대부분의 실험이 마취 없이 진행됐고, 마취를 하더라도 아주 잠깐일 뿐이어서 피 실험자들은 말로 형용하기 어려운 고통을 느끼며 죽어갔을 거다. 당시의 상황을 제대로 표현하기 위해 꾸며놓은 그림과 소품에서 그렇게 죽어버린 이들의 처참한 비명소리가 환청처럼 들려왔다. 당시 731 부대는 각종 세균의 양성을 목적으로 쥐를 많이 키워 '쥐 부대'라고도 불렀는데, 아닌 게 아니라 내부가 훤히 들여다보이는 투명 상자 안에 사람과 쥐가 함께 갇혀 가스 실험을 당하는 모습도 볼 수 있었다. 같은 농도의 가스가 주입되었을 때 어른과 아이에게 미치는 영향, 사람과 동물에게 미치는 영향을 동시에 알아보는 실험이란 거다. 투명한 공간에서 쥐는 이미 죽어 아무렇게나 늘어져 있고, 아이는 어른의 품에 안겨 두려워하며, 이들의 생체 반응을 바깥에서 지켜보던 실험자들은 그저 결과물을 보고서에 작성할 뿐이다. 아무리 마네킹이라지만 저들의 표정 없는 얼굴을 보노라니 당장 주먹이라도 날리고 싶은 충동이 들었다.

"…?"

문득 눈에 띈 것이 있었지만 나는 저것을 단번에 알아차리지 못했다. 하얀 조명 아래에 한 남자가 묶여있고, 군인 둘이 그의 반응을 살피는 저 상황은 도대체 무엇인가? 세 개의 마네킹을 한참이나 들여다보던 나는 경악했다. 저 하얀 조명은 한 겨울의 하얼빈, 영하 30도를 넘나드는 혹한의 추위에 방한복을 두 겹 세 겹씩 껴입은 군인들이 피 실험자의 두 팔을 옴짝달싹 못하도록 고정해두고, 쉴 새 없이 찬물을 들이 붓는다. 피 실험자의 팔은 이미 꽁꽁 얼어붙었다. 기록대로라면 저 사람은 24시간이 지난 후 따뜻한 곳으로 끌려가 서서히 녹는 피부의 변화를 관찰 당하게 될 거다. 또한 같은 실험을 몇 번이고 반복한 뒤에는 피부가 완전히 벗겨져 뼈만 남을 것이며, 실험이 끝나고 피 실험자는 누구의 도움도 받지 못한 채 죽게 될 것이다. 사체는 바로 쓰레기였다. 지배한 나라의 백성들을 당연한 듯 학대하는 이들, 일본의 만행은 여기에서 끝나지 않았다.

"저게 뭐죠?"

열십(十)자로 엮은 커다란 나무 여러 개가 드넓은 벌판에 둥글게 모여 있다. 기독교에 대해서라면 전혀 아는 게 없을 일본이 전쟁에서 사로잡은 포로들을 십자가에 못 박혀 죽었다는 예수와 똑같이 대했으려나? 이것을 몰라본 나는 다만 그렇게 생각할 뿐이었다.

"위를 보세요."

"…?"

가이드 아저씨가 천장을 가리켰다. 거기에 파란 하늘을 그린 그림이 있다. 그리고 저 하늘을 날아다니는 비행기는 또 뭐란 말일까? 나는 입이 딱 벌어지고 만다. 두 팔을 나무에 고정한 피실험자들을 둥글게 세우고 일본군은 10미터 바깥에 또 하나의 원을 그렸으며, 다시 20미터 바깥에 아까보다 많은 인원을 잡아다 더 큰 원을 그렸다. 실험 준비가 끝났을 때, 상공을 날아다니던 비행기에서 세균 폭탄을 던졌다. 원 한 가운데로 떨어진 세균은 바람을 타고 날아가 주변에 묶인 피 실험자들을 자극했을 것이다. 10미터 반경에도, 20미터 반경에 묶인 이들에게도 마찬가지이며, 그들이 세균과 접촉하는 순간 얼마나 끔찍한 고통에 처했을지 기록만 보고는 도저히 상상하기 어려웠다.

"전쟁이 끝나고 재판에 섰을 때 일본은 미국과 거래를 했다면서요? 우리가 지금까지 실험했던 결과물을 모두 너희에게 줄 테니, 우리를 잘 부탁한다."

"그렇죠. 아마 그랬을 거예요."

"여기 어딘가에도 적혀 있을 텐데…."

고요한 전시실 안에 벨소리가 울렸다. 가이드 아저씨가 잠시 전화 통화를 하는 사이 나는 전쟁이 끝나기 전까지 실험 장소로 운영했다는 건물의 모형을 살피고 있었다. 독일 나치 정부의 만행과 크게 다르지 않았을 일본의 행위라니, 그러나 1945년 8월이 되었을 때 그들은 무조건 항복을 선언했다. 독립의 기쁨에 어쩔 줄 몰라 하는 한국인들을 지켜보며 일본은 고민했을 것이다.

전범국으로서 법정에 서면 731 부대에서 벌어진 일들을 추궁당할 텐데, 이대로 굴욕적인 결과를 받아들여야 할까? 이를 어떻게 넘어가지? 731 부대를 이끌었던 이시이 시로의 잔머리 굴리는 소리가 미국까지 들렸다.

"아, 저기에 있네요!"

"...?"

통화를 마친 가이드 아저씨의 시선이 내 손가락을 따라 옮겨간다. 일미교역(日美交易)? 무슨 말인지 알아차릴 수 없었던 내 눈에 영어 설명이 보였다. 'JAPAN-US DEAL'이란다. deal이라는 단어가 언제부터 사람을 이토록 불쾌하게 만들었단 말일까? 인간으로써 해선 안 될 짓을 저질렀지만 이시이 시로를 포함한 731 부대의 모든 관련자들 중 누구도 전쟁 범죄자로 기소되지 않았다. 증거 자료들을 전부 넘기는 조건으로 미국이 얼렁뚱땅 넘어가 주었다는 거다. 이 기막힌 진실은 전쟁이 끝나고도 한참이 더 지난 뒤에야 일본 내 양심적인 이들에 의해 공개된다. 기록대로라면 무려 3천명 이상의 피해자가 이곳에서 죽었다. 살아남은 사람도 여럿 있었겠으나 살아도 산 목숨이 아닌 채 죽을 때까지 고통 받아야 했다. 과거의 사건들을 그저 묻어버리고 싶은 일본은 여전히 모르쇠로 일관하며, 도리어 자국의 군인들을 영웅으로 받드는 등 제정신일까 싶은 짓만 골라한다. 사람의 팔과 다리를 잘라 팔이 있던 자리에 다리를 붙이고, 다리가 있던 자리에 팔을 붙이는 엽기적인 행각을 저지른 뒤 쓸모가 없어지자 쓰레기 버리듯 피 실험자를 내버려 두었다는 일본. 그 꼴을 겪고도 살아남았다는 이들의 사진과 양심 고백을 하는 모니터 속 일본 군 출신 노인들의 증언 영상을 지켜보다가 우리는 바깥으로 나왔다. 구름이 반쯤 걷혀 햇빛이 비춰들고 있었다.

"저쪽에 건물의 흔적이 있어요."

731 부대 유적지는 그 부지가 어찌나 넓은지 한참을 걸어도 끝이 없다. 전쟁이 끝나자마자 흔적을 없애겠다며 연구소로 사용한 건물을 폭파한 후 급하게 사라졌다지만 당시 장교들이 쓰던 사무동과 채 무너지지 못하고 남은 뼈대가 얼기설기 먼지를 뒤집어쓰고 아직 남아있었다.

"혹시 병마용갱 아세요? 진시황릉 말이에요."

"예. 알아요. 비슷하게 생겼죠?"

하며 가이드 아저씨가 웃었다. 언젠가 TV에서 지금도 발굴 중이라는 진시황의 병마용갱에 대한 설명을 본 적이 있다. 감히 전쟁 범죄자의 흔적에 비교해선 안 되겠으나 꼬리가 잡힐 새라 완전히 처리하지 못한 채 도망친 이들의 흔적을 보존하려는 노력과 병마용갱의 위용에 감탄한 중국인들의 끝없는 발굴 노력이 어쩐지 닮아 보이는 건 어쩔 수가 없다. 슬래브 지붕으로 햇빛과 눈과 비를 차단하여 온전히 보존된 흔적을 둘러보던 나는 문득 이상한 점을 느꼈다.

"90년대 초반까지 서울에는 조선총독부 건물이 남아있었거든요. 국립 중앙 박물관으로 쓰던 그 건물을 당시 김영삼 대통령이 당장 철거하라고 명령을 내렸어요."

아픈 역사의 산물이 사라지던 날, 모든 언론이 조선총독부 건물로 모여들었다. 헬기를 타고 이동하던 어느 기자가 소리쳤다. 일본은 여기가 자기들의 땅임을 알릴 목적으로 조선총독부 건물을 일본이란 국명의 한자 모양(日本)으로 건설했다고. 허공에서 찍은 영상을 지켜보던 국민들은 아마 기가 막혔을 거다. 이곳 역시 마찬가지다. 땅 따먹기에 승리했다며 일본은 731 부대의 연구소 건물을 일본의 일(日)로 건축했다. 차후 잠깐 언급하겠지만 대련 기차역과 가까운 중산광장(中山廣場)이야말로 일본이 '여기는 내 땅이오!' 소리치며 아예 작정하고 도시를 건설했다. 한가운데의 작은 공원을 중심으로 시내를 질러가는 차량들이 이족 저쪽으로 퍼진 열 개의 길을 따라 움직이도록 설계되었는데, 이 모습을 위에서 내려다보면 욱일기 문양처럼 보인다는 거다. 혹시 일본 말고도 당시 모든 지배자들이 식민 국가에 들어가 자기들의 흔적을 이렇게 남겨 놓았을까? 생각해 보니 그런 것 같다. 백 년 동안이나 프랑스의 식민지였던 베트남에 가면 호치민이었든 하노이였든 여기가 베트남인지, 프랑스인지 구분하기 어려운 건축물들이 심심찮게 발견되니 말이다. 몇 년 전, 야누스를 쓰려고 찾아갔던 베트남에서 나는 황당함을 감출 수 없었다. 정말 너무한다.

"이제 갈까요?"

생각에 빠진 나를 끌고 가이드 아저씨가 앞서 걸었다. 이제 안중근 의사 기념관으로 갈 생각이다. 앞서 밝힌 바와 같이 기차역을 모두 뜯어낸 터라 가까이에 붙어있던 기념관은 현재 하얼빈 시내의 조선 민족 예술관으로 이전했다. 사실 내가 이곳 안중근 의사 기념관에 언젠가는 꼭 와보고 말겠다며 제일 처음 마음 먹은 건 아마 가수 김종국 때문일지 모른다. 2014년 12월, 중국 에서의 스케줄을 소화하던 김종국은 하얼빈에 들러 안중근 의사 기념관을 방문했다. 꼭 와보고 싶었던 곳이라며 소회를 남긴 그 는 다음 해 8월 15일 광복절이 되었을 때, 다시 그날의 기억을 떠올리며 자신의 인스타그램에 한 마디를 남겼다.

「늘 감사하며 살겠습니다.」

비록 김종국이 갔던 바로 그 자리는 아니지만 나는 그날의 결 심대로 정말 하얼빈에 찾아왔다. 공사 중인 기차역에서 한참이 나 떨어져 임시로 운영한다는 이곳. 안중근이 남기고 간 기록에 비하면 턱없이 허술한 이 기념관에 잠시 머물던 나는 테이블에 덩그러니 놓인 방명록을 펼쳐 몇 마디 적었다.

「당신께서 지금의 조국이 돌아가는 꼴을 본다면 통곡할지도 모르겠습니다.

하지만 걱정하지 않습니다.

반드시 정의는 승리하니까요.

사랑합니다.」

유동 인구가 많아 복잡한 기차역, 사진 속 특유의 아치형 지붕 만 남겨놓은 채 뼈대 하나 없이 모두 뜯어버린 공사 현장을 지 켜보며 나는 오늘 아침에 그랬듯 다시 한숨을 푹 쏟아내고 말았 다. 언론에서 접한 대로 2018년에 완공될지, 서울 남산 안중근 의사 기념관의 친절한 답변처럼 2020년에 완공될지 알 수 없지 만 혹시 그때가 되면 우리에게도 안중근이 언급한 평화가 찾아올까? 복잡하게 돌아가는 국제 정세를 보면 쉽지 않으리라는 생각이 든다. 옛날에 그랬듯 여전히 우리는 강대국의 눈칫밥을 먹으며 살아가고, 또 옛날에 그랬듯 저들은 우리를 사이에 두고 아옹다옹 다투니 말이다. 나는 이제 그들에게 많은 걸 바라지 않는다. 김종국의 메시지처럼 그저 감사하며 살고 싶을 뿐이다. 단지 그거면 충분할 것 같다.

***

1909년 10월 26일 오전 9시 30분 하얼빈 기차역, 마침내 안중근은 이토 히로부미 저격에 성공했다. 자국 관할 지역에서 벌어진 사건이므로 러시아 헌병대가 그를 체포하여 구금했지만 일본은 도리질을 쳤다. 자국 정부의 고위급 인사가 살해당하였으니 자기들의 문제라며 압력을 행사한 것이다. 일본 영사관으로 옮겨간 안중근은 오래지 않아 미조부치 다카오(溝淵孝雄)라는 검사와 마주하게 된다. 다른 이도 아니고 이토 히로부미를, 일본 정치판의 거물이자 자국의 근대화를 이룩하는데 앞장선 인물을 죽인 자가 도대체 누구인지, 미조부치 검사는 무척 궁금했을 거다.

「왜 이토 히로부미를 죽였지?」

포승줄에 묶인 안중근과 눈이 마주쳤을 때, 미조부치는 그가 예사 인물이 아니라고 생각했던가 보다. 러시아 헌병대에서 이미 한 차례 신문을 받았겠고, 일본 영사관으로 옮겨 와서도 벌써 두어 번 같은 신문과 같은 대답을 했을 것이며, 그 과정에서 일본 관료들로부터 적잖은 위협을 당했음이 분명한데, 지치거나 두려운 기색 없이 안중근은 그저 바른 자세로 앉아 당당한 눈빛으로 제 할 말을 늘어놓았던 것이다.

「그에게는 죽어야 할 이유가 열다섯 가지 있다.」

「그게 뭐지?」

「대한제국의 황후를 시해한 죄, 대한제국의 황제를 폭력적인 방법으로 폐위시킨 죄, 을사늑약과 정미늑약을 강제로 체결한 죄, 무고한 백성들을 학살한 죄, 정권을 폭력으로 찬탈한 죄, 철도와 광산과 산림을 빼앗은 죄, 제일은행권 화폐를 강제로 사용하게 만든 죄, 군대를 해산한 죄, 백성들의 교육을 방해한 죄, 유학을 금지한 죄, 교과서를 빼앗아 불태운 죄, 한국인이 일본의 보호를 받길 원한다고 세계에 거짓을 고한 죄, 대한제국이 일본에 의해 폭력과 살인이 끊이지 않는데도 태평무사한 것처럼 천황을 속인 죄, 동양평화를 해친 죄, 일본 천황의 아버지 태황제를 죽인 죄이다. 또 필요한 것이 있는가?」

「…….」

아무리 생각해도 한국인은 세상 물정 모르는 어린 아이와 다를 게 없다. 그들은 일본의 수준에 미치지 못한 식민지 백성일 뿐이고, 유치하기 짝이 없는 봉건적 사고방식에서 벗어나 근대화에 앞장서 주었으니 세계와 어깨를 나란히 하는 일본을 우러러 보아야 마땅하다. 감사히 여기기는커녕 뭐가 그리도 아쉽고 서운해서 이리 말도 안 되는 짓을 저질렀는지, 미조부치는 잘 타일러 그가 잘못을 깨닫고 뉘우치도록 유도해야겠다고 생각했을 거다. 그런데 이상하다. 안중근은 애초에 그가 생각했던 한국인의 이미지와 달라도 너무 달랐다. 위협적이고 사나운 분위기에 동요하는 기색 없이 그저 당당하게 자신의 입장을 분명히 전하니 미조부치는 기가 막혔을 거다.

「그대의 진술을 들어보니 과연 동양의 의사(義士)라 칭할 만하다. 그러므로 사형을 당하지는 않을 것이다.」

이는 안중근의 배짱과 기개에 놀란 미조부치 검사가 한 말이라고 한다. 그런데 여기에서 한 가지 주목할 점이 있다. 안중근이 주장했던 이토 히로부미의 열다섯 가지 죄악 중 마지막 열다섯 번째 항목 말이다. 한국에 대한 식민 지배 야욕을 품기 직전, 그때에 일본은 아직 도쿠가와 막부가 정권을 잡은 시절이었고, 그들 사이에서 얼굴마담은 고메이(孝明) 천황이었다. 막부제도 폐지와 존왕양이(尊王攘夷)를 외치는 메이지유신(明治維新)파의 주장에 반대하다 죽음을 당했다고 알려져 있다. 1866년 사망 후 그의 아들이 122번째 천황의 자리에 올라 마침내 일본은 메이지 시대를 맞이하게 되었는데, 하지만 이토 히로부미는 그때에 아직 어린 20대 중반인데다 신분도 낮아서 안중근이 주장하는 바와 다소 차이가 있다. 어째서 안중근은 후손들이 이해하기 어려운 말을 늘어놓았는지, 일부의 의견대로 그가 정말 허황된 주장을 한 것인지 곰곰이 따져보는 게 좋을 것 같다. 이것을 이해하려면 당시 일본을 지배하던 도쿠가와 막부의 최후로 돌아가야 할 것이다. 구름 따라 바람 따라 이리 휘청, 저리 휘청, 나라가 어떻게 되거나 말거나 너는 너대로 살아라, 나는 나대로 살아가련다, 제 멋대로 굴러가던 도쿠가와 막부의 바로 끝자락이었다. 죽는 순간까지 권력을 손에서 놓지 못한 도쿠가와 이에나리(德川家齊)가 세상을 떠난 후 아들 도쿠가와 이에요시(德川家慶)가 어떻게든 무너진 나라를 바로 잡아 보겠다며 덴포 개혁을 실시하지만 결국 실패했다. 그리고 1853년, 미국의 페리 제독이 함선을 끌고 일본에 나타났으나 정작 그와 만나야 할 쇼군 도쿠가와 이에요시는 심부전으로 사망하고 만다. 가뜩이나 정권이 교체되는 와중이라 정신 사나운데, 두 눈을 부릅뜬 서양 오랑캐들의 기세에 눌려 무사들은 꽤나 골치가 아팠을 거다. 지금 이대로를 유지하느냐, 큰맘 먹고 개방하느냐, 고민하던 막부는 일단 어수선한 정세를 핑계로 페리 제독과 내년을 기약했고, 간신히 벌어놓은 1년 사이에 도쿠가와 이에요시의 넷째 아들 도쿠가와 이에사다(德川家定)가 쇼군의 자리에 올랐다. 하지만 오래지 않아 문제가 생겼다. 도쿠가와 이에요시의 세 아들들이 모두 병으로 죽었다더니, 넷째 아들이라는 도쿠가와 이에사다도 건강 상태가 영 심상치 않았던 것이다. 뇌성마비 장애인일지도 모른다는 기록은 실제로 그가 그렇지 않았다고 할지라도 도쿠가와 막부의 불명확한 미래를 설명하는 또 다른 표현일 수도 있겠다는 생각이 든다. 그렇다고 쇼군을 갈아치울 수도 없는 노릇이니 막부는 아무런 대책도 세우지 못한 채 아까운 1년을 허송세월 하였고, 결국 미일화친조약이 체결됐다. 각기병으로 죽었다는 도쿠가와 이에사다의 자리에 새로운 인물이 들어앉았다. 11대 쇼군 도쿠가와 이에나리의 여섯 째 아들 도쿠가와 나리유키

(德川斉順)의 장남 도쿠가와 이에모치(德川家茂)였다. 겨우 열두 살 어린 나이에 도쿠가와 막부를 책임지는 열네 번째 쇼군이었으며, 동시에 위태로이 흔들리던 막부가 급격하게 무너져 내린 시기이기도 했다. 그 시작은 어느 날에 벌어진 존왕양이 운동이었다. 무능력한 막부를 밀어내고 천황을 받들어 서양 오랑캐를 몰아내자는 것이다. 막부로서는 불편하기 짝이 없는 주장이겠으나 자기들 무리 내에서도 존왕양이 세력을 옹호하는 목소리가 터져 나오니 못 들은 척 얼렁뚱땅 넘어갈 수도 없었다. 일본에서 번(藩)이라 하면 제후(諸侯), 즉 다이묘들의 지배 영역이자 지역 통솔 기관을 가리킬 텐데, 그중 서양과의 교역이 허락되면서 가장 많은 영향을 받았던 조슈(長州)번이 존왕양이 문제에 누구보다 예민한 반응을 보였다. 지금의 야마구치현(山口県)에 터를 잡고 살았다는 그들, 군사력과 경제력을 갖춰 정치판에서 제법 큰소리를 치는 위치에 있었으며, 그래서 일본 역사를 뒤집어엎을 만큼 중요한 역할을 했다. 그 잘난 조슈번을 인터넷으로 검색하면 연관 검색어로 따라붙는 지역 한 군데가 등장한다. 지금의 가고시마(鹿兒島)와 미야자키(宮崎) 일대를 무대로 활동했다는 스치마번(薩摩藩)이었다. 외세를 일본 땅에서 완전하게 몰아내려면 우선 막부제도를 폐지한 뒤 그 자리에 천황을 세워야 한다는 조슈번의 존왕양이 정책은 사츠마번의 공무합체(公武合體), 즉 천황과 막부가 힘을 합쳐야만 혼란한 시기에서 벗어날 수 있다는 주장과 너무나 달랐다. 비슷한 경제력과 군사력으로 말미암아 당장 치고 받고 싸워도 이상하지 않을 이들의 주

장은 오랫동안 일본 정치판을 요동치게 만들었으며, 어느 한쪽도 뜻을 굽히지 않아 보고만 있던 고메이 천황이 직접 나서야 했다. 싸움판에 끼어든 고메이 천황은 조슈번의 손을 들어주었다. 양이(攘夷), 즉 서양 오랑캐를 배척하는 정책을 당장 실행하라고 요구한 것이다. 굴욕적인 조약으로 어쩔 수 없이 개방해야 했던 항구를 모두 폐쇄하고, 외국인을 모두 추방할 것. 천황과 약속한 기일이 지났을 때, 조슈번은 바칸해협(馬関海峡), 즉 지금의 간몬해협(關門海峡)으로 나아가 아직까지 주변을 어슬렁거리던 외국 선박에 함포를 쏘아댔다. 아무래도 잠자는 호랑이의 코털을 뭉텅 쥐어뜯었나 보다. 선전포고 한 마디 없이 들이닥친 공격에 피해를 입은 미국과 네덜란드 선박이 제꺽 반격했으며, 프랑스는 아예 민가를 약탈하거나 불을 지르는 등으로 보복하였으니 말이다. 바칸전쟁(馬関戦争) 또는 시모노세키 전쟁(下関戦争)으로 불리는 대형 사건이었다. 외세로부터 돌아서고 싶은 마음이야 충분히 이해하지만 방법이 잘못되었다는 사실을 그들은 몰랐을까? 죄 없는 백성들이 피해를 입거나 말거나 일단 외세부터 물리치겠다는 생각이니, 조슈번의 이 과격한 대응 방법은 애초에 존왕양이를 지지하던 다른 세력에게까지 비난받는 상황에 이르렀다. 막부는 사태에 직접적으로 연루된 책임자를 제 지위에서 해임하였는데, 조슈번은 오히려 고메이 천황을 끌어들여 그로부터 직접 코쟁이들을 처단하겠다는 약속을 받아낸다. 이게 무슨 소리인가? 천황을 앞세우겠다고? 서양 오랑캐들과의 싸움에? 이것들이 겁대가리를 상실했나! 패악질이 따로 없는 조슈번의 행위를 사츠마번은 그냥 두고 볼 수가 없었다. 백성들의 감당할 수 없는 피해로 돌아와 애초에 양이 명령을 내린 천황도 비난을 면치 못하게 되었으니 이 모든 잘못의 원인인 그들을 정치판에서 몰아내야겠다고, 사츠마는 생각했다. 한밤중에 완전 무장을 하고서 궁궐로 쳐들어온 사츠마의 군사들과 마주했을 때 고메이 천황은 기분이 어땠을까? 협박인지, 설득인지 모를 그들의 주장에 넘어간 고메이 천황은 존왕양이 지지를 철회한 것으로 모자라 조슈번의 인재들을 조정에서 쫓아내고, 쇼군 도쿠가와 이에모치에게 여동생을 시집보내는 등 완벽한 공무합체파로서의 모습을 보였다. 지켜보던 조슈번의 세력들은 분노했을 것이다. 믿어 의심치 않았던 고메이 천황이 배신을 때린 데다 정치판에 더 이상 발 디딜 곳을 잃었으니 보복이라도 하지 않으면 도저히 견딜 수 없을 것 같았다. 그러던 어느 날, 기막힌 사건 하나가 터져버렸다. 교토(京都) 이케다야(池田屋)의 한 술집에 모여 앞으로의 일을 의논하던 조슈번의 무사들이 한밤중에 들이닥친 자객에게 살해당한 것이다. 날벼락이 따로 없는 테러에 우왕좌왕하던 조슈의 무리들은 암살자의 정체가 신센구미(新選組)라는 걸 알고 놀랐다. 이는 일본 역사를 잘 모르는 나도 어디선가 여러 번 들어본 기억이 있을 정도로 유명한 사건인데, 일단 신센구미라면 에도시대에 각 지역의 치안유지를 목적하여 구성된 무사 집단으로, 초창기에는 쇼군을 보호하고 막부를 위해 움직이는 군사 조직이었다. 한 마디로 막부 군의 일부라는 뜻이다. 존왕양이파와 공무합체파의 대립으로 일본 사회가 어수선한 와중에 이런 사건이 벌어지자 신센구미의 존재감은 단번에 부각되었다. 자고 일어나니 일약 스타가 되어 있었더라는 우스갯소리가 딱 어울리는 순간이다. 이날의 사건으로 신센구미는 막부로부터 능력을 인정받았고, 반면에 정치판에서 아주 왕따가 되어버린 조슈번은 약이 바짝 올라 복수의 칼을 갈았다. 줄곧 정치판을 주도했던 우리가 어쩌다 이렇게 되었을까. 그들은 고민했을 것이다. 외세를 타도하려는 노력이 발단이었고, 우리를 믿었기에 천황이 양이 정책의 실행을 명령하였다. 내내 존왕양이에 동의했던 천황이 하루아침에 엉뚱한 주장을 하는 이들에게 붙었다면 이는 그들의 위협을 감당하지 못했기 때문일 거다. 천황의 생각을 바로잡고, 그들에게 복수한 뒤 우리의 자리로 돌아가 뒤틀린 이 나라의 새 역사를 쓰겠다! 지방으로 쫓겨났던 조슈번의 대군이 우르르 교토로 몰려왔다. 이를 막으려는 사츠마번의 군대와 시가전이 벌어졌고, 총탄과 포탄이 빗발쳐 양측의 피해는 물론 백성들의 피해도 만만치 않았다. 그런데 조슈 군에서 발사된 포탄이 하필이면 천황의 궁궐로 날아가 떨어졌다. 헐, 우째 이런 일이? 생각지도 못한 날벼락에 궁궐은 아수라장이 되었고, 조슈 군은 자기들이 저지르고도 놀라 어찌할 바를 몰랐다. 임금의 침소(寢所)를 쑥대밭으로 만들다니, 조슈의 무리는 순식간에 역적 신세로 전락했다. 이 사건을 '긴몬의 변(禁門の変)', 또는 '긴몬의 난(禁門の亂)'이라고 하는데, 다름 아닌 어소(御所)를 건드렸으므로 조정은 사건에 연루된 이들을 당장 잡아들이라고 명령한다. '조슈전쟁(長州戰爭)' 또는 '조슈정벌(長州征討)'이라는 사건이 바로 이것이었다. 막부는 일을 저지른 그들 무리에 대해 공개적 재판을 진행하고, 재산을 몰수하며, 근신을 명령했다. 무리를 이끈 중심 세력 중 몇은 날아들 불똥을 피해 보이지 않는 곳으로 도망쳤거나 할복자살을 결심하니, 조슈번의 비참한 처지를 그들 스스로가 아닌 이상에야 더 사실적으로 설명할 수는 없을 것이었다. 만일 그들이 처음부터 당당하게 나아가 잘못을 인정하고 물러났더라면 도쿠가와 막부는 앞으로도 계속해서 권력을 이어갈 수 있었을까? 이래도 흥, 저래도 흥, 생각 없이 지내던 그들이었으니 조선 침략은 꿈도 못 꾸었을 텐데 말이다. 그 조슈번의 세력들이 억울하고 분한 마음을 억누르지 못했다는 게 가장 중요했다. 사건이 마무리 된지 2년 만에 잠적했던 존왕양이 파들이 뭉쳐 쿠데타를 일으켰으니 말이다. 고메이 천황은 완전 소탕을 명령했으며, 결과가 뻔하리라고 예측한 막부는 항복을 종용했으나 거절당했다. 그리고 제 2차 조슈전쟁은 막부로부터 시작되었다. 서로간의 공방전이 장기화하여 민중봉기가 일어날 정도였는데, 의외로 막부는 조슈 군의 발악적인 항거를 제압하지 못했다. 엎친 데 덮친 격이랄까? 하필 이 시기에 쇼군 도쿠가와 이에모치가 죽었다. 집안의 내력인지 그 역시 각기병에 걸렸다는 거다. 막부 내 존왕양이를 주장하는 이들 사이에서도 강경파에 해당한다는 도쿠가와 나리아키(德川斉昭)의 아들 도쿠가와 요시노부(德川慶喜)가 에도시대 15대 쇼군의 자리에 올랐지만 그는 아버지 도쿠가와 나리아키의 주장에 동의하여 막부 체제의 붕괴를 소원한 인물이었다. 그는 전쟁에서 패배하였음을 스스로 선포했고, 더 이상 정권을 유지할 수 없다는 사실을 인정하였으며, 결국 도쿠가와 막부가 이끌어온 에도시대는 과거의 역사로 사라졌다. 1866년 12월, 바로 그때에 고메이 천황이 천연두로 사망했다. 겨우 열여섯 먹은 어린 아들이 새로운 시대의 천황이 되었으니, 일본 역사는 메이지 시대의 도래와 함께 그를 '메이지 천황(明治天皇)'이라고 불렀다.

「일본 천황의 아버지 태황제를 죽인 죄」

그렇다면 안중근은 왜 이토 히로부미의 죄악에 이와 같은 문제를 거론하였을까? 위키디피아를 뒤져보자.

「메이지 유신 파가 유신에 비협조적인 고메이 천황을 살해하고 어린 메이지 천황을 이용해 유신을 펼치려 했다는 의혹이 있다.」

앞서 고메이 천황은 공무합체 파에 해당하며, 이는 천황과 막부가 힘을 모아 일본에 닥친 혼란을 막자는 무리라고 설명했다. 즉 막부 폐지와 존왕양이에 반대했다는 뜻인데, 메이지 유신파로서는 자기들과 전혀 상반된 입장을 밝힌 고메이 천황이 더없이 불편한 존재였을 거다. 그들이 정말 그런 이유로 고메이 천황을 죽였는지 어쨌는지 나는 모르겠다. 다만 여기에서 말하는 메이지 유신파란 본격적으로 조선을 침략해 온 세력이며, 동양 평화를 망친 장본인들일 것이다. 그들로 상징되는 이토 히로부미가 그들이 세운 제국에서 헌법을 제정하고, 근대 일본의 역사를 이룩한 뒤 제국주의적 발상으로 온 아시아를 쑥대밭으로 만들었으니 안중근은 즉 메이지 정부 그 자체인 이토 히로부미에게 철

퇴를 가했다는 뜻이다. 안중근의 이 깊은 뜻을 몰라보고 말도 안 되는 주장을 하는 이들이 너무 많다. 역사 과목이 그리도 어려우신가? 과거의 잘못을 되풀이하지 않으려면 반드시 역사 공부를 해야 한다고 나는 말하고 싶다. 역사를 잊은 민족에게 미래는 없다고 주장한 누군가의 목소리를 부디 기억했으면 좋겠다.

9. 여순 감옥

셋째 날 아침이다. 대련으로 출발하는 기차를 타야 해서 새벽같이 일어나 준비하고 나왔더니 또 비가 내린다. 공기는 여전히 차가웠고, 사람들은 여전히 방한복 차림이었다. 하얼빈의 맑은 하늘을 한 번도 보지 못하고 떠나는 셈이다.

"궁금하거나 필요한 게 있으면 연락 주세요."

"하얼빈 기차역이 완공되면 다시 오고 싶어요. 그때 또 만나요."

아담해서 귀여운 하얼빈 국제공항과 비교하면 입이 떡 벌어질 정도로 거대한 하얼빈 서역(哈尔滨西站), 검색대를 통과한 후엔 완전히 헤어질 우리는 지킬 수 있을지 모르는 약속으로 아쉬움을 달랬다. 이미 웨이신(微信) 연락처를 주고받았고, 대련에서 혹시 모를 문제가 생기면 도움을 요청할 생각이니 중국을 떠날 때까지 아주 헤어지는 건 아닐 거였다. 그간 고생해 주셔서 고마웠다는 인사를 마지막으로 그와 멀어졌다. 대련에서 새로운 가이드를 만날 때까지 이제 혼자 모든 걸 해결해야 한다. 한국 같았으면 공항이 아닌 이상 볼 수 없을 검색대 컨베이어 벨트에 가방을 밀어 넣고 간단한 신체검사를 받았다. KFC에 들러 어설픈 중국어로 카푸치노 한 잔을 주문해 들고, 안전 요원의 예리한 눈초리에서 벗어나 개찰구를 통과한 뒤 승강장으로 내려갔더니 깔끔하고 예쁜 디자인의 기차가 승객들을 기다리고 있었다. 말로만 듣던 '똥차'였다. 우리네 KTX 못지않은 중국의 초고속 열차를 가리키는 말로, 고속 동차(高速動車) 또는 까오티에(高鐵)라고 하는데, 흔히 동차(動車)로 통칭한다. 중국어 발음으로 '똥츠어'라고 하지만 발음이 발음이다 보니 중국 여행을 즐겨 다니는 한국 사람들 사이에선 아예 똥차라고 알려져 있다. 그래서 인터넷 검색창에 '중국 똥차'를 검색하면 정화조 청소 차량이 폭발하여 똥 테러를 당한 BMW와 고속열차가 함께 등장하는 거다. 최고 속도로 달렸을 때 시속 350킬로미터까지 가능하다는 이 열차는 안중근이 살아있던 시절엔 2박 3일, 요즈음 일반 기차의 속도로도 무려 14시간을 달려야 하는 하얼빈에서 대련까지의 거리를 약 4시간 반 만에 주파하는 대단한 기술력을 갖췄다. 와이파이만 터지지 않을 뿐 데이터 사용에 별 문제가 없고, 튼튼하고 안전하여 기차 여행을 좋아하는 사람들에게 안성맞춤이지 않을까 생각한다. 제법 튼실한 중국의 기차에 몸을 실은 건 이번이 처음은 아니었다. 지난 해 티베트 여행에서 고산병으로 일행

과 헤어진 뒤 나만 먼저 귀국길에 올랐을 때에도 티베트의 중심
도시 라싸에서 베이징까지 청장열차(靑藏列車)를 타고 무려 2
박 3일 동안 달린 적이 있었다고 앞서 잠깐 언급했다. 한국에선
우리 부모님 세대가 아직 젊었던 시절에나 있었을 법한 침대 열
차가 고산지대의 얼어붙은 땅을 가로지르니 한 번 쯤 경험해 보
는 것도 나쁘지 않을 것 같다. 열차의 규격은 정해져 있고, 침대
칸을 설치하고 남은 자투리 공간을 통로로 활용한 형태라 한 사
람이 겨우 드나들 정도로 비좁았다. 중간 역에서 내리지 않는 이
상 대부분의 여행객이 베이징에 도착할 때까지 서로 부대끼며 2
박 3일을 지내야 하는 것이다. 최근 들어 티베트 여행을 꿈꾸는
이들이 많아졌다는 귀동냥에 혹시나 하여 그들 사이로 끼어가는
도전을 한 결과 중국인의 평소 생활 방식과 타인을 대하는 태도,
한족과 소수민족의 미세한 차이 등을 배울 수 있었으며, 내 어설
픈 중국어가 그때에 확 발전하여 몇몇 어른들에게 예쁨 받던 시
간이기도 했다. 특히 젊은이들 중에서는 한류다 뭐다 하여 한국
사람인 나를 반가운 얼굴로 바라봐 주는 이도 있었는데, 이때에
나는 어째서 그들이 한국 연예인을 좋아하는지 묻기도 했다.

「爲什麽中國人喜歡韓流明星?」(왜 중국인은 한류스타를 좋
아하죠?)

「中國也有很多明星. 爲什麽?」(중국에도 스타가 많은데, 왜?)

그리고 한 아가씨가 이렇게 말했다.

「他們是帥!」(멋지니까요!)

장수 '수(帥)'라는 글자를 중국어 사전에서 검색해 보면 대부

분 '잘생겼다'라고 나오는 경우가 있지만 간혹 '멋지다'라고 나오는 경우도 있다. 여기에선 후자가 아닐까 생각되는데, 한국이나 중국이나 엔터테인먼트 산업은 크게 다를 바 없다고 느낀 순간이었다. 장르를 불문하고 허구헌 날 사랑 타령만 하는 한국 가요보다 여러 가지 이야깃거리를 담은 저들의 가요가 신선하고 재미있게 느껴져서다. 한 10여 년 전 어느 음악 프로그램에서 우리네 동의보감처럼 그들의 오래된 의학서적의 내용을 가사로 차용한 중국 힙합 음악을 들은 적이 있다. 어떤 약초를 어떻게 달이면 몸의 어디가 좋아진다는 둥 어떤 약초를 몸의 어디에 붙이면 어느 상처가 낫는다는 둥 이게 힙합 음악인지 교육용 음악인지, 내가 지금 꿈을 꾸는 건가 싶을 만큼 새로운 형태의 가사가 너무나 재미있어 깔깔거린 바람에 자막으로 지나쳤을 이 노래의 제목과 가수의 이름을 보지 못했다. 가사 내용과 달리 뮤직비디오는 시커먼 오토바이에 기댄 채 어느 터프가이가 온갖 멋진 손짓 발짓을 해보이며 잘빠진 몸매의 여자를 홀리니 아직 어린 세대를 겨냥한 대중가요가 맞을 것이었다. 하여간 중국에서 열흘 가까이 지낸 동안 느꼈던 점과 한류에 빠진 그들의 마음을 중국어로 주고받으며 키득거린 매 순간마다 단 한 번도 저들이 사드라는 정치적 문제로 한국인을 혐오하거나 배척하는 모습을 보인 적이 없었음을 나는 말하고 싶다. 인터넷에 올라온 어떤 이의 중국 여행기에서처럼 괜한 자격지심으로 한국인이 아닌 것처럼 보이려고 사람이 많은 곳에선 일행과 한 마디도 하지 않을 만큼 중국의 분위기가 사납지 않음을 내 글로써 명백히 증명한다.

앞서 잠깐 밝힌 바와 같이 허세 가득한 시골 사내들의 장난스런 위협을 그저 웃고 넘어가는 정도로만 받아들인다면 그때 나는 중국에서 내내 사랑 받으며 지냈다고 할 수 있다. 물론 베이징에 선 '정치 도시'라는 특수성과 한족 특유의 민족적 우월감을 일일 이 따진다면 얘기가 달라질 수 있겠으나 '경제 도시'라는 상하이 에선 아는 동생조차 여행을 다녀온 후 또 가고 싶다며 오두방정 을 떨 지경이었고, 한국인이 많이 드나드는 연길과 하얼빈, 대련 등에선 뉴스에서 본 것처럼 살벌한 분위기를 전혀 느낄 수 없다. 여긴 일본이 아니라 중국이다. 정작 한국인은 아무 생각도 없는 데, 연일 혐한 시위를 해대며 쓸데없이 험악한 분위기를 조성하 는 일본과 전혀 다르다는 거다. 오래 전 중국 명 댜오위다오(釣 魚島), 일본 명 센카쿠 열도(尖閣列島) 문제로 반일시위를 벌였 을 때처럼 중국인이 만일 한국인에 대해 악감정을 가졌다면 한 족의 눈으론 도저히 한국인과 구분하기 어려운 조선족 및 조선 족 자치구가 그대로 남아나지 않았을 것이다. 하얼빈을 출발하 여 대련까지 달리는 똥차 안에서도 마찬가지이다. 각 역에 도착 할 때마다 중국어보다 영어 안내 방송에 더 귀 기울이는 내 모습 을 뻔히 보고도 주변 승객들은 별다른 관심을 보이지 않는다. 심 지어 옆 좌석에 앉아있던 한 여자는 내려야 할 역에 가까워지자 웬 전단지를 내보이며 필요하면 연락하라고 했는데, 그림만 봐 도 한국에도 흔한 화장품 영업 사원임을 알아챘지만 그 순간엔 정확히 무슨 말을 하는지 알아듣지 못하여 '對不起. 我不知道中 國話(미안해요. 중국어 몰라요).'라고 말하자 호기심 가득한 얼굴로 내게 어느 나라 사람이냐고 물었으며, 나는 정확히 '한궈런(韓國人)'이라고 발음했다. 그때에 몰려든 주변의 시선에서 적대감이라거나 혐오 또는 불쾌감을 전혀 느끼지 못했다. 아예 관심이 없거나 호기심 어린 시선으로 바라보다 이내 제 할 일에 열중하는 것이었다. 외국인을 만나면 관심을 갖고, 그 이방인이 어설프게 자기들의 말을 구사하다 실수라도 하면 고쳐주고 싶은 순수한 마음씨를 드러내 보이는 건 우리와 다를 게 전혀 없다. 이들의 모습에서 나는 결론 내렸다. 서로들 겉으로는 자국의 이익만을 위해 언쟁하지만 결국 사람 사는 모습이란 모두 똑같지 않을까 하고 말이다. 지난 작품 <야누스>에서 내내 언급했듯 나는 싸우기보다 평화롭게 살고 싶다.

"저기요! 김연정 씨 맞죠?"

"…?"

"아, 맞네! 찾았구먼!"

역시 공항보다 훨씬 거대한 대련북역(大連北站)에 도착했을 때, 한 남자가 다가와 내게 말을 걸었다. 이번에도 서울의 사장님과 연락이 닿은 현지인 가이드였다. 내 아버지뻘 되어 보이는 노인이었고, 사위라고 소개한 젊은 남자가 자신의 차량으로 모든 일정을 소화해 주기로 하였다.

"우와! 여기 왜 이렇게 더워요?"

기차역의 크기만큼이나 풍성한 에어컨 성능 탓으로 대련의 더위를 감히 몰라보았다. 하얼빈에서 오들오들 떨던 내 옷차림이 민망할 지경이다.

"여기에서 여순까지 얼마나 걸려요?"

차에 오르자마자 트렌치코트를 벗어던지며 그렇게 물었다. 묵묵히 운전만 하던 사위와 중국어로 몇 마디 주고받더니 가이드 할아버지가 도로 내게 고개를 돌렸다.

"대략 한 시간에서 한 시간 반 정도라네요."

"감옥이랑 법원이 오후 세 시에 폐관이래요. 빨리 가야 해요."

대부분의 전시관들이 그렇듯 안중근이 재판을 받았다는 법원박물관과 감옥도 월요일엔 휴관한다. 현재 시간 일요일 낮 12시 30분, 지금 당장이 아니면 내일은 갈 수 없고, 모레는 한국으로 돌아가야 하니 시간이 촉박하다. 아침 꼭두새벽부터 움직이느라 배가 고프고 피곤하지만 지금은 그게 문제가 아니다. 여순까지 한 시간 만에 달린다면 폐관 시간 전엔 도착할 수 있을 거였다. 그런데 내 급한 마음을 아는지 모르는지 여순의 풍경을 감상해야 한다며 여긴 이런 곳이고, 저긴 저런 곳이니 사진으로 남기는 게 좋을 거라는 둥 고향에 대한 자부심을 여지없이 드러내는 가이드 할아버지와 사위의 친절한 저 표정을 어찌하면 좋을까! 시골 출신 조선족 특유의 순수한 마음씨에 아무 반박도 못하고 나는 별 수 없이 창밖으로 스마트폰을 들이댄다. 그리고 한 시간 여가 지났을 무렵 외곽도로를 달려 시내로 접어들자 마침내 눈에 익은 건물을 발견했다. 여순 감옥의 정식 명칭은 '여순일아감옥구지박물관(旅順日俄監獄舊址博物館)'이다. 대부분의 한국인은 여순 감옥이라 하면 한국과 중국 등지에서 항일운동을 하던 이들이 일본에 잡혀 고초를 겪은 곳이라고 배운다. 나 역시 마찬가지였는데, 사실 이곳은 1900년대 초 러시아가 은근슬쩍 자국의 이익을 목적으로 발을 들여놓았다가 이에 항거하는 중국의 애국지사들을 수감하기 위해 만들어졌다. 러일전쟁의 승리로 여순 땅이 일본의 손으로 넘어간 뒤엔 날이 갈수록 늘어나는 수감자들을 모두 수용하기가 어려워 지금의 크기로 증축했다고 한다. 역시 검색대에서 간단한 신체검사와 소지품 검사를 마친 뒤 이동하였는데, 문득 주의사항이 적힌 안내 표지판을 발견했다. 환경을 보호해야 하고, 문화재를 보호해야 하며, 큰소리로 떠드는 등 타인에게 민폐를 끼쳐선 안 된다는 거다. 나는 그만 웃고 말았다. 이 당연한 예의범절이 마냥 재미있어서가 아니다. 중국어와 영어 사이에 적힌 한글 문장을 마주하고 보니 비로소 여기가 하얼빈의 기차역처럼 우리와 떼려야 뗄 수 없는 곳임을 깨달았기 때문이다. 대련 여행을 꿈꾸는 한국인이 반드시 들르는 필수 코스이므로 이 먼 타국에서 한글 안내판의 존재는 새삼스러웠지만 어쩌면 당연할지 몰랐다. 길잡이 삼아 가꾸었을 화단을 지나 실내로 들어서자 일본이 정한 범죄의 등급에 따라 각기 다른 색깔로 나뉘었다는 죄수복 하며, 이 감옥소의 모형, 당시의 모습이 담긴 사진을 액자로 전시해둔 광경을 볼 수 있었다. 지금 내 눈은 가장 끝에 매달린 액자에 고정된 채다. 수많은 이의 목숨을 앗아갔으리라고 짐작되는 교수대 위의 밧줄과 고무 대야처럼 둥글고 속이 깊은 나무통을 말이다. 당시 일본은 교수형으로 죽은 시신을 저 안에 구겨 넣은 뒤 그대로 매장했다. 시신의 덩치가 커서 나무통에 제대로 들어가지 않으면 고기 썰듯 조각

내어 처리하는 경우도 있었다니, 지난 날 독립 운동을 하다 잡힌 이들을 고문한 방식만큼이나 엽기적인 그들의 행위에 화가 나지 않을 수가 없다. 비좁은 방에 열댓 명의 수감자를 몰아넣어 감시 했더라는 이야기는 굳이 여순 감옥이 아니어도 서울 서대문 형무소의 역사를 떠올린다면 절대 모르지 않을 거였다. 햇빛도 제대로 들지 않는 작은 방에 갇혀 여름엔 날벌레에 뜯기고, 겨울엔 동상에 쉬이 노출될 정도로 추위와 싸워야 했으니 여기에 들어온 이상 별다른 고문 도구가 아닐지라도 살아있는 것 자체가 고통일 수밖에 없었던 거다.

激情如火氣焰高(격정여화기염고)
千折万磨志不撓(천절만마지부요)
寧死無悲身許國(영사무비신허국)
錚錚鐵骨壯志豪(쟁쟁철골장지호)
불과 같은 격정 기세가 등등하니,
고통을 천번 만번 겪어도 의지는 불굴하네.
죽을지언정 슬픔 없이 몸을 나라에 바치세.
장지 품고 무쇠 골격 웅지를 펴겠네.

옥중시초(獄中詩抄)

滿腔熱血涌心頭(만강열혈용심두)
殘缺金甌志未酬(잔결금구지미수)
爲黨捐軀甘一死(위당연구감일사)

磷光夜夜昭神州(린광야야소신주)

끓는 피 가슴 가득 솟아오르고,

국권 회복 포부를 실현하지 못했네.

당을 위해 달게 이 몸을 바치고,

인광은 매일 밤 중국을 비추네.

옥중시초(獄中詩抄)

공사를 마친지 얼마 되지 않았기 때문일까? 아직 장비를 들고 오가는 인부들이 간혹 보였다. 안중근의 독방은 개방되지 않은 채 건너편 창문에서 외관만 확인할 수 있었고, 아쉬운 내 눈은 그 시절 일제에 항거하다 죽어간 중국의 항일 애국지사들의 글에 박혀있었다. 누가 쓴 건지 모를 수많은 옥중시초(獄中詩抄)들은 다시 얘기해서 우리가 그랬듯 그들 역시 불합리하기 짝이 없는 일본의 만행을 고발하고, 처절하게 싸웠으며, 반드시 이겨내리라는 다짐이었을 테다. 하지만 현실은 암담했다. 많은 이들이 흔히 알듯 전쟁이 끝나고 수십 년이 지난 지금까지 일본은 그 시절에 저지른 잘못을 축소하여 공개하거나 스스로 생각하기에도 정도가 심한 경우에는 아예 은폐한 뒤 애초에 없었던 일이었다는 듯 오리발을 내밀기 일쑤였는데, 한 번은 그나마 양심적이었던 일본군 출신의 누군가 중국에 찾아와 참회의 글을 남기면서 그간 일부에 불과했던 진실이 마침내 드러났다. 최소한의 인간적인 대우조차 받지 못하여 대부분의 수감자들은 건강 상태가 엉망이었고, 아무 짝에 소용도 없을 형식적인 치료만 받다 죽어버렸다고 한다. 말을 듣지 않는다며 맞아 죽고, 의사가 부족하거나 약이 부족하다는 이유로 병을 방치하여 죽고, 먹을 것이 부족하여 영양실조로도 죽고, 더워 죽거나 추워 죽고, 병이 없어도 결국 사형으로 죽으니 한 마디로 지옥이었던 거다. 그렇게 죽은 시체들 중엔 일본의 의과대로 넘어가 의료계 종사자를 꿈꾸는 학생들의 실험재료로 이용되거나 아직 죽지 못한 채 고통 받던 이들은 법조계에 몸담을 학생들의 법의실습용, 즉 사형집행을 연습하는 도구로 사용되었다고 한다. 실습 도구로도 쓰지 못할 만큼 상태가 엉망인 시신은 그대로 나무통에 담겨 감옥에서 멀지 않은 곳에 묻혔다. 고통으로 몸부림치다 죽어버린 이들에게 최소한의 예의라도 지켜주길 바란다면 그건 사치일까? 얼렁뚱땅 만들어낸 묘지도 외부에서 인부를 들여온 게 아니라 어쩌면 한때 동료였을 수감자들을 끌어다 마무리 짓게 하니 비참하기가 이를 데 없었을 거다. 다시 표지판을 따라 이동하던 중에 중국인 투사들의 전시관을 발견했다. 끝내 처참한 죽음을 맞이했으나 언젠가 조국의 기쁨으로 돌아오리라는 믿음으로 투쟁한 이들을 기리는 곳이라고 했다. 죽음을 무릅쓰고 일본에 저항했다는 그들의 수많은 기록 사이에서 한국 독립운동가 두 사람의 동상을 발견했다. 최흥식(崔興植)과 유상근(柳相根)이었다. 1932년, 상하이 임시정부의 지도자 김구를 중심으로 만들어진 한인 애국단에 가입하여 만주에서 일본 관동군 사령관을 폭살하려다 계획이 누설되는 바람에 체포된 후 결국 사형당한 인물들이다. 이후 유상근은 1968년 박정희 전 대통령으로부터 건국 훈장 국민장에, 최흥식은 1991년 노태우 대통령으로부터 건국 훈장 애국장에 각각 추서되었다.

***

'뤼순의 국제지사들(國際戰士在旅順)', 어느 작은 공간에서 중국어와 한글과 영어가 적힌 현판을 발견했다. 그 시절 일본 군국주의에 맞서 싸우다 순국한 외국인 지사들을 기리는 전시관으로, 말이 좋아 '국제지사'일 뿐 사실 모두 한국인이다. 조국 독립을 목표로 중국과 러시아에서 활동하던 이들이 일본의 압제에 이리저리 조리돌림 당하다 끝내 이곳에서 생을 마감했는데, 그중 대표적인 인물이 안중근이었고, 단재(丹齋) 신채호(申采浩)와 우당(友堂) 이회영(李會榮)도 마찬가지였다. 1919년 4월, 중국 상하이에서 마침내 '대한민국 임시정부(大韓民國臨時政府)'가 세워졌다. 3.1운동을 전후로 활약했다는 한국인 청년 독립 운동 단체 '신한청년당(新韓靑年黨)'을 주축으로 수립된, 우리나라 역사에서 절대 빼놓아선 안 될 지도자 그룹이며, 앞서 잠시 언급했던 고종황제의 '대한(大韓)'이라는 국명이 뿌리가 되었다. 일본으로부터 완전히 독립하여 군사와 외교와 교육과 복지와 사법과 재정에 관련한 모든 정책을 새로이 펼치고자 하였고, 바로이 시기에 우리나라 초대 대통령 이승만(李承晩)이 대한민국 임시정부의 초대 대통령으로 역임하였다. 여기까지가 지금껏 우리가 학창시절에 배운 대한민국 상하이 임시정부의 간단한 약력일텐데, 아무리 해외에서 임시로 설립한 망명 정부일지라도 기본

적인 헌법을 제정하고, 합법적인 절차를 밟아 독립하겠다는 취지와 반드시 목표를 이루고야 말겠다는 의지는 국제 사회로부터 정식으로 인정받은 신흥국의 정부와 크게 다르지 않았을 것이다. 그런데 그들의 평화적 접근 방식이 뜨뜻미지근하게 느껴졌을까? 미온적이고 온건한 임시정부의 정책에 불만을 품고 뛰쳐나와 새로운 지도자 그룹을 창설한 인물이 여기 한 사람 있다. 열강들의 식민지 쟁탈로 어수선하던 1905년, 을사늑약이 체결되자 성균관 박사로서 관직에 나아갈 뜻을 포기하고 독립운동가로 변모했다는 신채호 말이다. 장지연(張志淵)의 황성신문(皇城新聞)에 논설을 쓰고, 대한매일신보(大韓每日申報)의 주필로도 활약했으며, 1907년 도산(島山) 안창호(安昌浩)가 발기(發起)하였다는 신민회(新民會)의 애국계몽운동에도 적극 나선 데다, 일본의 앞잡이로 이름난 일진회(一進會)와도 맞서 싸운 이였다. 신한청년회(新韓青年會)에서 아직 어린 청년들의 민족 교육에 힘쓴 건 물론 각 지역에 퍼져있던 청년들의 결사단체를 도왔으며, 심지어 상하이 임시정부 수립에까지 적극 참여하였으나 일본을 향한 이들의 저항 방식이 아무래도 그의 성격과는 영 맞지 않았던 모양이다. 눈에는 눈, 이에는 이, 강압적이고 폭력적인 일본으로부터 벗어나기 위해서는 그들과 같은 방법으로 되갚아주어야 우리에게 비로소 독립이 찾아오리라고, 민중의 폭력적 혁명이 아니면 독립을 쟁취할 수 없다고 생각했던 거다. 임시정부에서 탈퇴한 신채호는 1923년 1월, '의열단 선언문(義烈團宣言文)'을 발표한다. 의열단이라면 1919년 11월 만주 지역에서 독립군을 양성하기 위해 만들어진 신흥무관학교(新興武官學校) 출신 인물들이 창설한 급진적 민족주의 단체인데, 일본의 폭력에 맞서 암살과 파괴 등의 무력시위로 독립운동을 벌이겠다고 천명한 바로 그들이었다. '조선혁명선언(朝鮮革命宣言)'으로도 불리며, 약산(若山) 김원봉(金元鳳)의 요청으로 완성하였다는 이것을 간단하게 정리하자면 조선과 조선인의 삶을 빼앗아 간 일본은 강도이고, 그들을 타도하려는 폭력적인 혁명이야말로 독립 운동의 정당한 수단이라는 것이다. 무장 투쟁 조직이 보기에 네 맛도 내 맛도 아닌 상하이 임시정부의 평화적이고 민주적인 정책을 비판하고, 백성들의 안정된 삶을 위협하는 이족(異族) 통치와 특권계급과 경제를 약탈하는 제도와 사회적 불평균 및 이로 인한 노예적 문화 사상을 '5파괴'라는 이름으로 배척하며, 고유적 조선과 자유적 조선 민중과 민중적 조선과 민중적 사회와 민중적 문화라는 이른바 '5건설'을 주장하였다. 이 어려운 말들을 한 마디로 쉽게 풀이하자면 '우리를 때려잡은 일본인을 똑같이 때려 죽이자!'라는 뜻일 것이다. 의열단과 신채호의 이러한 생각은 역사를 공부하는 후손으로서 폭력이 정당한 혁명의 수단으로 과연 옳은지 따져 보는 것도 나쁘지 않을 거였다. 지금의 기준으로 이는 평화를 이룩하기엔 더 없이 불리한 조건이겠으나 그 시절 일본의 압제에 유린당한 조국을 구하기 위해서라면 극단적인 방법까지도 선택할 수밖에 없었음을 생각해 볼 때 독립을 꿈꾸는 선열들의 목표의식에 불을 지핀 역사적 사건임이 분명하다는 결론에 이른다. 독립 운동가이자 사학자로서 '역사는 나(我)와 나 아닌 이(非我)의 투쟁이다'라는 민족사관을 수립한 신채호는 저들의 고위 관리 살해 및 공관을 파괴하는 등의 무정부주의 활동 중 경찰에 붙잡혔다가 뤼순 감옥에서 순국한다. 그리고 1962년, 윤보선 대통령으로부터 건국 공로 훈장 복장(建國功勞勳章複章)에 추서되었다.

「오성(鰲城)의 집에 탐스런 감나무가 있다. 매년 이 감나무의 열매를 수확하는 노비들에겐 그냥 보아 넘기자니 영 마음이 편치 않은 걱정거리 하나가 있었는데, 그것은 옆집 권율(權慄) 대감 댁 담장으로 넘어간 감나무 가지의 열매를 그 댁 노비들이 몽땅 따가더라는 사실이다. 전전긍긍 어쩔 줄 몰라 하는 노비들을 지켜보던 오성은 한 가지 꾀를 냈다. 보무도 당당히 권율 대감 댁으로 찾아가 독서 중인 그의 사랑방으로 주먹을 찔러 넣은 것이다. '웬 놈이냐?!' 권율 대감이 소리쳤더니 '대감님, 무례를 저질러 죄송하지만 이 주먹이 누구의 것입니까?'라고 오성이 물었다. '그것이 네 주먹이지, 누구 것이겠느냐?' 권율 대감이 대꾸하자 오성은 '그럼 감나무 가지가 대감님 댁으로 넘어왔다고 하여 모두 가져간다면 이 주먹도 한 번 가져가 보시지요?' 하고 소리쳤다. 맹랑하고도 기특한 오성에게 홀라당 반하여 권율 대감은 그를 사위로 삼았다고 한다.」

이것은 그 유명한 오성과 한음 설화 중 가장 많이 알려진 이야기이며, 인터넷에서도 쉽게 찾아볼 수 있는 내용인데, 독립운동가의 활약상을 거론하다 말고 느닷없이 옛날이야기를 늘어놓은 이유는 다름 아닌 우당 이회영의 10대조 할아버지가 바로 오성이라는 이름으로 알려진 백사(白沙) 이항복(李恒福)이기 때문이다. 나는 어렸을 때 오성과 한음 이야기를 만화 삼국유사 다음으로 가장 많이 좋아했다. 똘똘한 두 사람을 배워야 한다며 엄마가 비슷한 책을 많이 사주었지만 교훈을 깨닫기는커녕 '이 주먹이 누구의 주먹이냐!' 하고 남동생과 치고 박다가 끝내 초딩들의 유치한 싸움으로 변질되어 버린 기억이 있다. 동네 한의원의 이름까지 오성이라며 신기해하던 추억도 남아있을 만큼 한때 그들의 열성 팬을 자처했는데, 오성이란 그 이름이 사실은 이덕형(李德馨)의 한음(漢陰)처럼 호(號)가 아니라 임진왜란 이후 나라에서 녹봉(祿俸)으로 받은 봉호(封號) '오성부원군(鰲城府院君)'에서 따왔으며, 본관인 경주의 별칭이기도 하더라는 사실을 이번에 공부하다가 처음 알았다. 하여간 이렇듯 어릴 때부터 이름을 날려 후대에까지 알려질 만큼 명문 집안이라면 이항복의 자손들은 대대손손 남부럽지 않게 살았을 것이다. 또한 그런 가문의 후손이라면 외세의 침략으로 나라가 위태로워졌을 때 모르는 척 다른 나라로 도망치거나 누구처럼 매국노 소리를 듣지는 않아도 어떻게든 살아남으려는 눈치라도 보여야 할지 몰랐다. 나는 그것이 위험에 처한 인간의 본성일 거라고 생각한다. 우리나라의 지난 역사에서 여우 짓을 일삼은 인물들이 대부분 그렇게 살다 죽었으니 말이다. 그러나 앞서 어려움에 처한 우리 백성들을 구하기 위해 한민회를 창설하였다는 김성백의 일화처럼 이회영의 가족은 모두가 솔선수범하여 항일 운동에 나섰다고 한다. 여느 독립투사들이 그렇듯 장렬하게 싸우다 순국한 건 물론이고, 가산을 털어 독립 운동 자금으로 베풀었으며, 이회영 개인으로 보더라도 을사늑약 체결에 찬성했다는 이완용과 이지용과 박제순과 이근택과 권중현 등 이른바 을사오적(乙巳五賊)에 대한 규탄을 마다하지 않았고, 안창호와 신채호 등이 설립한 신민회에서 그 어느 누구 못지않은 활약을 펼친 데다, 타국에서 살아가는 학생들을 교육하고, 앞서 잠시 설명한 신흥무관학교를 설립하여 인재 양성에 힘쓰는 등 일일이 열거하자면 이 글을 쓰는 내 손에 쥐가 날 정도로 그의 활약은 도저히 끝을 찾을 수가 없다. 신채호가 그랬듯 이회영 역시 무정부주의 운동을 벌이며 영사관 등 공관을 폭파하거나 주요 고관대작 등을 살해하였는데, 이러한 사건들이 자꾸만 반복되자 일본은 그를 쉬이 보아 넘겨선 안 될 인물로 생각했던 모양이다.

「배에서 내릴 때 경찰에 잡혀 취조 받던 중 유치장 창살에 목 메어 숨진 이상한 노인」

65세 노인을 고문하는 것으로 모자라 더 견디지 못하고 죽어버린 그가 마치 자살한 것처럼 꾸몄다는 일본 경찰을 어떻게 생각하면 좋을까. 멀쩡한 사람을 연행할 땐 그만한 이유가 있겠고, 취조를 받는다면 그에 따른 결과가 있겠으며, 유치장 창살에 목을 매달아 죽었다면 그 또한 이유가 있을 텐데, 가타부타 아무런 설명도 없이 '이상한 노인'이라며 신문 한 귀퉁이에 토막 기사로만 얼렁뚱땅 사람들의 눈과 귀를 덮어버린 그들의 처사를 과연 어떻게 받아들여야 하느냐는 거다. 중국 국민당으로부터 무기와 자금을 지원받아 만주에서 일본군 사령관을 살해할 계획을 세우던 독립 운동 단체들은 그의 죽음에 분노하여 광복을 맞이하는 순간까지 더욱 격렬한 저항 운동을 벌였다. 그리고 1962년, 이회영은 역시 윤보선 대통령으로부터 건국공로훈장(建國功勞勳章)에 추서되었다.

「安重根義士就義地(안중근의사취의지)」

국제지사 전시관에서 나와 몇 걸음 이동했더니 안중근의 또 다른 흔적이 전시된 기념관을 발견할 수 있었다. 안중근 의사 취의지, 한글은 간데없고 중국어와 영어뿐인 현판의 내용을 해석하자면 '안중근 의사가 의로운 죽음을 맞이한 자리'라는 뜻이었다. 입구에서부터 그가 남긴 수많은 유묵이 병풍처럼 걸려있어 감히 모른 척해선 안 될 우리의 숭고한 역사가 느껴졌다. 어머니 조 마리아 여사와 아내 김아려에게 남기는 글이 마지막 유언과 함께 남아있는 곳, 어머니가 지어주신 수의를 입고 생애 마지막 5분을 남겨 놓았을 때 찍었다는 사진이 묵묵히 자리를 지키는 곳. '1910년 3월 26일 오전 10시. 안중근이 순국한 곳'이라는 푯말이 굳이 아니어도 가까이에 놓인 조화와 천장에서 늘어뜨린 밧줄이 바로 여기가 그가 자신의 목숨을 내려놓은 공간임을 알 수 있다. 인터넷을 찾아보니 당시 교수형에 처할 이는 머리에 하얀 보자기를 씌웠다는데, 죽음을 앞둔 바로 그 순간에 안중근은 보자기 속에서 과연 무슨 생각을 했을까? '아직 다 보지 못한 책이 있으니 잠깐 시간을 주면 끝까지 보고 가겠다.'라는 일화가 있을 만큼 그는 정말 일제와 자신의 의로운 죽음 앞에 의연하고 당당했을까? 아무리 그래도 그 또한 인간일 텐데, 지나간 날들의 채 이룩하지 못한 목표로 회한이 느껴지지는 않았을까? 이제는 사진으로만 남은 순국 5분 전 그의 서글픈 눈빛을 바라보며 나는 또 한 번 깊은 한숨을 쏟아낸다. 내 부족한 글 솜씨로 이 먹먹한 가슴을 어떻게 설명하면 좋을지 모르겠다. 별 볼 일 없는 글 솜씨를 내세워 거침없이 살다 간 그의 이야기를 쓰고 있다는 사실이 나는 지금 너무나 죄송스러웠다.

"이제 가죠…?"

가이드 할아버지가 낮게 속삭였다. 떨어지지 않는 발걸음을 억지로 옮기지만 내 시선은 아직 그의 영정에 머무른 채다. 잠깐의 묵념으로 그의 고결한 죽음을 얼마나 이해할 수 있을까? 곰곰이 생각해 보지만 답을 도출하기가 어렵다. 평생을 살아도 모를 것이었다. 더할 수 없이 풍족한 세상을 살아가면서도 투정만 부리는 내가 감히 깨닫기에 그의 삶은 너무나도 거룩했으니 말이다. 의롭지 못한 일들에 맞서 싸운 이들의 흔적으로부터 돌아선 나는 이제 안중근이 재판을 받았다는 관동 법원 전시관으로 달려간다. 이 전시관의 정식 명칭은 '여순 일본 관동 법원 구지 진열관(旅順日本關東法院舊址陳列館)'으로, 역시 한글 안내 책자와 곳곳에서 전시 품목에 대한 한글 설명을 만날 수 있다.

"韓國人嗎(한국 사람이에요)?"

매표소 겸 사무실을 지나며 슬쩍 목례했더니 어떻게 알아봤는지 여직원들이 내게 그리 묻는다. 한국인 방문객이 워낙 많아 익숙하기 때문일 거라는 가이드 할아버지의 설명이 이어졌다.

"안녕하세요? 나는…. 안내원…. 입니다."

어설픈 한국어 발음으로 다가와 인사하는 그녀, 이곳 전시관을 전문적으로 소개하는 사람이라고 했다. 내내 조선족만 만나다가 한족을 만나니 반갑기도 하고, 신기하기도 하여 '很高興見到你!(만나서 반가워요!) 라고 말하자 하하하, 웃는다. 화장기 없는 수수한 얼굴이 예뻐 보일 지경이다. 역시 외국인이 구사하는 자국 언어 인사말은 어느 나라 사람이었든 즐거운 미소를 짓게 하는 모양이다.

"1905년에 러일전쟁 끝났어요. 일본이 대련에 들어왔는데, 식민통치하는 기관 필요해서 뤼순에 관동 법원…. 만들어요. 식민지 국가 상징이에요"

"아, 이 법원이 일본의 식민 통치를 상징한다고요?"

"네. 맞아요."

폐관시간이 다 되어가는 오후인데다 관람객이라곤 우리뿐이기에 그녀는 나와 아주 가까운 거리에서 이곳의 역사를 요목조목 설명해 주었다. 전승국인 일본은 본격적으로 대련에서 중국 식민 지배 야욕을 드러냈다. 대련과 여순을 관동주(關東州)라고 이름 지었으며, 관동도독부(關東都督府)를 설치하여 식민 행정 업무를 보았고, 이 일대에 주둔한 자기들의 군대를 관동군(關東軍)으로 불렀다. 1905년 9월 포츠머스 조약(Portsmouth條約)이 체결되어 이 지역에서의 권리를 완전히 양도받게 되자 일본은 1906년 12월, 이 땅에 남만주 철도 주식회사(南滿州鐵道株式會社) 즉 만철(滿鐵)을 설립한다. 훗날 제 2차 세계대전에서 패배하여 중국 정부에게 운영권을 넘길 것이었지만 미래를 예측

하지 못한 일본은 이것으로 대국을 약탈하겠다는 의지를 만천하에 공표했다. 전시관의 표현을 빌리자면 한 마디로 만철은 '국책식민회사(國策植民會社)'였다.

"그리고 일본이 다음에 한 일은 사법제도 만들어서…. 중국사람 직접 통치했어요."

입법과 사법과 행정 능력을 빼앗긴 대련과 여순은 이제 일본의 완전한 식민지였다. 조선이 그랬듯 민족적 차별은 물론 모든 행동거지에서 억압을 당했다. 그리고 대련과 여순의 주민들은 약 40년이 지난 1945년 8월, 일본이 패전하자 우리와 마찬가지로 마침내 해방을 맞았다. 전시관 한 구석에 걸린 사진 속에서도 주민들이 탱크를 끌고 들어온 소련군을 두 팔 벌려 환영하고 있다. 일제 치하의 역사가 비슷하니 이 부분도 우리와 닮았다. 다른 점이 있다면 해방을 도운 이들의 이념과 국적뿐일 거였다.

"이쪽으로 오세요. 여기 지방법원이에요."

마침내 당시의 법정을 구현해 놓은 공간으로 들어섰다. 생각보다 협소한 곳이다. 애초에 일본은 안중근의 재판을 이곳 지방법원에서 진행할 생각이었다. 하지만 '이토 히로부미 저격'이라는 대형 사건을 구경하러 나타난 방청객이 너무 많았다. 그들을 모두 수용하기 위해 옮겨갔다는 고등법원은 아마 이 건물의 2층에 있을 것이었다. 이리저리 스마트폰을 들이대던 나는 복도 한 구석에 다다랐을 때 기막힌 광경을 목도했다. 소 계단(小楼梯)이라니? 정글 한복판에서 발견한 이름 모를 동굴 속 양 갈래 길처럼, 그러나 영화 반지의 제왕에 나오는 호빗족의 집처럼 덩치가 큰 사람은 감히 통과할 엄두도 내지 못할 만큼 좁은 통로 건너에 2층으로 향하는 계단이 늘어서 있다. 계단은 하나인데, 이 계단으로 이어지는 통로가 두 개라는 거다. 오른쪽 통로는 방청객이, 왼쪽 통로는 죄수가 이용하도록 설계되었으며, 이는 중앙 복도의 판사 전용 계단과 전혀 다른 목적으로 만들어졌다. 방청객이었든 죄수였든 모두 법을 존중하고 두려워해야 한다는 의미라고 한족 안내원이 설명하니 조용히 듣고만 있던 가이드 할아버지가 낮게 욕설을 내뱉었다. 그렇다면 그때 안중근과 마주한 판사는 법이 두렵지 않을 만큼 정의로운 사람이었느냐는 거다. 안중근의 흔적을 좇아온 나 역시 왼쪽 통로를 통과하여 2층으로 올라가 본다. 과연 1층의 지방법원과 비교도 되지 않을 크기의 고등법원이 관람 시간을 넘겨 텅 빈 공간에서 침묵을 지키고 있었다. 그 시절 그 모습 그대로를 구현해 놓았다는 이곳을 나는 한 바퀴 휘 둘러본다. 안중근과 우덕순과 조도선과 유동하가 재판 받던 모습이 사진으로 남아 벽보처럼 붙어 있었으며, 불리하기 짝이 없는 일방적인 재판이었음에도 안중근은 당당하게 어째서 이토 히로부미를 살해하였는지 요목조목 설명하였다.

「이 세계적인 재판에서 승리자는 안중근이었다. 그는 영웅의 월계관을 쓰고 법정을 떠났다. 그의 진술을 통해 이토 히로부미는 한낱 파렴치한 독재자로 전락하였다.」

이는 1910년 2월 14일, 더 그래픽(The Graphic)이라는 잡지에 실린 영국 기자 찰스 모리머(Charles Morrimer)가 쓴 기사의 일부이다. 의롭지 못한 일들을 낱낱이 밝히고, 그것이 과연 정당한 일인가를 따져 묻는 안중근에게 반한 또 한 사람이었다. 이 순간을 다룬 뮤지컬 영웅에서조차 뻔뻔한 얼굴로 사형 선고를 내리는 일본인 재판관을 향하여 분노한 이들은 과연 누가 죄인이냐고 따져 묻는다. 우리는 다만 정의를 위해 싸웠노라며, 바퀴 달린 피고인석에 서서 온 무대를 휩쓰는 안중근의 위풍당당한 표정은 마치 거대한 탱크를 몰고 이리저리 전장을 누비는 장수처럼 보였다.

"판사석에 들어갈 수 있을까요?"

"아, 열어드릴까요?"

한족 아가씨의 도움으로 재판관들이 앉아있었을 자리에 올라섰다. 넓은 재판정이 한 눈에 들어왔다. 판사석을 기준으로 가장 오른쪽 끝에 앉아 안중근은 두 눈을 부릅뜨고 판사들을 노려보았을 것이며, 단 한 가지도 틀림이 없는 이토 히로부미의 열다섯 가지 죄악을 듣고 그들 모두는 꿀 먹은 벙어리 신세가 되었을 것이다. 그 어떤 말도 안 되는 핑계를 대서라도 안중근을 살려두지 말아야 한다고 생각했을 일본으로선 부끄럽기 짝이 없는 순간임에 분명하다. 일주일 동안 무려 여섯 번의 재판이라는 진기록을 세우고 내린 뻔한 결론 사형, 그때나 지금이나 뻔뻔한 소리만 골라 하는 일본에게 뮤지컬 영웅 속 안중근의 대사처럼 묻고 싶다. 명성황후를 시해한 미우라 고로는 무죄, 이토를 살해한 안중근은 사형! 도대체 일본의 법은 왜 이리 엉망이며, 도대체 누가 죄인이란 말인가!

***

"당신의 고향은 어떤 곳입니까?"

책상 앞에 앉아있는 중근에게 치바 도시치(千葉十七) 상병이 물었다. 제일강산(第一江山), 화선지 가득 물든 글씨가 참으로 정갈하다.

"내 고향은…."

대답하려다 말고 중근이 입을 다물었다. 철없이 뛰어놀던 어린 날을 회상하는 걸까? 고요히 미소 짓는 그를 보고 치바 상병도 웃는다. 그 작은 고을에 봄이 오면 겨우내 숨어들었던 생명의 새로운 움직임을 구경하느라 바빴다고 했다. 여름엔 더위를 이기지 못한 아이들이 개울물에 뒹구느라 온 마을이 소란스러웠고, 가을에는 농사일에 바쁜 어른들의 잔심부름으로 눈코 뜰 새 없었으며, 겨울이 되면 차갑게 얼어붙은 고을에 눈 쌓이는 소리만 귓가를 간질였다고 한다.

"예쁜 곳이었소. 내 고운 아내처럼…."

치바 상병을 돌아보며 중근이 싱긋 웃었다. 아직 어린 나이에 만나 중근의 마음을 홀딱 빼앗았다는 그녀, 따스한 봄에 꼼지락거리며 차오르는 새싹처럼 순수한 여자라고 했다. 치바 상병은 본 적도 없는 그녀와 그들의 고향을 떠올리려 애썼다. 동화에서나 볼 법한 한가로운 삶이지는 않았을까? 공부보다 뛰어 놀기를 더 좋아하던 애송이의 풋풋한 사랑이 넘쳐흐른 마을이라면 아마 아름다울 것이었다. 일본의 고요한 시골 풍경처럼.

"저도 한 번 가보고 싶습니다. 당신의 어린 날처럼 저도 그렇게 살아보고 싶어요."

"허허, 그렇소?"

가지런한 글씨들을 물끄러미 내려다보던 중근, 문득 자리에서 일어나 벽 한 구석에 화선지를 붙이고는 몇 발자국 물러섰다. 감옥에서 지내는 동안 새겨 넣었던 글씨들 가운데 오늘 쓴 저것이 가장 빛나 보였다.

"그리우신가 봅니다."

치바 상병이 조심스럽게 다시 말을 건넸다. 붙박인 듯 거기에서 눈을 떼지 못하는 중근, 내내 웃기만 하던 그의 얼굴에 차츰 어둠이 내려앉고 있었다.

"너무 오랫동안 떠나 있었기 때문이오. 본의 아니게 죄를 지은 것 같소."

"어머니의 편지 때문입니까? 얼마 전에 도착했다는 그….."

"……."

쓸쓸하게 웃던 그가 속마음을 감추려는 사람처럼 고개를 돌렸고, 치바 상병은 아쉬웠다. 그 환한 미소를 좀 더 보고 싶었는데….

"비록 편지였지만 오랜만에 어머니의 흔적을 뵙고 나니 눈물이 날 것 같았소."

"어머니께서 걱정이 많으시겠습니다. 아들이 먼 곳에 외로이 머무르니…."

"아니, 그렇지 않소."

"네…?"

중근이 고개를 가로저었다. 우리가 처한 현실을 깨닫고 나면 절대 그런 말을 할 수 없을 거라며 부정하는 것이다.

"내 어머니는 나보다 강인한 분이시기 때문이오. 나라를 위해 싸우는 아들을 늘 응원하셨소."

"하지만 아들이 사형 선고를 받았는데, 어떤 어머니가 걱정하지 않으시겠습니까?"

의아한 얼굴로 되묻는 치바 상병을 보고 중근이 또 웃었다. 고이 접어 책 사이에 끼워두었던 편지를 펼친 중근, 동생들이 대신 전한 편지에서 어머니는 그저 단호했다.

네가 어미보다 먼저 죽는 것을 불효라고 생각하면 어미는 웃음거리가 될 것이다.

너의 죽음은 너 한 사람의 것이 아니라 조선인 전체의 공분을 짊어진 것이다.

네가 항소를 한다면 그건 일제에 목숨을 구걸하는 것이다.

네가 나라를 위해 이에 이른 즉 딴 맘먹지 말고 죽으라.

옳은 일을 하고 받은 형이니 비겁하게 삶을 구걸하지 말고 대의에 죽는 것이 어미에 대한 효도다.

아마도 이 어미가 쓰는 마지막 편지가 될 것이다.

너의 수의(壽衣)를 지어 보내니 이 옷을 입고 가거라.

어미는 현세에 재회하길 기대하지 않으니 다음 세상에는 선량한 천부의 아들이 되어 이 세상에 나오거라.

"아무리 그래도 그렇지. 어째서…!"

치바 상병이 벌컥 소리쳤다. 중근은 돌아보지 않는다. 그가 무슨 생각을 하는지 잘 알았기 때문이다.

"검사와 변호사와 통역관이 모두 일본인이었습니다. 당신에게 너무나 불리한 재판이었단 말입니다. 분하지 않으십니까?"

"……."

마치 자신의 일인 양 치바 상병이 고함을 질렀다. 오래 생각하지 않아도 그의 말이 무조건 옳다. 한국인인 그에게 일본의 형법을 적용하고, 일주일 동안 무려 여섯 번의 재판을 진행했으니 이건 누가 봐도 보복성 조치임에 틀림없다. 하지만 중근은 고개를 저었다.

"내 어머니의 생각이 나와 같소. 나는 이대로 죽어야 하오. 그래야 세계의 시선이 집중될 것이고, 일본은 비난을 면치 못할 것이오."

"당신께서 스스로 희생하겠다는 겁니까?"

"그렇소. 그대에겐 미안한 말이지만 그래야 우리가 살 수 있소."

치바 상병은 머릿속이 복잡했다. 우리는 모두 세상에 태어나 비슷한 삶을 살다 가는 존재들이다. 인간이란 모두 같을진대, 누구는 당당히 군림하고, 누구는 그 발길에 채여 처참히 죽어간다. 어째서 그럴까? 고민해 보지만 치바 상병은 답을 찾을 수 없다. 나보다 먼저 험한 세상에 던져진 그는 알 텐데, 그에게 내 속 마음을 드러내기가 민망하다.

"조국을 생각하는 당신과 어머니의 마음 씀씀이에 감격했습니다."

"허허, 그렇소?"

"나는 그간 무엇을 했는지, 부끄러울 지경입니다."

"허허허…."

가만히 웃음 지으며 중근이 벽 한 귀퉁이로 시선을 돌렸다. 어머니가 편지와 함께 보내주신 수의가 거기에 걸려있다. 나는 내일이면 저것을 입는다. 오늘 밤이 내게 주어진 마지막 시간이며, 후회 없는 지난 시절을 떠올리느라 아마 잠을 이루지 못할 것이다. 한 가지 아쉬운 점이 있다면 나의 거사로도 아직 조국은 독립을 이루지 못했다. 앞으로도 내 조국은 더욱 잔인하게 유린당할 것이고, 백성들은 난민처럼 떠돌 것이다. 내가 더 이상 싸울 수 없어 미안하지만 나와 같은 인물은 세상에 아직 많으니 괜찮다. 그저 미련 없이 떠날 뿐이다.

"저는…. 도저히 모르겠습니다."

"…?"

중근이 그에게 고개를 돌렸다. 무슨 생각을 한 건지 그는 눈에 그렁그렁 눈물이 고여 울먹이고 있었다. 가까이 다가선 중근, 치바 상병의 여린 어깨를 감싸 안는다.

"어린 아이 같구려. 내 아이가 막 태어났을 때 이렇게 울었소. 허허…."

"내가 대신 사과하고 싶습니다."

"무엇을 말이오?"

"당신이 꿈꾸는 세상을 만들어주지 못해 미안합니다. 내가 우리나라를 대신하여 사과합니다."

진작 그를 알고 지냈더라면, 저들의 나라에 이토록 충직한 백성이 있음을 미리 알았더라면 적어도 나는 그를 군인의 신분으로 만나지 않았을 것이다. 앞으로만 나아갈 뿐, 뒤 돌아보지 않는 내 나라가 어디에서 무슨 짓을 하거나 말거나 그저 초야에 파묻혀 그의 밝은 얼굴만 그리워했을지 몰랐다. 나의 이런 생각을 알면 조국은 분노하여 당장에 죽이려 들겠지만 어쩔 수 없다. 이것이 내 진심임인 것을. 조국의 영광을 애써 부정하려 드는 나는 오늘도 비겁하다.

"허허…."

문득 중근이 책상으로 돌아가 앉았다. 새 화선지를 펼쳐놓고, 붓에 아직 마르지 않은 먹을 먹여 고요히 글을 쓴다. 그간 간수 노릇을 하느라 고생한 그에게 선물을 남겨줄 작정이다.

"아…!"

가만히 중근의 하는 양을 지켜보던 치바 상병이 저도 모르게 탄식했다. 위국헌신 군인본분(爲國獻身 軍人本分), 나라가 어려울 때 헌신하는 건 군인의 본분이란다. 그가 아무래도 차마 밝히지 못한 속내를 읽었던 모양이다. 선비의 정결한 글씨에 감격하여 치바 상병은 주르륵 눈물을 쏟고 만다.

"미안합니다. 내가 당신을 위해 할 수 있는 일이 없어 미안합니다. 정말 내가 모두 미안합니다."

"어찌 이리도 약한 소릴 하시오? 그렇게 사과하지 않아도 괜찮소."

　더 참지 못하고 치바 상병이 와락 울음을 터뜨렸다. 아이처럼 훌쩍이는 치바 상병을 끌어안으며 중근은 도로 미소 짓는다. 그리고 치바 상병은 생각해 보았다. 혹시 그는 존재하지 않는 환상의 세계에서 뛰쳐나온 신인(信忍)은 아닐까? 언젠가 머나먼 정토로부터 찾아와 범인(凡人)은 감히 상상조차 불가능한 새로운 세상을 이루리라고 믿어지는 미륵불 말이다. 치바 상병은 부끄러웠다. 숨기고만 싶었던 우리의 지난 열등감이, 우매함이, 그로 인해 드러난 오만이, 위선이 부끄럽고 창피해서 고개를 들 수 없었다. 쥐구멍이라도 있으면 당장 달려가 머리를 처박고 싶은 지경이다.

　"…?"

　온 감옥소를 뒤덮는 나팔 소리에 두 사람이 창밖으로 시선을 던졌다. 까맣게 내려앉은 어둠, 이제 보니 취침시간이다. 모든 일을 접어두고 잠들어야 하지만 중근은 도로 책상 앞에 앉아서 움직이지 않는다. 죽음을 앞둔 오늘, 아직 해야 할 일이 많이 남아있다.

　"유서를 써야겠는데, 눈 감아 주시겠소?"

　"예. 알겠습니다."

　치바 상병이 전등을 끄지 않은 채 밖으로 나갔다. 감옥소의 규칙을 위반하는 짓이지만 아무래도 괜찮다. 마지막 밤이기 때문이고, 굳이 마지막이 아니어도 이곳의 모두는 오늘도 중근을 이해할 것이었다. 사형 선고가 내려진 후 지금껏 중근은 많은 이들의 배려 속에서 엉뚱하게 굴러가는 세상을 향해 차마 드러낼 수 없었던 사자후를 글로 써내려갔다. <안응칠 역사(安應七 歷史)>의 탄생이었다. 사형 집행 연기가 받아들여지지 않아 마무리 할 수 없는 <동양평화론(東洋平和論)>엔 어쩌면 세상의 모두가 행복하게 살아갈 방도를 담았을지 몰랐다. 아니, 그보다 더한 이야기들이 담겼겠지. 우매하기 짝이 없는 우리는 그의 고매한 정신 세계를 감히 따라잡을 수 없다.

「어머님 전상서」

고요히 생각에 잠겨있던 중근은 첫머리를 써놓고 낮게 한숨을 내쉬었다. 어머니는 분명 홀로 앉아 눈물로 지난밤을 보냈을 것이다. 언뜻 냉정한 글씨체로 담담히 죽음을 언급하셨지만 세상의 어떤 어미가 자식의 죽음을 슬퍼하지 않을 수 있을까.

예수를 찬미합니다.

불초한 자식은 감히 어머님께 한 말씀 올리려 합니다.

엎드려 바라옵건대, 소자의 막심한 불효와 자식 된 도리를 다하지 못한 죄를 용서하여 주시옵소서.

드릴 말씀은 허다하오나, 훗날 천당에서 기쁘게 만나 뵈온 뒤 누누이 말씀 드리겠습니다.

부디 염려를 거두시옵고, 마음 편안히 지내시길 바랍니다.

아들 도마 올림.

중근은 붓을 내려놓지 못하고 도로 생각에 빠졌다. 길지 않은 몇 마디로 과연 아들 된 도리를 다 했다고 말할 수 있을까? 눈물로 이 밤을 지새울 어머니께 좀 더 많은 이야기를 남기고 싶지만 어쩐지 어린 아이의 투정인 것 같다. 중근은 결심한 듯 '어머님 전상서'를 고이 접어 한 곳에 밀어놓고, 새로운 글을 써내려가기 시작했다.

분도 어미 보시오
주 예수를 찬미하오.
우리는 이슬과 같이 허무한 세상에 천주의 뜻으로 배필이 되어
다시 한 번 주님의 가르침에 따라 헤어지게 되었소.
머지않아 주님의 은총으로 천당에서 만나게 될 것이오.
부디 주님의 뜻을 믿고, 어머님께 효도하며,
가족과 화목하게 지내 주시오.
장남 분도를 천주님에게 바쳐 후세에 신부가 되게 하여 주시오.
할 말은 많지만 후일 천당에서 기쁘게 만나 다시 이야기하기를
기대하오.
장부 도마 올림.

내가 죽고 나면 홀로 아이들을 키워야 할 아내는 어머니만큼이나 아픈 가슴을 그러쥐고서 남은 인생을 살아갈 것이다. 나라

를 구하겠다고 지옥 불에 뛰어들었다가 목숨이 경각에 달린 지금, 내가 저질러 온 모든 행위에 대해 후회하지는 않지만 남겨질 가족들에게는 너무나 큰 죄를 지은 것 같아 죄송스럽다. 내 나라가 하루라도 빨리 저들의 손아귀에서 벗어난다면 나는 이 모든 죄스러운 마음을 조금이나마 내려놓을 수 있을 것이다.

동포에게 고함

내가 한국 독립을 회복하고, 동양 평화를 유지하기 위하여 삼년 동안을 풍찬 노숙하다가 마침내 그 목적을 도달치 못하고, 이곳에서 죽노니, 우리들 이천만 형제자매는 각각 스스로 분발하여 학문을 힘쓰고, 실업을 진흥하여 나의 끼친 뜻을 이어 자유 독립을 회복하면 죽는 자 유한이 없겠노라.

이는 미래를 기약할 수 없는 조국에서 남은 삶을 살아갈 백성들에게 전하는 메시지이다. 이대로 쓰러지지 말라는 뜻이었다. 앞으로 더 비참한 날들이 닥칠 것이며, 독립은 꿈에서도 불가능한 상상에 불과하겠지만 다시 한 번 일어나 힘을 내달라고, 중근은 백성들에게 소리치고 있었다. 우리는 이대로 주저앉아선 안 된다.

"…?"

지금껏 쓴 편지들을 한 번씩 읽어보고 슬슬 정리하려는데, 바깥에서 기적이 느껴졌다. 치바 도시치 상병인가 했더니 아니었다.

"이제 갈 시간입니다. 준비하십시오."

사형장까지 인도할 간수 두 사람이 짧게 한 마디를 남기고 도로 나갔다. 그제야 중근은 쇠창살 사이로 파고드는 아침 햇살을 느꼈다. 깊은 밤이 가고 마침내 아침이다. 비로소 마지막 날이었다.

"허허허…."

중근은 저도 모르는 사이 그렇게 웃었다. 후회 없는 삶을 살았다. 죽어도 여한이 없을 만큼 내 온 몸을 다 바쳐 충성된 마음으로 살아왔다. 그런데 막상 죽음에 닥치니 마음이 복잡하다. 내내 걸쳤던 죄수복을 벗고, 어머니가 정성껏 만들어주신 수의를 입는다. 그는 침묵했다. 어머니의 마지막 손길을 느끼며, 청정한 마음으로 떠날 준비를 마쳤다.

"달깍"

문을 열고 나오자 아까 만났던 간수 두 사람이 그에게 다가와 양쪽으로 팔짱을 끼웠다. 중근의 시선은 그들의 하는 양을 멀뚱히 지켜보던 치바 도시치 상병에게 닿아 있다. 중근이 웃었다.

"부디 몸 건강히 지내시오. 평화로운 세상에서 다시 만나길 빌겠소."

무슨 말을 어떻게 하면 좋을지 몰라 머뭇거리는 치바 상병에게 중근이 또 웃어보였다. 돌아서는 중근, 이제 되돌리지 못할 길을 떠난다. 그가 시야에서 사라지는 순간까지 치바 도시치는 잘 가라는 인사조차 할 수 없었다. 그저 눈물뿐이었다.

"형님!"

사형장으로 떠나기 직전, 중근은 가족 대기실에 들렀다. 거기에 동생 정근과 공근이 기다리고 있었다. 마주앉은 동생들의 눈시울이 붉다. 벌써 한바탕 눈물을 쏟은 모양이다.

"이제 얼마 남지 않았구나."

"형님…!"

막내 공근의 눈에서 굵은 눈물이 후두둑 떨어졌다. 오늘이 지나면 두 번 다시 만날 수 없는 형을 보러 와서 이렇게 울기만 하면 어쩌느냐고, 오랜만에 엄격한 형님의 모습으로 돌아와 타일렀더니 공근이 소매로 눈물을 훔치며 끄덕였다. 그러자 중근이 도로 미소 짓는다.

"밤새 편지를 썼다. 어머님께 전해 드리거라."

중근이 편지들을 내밀었다. 정근의 손으로 옮겨간 세 통의 편지들이 견디지 못하고 부들부들 흔들린다. 정근에게서도 끝내 후두둑 눈물이 쏟아졌다.

"내가 죽은 뒤에 나의 뼈를 하얼빈 공원 곁에 묻어 두었다가 우리나라가 주권을 되찾거든 고국으로 반장해다오. 나는 천국에 가서도 또한 우리나라의 독립을 위해 힘쓸 것이다."

"예. 알겠습니다. 형님."

"너희들은 돌아가서 국민 된 의무를 다하여 마음을 같이 하고, 각각 모두 나라에 책임을 지고, 국민 된 의무를 다하여 마음을 같이 하고, 힘을 합하여 공로를 세우고, 업을 이루도록 일러다오. 대한독립의 소리가 천국에 들려오면 나는 마땅히 춤추고 만세를 부를 것이다."

주억거리는 두 동생의 얼굴이 온통 눈물범벅이다. 이때, 지켜보던 간수들이 손목시계를 들여다본다. 이제 떠날 시간이다.

"그만 일어나시지요."

그들을 지켜보던 간수가 소리쳤다. 중근은 말없이 일어섰고, 동생들도 주춤거리며 중근에게 시선을 고정한다. 양쪽에서 그러쥐는 간수들의 손길을 따라 돌아서는 중근, 동생들은 두 눈에 자꾸만 눈물이 맺혀 큰형님의 미소를 볼 수 없다.

"철컹!"

철문이 열리고, 어두운 공간으로 중근이 들어선다. 교수대에 올라선 중근을 일본인 전옥(典獄)과 소관(小官)과 통역관과 검사가 지켜보고 있다.

"오늘, 안중근 당신의 사형을 집행하려 하오. 마지막으로 할 말이 있소?"

전옥이 말하자 중근이 고개를 끄덕였다.

"나의 할 말은 이미 다 마쳤기에 더 이상 남길 말이 없소. 다만 부탁 한 가지가 있소."

"그게 무엇이오?"

"지난날에 드러난 나의 행위는 내 나라의 독립과 동양의 평화를 위한 충심에서 비롯되었소. 여러분은 부디 동양의 평화로운 미래를 위하여 전력으로 힘써 주시길 바라오. 그런 의미로 동양 평화 만세를 함께 외치고 싶은데, 가능하겠소?"

중근의 제의에 지켜보던 일본인들이 서로를 돌아보고 수군거렸다. 죽는 순간까지 자신의 신념을 드러낸 중근의 태도에 그들은 난처한 얼굴이었다.

"미안하지만 받아들일 수 없소. 당신은 우리나라의 중요한 인사를 해친 범죄자일 뿐이오. 동양의 평화는 우리가 이룩하는 것이므로 당신과는 관계가 없소."

그러자 중근이 웃었다. 저들은 끝까지 잘못을 인정하지 않는다. 세계로 나아가려는 일본의 사명만을 존중할 뿐 작은 나라의 위대한 역사는 안중에도 없다. 그릇된 충성심이 결국 제 발등을 찍고야 말리라는 사실을 말하고 싶었지만 중근은 참았다. 이는 스스로 깨달을 문제이며, 그때까지 우리는 쉼 없이 투쟁할 것이었다.

"더 할 말이 없으면 이제 사형을 집행하겠소."

조용히 자리를 지키던 집행관이 다가와 하얀 보자기로 중근의 머리를 덮었다. 천장에 매달려 있던 밧줄이 목을 걸었을 때, 중근은 눈을 감았다. 어둠 속에서 지난날들이 속절없이 흘러간다. 첫아들로 태어나 가족의 사랑을 독차지하던 시절과 아버지의 든든한 버팀목으로서 자라 의롭지 못한 일들에 저항하던 시절과 사랑하는 여인의 품에서 어찌할 바 몰라 하던 순간과 자식의 고물거리던 손짓에 홀딱 젖어든 날들과 가족을 남겨둔 채 나라를 구하겠다며 위험을 무릅쓰고 거침없이 뛰어든 순간들이 주마등처럼 스쳐가는 것이었다. 후회하지 않는다. 내 나라 내 조국에 오래지 않아 기쁨이 찾아오리라고 믿어 의심치 않으니까. 중근은 아무도 볼 수 없는 하얀 보자기 속에서 도로 미소 지었다. 평화는 그리 먼 곳에 있지 않을 것이다.

"덜컹!"

발을 딛고 있던 바닥이 푹 꺼지더니 중근의 몸뚱이가 허공에 매달렸다. 목을 감은 밧줄이 더 단단하게 조여들고, 중근은 그렇게 떠났다. 1910년 03월 26일 오전 10시 15분이었다.

***

비몽사몽 반쯤 혼이 나간 얼굴로 침대에서 일어났더니 아직 이른 아침이다. 어제 오후 내내 관동 법원 전시관에서 텅 빈 법정을 지나 한 구석에 전시된 고문 도구들까지 마저 구경하고, 러일전쟁 당시 러시아군과 일본군이 치열하게 싸웠다는 이령산(爾靈山) 203고지를 둘러보느라 뜻밖의 등산을 하고, 외국인 전용 숙소가 따로 있다는 말에 온 대련 시내를 뒤지고, 숙박신고를 하느라 공안국에 가서 서류를 작성하고, 가이드 할아버지의 가족과 저녁식사까지 하고 나니 밤 10시가 넘어버렸다. 한국 드라마에 빠져 배우 장동건의 팬이 되었다는 가이드 할아버지의 딸에게 장동건은 너무 완벽해서 사람이지만 사람이 아닌 것 같다는 둥 각종 꼬치 세트 구이와 소내장탕과 누에 번데기 볶음과 양갈비 샐러드와 조개구이와 설화 맥주 등등 이 많은 음식을 한국에선 너무 비싸 다 먹지 못하는데, 역시 중국 현지라서 저렴하게 먹을 수 있다는 둥 그간 생각나지 않았던 중국어 문장과 단어들을 술이 들어간 후에야 떠올리는 걸 보니 아무래도 중국어 공부를 술 먹고 한 것 같다는 둥 얼마나 떠들었는지 푹 자고 일어났는데도 피곤해서 오늘의 스케줄을 어떻게 뛰어야 할지 걱정이다. 오늘은 여순 감옥에서 순국한 이들의 묘지와 고 김대중 전 대통령의 동상을 만날 수 있다는 평화 공원과 청일전쟁 당시 일본이 여순에서 벌인 학살의 흔적을 찾아갈 예정이다.

「여순 감옥에서 왼쪽으로 1.5km 떨어진 공공 묘지」

인터넷 뉴스를 뒤졌더니 안중근의 유해가 묻혀 있으리라고 짐작되는 곳의 위치를 그렇게 설명해 놓았다. 하지만 정확한 주소를 모르고, 그래서 내비게이션을 이용하지 못하니 달리 방법이 없다. 웨이신 어플을 열어 이 문장을 번역해 달라고 하얼빈 가이드 아저씨에게 부탁하자 제꺽 답변이 왔다. 이것만 있으면 사위 아저씨가 충분히 찾아갈 수 있겠지? 나는 오전까지만 해도 확신에 차 있었다. KBS 예능 프로그램 1박 2일 '하얼빈을 가다' 편에서도 하얼빈 시내를 정신없이 돌아다니던 출연자들 중 몇이 여순으로 이동하여 법원과 감옥을 살핀 후 아무렇지 않게 '여순감옥구지묘지(旅順監獄舊址墓地)'라고 적힌 비석을 찾아 눈물을 뿌렸으니 말이다. 나는 단지 한국과 중국의 순국선열들이 묻혔다는 공공묘지가 궁금했을 뿐이다. 또한 안중근의 유해 발굴 작업이 현재 어떤 단계에까지 이르렀는지 알고 싶었다. 전문가들의 서적을 많이 갖고 있었지만 대부분 출간된 지 몇 년이 지났으니 지금의 국제 정세에 따라 변화하였을 새로운 소식이 있으리라고, 전문 지식을 갖춘 이들보다 현지에 뿌리를 내리고 살아가는 가이드 할아버지나 사위 아저씨의 주변 평범한 인물들이 더 많은 정보를 갖고 있을 거라고 철석같이 믿었다. 나는 그저 그뿐이었다.

「조국이 독립되자 백범 김구 선생은 1948년 남북 협상을 위해 북한의 김일성 주석을 만났을 때 안중근 의사 유해 봉환을 제안했다.」

이는 '뤼순의 안중근 의사 유해 발굴 간양록'이란 책에서 발췌한 문장으로, 광복을 맞은 이후 지금까지 한국과 북한과 중국의 많은 전문가들이 각종 첨단 장비를 동원하여 안중근을 찾았지만 모두가 실패했다고 한다. 사형집행 후 안중근의 가족들은 시신을 인계받기 위하여 마냥 기다렸을 것이다. 고인이 천주교인이었으므로 적당한 절차에 따라 장례를 치를 생각이었겠지만 일본은 고인에 대한 기본적인 예의 따위는 모르는 척 외면해 버렸다. 시신을 자기들 마음대로 비공개 처리하여 인근 묘지에 매장했다는 말을 들었을 때, 가족들은 기가 막혔을 것이다. 어떻게 그럴 수 있느냐고 따져 물었으나 모든 게 끝났으니 그만 체념하고 고향으로 돌아가라는 경고만 했을 뿐 저들 중 누구도 유가족의 입장을 이해해주지 않았더란다. 개념이 없어도 정도가 있어야지, 어떻게 그런 짓을 벌일 생각을 했을까? 일본이 안중근의 시신 처리 문제를 숨기는 이유에 대해 전문가들은 아주 간단명료하게 결론 내렸다. 사형 집행 전 밝힌 유언대로 하얼빈 공원에 시신을 묻었다간 그곳이 독립운동의 성지가 될 것을 우려했기 때문이라는 거다. 그로부터 107년이 지난 지금, 그렇다면 안중근의 시신은 과연 어디에 있을까? 나는 진심으로 궁금했다. 도대체 어째서 우리는 아직까지 그를 찾지 못하는 걸까? 책에 나온 대로 이토 히로부미의 대궐 같은 무덤 밑에 매장했다거나 바다에 수장했다거나 하얼빈 공원에 매장했다는 주장이 모두 근거 없는 헛소리라면 도대체 안중근은 어디에 있다는 말일까? 그 어떤 책과 인터넷을 뒤져도 전문가들은 뚜렷한 답을 내놓지 못한 채다. '1박 2일'에서 전문가는 안중근의 고향이 황해도에 있으니 남북 정부가 서로 합의하지 않는 이상 협조하지 않겠다는 중국 정부의 입장을 인용했는데, 그렇다면 요즘처럼 어려운 시기엔 무언가 새로운 방법을 고안해 내더라도 절대 실행하기 어려울 것이라고 나는 다시 생각했다. 그나저나 남북관계를 가장 잘 아는 나라 중국이 그런 말을 했다니, 좀 섭섭하다

"저건 아닌 것 같은데⋯."

감옥 주변을 헤매고 다니지만 안중근과 비슷한 시기에 비슷한 이유로 순국한 이들의 매장지만 보일 뿐 내가 찾는 비석은 없었다. 그때, 한참을 기웃거리며 운전하던 사위가 가이드 할아버지에게 무어라고 다시 말했다.

"그 감옥으로 다시 가봐야겠어요. 전문가가 있을 테니 물어보자고요."

한때 대구에서 오래 살았다는 가이드 할아버지, 조선족 특유의 말투에 경상도 사투리가 뒤섞이니 쉽게 알아들을 수가 없다. 맨땅에 헤딩하듯 나를 태운 차량이 결국 다시 그곳으로 이동한다. 그런데 아뿔싸! 숨겨진 보물을 찾는 영화 속 주인공처럼 오로지 안중근을 찾겠다는 생각에만 몰두했기 때문인지 오늘이 월요일이라는 사실을 깜빡했다. 휴관이라 감옥 박물관 출입구가 잠겨있었던 거다. 하나만 알고 둘은 생각할 줄 모르는 단순한 인

간, 계획대로 되지 않으면 정신 못 차리고 헤매는 내 성격이 여기에서도 드러났다. 나는 그만 '멘붕'에 빠져 이제 무엇을 어떻게 하면 좋을지 몰라 주변을 서성일 뿐이다. 인근 슈퍼마켓으로 가이드 할아버지가 음료수를 사러 간 사이 사위 아저씨는 문득 정문으로부터 멀지 않은 곳에서 안내원들의 사무실을 발견하고 따라오라며 손짓한다. 전문가라고 소개한 여자가 사위 아저씨에게 중국어로 사정을 설명했고, 이어 필요한 물건을 바리바리 싸 들고 돌아온 가이드 할아버지가 다시 통역해 주었지만 한 여름에 더위 먹은 똥강아지처럼 아직 정신을 차리지 못한 나는 또 알아듣지 못했다. 화장실에 다녀오겠다며 가이드 할아버지가 도로 자리를 비운 사이 나는 웨이신 어플을 보여주며 어설픈 중국어로 사위 아저씨에게 말했다.

"她的說給我的手机(그 사람의 말을 내 핸드폰에 주세요)."

"…?"

하얼빈 가이드 아저씨에게 다시 도움을 요청할 생각으로 좀 전에 만난 전문가의 설명을 여기에 녹음해 달라는 말을 하고 싶었을 뿐인데, 아직 내 중국어 능력으론 그렇게 긴 문장을 만들어 내기가 어렵다. 머릿속에서 내가 구사한 말들을 해체하여 도로 조립해 보는지 곰곰이 생각하는 사위 아저씨의 표정을 보고 아무래도 그가 내 말을 알아듣지 못한 거라고 착각한 나는 당황하여 중국어와 영어가 뒤섞인 외계어를 마구 쏟아내기 시작했다. 볼 일을 마친 가이드 할아버지가 차로 돌아올 즈음에야 사위 아저씨가 '아!' 하며 고개를 끄덕인다. 다행이다. 하마터면 울 뻔

했다.

「그 지역 일대가 여순 감옥에 있던 사람들 전체의 묘지래요. 안중근의 묘지로 추측되는 곳은 현재 군부대가 주둔하고 있어서 접근금지라고 합니다. 들어갈 수가 없대요.」

안중근의 유해 발굴 작업은 현재 완전히 중단되었으며, 전문 가들이 지목했던 지역은 군부대의 통제로 허가를 받지 않는 이 상 가까이 갈 수 없다고 했다. 다시 얘기해서 '1박 2일'의 출연 자들은 방송이었기 때문에 출입이 가능했다는 뜻이다. 갑자기 힘이 빠지는 것 같았다. 한국에서 좀 더 알아보고 올걸, 지끈거 리는 머리를 붙잡고 자책하지만 마냥 이 주변에 머무를 수 없다. 내게 주어진 시간이 이제 얼마 남지 않았으니 말이다. 내일이면 나는 서울로 돌아가야 한다.

"세계 화평 공원(世界和平公園)? 중국에서는 '평화'를 '화평' 이라고 해요?"

생각보다 한산한 '세계 화평 공원' 주변의 풍경을 스마트폰 카 메라에 담으며 가이드 할아버지에게 물었다. 2000년 9월에 개 장하였으며, 세계 평화를 위해 힘쓴 각국의 인사들이 동상으로 제작되어 전시한 곳이라고 했다. 그간 인터넷을 아무리 뒤져 보 아도 개장 초반의 오래된 뉴스 말고는 제대로 된 정보를 찾을 수 없었는데, 그 이유를 나는 입구에 들어서자마자 알았다. 언뜻 흔 한 동네 유원지와 다르지 않은 곳, 꽤 넓은 부지를 자랑하고 있 으나 작은 기념품 가게와 아이들의 놀이기구만 듬성듬성 보일 뿐 특별히 볼거리가 없다. 3년 전까지만 해도 방문객들에게 입장료를 받고 운영하는 가족 나들이 공간이자 연인들의 데이트 코스로 각광 받았는데, 어쩌다 이렇게 된 건지 모르겠다며 가이드 할아버지가 고개를 갸우뚱거린다. 제대로 관리되지 않아 잡초만 무성한 가운데 마치 버려진 듯 각국의 영웅들이 멍하니 허공을 주시하고 있다. 여순, 그 옛날 전쟁의 틈바구니에서 수많은 영웅이 평화를 부르짖으며 떠나간 도시. 속 깊은 이 도시의 역사를 그러나 사람들은 잘 모르는 모양이다. 세월의 흐름에 따라 의미도 퇴색되는지 아무도 관심 갖지 않는 사이에 먼지와 거미줄로 뒤엉켜 옛날의 영광은 점점 기억 저편으로 멀어지는 중이었다.

"…?"

나보다 몇 발자국 앞서 풀숲을 헤매던 사위 아저씨가 한참만에야 이쪽을 보고 손짓한다. 마침내 김대중 대통령을 발견했다. 대한민국 제 15대 대통령, 지난 시절 군사정권으로부터 갖은 고초를 겪었지만 끝내 민주화를 이룩하고, 제대로 해결되지 않아 애태웠던 인권 문제에도 깊숙이 관여하여 나중에는 세계로부터 노벨 평화상을 수상한 인물이었다. 내 스마트폰은 동상을 받치고 선 주춧돌에 주목한다. 주변의 많은 동상들 중엔 제작된 지 벌써 17년이나 지난 터라 국기가 떨어져 나가버려 국적을 알 수 없는 경우가 많았는데, 다행히 아직 선명한 태극기와 생전에 출간한 저서이자 그의 가치관이었을 '행동하는 양심으로(Conscience in action)'라는 글자가 상처 하나 없이 깨끗하게 보존되어 있다. 그나저나 사진을 몇 컷 찍고 났더니 딱히 할 일이 없다. 완전히 폐쇄된 공원이 아니기에 당연히 관리하는 이들이 상주하겠지만 인근 주민들에게조차 관심을 잃었다는 공원을 마냥 지켜보고만 있자니 멀리서 찾아온 손님의 입장으로서는 아예 허무할 지경이다. 가까운 거리에 바다가 있어 셀카라도 찍을 법 한데 생각했던 것과 너무 달라 허탈했고, 심지어 상실감마저 들었는데, 그 이유를 나는 한참만에야 알았다. 그저 화려했더라는 이 공원의 옛 명성이 그리워서가 아니었다. 감옥 주변에서 멍청한 짓을 저질렀다는 자책감을 아직 지우지 못한 탓이다. 내가 뭐 그리 대단한 인간이라고 남북한 정부도, 전문가들도 해내지 못한 안중근의 시신을 찾겠다며 나섰을까? 안중근과 그를 연구하는 학자들을 따라잡기에 나란 인간은 너무나 무식하고 모자란데 말이다. 빽빽하게 짜놓은 여행 스케줄로 바쁜 와중에 쓸데없는 전문가 코스프레를 해댔으니 내가 생각해도 참 우스웠다. 그리고 나는 뒤늦게 깨달았다. 중국 정부 입장에선 안중근의 매장지라고 생각되는 그 지역을 군부대를 동원해서라도 통제하는 건 아무래도 당연했다. 그렇지 않으면 개나 소나 찾아와 안중근을 찾겠다고 이 땅 저 땅 마구잡이로 파고 다녔을 테니까. 내가 생각이 너무 짧았다. 이런 정신머리로 무슨 글을 쓰겠다는 건지, 역시 나는 어른이 되려면 아직 멀었나 보다.

"여기를 여순군항(旅順軍港)이라고 해요."

월요일 낮 시간인데도 여행객으로 바글거리는 관광 지구에 도착했을 때 가이드 할아버지가 말했다. 나는 또 스마트폰을 꺼내 들었고, 바닷바람에 날리는 머리카락을 단속하느라 사진이 엉망으로 찍혀도 그저 키들거리기만 했다. 안중근은 그새 잊어버렸을까? 나 참 단순하다.

"여기, 옛날에 외국인은 출입금지였어요."

"그랬다는 얘긴 들었는데, 정말이에요?"

"아까 지나오면서 군부대 봤죠? 근처에서 사진만 찍어도 잡아갔었어요."

인근에 해군 부대가 주둔해 있으며, 중국의 전략적 요충지로 손꼽히는 지역 가운데 하나였으니 그럴 만 했다. 앞서 청일전쟁과 러일전쟁을 설명하며 몇 차례 언급했던 바로 그곳인데, 수천년의 세월동안 쉴 새 없이 불어 닥친 바람 탓인지 풍화작용으로 깎이고 깎여 마침내 사자의 사나운 주둥이가 만들어졌다. 이 지역을 뤼순커우(旅順口) 또는 쓰즈커우(獅子口)라고 부르는 이유였다. 지도만 보더라도 여순 앞바다의 지형은 특이하다. 침략을 목적으로 먼 바다에서 찾아온 적의 함대가 육지에 닿으려면 사방이 산으로 둘러싸인 좁은 수로를 이용해야 하는데, 공격군의 입장에선 수비군의 배치 상황을 볼 수 없어 불리하지만 반대로 수비군은 해안가 뿐 아니라 은신이 가능한 산에서도 적을 탐지할 수 있으니 더 없이 유리하다. 중국 땅을 차지하러 나타난 일본군은 이미 오래 전에 이렇다는 사실을 간파하였고, 이것이 청일전쟁과 러일전쟁의 승리를 불러왔다. 앞서 장황하게 밝힌 바와 같이 1894년, 동학농민운동을 진압하지 못한 조선 정부는 청군과 일본군을 끌어들여 자기들의 무능력을 있는 대로 과시했다. 조선에 동시에 파병하고 동시에 철병하자던 그들, 톈진조약

(天津條約)을 깨뜨린 일본군은 곧 이 나라를 철저하게 유린했다. 현재 여순 시내에 있는 만충묘 기념관(萬忠墓紀念館)이 그 시절 일본군의 행각을 자세히 설명한다.

"이 사람 누구인지 알아요?"

전시관 곳곳을 수놓은 사진과 설명 자료 사이에서 가이드 할아버지가 어느 귀부인의 초상화를 가리켰다. '아! 서태후!' 하고 얼굴을 찌푸렸더니 가이드 할아버지가 피식 웃는다. 저 여자는 도대체 무슨 생각으로 그런 짓을 벌였을까? 전쟁에 필요한 군비를 사익으로 이용한 그녀의 심리와 후세 중국인들에게 그녀는 어떤 존재인지 묻고 싶었지만 나는 고개를 흔들었다. 안중근의 흔적을 찾겠다며 쓸데없는 짓을 벌인 오전의 실수를 반복하고 싶지 않아서다. 그녀에 대해 좀 더 자세히 공부하지 않은 지금으로선 생각나는 대로 말한다고 될 일이 아니었다. 소심해져 버린 내 눈에 드디어 1894년 11월, 그날의 사건이 드러났다. 여순에서 일본군은 남녀노소 가리지 않고 무자비한 학살을 벌였으며, 이때에 약 2만 명이 죽었다. 한국에선 여순대학살(旅順大虐殺), 중국에선 여순대도살(旅順大屠殺)이라고 부르는 그날의 비극을 디오라마 형태로 만들어 놓았는데, 한 마디로 끔찍하다. 그저 평화로웠을 바닷가 마을에 광기 어린 이들이 나타난 순간 사람들은 웃음을 잃었다. 머리를 잃은 시신, 팔다리를 잃은 시신이 길거리에 가득하여 온통 핏빛이다. 도대체 지옥이 따로 없다. 일본군은 구석으로 숨은 이들까지 끌어내 동강내었으며, 여자들은 철저하게 욕보인 후 도륙하였다. 어떻게 인간이 인간을 상대로 저토록 잔인한 짓을 벌일 수 있는지 이해가 되지 않는다. 소리도 움직임도 없이 그날의 참상을 연출하는 마네킹의 표정에서 어쩐지 비명소리가 들리는 듯 하다. 청나라 백성 특유의 변발을 끌어당겨 참수하는 일본군의 저 괴이한 표정이 꿈에 나올까 무서울 지경이다. 그간 지나쳐 온 731부대 유적지에서도, 일본 관동 법원 전시관과 감옥에서도, 여순 앞바다가 훤히 내려다보이는 백옥산 탑과 해군부대 옆 뤼순커우 사자 상에서도, 여기 만충묘 기념관에서도, 일본군의 욱일기 문양으로 만들어졌다는 대련 시내에서도 중국은 말한다. 과거의 비참하고 끔찍했던 역사를 절대 잊지 말라고. 기억에서 지우는 순간 역사는 반복될 것이며, 더 이상 우리에게 평화는 존재하지 않을 거라고 말이다. 이는 중국뿐 아니라 우리에게도 마찬가지일 거였다.

***

「짐이 대한제국 백성들에게 이르노라. 작금의 세태를 보노라니 이대로는 동양의 평화를 공고히 할 수 없음을 깨달아 짐은 대한제국 황제에게 시국의 위중함을 친히 하교하였다. 이에 대한제국 황제는 하루라도 빨리 일본제국과 병합해줄 것을 요구하였느니라. 짐은 그러한 요구를 친히 수용하였으며, 오늘로 두 나라는 이웃이 아닌 한 몸이 되었음을 선포하노라. 짐이 장담하건대, 우리에게 평화는 머지않았다. 우리 일본제국은 동양의 평화를 넘어 세계의 평화에도 이바지할 것임을 천명하는 바이다.」

1910년 8월 29일, 일본 천황이라는 작자의 몇 마디 조칙에 대한제국 백성들이 기겁을 하고 놀랐다. 이게 도대체 무슨 소리인가? 서로 다른 두 나라가 하나가 되었다고? 대한제국이 일본에게 병합되었다고? 우리의 황제가 저들의 황제에게 어서 빨리 병합하자며 재촉하였다고? 도대체 황당한 소리가 아닐 수 없다. 제법 소식이 빠른 사람들 사이에서는 대한제국 신하인지 일본제국 신하인지 구분되지 않는, 이른바 을사오적이라고 불리던 이들이 사태를 주도했다는 소문이 돌았다. 통감부의 세 번째 통감 데라우치 마사타케(寺內正毅)와 그 이름도 유명한 이완용이 양국의 병합을 일컫는 조약서를 꾸몄다고 했다. 한국의 황제가 모든 법체계와 공권력에 대한 모든 통치권을 일본에게 넘기겠다는 내용이라고 했다. 일본의 천황은 이를 수용하지 않을 수 없으므로 승낙하고 말았다는 내용이라고 했다. 미약한 이 나라의 황제를 갖가지 방법으로 협박해놓고 마치 그가 스스로 모든 걸 내려놓은 것처럼 말하는 일본의 천황을 어떻게 생각하면 좋을까? 열강들에 시달려온 한반도가 끝내 주저앉고 말았던 그날, 역사는 이를 '한일병합조약(韓日倂合條約)'이라 이름 지었고, 한국에서는 '한일강제병합(韓日强制倂合)', '국권피탈(國權被奪)' 또는 '경술년(庚戌年)에 벌어진 치욕스런 사건'이란 뜻으로 '경술국치(庚戌國恥)'라고도 부른다. 나라가 망하였으니 대한제국 사회는 당장 혼란스러워지고 말았는데, 어수선한 분위기 속에서도 백성들 중 일부는 다소 차분한 모습을 보였더란다. 이미 오래 전에 일본의 주도로 한일의정서를 발표하였고, 을사년의 늑약과 정미년의 늑약을 체결하였으며, 군대를 해산한 뒤 경찰권과 사법권까지 틀어줬으므로 오늘과 같은 날이 도래하리라고 진작부터 예상했다는 거다. 아무래도 약소국의 입장이니 더 이상 어찌 할 도리가 없음을 깨달았겠지. 힘없고 가난한 백성들은 언젠가 목숨이 떨어지기 전까지는 어떻게든 살아야 하므로 곧 닥칠 새로운 삶에 적응할 수밖에 없었다지만 대부분은 이 상황을 도저히 받아들이고 싶지 않았음이 분명하다. 그들은 궁금했을 것이다. 어떻게 주권을 그리도 쉽게 포기한다는 건지, 이 말도 안 되는 사태를 아무래도 자국 황제에게 직접 전해 들어야 속이 시원하겠다고 생각했을 거다. 인터넷이 깔린 세상도 아니고, 아니, 인터넷은커녕 컴퓨터도 없는 세상이므로 진실과 거짓을 구분할 방법이 전무했으니 우리 황제의 직접적인 해명이 아니고서는 도저히 믿을 수 없었을 거다. 하지만 순종 황제는 백성들의 그 마지막 믿음을 산산조각 내고 말았다.

「오늘에 이른즉, 피폐하고 나약한 나라를 감당하지 못하여 지켜만 보던 사이 도저히 수습하지 못하는 지경에 처했노라. 그간 친근하게 지내온 이웃나라 일본의 황제 폐하에게 이 사태를 위탁하고 통치권을 양보하니 나라 밖으로는 동양의 평화를 이루기를 부탁하며, 나라 안으로는 민생을 온전히 살피길 기원하노라. 또한 대한의 백성들에게 재차 이르노라. 지금까지의 생업과 다른 전혀 새로운 삶을 살아감에 있어 일본제국 황제의 명령에 복종하고, 나아가 황국의 신민으로서 부디 행복하기를 바라는 짐의 뜻을 받들라.」

역사상 마지막으로 기록되었다는, 대충 읽어보고는 무슨 말인지 이해하기 어려운 승정원일기(承政院日記)의 내용을 간단하게 정리하자면 바로 이러했다. 이는 앞서 밝힌 바와 같이 저들의 위협에 굴복하고 말았던 순종 황제의 굴욕적인 결정이었겠고, 무려 500여 년을 지켜온 나라가 지구상에서 사라졌음을 의미하며, 일본의 영토는 늘어 본격적인 대륙 진출의 기회를 마련하였음을 뜻했다. 하루아침에 너무나 많은 것이 달라져 버렸다. 대를 이어 살아온 황족은 일본 귀족의 일부로, 백성들은 그들의 노예로 전락했다. 나라를 잃고서 난민처럼 떠돌게 되어버린 이들의 심경이 그때에 과연 어떠했을지, 배부르고 편안한 세상을 살아가는 내가 감히 상상할 수 없다. 일제 강점기에 태어나신 우리 고모할머니의 말씀으로는 망국 백성들의 저항을 염두에 두어 일본인 선생들이 허리에 칼을 차고서 교단에 올랐다고 하였고, 일본어가 아닌 우리말을 쓰면 교무실로 불려가 특별 지도를 받아야 했으며, 간혹 아이들을 시켜 놀림을 받게 하는 경우도 있었더란다. 또한 국어 시간엔 일본어를 배웠다. 국사 시간에도 일본의 역사를 배웠으며, 더 이상 한국은 어디에도 없었다. 강대국에 흡수되어 사라진, 세월이 흐르고 나면 기억에서 영영 잊히고 말 나라에 불과했다. 세상에 어떻게 이럴 수 있을까! 정녕 이대로 누군가의 어렴풋한 기억으로 남아야 하는가? 과거의 한 조각인 양 꿈처럼 사라져야 하는가? 어쩔 수 없는 일이라며 체념하고 말아버린 이들 사이에 그래서는 안 된다고 생각한 이들도 있었다. 지배자의 폭압에 굴복해선 안 된다고, 국권을 회복하여 우리가 누구의 노예가 아닌 이 땅의 주인임을 똑똑히 보여주어야 한다고 생각했던 이들이 분명히 있었다. 그들은 국사 교과서에 남을 만큼 유명한 영웅이거나 얼굴도 이름도 모르지만 애국심 하나만큼은 끝내주던 무명의 인물이었다. 독립 운동에 평생을 바친 투사들이 모두 그랬다. 중국 여행에서 돌아온 어느 날, 그러니까 원고가 막바지에 접어들었을 즈음 나는 그들이 궁금하여 서대문 형무소(西大門刑務所) 역사관에 다녀왔다. 누구나 알고 있듯 서대문 형무소는 그 시절, 잃어버린 나라를 어떻게든 되찾을 작정으로 고군분투하던 이들이 일본에 붙잡혀 모진 고문을 당하다 사라져간 곳이다. 일제의 패악이 두드러지던 1907년에 경성감옥(京城監獄)이라는 이름으로 운영되기 시작하여 서대문 감옥(西大門監獄), 경성 형무소(京城刑務所) 등으로 불리다가 해방을 맞은 뒤에도 독재 정권에 의해 무려 1980년대 초반까지 운영되어 우리나라 민주주의의 상징으로 자리 잡기도 했다. 상하이 주재 대한민국 임시정부하면 당연히 떠오를 백범(白凡) 김구(金九)가, 천안 아우내 장터에서 만세를 외치던 어린 유관순(柳寬順)이, 대표적인 매국노 이완용을 살해하려다 미수에 그쳤다는 이재명(李在明)이, 상하이 홍커우 공원에서 도시락 폭탄을 던졌다는 윤봉길(尹奉吉)이, 도쿄에서 수류탄을 던졌지만 일본 천황을 살해하는 데엔 실패했다는 이봉창(李奉昌)이 바로 이곳에서 순국하였고, 미국 샌프란시스코의 대한인국민회 하면 떠오를 도산(島山) 안창호(安昌浩)는 애국계몽운동을 벌이던 중 투옥되었다가 병으로 가석방 후 사망하였다는 기록이 있을 정도로 서대문 형무소는 일제 강점기 시대에 그들로부터 벗어나고 싶어 몸부림치는 이들을 옭아맨 곳이었다. 일부 디오라마 형태의 전시물이 그 시절에 보여준 일본의 행각을 사실적으로 전달하고 있었는데, 사람을 거꾸로 매달아 코에 물을 붓는 잔혹한 모습과 취조실에 갇혀 취조 당하는 이의 두려운 표정과 바로 옆 대기실을 쩌렁쩌렁 울리는 일본 경찰의 고함 소리에 심리적 부담감을 느낀 이의 황망한 얼굴과 손바닥만 한 감방에 갇혀 멍하니 허공을 주시하는 이의 공허한 표정을 마주하니 내가 아직 초등학생이던 어느 날이 문득 떠올랐다. 공부보다 놀러 간다는 생각에 마냥 들떠 있었던 날, 가족과 천안 독립기념관에 들렀던 나는 독립운동으로 한 시대를 살다 간 이들의 숭고한 삶을 깨닫지 못한 채 아무렇게나 휘젓고 다니다가 독립투사와 일본 경찰 역을 맡은 밀랍인형들의 고문 장면을 보고 크게 놀라 울음을 터뜨렸다. 물을 받은 욕조에 머리를 쑤셔 넣는 모습, 땅속에 머리만 남기고 파묻은 뒤 발로 걷어차는 모습 등 갖가지 잔인한 방법으로 고통을 안겨주는 지배자와 당장이라도 비명을 지를 듯 괴로워하는 피지배자의 표정이 너무나 무서웠다. 펑펑 눈물을 쏟는 나를 끌어안고 옛날엔 정말 저런 일이 있었다며, 절대 잊어선 안 될 역사라고 엄마가 가르쳐 주었다. 중학교에 들어가던 날까지 엄마 손을 붙잡고 자던 나였으니 역사 공부는커녕 귀신의 집에라도 온 듯 빨리 집에 가자며 떼를 썼다. 어린 날의 트라우마가 사라지지 않아 지금도 간혹 꿈에서 그 순간과 마주치곤 하는데, 서대문 형무소에서도 이와 비슷한 걸 볼 수 있다는 사실을 인터넷으로 알았을 때 얼마나 걱정했는지 모른다. 혹시라도 불안증에 시달릴까

염려되었으나 다행히 그 순간을 아무렇지 않게 보아 넘겼으며, 심지어 소문만 무성했던 사형장의 귀신은 아예 보지도 못한 터라 곳곳에서 발견했던 밀랍인형이 보여준 적나라한 행위와 표정보다 그 시절에 일본이 저질렀던, 그러나 아직까지 절대 인정하지 않겠다며 버티는 악행들에 대해 곰곰이 따져보는 시간이 되었다. 가족 단위 관람객들이 주를 이룬 주말 오후, 옛날 옛적 선조들의 활약상을 설명하는 엄마 아빠 손을 붙잡고서 말똥말똥 눈을 깜빡이는 아이들의 표정을 보노라니 소극적이고 겁 많았던 나보다 훨씬 씩씩하다는 생각이 들었다. 어린 날의 내가 너무 생각 없이 살았던 건지, 아니면 요즈음의 아이들이 당돌한 건지 옛 시절의 사연을 듣고 '너무해!' 라며 분노하거나 대형 태극기를 등지고 서서 대한 독립 만세를 외치니 기특하다. 태극기와 함께 제자리에서 폴짝 뛰며 두 팔을 치켜드는 아이를 배경 삼아 나도 셀카를 찍어보았다. 햇살에 눈이 부셔 여러 번 찍어야 했지만 괜찮다. 이렇게 커다란 태극기를 또 언제 어디에서 만날 수 있을지 모르니까. 예쁜 사진만 골라 SNS에 게시하던 나는 문득 고개를 갸우뚱거렸다. 생각해 보니 서울에는 이렇게 목숨 바쳐 나라를 구한 이들을 기리는 기념관이 꽤 많다. 남산 안중근 의사 기념관은 줄곧 설명하였으니 더 말 할 것 없고, 윤봉길 의사 기념관은 서초구 양재동에, 유관순 기념관은 천안 뿐 아니라 중구 순화동에도, 이회영의 우당 기념관은 종로구 신교동에, 도산 안창호 기념관은 강남구 신사동에 위치한다. 찾아보면 이리도 많은데, 왜 그동안 아무 생각이 없었던 걸까? 우리 일상의 흔한 풍경이었기 때문이진 않았는지, 만일 그렇다면 지금이라도 반성하고 싶다. 또한 모두에게 권하고 싶다. 언젠가 시간이 주어진다면 대한민국 국민으로서 우리의 언어와 우리 식의 삶과 우리 식의 이름을 갖고 살아가는 세상을 끝까지 지켜준 이들의 흔적을 찾아다녀 보자. 내가 하얼빈과 대련에서 안중근의 흔적만 골라 돌아다녔던 것처럼 말이다.

「이 공원은 조국의 독립을 위해 몸 바친 선열들의 유해가 모셔져 있는 묘원이다.」

서울시 용산구 효창 공원(孝昌公園)에 가면 이런 내용이 적힌 안내 표지판을 만날 수 있다. 이곳이야 말로 옛 시절을 살다 간 이들의 흔적을 공부하기에 가장 적당한 장소라고 생각한다. 기막히게 잘 지어놓은 산책로를 따라 걷다 보면 일제의 탄압에 저항하여 애국계몽운동을 주도하였다는 남자, 상하이에서 대한민국 임시정부를 운영하였다는 사실 만으로 더 이상 말이 필요 없는 남자, 백범 김구 선생이 아내와 합장(合葬)되었다는 묘소와 기념관을 만나게 될 것이다. 러시아 및 중국에서 독립 투쟁을 벌이던 중 임시정부가 만들어졌을 때 국무총리로 취임했다는 이동녕(李東寧) 선생과 군사단체를 조직하여 독립군 양성에 이바지하던 중 임시정부가 설립되자 광복군을 창설하여 총 사령부의 일원으로 활약하였다는 조성환(曺成煥) 선생과 안창호의 신민회에 가입하여 3.1 운동 당시 독립당의 간부로 활약하는 등 항일 구국 운동에 몸 바쳐 싸우다가 임시정부가 설립되자 국무위원에 역임했다는 차리석(車利錫) 선생의 영정을 안치한, 의열사

(義烈祠)라고 불리는 사당 역시 만날 수 있음이다. 매년 치른다는 합동 추모제가 아니고서는 이 사당의 내부를 볼 수는 없지만 방명록에 소감을 쓰는 것으로 감사의 뜻을 전할 수 있을 거였다. 기왕에 여기까지 왔다면 삼의사(三義士) 묘(墓)에도 들러보자. 여기에는 운명처럼 김구 선생을 만나 임시정부의 한인 애국단(韓人愛國團)에 가입한 후 그 유명한 도시락 폭탄 투척 사건으로 일본 사회를 발칵 뒤집어 놓았다는 매헌 윤봉길 의사의 유해가, 3.1 운동 당시에 벌어진 일본군의 만행을 목격하고 항일 구국 운동에 뛰어들었다가 신채호와 이회영으로부터 영향을 받아 무정부주의 활동에 매진하였다는 구파(鷗波) 백정기(白貞基) 선생의 유해가, 역시 김구 선생의 영향으로 한인 애국단에 가입한 뒤 그들의 얼굴마담 천황을 살해하기 위해 수류탄을 투척했다는, 인터넷을 찾아보면 양손에 수류탄을 들고 해맑게 웃는 사진 속 주인공 이봉창 의사의 유해가 안장되어 있다. 이들 세 영웅의 묘소에서 묵념으로 감사의 뜻을 전하고, 존경을 표했다면 이번엔 왼쪽 끝의 별다른 묘비도 없이 봉분만 달랑 솟은 자리로 다가가 보자. 이것의 주인은 과연 누구인가? 삼의사 묘라더니 어째서 봉분은 네 기일까?

「이곳은 안중근 의사의 유해가 봉환되면 모셔질 자리로 1946년에 조성된 가묘입니다.」

그들로부터 벗어나고 70여 년이 훌쩍 지났지만 흔적조차 찾을 수 없는 안중근의 가묘에서 난 오래토록 서 있었다. 만일 유언대로 그가 결국 조국으로 돌아온다면 이곳은 삼의사 묘가 아닌 사(四)의사 묘라는 이름으로 바뀌려나? 후손들은 간절한 마음을 담아 이렇게까지 해두었는데, 정작 그는 어디에 가면 만날 수 있을까? 아무도 모를 곳에서 그는 얼마나 외롭고 고통스러울까? 그 옛날 제 목소리 한 번 내지 못하고 강대국에 휘둘려 살아가던 조국은 끝내 해방을 맞이하였지만 여전히 가을바람에 흩날리는 낙엽처럼 이리저리 나뒹구니 하늘에서 내려다 볼 그는 슬플 것이었다. 국민들의 사랑으로 마침내 정상의 자리에 올랐다지만 백여 년 전과 다르지 않으니 고종 황제의 심란한 표정처럼 문재인 대통령은 오늘도 생각에 골몰한 채일지 모르겠다. 반려 강아지와 고양이들의 재롱에 마냥 웃을 수 없는 그 심정을 누가 이해할 수 있을까?

「한반도 평화야말로 광복을 진정으로 완성하는 길입니다.」

2017년 8월 15일, 광복절을 맞은 날의 기념식에서 문재인 대통령이 한 말이다. 그 옛날에 일본은 동양의 평화를 외쳤지만 평화는커녕 세계를 지옥으로 만들었고, 제 나라 땅조차 무사하지 못한 지경에 처했다. 이후 지금까지 이어지는 말뿐인 평화, 서로들 자기의 이익에 따라 전쟁과 평화를 반복하니 도대체 답이 나오질 않는다. 그 속에서 작은 땅 한반도는 그나마도 반으로 갈려 이리 치이고 저리 치이며 눈치만 보는 신세로 전락했다. 여전히 힘을 과시하는 강대국의 입김이야 그간 있어왔던 일이므로 그렇다 치더라도 둘로 나뉘어 살아가는 형제조차 내민 손을 뿌리치니 그 어떤 역대 대통령 가운데 이토록 시달렸던 이는 없을 것이다. 하지만 나는 그를 믿는다. 취임 후 미국 트럼프 대통령과

의 전화 통화에서 두 나라의 더욱 굳건한 동맹 관계를 약속하는
것으로 국민들을 안심시켰고, 중국 시진핑 주석과의 전화 통화
에선 사드로 인해 틈이 벌어진 두 나라의 관계를 언급하며 중국
에 진출한 우리 기업이 피해를 입지 않도록 관심을 기울여 달라
는 말로 옛날과 다름없이 힘겨운 국민들의 삶을 걱정했으며, 취
임 축하 인사 끝에 매달린 위안부 처리 문제로 시비를 거는 일본
아베 총리와의 전화 통화에선 요즈음 인터넷을 달구는 표현처럼
사이다를 한 잔 마신 기분인 듯 시원한 한 마디를 쏘아붙였다.

「위안부 합의 문제는 우리 국민 대다수가 정서적으로 수용하
지 못하는 게 현실입니다.」

이쯤에서 다시 한 번 생각해보자. 역대 대통령 가운데 쉽지 않
은 삶을 살아가는 국민들의 입장을 진심으로 이해하고 위로해준
대통령이 얼마나 있었던가? 장담하건대, 생각 없이 내뱉는 인터
넷 속 선동꾼들에게 휘둘려 지난 잘못을 되풀이 한다면 우리의
삶은 결코 나아지지 않을 것이다. 끝내 눈물뿐이었던 백여 년 전
그때처럼 피폐한 시대로 돌아가고 말 거였다.

「국민만 바라보겠습니다.」

취임식에서 문재인 대통령이 외친 그 말은 진심이었음을 우리
는 이미 목격했다. 취임 이틀 뒤 찾아간 인천공항에서 노동 시장
의 이중구조를 바로 잡겠다며, 비정규직 근로자들의 처우 개선
과 최저임금을 곧 인상하겠다는 약속이 시작이었다. 5.18 민주
화 운동 기념식에 참석하여 당시 벌어진 사건으로 아버지를 잃
었다는 여인의 사연을 듣고 눈물을 훔치거나 그녀를 끌어안고

토닥이는 문재인 대통령의 손길에서 따스함이 묻어났다. 지난 9년 동안 두 전직 대통령이 모르는 척 부르지 않았던 '임을 위한 행진곡'을 큰 소리로 제창하여 지켜보던 국민들을 놀라게 한 건 물론, 6.10 항쟁 기념식에서도 '민주주의는 영원하고, 광장은 항상 열려있을 것'이란 한 마디가 '광화문 대통령'이라는 타이틀을 반짝반짝 빛나게 하였다. 피부로 와 닿는 변화 속에서 문재인 대통령은 5월의 어느 날, 노무현 전 대통령의 서거 8주기 추도식에 참석했다. 대한민국의 민주주의를 사수하기 위해 전쟁이나 다름없는 시위 현장으로 뛰어들어 청춘을 불사른 시절에 함께 손 붙잡고 나아가던 선배이자 친구이자 삶의 동반자였을 그를 기리며 문재인 대통령은 말했다.

「노무현이라는 이름은 반칙과 특권이 없는 세상, 상식과 원칙이 통하는 세상의 상징이 되었습니다. 우리가 함께 아파했던 노무현의 죽음은 수많은 깨어있는 시민들로 되살아났습니다. 그리고 끝내 세상을 바꾸는 힘이 되었습니다.」

아프고 고달픈 국민들을 위로하고, 지금보다 나은 삶을 만들겠다며, 비정상을 정상으로 반드시 되돌려 놓으리라고 다짐해온 사람. 문재인 대통령의 단호한 목소리에 모두가 뜨겁게 환호했지만 사실 그는 노무현 전 대통령이 이루지 못한 일을 대신 이루려는 게 아닌지 생각해 본다. 그의 진심도 모르고 아무렇게나 떠들던 국민들을 사랑으로 보듬어 안겠다는 의미로 말이다.

「세상에는 의미 있는 도전도 있고, 의미 없는 도전도 있지만 전체적으로 우리 세상은 도전에 의해서 변화합니다. 도전하지 않으면 변화하지 않습니다. 전 그 도전을 하나 했고, 그 하나의 성취를 이뤄냈을 뿐이죠. 그런 여러 개의 수많은 도전이 축적, 여러 사람의 여러 가지의 도전이 축적돼서 우리 사회가 변화해가는 것입니다」

이는 다시 영화 <무현, 두 도시 이야기>라는 영화에서 노무현 전 대통령이 대통령에 당선되기 몇 해 전, 부산 시장 선거에 출마하여 이리저리 뛰어다니던 어느 날 했던 말이다. 내가 생각하기에 정치인이란 원래 국민을 위해 희생하는 사람이지, 누구처럼 거액을 싸들고 말장난이나 하러 다니는 사람이 아니다. 또 정치인이란 국민의 땀과 눈물을 닦아주는 사람이지, 국민의 눈과 입을 틀어막는 사람이 아니다. 그리고 정치인이란 혼자서만 잘 살겠다며 뻐기고 다니는 사람이 아니라 모두와 어우러져 살아가겠다고 약속하는 사람이다. 자기보다 잘난 이에게 허리 숙이고, 자기보다 못한 이에겐 큰소리치며 으름장을 놓는 이 말도 안 되는 세상을 바로 잡고 싶었던 노무현 전 대통령의 도전은 그날 그 높은 바위에서 끝내 산화하고 만 듯 보였으나 문재인 대통령의 새로운 도전으로 다시 빛을 보게 되었다.

「현직 대통령으로서 이 자리에 참석하는 것은 이번이 마지막일 것입니다.」

문재인 대통령은 단호한 목소리로 소리쳤다. 이는 어쩌면 지금까지 산적된 모든 부당한 문제들을 바로잡고야 말겠다는 다짐의 또 다른 표현이며, 어디선가 기특한 얼굴로 지켜볼 그와의 약속일 것이었다. 반드시 성공한 대통령이 되어 임무를 다한 다음 다시 찾아오겠다는 한 마디가 바로 그렇게 느껴졌다. 그날 하늘로 날려 보낸 노랑나비가 허공을 맴돌다 옷깃에 붙어 앉았을 때, 문재인 대통령은 무슨 생각을 했을까? 사람 좋은 그 미소를 보고도 만일 등허리에 소름이 돋았다면 당신은 과거에 저지른 잘못을 반성해야 할 것이다. 이 나라 대한민국, 여전히 대한민국은 작고 연약하기에 옛날에 그랬듯 앞으로도 강대국들에 치여 살 수밖에 없을 것이다. 그들의 곁에 달라붙어 자기 혼자만이라도 살아남아 보고자 온갖 아첨을 떠는 이들이 분명 있을 것이며, 우리는 앞으로도 답답한 가슴을 쥐뜯으며 시원하지 않은 욕설을 쏟아낼지 모른다. 하지만 우리 안에서 먼저 바르고 정당한 삶을 살아간다면 밖에 나아가서도 지금까지와 다른 전혀 새로운 모습을 보일 수 있을 것이다. 낭만적이거나 교과서 같은 얘기라고 생각하겠지만 사실은 그것이 정답이다. 그리고 아주 먼 훗날 지금보다 더 나은 대한민국이 되었을 때, 더 이상 싸울 필요 없이 행복해졌을 때, 그간의 바람처럼 우리 국민 모두에게 마침내 평화가 도래했을 때, 두 마리의 나비가 되어 그들이 광화문 광장 어딘가에 나란히 앉아 '야! 기분 좋다!'하고 소리쳤으면 좋겠다. 해피엔딩이란 원래 그런 거다. 행복한 결말을 마주하기까지 수많은 아프고 괴로운 날들을 마주하게 되어 있으며, 지금은 단지 과정일 뿐이라는 사실을 나는 말하고 싶다. 그러니 답답하더라도 조금만 더 기다려 보자. 안중근이 그토록 바라던 평화는 이제 머지않았음이 분명하다.

에필로그

문재인 대통령님께.

안녕하세요. 저는 대한민국의 평범한 국민 김연정이라고 합니다.

경색된 남북 관계와 사드 문제로 중국과 마찰이 지속되는 요즈음 힘들고 어려우실 줄로 압니다. 이 나라의 국민으로서 아무런 도움도 되지 못하니 죄송할 따름입니다.

한 가지 건의 드리고 싶은 것이 있는데, 잠시 읽어주시겠어요?

광복 이후 최근 얼마 전까지 짧지 않은 세월 동안 많은 이들이 안중근 의사의 유해를 찾기 위해 중국 동북 지역에서 오랫동안 고군분투 하였습니다.

대통령님께서도 잘 아시다시피 안중근 의사는 우리나라의 독립을 위해 자기 한 목숨을 바쳐 싸운 영웅입니다.

이토 히로부미 저격 이후 여순 감옥에 투옥되었다가 사형 선고를 받고 세상을 떠났지요. 우리를 우리답게 살도록 이끌어준 영웅임에도 그분의 유해를 찾아내기는커녕 테러리스트라고 매도하는 이들이 있어 안타깝기 그지없습니다.

또한 제가 듣기에 중국 정부에선 안중근 의사의 고향이 황해도에 있으므로 남북정부가 합의하지 않는 이상 협조할 수 없다고도 말합니다.

현재 효창공원에는 안중근 의사의 가묘만 있습니다.

언제일지 모를 그날 봉환되면 모실 자리라고는 하나 이대로 마냥 기다릴 수 없으며, 이는 후손 된 도리가 아니라고 생각합니다.

지금까지는 일부 전문가들만이 안중근 의사의 흔적을 되짚어 보았으나 매번 실패하였습니다.

이제는 국가가 나설 차례라고 생각합니다.

대통령님께서도 이 부분에 대해 분명 잘 알고 계실 것이며, 여러 정치적 사안만큼이나 고심하실 테지만 국민이라는 이름으로 재촉해 봅니다.

정치적인 이유로 북한과 중국 모두와 사이가 벌어져 있지만 한편으로는 같은 역사를 소유하고 있으므로 서로가 공감할 문제로 다가가면 풀릴 수 있을지 모른다는 순진한 생각을 해봅니다.

오늘도 국민을 위해 애써 주셔서 고맙습니다.

안녕히 계세요.

SNS 메시지 창에 여기까지 써놓고 나는 보내야 할지 말아야 할지 오랫동안 고민했다. 내가 뭐 그리 대단한 인물이라고 대통령께 이런 소리를 늘어놓는단 말일까? 조만간 욱 하는 마음으로 저지를 테지만 후회할 게 분명하다. 드러누워 허공에 마구 발길질을 해대겠지. 아무래도 고민 좀 해봐야 할 것 같다. 나 오늘도 참 소심하다. (끝)

작가 후기

아무 말이나 마구 지껄인 지 벌써 1년이 지났다. 애초에 생각했던 시기보다 책이 늦게 나왔으니 1년이 아니라 1년 반은 훨씬 지난 것 같다. 지금껏 썼던 글 중 가장 오랜 기간을 고심한 터라 영영 안 끝나는 줄 알았는데, 끝내고 보니 속이 다 시원하다. 이 말도 안 되는 이야기를 쓰는 데에 도움을 주신 분들을 잠시 언급하고 끝낼까 한다.

몇 해 전 백두산에 가느라 몇 날 며칠 귀찮게 했던 여행사의 사장님께 베트남에 이어 또 도움을 받았다. 정대유 사장님과 하얼빈 현지인 가이드 이귀복 씨와 이름도 물어보지 않고 헤어진 대련 현지인 가이드 할아버지와 그의 가족 여러분께 감사드린다.

잘 알지도 못하는 주제에 무뚝뚝한 문체로 쓴 질문에 장문으로 친절히 답변해 주신 서울 안중근 의사 기념관 홈페이지 관계자 님, 대구 지리를 잘 몰라 여기는 어디에요? 저기는 어디에요? 꼬치꼬치 캐묻는 내게 관광 가이드 소책자와 구글 지도를 뒤져 친절히 설명해 주신 대구 국채 보상 운동 기념관 관계자 님, 담장 밖에서 눈치만 보고 선 내게 들어오라며 흔쾌히 문을 열어주신 하얼빈 도리구 조선족 중심 소학교 경비 아저씨, 나보다 열정적으로 돌아다니며 안중근의 자료를 찾는 가이드 아저씨의 등쌀에 못 이겼는지 한국어와 중국어가 함께 쓰인 안중근 관련 서적을 내밀던 하얼빈 안중근 의사 기념관 직원 여러분께 진심으로 감사드린다. 서대문 형무소 역사관에서 관람객들을 이끌며 차근차근 지난 역사를 설명해 주시던, 교복을 보고 그제야 고등학생인 걸 알게 된 똘똘한 여학생에게 많이 고맙다. 수고해 주셔서 고맙다는 말을 하고 싶었는데, 너무 바빠 보여서 못 하고 그냥 온 게 마음에 걸린다. 또한 나쁘지 않은 한국어 발음으로 내게 친절히 설명해 주신 여순 일본 관동 법원 구지 전시관 안내원 아가씨에게도 수고 많으셨다는 인사 다시 드리고 싶다. 太辛苦了!

내가 몸담은 가수 김종국 팬클럽 파피투스 회원 중에도 도움 주신 분들이 있다. 일본 역사를 잘 알지 못하는 나를 위해 자신의 친구까지 동원하여 정리해 주신 일본 팬 미도리 모리야마 씨, 중국어 설명 자료를 번역해 주고, 중화권 사이트를 돌아다니며 중국어로 만들어진 731부대 관련 영상을 보내주는 등 적극적인 도움으로 나를 감격하게 만든 대만 팬 팅유 언니, 해박한 지식과 기막힌 글 솜씨로 작가인 날 늘 부끄럽게 하면서도 좀 더 구체적인 이야기를 쓸 수 있도록 도운 국내 팬 수현이! 넌 뭘 해도 잘될 거다. 힘내라. 수현아!

그리고 내가 제일 좋아하는 가수 김종국 님. 우리 팬 카페에서는 오라버니라고 부르지만 그래도 여기서는 님! 이 책을 쓰는 데에 딱히 도움을 준 건 없지만 그래도 몇 마디 쓰고 싶어서요. 지난 광복절에 올렸던 인스타그램 게시 글을 댓글 한 마디 없이 마음대로 퍼가서 미안해요. 팬클럽 활동을 10년 넘게 하고 있지만 말주변이 없어서 볼 때마다 얼렁뚱땅 넘어가곤 하는데, 그런 절 볼 때마다 매번 고마워요 한 마디로 모든 걸 표현해 주시니 제가 더 고맙습니다. 늘 거기에 있어줘서 고마워요. 앞으로도 좋은 일만 있었으면 좋겠어요. 그리고 사…. 사랑…. 김종국 화이팅!

참고 자료

**인터넷 자료

일제통감부 설치와 고종의 밀서 사건 / 헤이그 밀사 파견 / 러일전쟁 후반전과 가쓰라 태프트 비밀협약 / 스티븐스 저격 사건 -네이버 블로그 양군의 궁금한 역사

국채보상 운동-외채를 상환하자는 국민의 자발적인 모금운동

불멸의 여인들-서태후, 측천무후, 여태후

중국사를 움직인 100인-강유위

천하통일의 꿈을 이룬 인물-도요토미 히데요시

일본사를 움직인 100인-고다이고, 도쿠가와 이에야스, 마쓰다이라 사다노부, 요시다 쇼인

세계사를 움직인 100인-쑨원

을사늑약 / 광서제 / 메이지 유신 / 동학농민운동 / 피의 일요일 / 러시아 혁명 / 시월 혁명 / 돈의학교 / 갑오개혁 / 731부대 / 이토 히로부미 / 갑신정변 / 서상돈 / 오성과 한음 설화 / 이완용 / 스티븐스 저격 사건 / 경술국치 / 한일합병 -다음 백과

시일야방성대곡 -네이버 블로그 추억의 오솔길

무술변법 / 변법자강운동 -다음 백과 여시윤여시님의 티스토리

도쿠가와 바쿠후 -네이버 블로그 검도여행 beetle55님의 글

일본의 개항 과정과 미일수호통상조약의 내용 -다음 카페 오디오와 컴퓨터 관운님의 글

일본의 개국 과정 -다음 카페 너와 나의 연결고리

개국이냐? 쇄국이냐? 개국 전야 일본의 최후의 논쟁 -다음 카페 역사 스페셜 역사마을 님의 글

텐진조약 -다음 백과

-네이버 블로그 / 사람은 실패가 아니라 성공하기 위해 태어난다.

동학농민군을 토벌했던 안중근 -네이버 블로그 12wjs12 님의 블로그 작성자 12wjs12

의화단 사건 -다음 백과

-네이버 블로그 In Dust님의 블로그 작성자 In Dust

임오군란 / 개혁군주 정조대왕의 치세를 뒤집은 정순왕후 김씨 -티스토리 세상은 개벽 중

을미사변 -네이버 블로그 신바람 나는 세상님의 글

안중근 의사의 천주교 신앙과 천주교회가 보는 안중근 -반기독교 시민운동 연합 김종택 님의 글

흥선대원군의 쇄국정책 -다음 카페 잊혀진 간도, 간도지기 님의 글

청일전쟁의 원인과 배경, 전개 과정 및 결과 -다음 카페 한민족 중앙회, 태무진 님의 글

정한론 -다음 백과, -다음 카페 맛집동호회 묵은지A 님의 글

가츠라 테프트 밀약 -네이버 백과사전, -다음 카페 비타가든

포츠머스 강화 조약 -네이버 블로그 역사 다큐 러일전쟁, 포츠머스 강화 조약
산산물물 님의 글
러일전쟁의 원인과 배경 및 결과 그리고 러일협약까지 -다음 블로그 행복한 세상님의 글
러일전쟁의 원인과 결과 -다음 블로그 전쟁군사 이야기
구한말, 민비vs흥선대원군 속 주요 사건들 -네이버 블로그 SUMMER &FUN ousia 님의 글
을미사변의 준비과정 -네이버 블로그 歷史世界史 슐레이만 님의 글
여순대학살 / 삼흥학교 / 뤼순감옥 / 고메이 천황 / 메이지 천황 / 이케다야 사건 -위키백과
을미의병 / 731부대 창설 배경 -다음 팁
일본의 개국과 중국의 치욕 -다음 블로그 중은우시 장명 님의 글
이회영 / 신채호 / 의열단 / 조선혁명선언 / 하얼빈 자오린 공원 / 동인도 회사 / 바티칸 공
회의 / 덴포 개혁 / 도쿠가와 이에요시 / 간세이 개혁 / 긴몬의 난. 배경과 원인 / 조슈 전쟁
/ 시모노세키 전쟁 -네이버 지식 백과
대한인국민회 만주리아 지방총회 조직 회장 김성백 대동공보 재정난으로 휴간 -우렁각시 님
의 블로그
청년 유동하, 안중근을 만나다 -다음 카페 기다림의 여백 겨울의 꿈님의 글
안중근과 천주교 관련 글 -다음 카페 '빠다킹 신부와 새벽을 열며' 익명 게시판
일본 전국시대, 다이묘들이 하극상을 일으키다 -다음 카페 한민족 역사 정책 연구소 아리랑
님의 글
응칠 / 도쿠가와 이에나리 / 백인 우월주의 -나무위키
일본사 용어 정리. 고케닌, 슈고, 지토, 다이묘 -네이버 블로그 청춘로그 랑파 님의 글
기독교와 개신교 차이 -네이버 지식인 어린 양의 신부 님 답변
손문조차 어려워한 만주군벌 장작림 -세상 모든 것의 리뷰 주작님의 글
도쿠가와 이에모치 / 8월 18일의 정변 / 도쿠가와 요시노부 -위키디피아
대한사관 大韓史觀이란 무엇인가? -카카오 스토리 高明悟님의 글

**인터넷 기사

천주교, 안중근 의사 복자 추대 대상자로 선정 -백성호 기자의 우문현답
안중근 의사를 단죄했던 한국 천주교의 친일행각 -한국 기독 일보 블로그 윤광식 기자님의
기사
명동성당서 이완용을 칼로 찌른 이재명 -아시아 경제 김철현 디지털뉴스룸 기자님의 기사
中 하얼빈 '안중근 의사 기념관' 2배 확장 예정 -YTN 전준형 기자님의 기사
'우연 또는 의도?' 中, 돌연 안중근의사 기념관 임시이전 -연합뉴스 홍창진 기자님의 기사
이영애, 中 하얼빈 조선족학교에 1250만원 쾌척 -마이데일리 이용욱 기자님의 기사

**미디어

대선 날 광화문 다녀온 썰 영상 -페이스북 페이지 '씨리얼 C-Rear'
문재인 대통령 취임 100일 '국민과 함께 달려온 100일' 영상 -페이스북 페이지 '대한민국 청
와대'
임을 위한 행진곡 유래 -유튜브 newstapa님 게시
'이니 하고 싶은 거 다 해' 영상 -더불어 민주당theminjoo 인스타그램
'늘 감사하며 살겠습니다.' 게시 글 -가수 김종국 인스타그램

**방송, 영화, 뮤지컬

KBS 1박 2일 '하얼빈을 가다'
TVN 드라마 도깨비
영화 사일런스
영화 무현, 두 도시 이야기
뮤지컬 영웅

**서적

안중근 평전 (황재문. 한겨레 출판)
뤼순의 안중근 의사 유해 발굴 간양록 (김월배, 김종서 청동거울)
안중근 의사 자서전 (안중근 도서출판 범우)
안중근 재판정 참관기 (김흥식 서해문집)
안중근, 하얼빈의 11일 (원재훈 다큐 안중근 사계절)
安重根在哈尔滨的11天 (徐明勛 黑龍江美術出版社)
대한국인안중근 (이청 경덕 출판사)
안중근 이등박문을 쏘다 (림종상 자음과 모음)
불멸 (이문열 민음사)
운명 (문재인 BOOKPAL)
야누스 (김연정 매직하우스)

**안내서

서울 남산 안중근 의사 기념관
서울 서대문 형무소 역사관
대구 국채 보상 운동 기념관

중국 하얼빈 안중근 의사 기념관

중국 여순 일아 감옥 구지 전시관

중국 여순 관동 법원 전시관

중국 대련 만충묘 기념관